| 纪实文学 |

践行者

鲁克 著

武汉大学出版社

图书在版编目（CIP）数据

践行者/鲁克著. —武汉：武汉大学出版社，2021.12
ISBN 978-7-307-22833-7

Ⅰ.践… Ⅱ.鲁… Ⅲ.纪实文学–中国–当代 Ⅳ.I25

中国版本图书馆CIP数据核字（2021）第275850号

责任编辑：周媛媛　　　　责任校对：马超越　　　　版式设计：韩闻锦

出版发行：武汉大学出版社　　（430072　武昌　珞珈山）
　　　　　（电子邮箱：cbs22@whu.edu.cn 网址：www.wdp.com.cn）
印刷：武汉精一佳印刷有限公司
开本：710×1000　1/16　印张：24.5　字数：398千字　插页：2
版次：2021年12月第1版　　2021年12月第1次印刷
ISBN 978-7-307-22833-7　　定价：98.00元

题　记

新时代的中国，富强民主，文明和谐，

新时代的中国社会，自由平等，公正法治，

新时代的中国人民，爱国敬业，诚信友善。

没有哪个时代像今天这样伟大，没有哪个国家像中国这样了不起！

《践行者》，为新时代的中国和中国人民立传，

真实记录许许多多新时代的中国人可歌可泣的故事。

新时代的中国人，

每个人都是一束光，每束光都来自高尚的灵魂，

每个人都是和谐社会的主人翁，

每个人都是社会主义核心价值观的践行者。

序 言

讴歌新时代

——为新时代中国和中国人民立传

张 平

中国，从来没有哪个时代像今天这样，科技如此发达，物质如此丰富；从来没有哪个时代像今天这样，政治、文化如此多元，社会、经济如此繁荣；从来没有哪个时代像今天这样，发展如此迅猛，速度如此惊人；从来没有哪个时代像今天这样，个人与国家的关联如此紧密；从来没有哪个时代像今天这样，在浩瀚宇宙，我们亲手推开一扇又一扇神秘的门。

从来没有哪个时代像今天这样伟大，从来没有哪个时代像今天这样了不起！

世界潮流浩浩荡荡，势不可当；在中国共产党领导下中华民族从筚路蓝缕到励精图治，成就辉煌！改革开放 40 多年来，中国人民解放思想、实事求是、团结一心，勇于实践、勇于创造、敢于担当，攻坚克难、携手互助、全面建成了小康社会。这是多么了不起的功绩，这是多么了不起的力量！

习近平总书记在中国文联十一大、中国作协十大开幕式讲话中强调，"文艺要对人民创造历史的伟大进程给予最热情的赞颂，对一切为中华民族伟大复兴奋斗的拼搏者、一切为人民牺牲奉献

张平：茅盾文学奖得主。现任第十三届全国人大常委会委员，教育科技文化卫生委员会副主任；曾任民盟中央专职副主席，中国文联副主席，中国作协副主席。

的英雄们给予最深情的褒扬。"他殷切希望广大文艺工作者"要有信心和抱负，承百代之流，会当今之变，创作更多彰显中国审美旨趣、传播当代中国价值观念、反映全人类共同价值追求的优秀作品。""努力展示一个生动立体的中国，为推动构建人类命运共同体谱写新篇章。"

习近平总书记在很多庄严场合语重心长地强调，"江山就是人民，人民就是江山。"人民才是党和国家的血脉与根基。新时代的中国人民，敢于拼搏，乐于奉献，勇于牺牲，每个公民都是社会主义核心价值观的忠诚践行者，都是伟大祖国和社会主义江山的勇敢捍卫者。在他们身上，凝聚并体现着新时代精神。

时代精神是民族精神的时代性表达，体现了社会在一定历史时期的思想观念、价值取向、精神风貌和社会风尚。它反映社会进步的发展方向，引领时代的进步潮流。

讲中国故事，扬中国精神，颂生命传奇，唱人民赞歌，《践行者》就是这样一部纪实文学新著。新著在中国改革开放 40 多年宏大历史背景下，记录了中国老百姓可歌可泣的真实故事，反映了中国人民负重前行、勇于担当、团结互助、发愤图强的精神面貌，深度挖掘并热情描述了新时代中国人民的勇敢与坚强。

在新时代中国特色社会主义建设中，各行各业涌现出无数英雄人物和可歌可泣的英雄故事，值得大书特书立传颂扬！《践行者》就秉承这样的初心，肩负这样的使命，满怀雄心、诚心与爱心，为新时代的中国和中国人民讴歌。

作家鲁克是我的好朋友，他长期深入基层记录点滴。救灾、抗疫前线常常看到鲁克的身影。他采访扎实、书写客观、情感深沉饱满，他的文字能使读者在不知不觉中犹如身临其境。新著具有典型性，每个篇目、每个事件、每个人物，都与社会主义核心价值观 12 个内容一一对应，都以真实事件、真实人物深度挖掘和真情采写，真切反映了新时代的中国人民，个个都是和谐社会的主人翁，个个都是社会主义核心价值观的有力践行者！

新著不仅对中国改革开放 40 多年来重大历史如抗震救灾、首位女航天员王亚平出征太空等都有深刻记录，而且对白芳礼、殷雪梅、刘念友、袁文婷等平民英雄更有情真意切的歌颂。而青藏铁路建设工地为待产藏羚羊停工让道，好市民曲喜圣在北京什刹海为野鸭建岛安家等纪实作品，无不彰显着生命的平等、社会的和谐、人民的良善。

《践行者》主题宏大，思想深刻，情感真挚，饱含着爱祖国、爱人民、爱生活、爱生命的大爱精神。笔法深沉，格调正大，如同一份文学形式的国家记忆，兼具文学和史料双重价值。它弘扬了积极向上的社会主义核心价值观，发人深省、催人奋进。

"记录新时代、书写新时代、讴歌新时代。""用情用力讲好中国故事，向世界展现可信、可爱、可敬的中国形象。"《践行者》是作家鲁克热情响应习近平总书记号召的切实行动和倾心奉献。

是为序。

2021 年 12 月 20 日

目　录

·········◆◆◆ **富　强** ◆◆◆·········

筚路蓝缕，迎难而上，国富民强背后，有那么多汗水和泪珠。

和　谐

和谐是人与人、人与动物、人与自然最原初、最本真、最友善的相遇。

自　由

自由就是有约束的自我支配和遵从内心的自我行动。

平　等

中国人用心跳告诉全世界：生命平等，教育平等，人格平等。

公　正

公正是道德、良心和法律的天平，是社会和谐的保证。

法　治

新时代的中国，正在建设法治国家、法治政府、法治社会。

爱 国

谁不爱自己的祖国，谁就不属于人类！

敬 业

敬业是一个人对自己工作及学习的执着态度。

自 序

一个北漂作家的纪实人生

2005年深秋的一个晚上，北京东郊某酒店灯火辉煌，我和十来个作家朋友喝得醉眼蒙眬——北漂多年，终于在郊区买了处新居，朋友们前来祝贺。就在满耳祝福声里，我的手机突然响起，号码陌生，但区号是老家的。

从苏北小镇到南京再到北京，我一路坎坷，伤痕累累，最终成了一名北漂作家。因有太多伤痛回忆，"故乡"一词我不敢想起。我发誓不活出人样这辈子都没脸见父亲和家人，6年间我没有回过一次家，也不与老家的亲人联系。因此当老家的长途区号出现在我手机上时，我很惊讶。

我一连喂了几声，电话里却没人说话。朋友们过来握手告别，我很着急，就冲着电话喊起来："你谁呀？不说话我挂了！"这时，一个苍老、拘谨的声音传来："是我，我是你大(苏北方言，意指父亲)。才装的电话，也没啥事儿。你……你还好吧？"我的心揪起来，浑身一哆嗦，用与生俱来却被我遗弃太久的方言哭唤了一声："俺大！"不禁泪如雨下。

1989年底，我从部队退伍顶父亲的班进了信用社，父亲欣慰有加，但我却时时觉得压抑：因长期沉迷于文学和书法创作，我常被领导斥为不务正业；作品偶尔获奖，想去领奖，领导却不准假……为了理想和自由，1999年底，我毅然辞去银行的工作，扔掉了父亲端了几十年又传给我的"金饭碗"，赴省城作家协会打工。

得知我辞职的消息，父亲的绝望被愤怒掩盖了："你看你能的，你都能得要上天了！"父母在我童年时离异，我是父亲带大的。那天，在父亲租住的土屋小院里，父亲眼里喷火，颤抖的嘴唇没一点儿血色："你你你……你想走也行，你把借我的3000元钱还给我再走！"我使劲咬住嘴唇，但泪水还是涌出来——在全世界都不理解我的时候，父亲居然是最不理解我的人，长年的委屈和压抑蓦然爆发：我把兜里同学和朋友们临别馈赠的钱一把抓出来，一边扬手向父亲抛过去，一边哭着奔出了小院。

外面的世界很精彩也很无奈。在省作协，不谙世事的我再次饱受磨难。

当所有梦想都被打得粉碎、所有屈辱与愤怒无处可诉的时候，我想到了死。我喝得酩酊大醉，拎着酒瓶沿着租住小屋附近的铁轨往前走。这时我想起了白发稀疏的父亲，想起了当初他几乎下跪恳求银行领导的话："我儿太年轻，他不懂事！求你们千万不要同意他辞职，给他留条后路啊！"……就在火车逐渐临近的时候，我腰间的呼机响了，"爸爸，天黑了，你怎么还不回家？"看到8岁女儿的留言，在火车急促的汽笛声中我大哭并大吼一声，我最终选择了活下去。

可活着多么艰难！我无颜面对江东父老，尤其无法给父亲一个交代，苟活在陌生的南京城，我只有孤独与迷茫。在那段寒冷无助的岁月里，我拼命地找工作，写稿，做过广告公司文案、洗衣店小老板、杂志社临时工、报社编外摄影记者……我甚至利用自己的书法专长给一些店家的门面刻写"服务宗旨""经营范围"等，挣一点微薄的油盐钱。

那时我什么都不怕就怕自己和妻儿生病，什么都想就是不敢想家。我没脸与父亲有任何联系，但依然不时地从银行老同事那里听到父亲的消息。"你大常到单位来转，一来就找报纸，看看有没有你发表的文章和新闻摄影，有就悄悄拿走……"听到这样的消息我总是心如刀绞。父亲原本也像银行领导一样，老是批评我"不安分，瞎折腾"，而有谁知道，目光如箭嘴如刀的父亲，却悄悄地把他所能收集到的载有儿子作品的每一张报纸，都小心地保存起来，在那些孤独的夜晚，他就那么看啊看，就仿佛看见了那个让他又恨又疼的儿子了。

"你大那天来存定期，写的是你的名字，3000……"在我走后的第三天，父亲就把我扔给他的钱捡起来，以我的名义存成了定期。"我哪是问他要钱嘛，我是不想让他辞职啊。这孩子心太野了，给他存着吧，等他哪天撞上南墙了，用得着……"

可怜的父亲在孤独了6年之后终于原谅了他的儿子；但是父亲啊，儿子要流下多少泪才能原谅自己呢？

还在南京一家杂志社工作时，广东省妇联《家庭》杂志社林双璧主任(后任总编辑，现已退休)来南京组稿，鼓励我进行纪实文学创作，因不懂采访和写作路数，我当时有畏难情绪。不久后，为帮一位患了尿毒症的作者联系出书我到了北京，刚好中国作家协会一家文学期刊缺人手，我就留了下来。初到北京，我住在潘家园的一处地下室里，条件很艰苦。林双璧大姐又打电话鼓励我，指导我，说我一定行。林姐后来称赞我是个"核反应堆"，"一旦启动，能量是无穷的"。确实如此，一连两个月，《家庭》《知音》两家杂志同时发表了我的纪实文学作品，而且都是同期两篇。自此，我开始了至今长达二十余年的纪实写作生涯。一年后，一度贫困得连挂号信都舍不得寄的我，居然在东郊一隅按揭买了处楼房，尽管面积只有 77 平方米，但那是纪实写作给我带来的呀！我也成了北漂作家们的榜样。

两年后我换了套大房子，父亲问装修花了多少钱？我骗他说，将近 2 万元——其实少说了一个"0"——即便这样，父亲还是嘟囔了一句："真败祸儿……"（苏北方言，糟践、浪费的意思）

我多次要接父亲来住，可每次都被他拒绝了。

2008 年北京奥运会的前一天，因陪生病的哥哥来北京看病，年迈的父亲终于和哥嫂全家来到了北京。进门的时候，面对儿子面积 180 平方米的大房子，父亲怯怯地笑，手足无措。

为陪哥哥看病，也为多陪陪老父亲，这届奥运会我放弃了所有采访，父亲很内疚。我时刻关注着奥运进程，每有中国选手得金牌，我和女儿、侄儿都会高兴得跳起来，父亲却总是不声不响地把自己关在客房里。我很纳闷，就去喊他来看，可每次，他都坐在床头背对着我，细声细气地回答说："你们先看……"

奥运会进行到第三天上午，我实在忍无可忍，推开门喊父亲："您原来不是这样啊！怎么一点也不关心国家大事了呢？"父亲终于转过脸来，那一刻，隔着老花镜，我看到了父亲满眼的泪。我吓了一跳，忙问，"俺大，您怎么了？"父亲一边低头擦泪，一边嗫嚅着说："没事，我在看你文章哩……"原来，父亲每天把自己关在房间里，正一篇一篇地阅读我那些发表在杂志上的报告文学和社会纪实呢，每遇感动处，他都会为主人公流下同情的泪。

积累多年，发表我纪实作品的样刊排满了书架的一层，足有数百本。父亲就一本接一本地看，看得我的心生疼——他哪里是在看文章，分明是在看儿子这些年走过的路啊！我说："俺大，这些杂志您以后可以慢慢看，咱先看奥运会吧。"父亲说："不，奥运会以后会重播的……"

正是父亲来京的第三天晚上，我平生第一次给父亲洗澡，也是第一次抚摸到父亲嶙峋的骨头。在泪水与心痛中，我写下了这首诗歌代表作《给父亲洗澡》——

> 我说俺大，先洗洗头吧。父亲喔了一声
> 乖得像个孩子。平生第一次用洗发水
> 低着头的父亲颇多疑问。他说洋碱太柴
> 胰子太贵。"俺一般都用洗衣粉"
> 父亲啊！摩挲着你稀疏的白发
> 要咬上几次牙，我才能阻止那些战栗的泪水？
>
> 第一次给你搓灰，我就搓到了你的骨头
> 干瘪的父亲啊，我要怎样的轻柔
> 才能不让自己的胸口，痛出声来……

父亲和哥哥一家在京住了一个来月，哥哥病情好转，父亲拒绝我的挽留，最终还是陪着他们一起回苏北了。临行前，父亲这也不要那也不要，却坚持要带走那些他还没看完的刊有我纪实作品的杂志。我说："俺大，这个太沉了，不好拿，以后我给您寄去好吗？"父亲说："不，路上我就要看呢。"

送走父亲刚回到家，就看见女儿在那里流泪——我知道她是舍不得爷爷走的。坐下来，搂住女儿，我安慰她说："赶明儿再把爷爷接回来，咱们一起过。"女儿突然抱住我，哇地哭出声来，这时候，我才看见女儿颤抖的手里攥着的钱和纸条。

在那张旧得泛黄的纸片上，父亲的字迹刚正瘦削："楠楠：多年未见，也未给你什么，我只有300元，给你留念。爷爷。"我蓦然想起临来时电话里父亲与我的对话："你钱够用吗？我给你带几千来。"我连忙吓唬他说："路上不安全，千万别带钱，我这什么都不缺……"

握着这张纸条，一如握着父亲那颗沧桑而慈爱的心，我的心刀割一般地痛。我搂紧哭泣的女儿，怀想着此刻正在列车上看儿子文章的苍老的父亲，无边的泪水淹没了我的呼吸……

对亲人的这份爱与歉疚以及感恩，直接影响着我的人生观和写作态度。最初从事纪实写作，说实话，我是把它作为谋生手段的。等终于放下了作家的"臭架子"，我才恍然发觉：一篇优秀纪实作品的魅力及能量，远远高过一些贫血而软骨的所谓"纯文学"产品。

从事写作尤其是从事纪实写作以来，我一直十分关注社会最底层老百姓的生存现状，之所以坚守这样的初衷，骨子里的根由自然缘于我是农民的儿子。《家庭》杂志 2005 年 2 月下半月刊发表的重庆山村教师刘念友瞒着家人挖煤资助贫困生的稿件就是我采写的(见"敬业"专辑)。在开县的大山里，目睹刘老师的生活窘况，站在那间四面漏风的破教室，看着山村孩子们一张张可爱又瘦小的脸，我潸然泪下。在采访刘念友前后，我两次去他儿女所在的学校进行了深入采访。采访结束的那个晚上，我请他们在学校附近的一个小饭馆吃了顿饭。我知道，他们几乎没进过饭店。我们吃的是水煮鱼，饭后盆里还剩了些鱼头鱼尾和豆芽，姐姐小心地打成包，连吃剩的那碗米饭也打了进去，交给弟弟，并跟我解释说："小弟饭量大，在学校常常吃不饱……"

采访结束回到北京，当我把刘念友和他儿女的故事讲给女儿听的时候，刚上初中的女儿流泪了。她给刘老师的两个孩子寄去了 300 元钱，并含泪写了一封信："大姐姐大哥哥：听我爸回来说起你们的不易和坚强，我真的很感动，我要向你们学习……这是我积攒的爸爸平时给我的零花钱——天冷了，真担心这点钱不够你们买两件棉衣的……"

长期到全国各地采访，每每面对各种各样的底层人生，面对那些身陷绝境而依旧坚强的主人公，我都感慨不已，采访中，我常常不由自主地倾我随身所有来帮助他们。最让我开心的事情莫过于一篇作品发表后，绝境中的主人公得到了全社会的关注以及善良读者的热心救助。在用文字帮助弱势群体的同时，我也感受着底层百姓给予的鞭策与砥砺：一个含泪的眼神，一句温暖的问候，一包深情的沙枣……对我来说都是这人世间弥足珍贵的。《家庭》2007 年 4 月下半月刊《弃学回乡，博士生泣血守护绝症慈母》一文中的老妈妈不久前离开了人世，她从邻居家借来送我的那块腊肉，那块让我泪落楠林、永生难忘的腊肉，我们全家一直舍不得吃……

我一向固执地认为：一切没有疼痛和泪水元素的文学艺术产品都是橡皮人、塑料花。对这个纷繁世界，我一向坚持善意的体察和"有温度"的书写——即便笔下的主人公是一个罪人，我也祈望自己能从他的罪过之外捕捉到其灵魂闪光的另一面，我认为这样的写作才是有着人文精神和社会责任感的写作。有鉴于此，我给自己的纪实写作定了"三不写"守则：一、不引人向上的不写；二、没有善意与暖意的不写；三、不能首先感动或震动自己的不写。带着悲悯与感恩，带着对亲人、对社会的一份爱与责任，我一天天坚持着自己的"暖性写作"，并在这份努力与坚持中得到了生命乃至灵魂的一次次升华。

值得一提的是，在我的言传身教下，如今女儿也成了一名纪实文学写作者，并被河北省作家协会吸收为会员。

我从事纪实和报告文学创作二十余年，至今依然坚守在纪实和报告文学创作一线，先后采访社会各界人士近千名，撰写纪实稿件数百篇，累计发表 500 余万字。可以说，我的纪实和报告文学创作，是跟祖国改革开放伟大事业紧密联系在一起的，我和我笔下的主人公，既是这个伟大时代的见证者，又是中国特色社会主义伟大事业的建设者和参与者，更是社会主义核心价值观的忠诚实践者。

作为一名作家，我赶上了最好的时代。我决心用饱蘸爱和热血的笔，继续书写这个伟大的新时代，继续记录高速前进的中国，继续讴歌坚强奋进的中国人民！愿我用生命书写的文字，与祖国同在，与人民同在！

2021 年 8 月 15 日　北京

富　强

　　女航天员遨游太空，奥运健儿一次次夺冠，
全面建成小康社会……世界目光一次次聚焦新
时代的中国和中国人。筚路蓝缕，迎难而上；
天翻地覆，既慨且慷！国富民强背后，却是那
么多汗水和泪珠。苦难和荣光，一起擦亮中国
坚强……

2021 年 10 月 15 日，

神舟十三号女航天员王亚平发了一条朋友圈：出差半年。

英雄出征，送行的人群里突然冒出一个小脑袋，

她一边挥手一边大声呼喊着："妈妈！"

英姿飒爽的王亚平，眼角顿时闪烁着泪光……

殊荣背后，多少艰辛，多少悲壮！

"妈妈去给你摘星星！"一句话，多少泪，多少梦想与担当，

它浸透着中国人多少智慧、勇气、自信和顽强！

王亚平
摘星星的中国女儿

王亚平

奔跑的樱桃，奔跑的梦

风轻云稀，天空瓦蓝而寂静。叽哩鸟像被图钉钉在天空中一样，迅疾地扇动翅膀，冲着辽阔的田野叽哩叽哩地叫。麦浪像涌动的大海微微起伏，灌浆的大地正在迎来收获。而叽哩鸟的窝，就在麦秆上；几枚蛋宝宝，正随着麦秆轻轻摇晃。一切，都像梦一样。

更像梦一样的，是那千百亩樱桃园！青涩褪尽，亿万颗红樱桃在艳阳里闪烁着光芒，娇艳欲滴。一个美少女迎着艳阳，正在樱桃园里奔跑，她的脸上泛着红樱桃一样娇艳的光，亿万颗红樱桃正在她的眸子里奔跑，像星星一样。美少女一边奔跑一边呼喊："爸爸！妈妈！我验上啦！验上啦！"

正在樱桃园深处摘樱桃的爸爸妈妈，停住手。他们的指尖又红又肿又疼，脸上现出微笑，眼里闪着泪光……

1980 年，王亚平出生在烟台市福山区，那是一个盛产樱桃的地方。和村里其他人一样，王亚平的父母都是农民，半辈子在土地上谋生，家里所有开销和王亚平的学费都靠几亩樱桃树。

从小就饱尝生活艰辛的王亚平，深知父母的不易，所以从小就特别懂事，从不乱花一分钱，而且对父母特别感恩。一到星期天和节假日，王亚平就帮助家里干农活，即使烈日炎炎，小脸被晒得通红，她也从不叫苦。有些活太累、太重了，爸爸妈妈舍不得让她干，她就带妹妹。她的课余时间除了做作业，就是带妹妹。妹妹从小就是姐姐带大的，姐妹俩有着很深的感情。王亚平从小就暗暗发誓，一定要好好读书，考上大学，到大城市当个医生或律师，把辛苦一辈子的爸爸妈妈还有妹妹接到大城市里去享福。

小小的、实实在在的志向，激励着王亚平奋发学习。她比谁都努力，比谁都好学，成绩一直是全班第一，偶尔考个第二名，她还会难过得哭鼻子。

王亚平是个要强的孩子，从不服输，凡事争先，一直都是同学们的榜样。王亚平不仅学习成绩数一数二，体育成绩也出类拔萃。

生在农家，吃农家饭，穿农家衣，常年奔跑在家乡这片土地上，王亚平天生就有一副好身板，她优于常人的体能从小就显现出来。400米短跑，800米中长跑，10000米长跑，从小学到初中到高中，王亚平一直是田径场上的佼佼者。

王亚平不仅爱跑步，而且爱打篮球，满场都是男生的篮球场上，常常能看到王亚平矫健的身影。她奔跑，闪展，腾挪，冲刺，上篮，敏捷的动作和精准的投篮，总是引得围观同学阵阵欢呼。

活泼好动的王亚平长于奔跑，也乐于奔跑，王亚平就是一路奔跑着成长起来的。

王亚平一路奔跑着上完小学，又一路奔跑着读完初中，她的成绩一直都是班级第一，在全年级也是名列前茅。初中毕业，王亚平面临着第一次人生选择。

在父母和乡亲们看来，一个农村女孩子，初中毕业，能够考上中专，毕业后当个老师，脱离农门，已算是光宗耀祖了。但王亚平不这么想，她悄悄地报考了高中。

在条件有限的农村，孩子们考高中像考中专一样不易。一个班难得有一个能考上中专的；即便是考高中，也是好几个人中才能考上一个。

但王亚平最不怕的就是考试，毫无悬念地，她以总分第一的优异成绩考取了县第一中学。知道女儿生性要强，有主见，眼看着生米煮成熟饭，爸爸妈妈都没有责备王亚平。录取通知书下来的时候，爸爸用满是老茧的大手摸了摸女儿的头，温和地说："要上，就好好上。"

有了家人的支持，勤奋刻苦又自信有加的王亚平如鱼得水，学习成绩一直稳定，体育才华更是渐渐凸显出来，运动场上，年轻健美的她总是那样引人注目。

机遇总是偏袒有准备的人。1997年，高中即将毕业的王亚平迎来了人生的第一次大考——高考。这一年，幸运之神降临到这一届每一个女孩身上——国家要招收第7批女飞行员。女同学们都觉得机会难得，都渴望飞上蓝天，大家都跃跃欲试。可是，班里20多个女生，只有王亚平一个人不戴眼镜。

女同学们都因近视失去了机会，反过来都怂恿体育尖子王亚平报名。在同学们的鼓励下，抱着试试看的心理，王亚平去报考了。说实话，从来都不怕考试的她，这一次心中没底了：别说十里挑一、百里挑一了，女飞行员的选拔，真的是千里挑一、万里挑一啊！

从学校到烟台再到济南的大体检，一轮接一轮严苛的体检下来，王亚平在几万名报考生中崭露头角。这是多大的幸运！

当得知自己体检通过的时候，王亚平激动得跳了起来。她第一时间跑回家，把这个好消息告诉勤劳善良又辛辛苦苦的爸爸妈妈："爸爸！妈妈！我验上啦！验上啦！"

接下来，就看高考成绩如何了，而文化课正是王亚平的强项，她的自信心更强了，她觉得自己离蓝天白云更近了——这个曾经梦想着当医生、当律师的女孩，现在什么也不想，只想着飞机和蓝天；每到夜晚，遥望着浩瀚的银河，王亚平总是心潮起伏，浮想联翩。在王亚平看来，银河里的每颗星星都不是静止的，每颗星星都不是在眨眼，而是在奔跑，像她一样不停地奔跑，奔跑……

王亚平是一路跑出来、考出来的，等待她的，是更长、更远的路，是更多、更艰难的大考……

奔跑的星星，奔跑的汗珠、泪水和笑容

17 岁的夏天，王亚平迎来了她人生的第一份喜报，那也是整个福山、整个烟台甚至整个山东的大喜报——高考成绩出来后，王亚平最终以文化课总分高出分数线 130 分的优异成绩，被中国人民解放军空军长春飞行学院录取，成了我国第七批 37 名女飞行员之一。

就这样，1997 年 8 月，王亚平来到中国人民解放军空军长春飞行学院，开始了她艰苦卓绝的军旅生涯。

1999 年 4 月，在淘汰了 7 名同学以后，包括王亚平在内的 30 名学员顺利转入哈尔滨第一飞行学院，开始了真正的飞行生涯。经过了两年零四个月的学

习，王亚平以总成绩第二名的好成绩，从哈尔滨第一飞行学院毕业分配到航空兵某师某团。

该团素有"女飞行员摇篮"之称，全国大多数女飞行员集中在这里。这里先后涌现出了岳喜翠、刘晓莲、程晓健等一大批英模人物。来到这里，王亚平一直以她们为榜样，努力学习飞行技术，航理考试连续两年都取得了第一名的好成绩。

跟优秀的人在一起，你必须更努力。高空飞越、10 米高空走钢丝、花式转秋千、转完 30 圈再走直线……这些看着有点"吓人"的项目，是王亚平的日常训练项目，有时男同学都会受不了，但王亚平却坚持下来了。

不经一番寒彻骨，怎得梅花扑鼻香。四年如一日的坚持，王亚平最终以总分第二的优异成绩毕业。在分配到武汉空军运输航空兵部队的 9 年间，她安全飞行 1567 个小时。

王亚平多次参加战备演习、汶川抗震救灾、北京奥运会消云减雨等重大任务。这些光荣任务，不仅磨炼了王亚平和战友们的体魄和意志，更让她们由衷热爱日新月异的伟大祖国。

从小我到大我，王亚平完成了一个普通老百姓到一名革命军人的转变，既有了光荣感，又有了使命感。她暗暗发誓，要把自己的一生，奉献给蓝天，奉献给星河，奉献给伟大的祖国！

作为人类，活在这浩瀚的宇宙，其实每颗心都是一颗星——在宇宙，星与星会相遇；在人间，心与心会交逢。

共同的职业，共同的理想和抱负，让年轻的王亚平和赵鹏相遇、相知并相爱，两颗心渐渐靠拢。

赵鹏也是一名飞行员，两人分隔在相距数百千米的不同单位。因特殊的职业和身份，两个相爱的年轻人不能像普通青年那样时常见面。两人每天的工作都异常忙碌，平时想见上一面都难。

尤其是 2008 年，两人已将近半年没能见上一面。5 月 12 日，汶川地震爆发，举国哀痛。王亚平和赵鹏分别受命，向地震灾区执行运输飞行任务。一次次，一天天，他们紧张，疲惫，但丝毫没有懈怠，因为使命在心，重任在肩。

那是震后的某一天，两人各自执行运输飞行任务。通过联系知道，彼此先后在一个小时左右的时间内到达成都双流机场。都是一身戎装，征尘仆仆，一见面，一向坚强隐忍的王亚平忍不住哭了。赵鹏搂着她的肩膀，轻轻拍打着，温存的笑脸上也挂着泪花……

那是这一年里，这对恋人在阔别近半年之后的第一次见面，泪水在滑落，机翼在飞旋，而留给一对恋人的相聚时间，不到30分钟……

这就是祖国的军人！这就是战士的恋情！像白杨一样伟岸挺拔，像星星一样高洁浪漫，又像野酸枣一样谦卑辛酸……

太空有星月，太空有大梦，伟大的中国人从来都没有停止过对太空的探索，有了稳定工作的王亚平也从来没有停止过自己越来越高、越来越远的追求和梦想。偶然之间，在电视里，王亚平看到了"神舟五号"发射转播画面，她的梦想在那一刻瞬间明朗并逐渐具体。

当飞天英雄杨利伟飞向太空的画面传来时，中国沸腾了，世界震惊了，军营里的王亚平和战友们更是欢呼雀跃，心驰神往。那一年，王亚平23岁。"我们有了男航天员，也一定会有女航天员！"那一刻，飞天的种子就在王亚平的心灵深处种下了。"你要努力呀！争取成为中国第一代女航天员！王亚平，加油！"无数个夜晚，仰望着浩瀚的银河，王亚平在心底对自己呼喊。

2009年，王亚平终于迎来了我国实施载人航天工程以来首次选拔女性预备航天员的机会，她毫不犹豫地报了名，并通过了层层检查和考核。

成为航天员，光有梦想是不够的。航天员的生活，和王亚平预想的很不一样，不仅要学习海量的知识，还要进行无数超越身体极限的航天环境适应性训练。

2010年，中国第一代女航天员正式选拔，王亚平脱颖而出。在其后三年多的时间里，王亚平重新学习了50多门课程，坚持完成了一次又一次严苛训练和考核，每一个动作零误差、零失误。

航天员的训练有多苦？超重耐力适应性训练、前庭耐力训练、失重适应性训练等每一项航天环境适应性的训练，都会把王亚平的体能一次次地消耗完。

一个出舱动作，都要反复熟悉、揣摩，形成肌肉记忆。一次训练四五个小时打底，出舱后，端不稳碗、夹不住菜，累到虚脱都是家常便饭。但是，哪怕在最煎熬的超重耐力训练中，王亚平也没有想过放弃。

航天员训练中，有一个叫停的红色按钮，只要摁下去，就可以停止训练，但王亚平一次都没用过。毫不动摇的信念，坚定如铁的意志力，支撑着王亚平。

太空并不会对女性更温柔，王亚平也用实力证明在太空里巾帼不让须眉。短短 3 年，王亚平便入选了"神舟十号"任务乘组，成了中国"80 后"飞向太空第一人，而且是女性！

随着"神舟十号"冲入云霄，王亚平在太空进行了一场世界上范围最广、时间最长、受众最多的太空授课直播，在太空中向青少年讲授失重环境中的物理现象，成为中国首位"太空教师"。

在王亚平太空授课之前，世界上只有美国女教师芭芭拉·摩根在 2007 年做过太空授课。她通过视频，给爱达荷州的学生上了 25 分钟课，并展示了宇航员在太空怎样运动、在太空如何喝水等情景。

为做好太空授课，王亚平和乘组做了大量的准备工作，比如对教具、教学内容的准备，甚至包括对课堂教学心理知识的了解等，针对学生们在课堂掌握的相关常识，挑选了一些非常有趣的小实验。

为了在太空授课中实现最好的实验效果，王亚平和乘组在地面进行了多次演练。万一实验不成功怎么办？王亚平想起了父亲的教导："要做个善良的人，更要做个诚实的人，永远实事求是，脚踏实地，不说假话，不来虚的。"想着父亲的话，王亚平的心里无比踏实："实验做出什么样，我们就讲什么现象。"面对浩瀚宇宙，我们其实都是学生，学生第一要虚心，第二就是要诚实。

除了太空授课，在"神舟十号"飞行中，王亚平还负责飞行器状态监视、空间实验、设备操控和乘组生活照料，被同伴们亲昵地称为"小姑娘""女孩儿"。生活中，同伴们把王亚平当作小妹妹一样照顾，但在工作上，王亚平时刻严格要求自己，绝对不能像小孩儿一样，而是要成为同他们并肩作战的战友。

除了这些日夜并肩作战的战友之外，王亚平还有一个特殊的战友，那就是她的亲密爱人赵鹏。

2006 年国庆节，相爱多年、聚少离多的王亚平和赵鹏在老家举办了婚礼。因工作原因，婚后长达十年，他们都一直不敢要孩子。十年后，女儿呱呱坠地，一直长到五岁，都很少见到妈妈。别人的妈妈都在身边，天天搂着睡，而她的妈妈却常常在天上，想搂也搂不到。每天夜晚，女儿都搂着妈妈给买的洋娃娃，一边搂着一边自我安慰说："宝宝乖，妈妈很快就会回来的……"

支持妻子就是支持军队、支持国家，同样身为军人的赵鹏深知军人的使命和天职，他默默支持着，奉献着，牺牲着。面对丈夫的奉献和牺牲，王亚平的内心温暖又沉重，而她深感最愧对的，还是他们小小的女儿。

因为训练和工作，王亚平一年到头与家人聚少离多，但懂事的女儿总会给她最大的宽慰。女儿总是喜欢给妈妈画画，画得最多的就是星星。小小的女儿知道，妈妈是离星星最近的人。

每次出发前，懂事的女儿为了减少妈妈的离愁别绪，并不表现得依依不舍，她总是笑着亲吻妈妈的脸，把画好的星星塞给妈妈。王亚平也总是吻着女儿的额头说："宝宝乖，在家听话，妈妈去给你摘星星！"美丽的女儿每次都乖乖地点头，虔诚地信，默默地等……

王亚平之前不知道女儿有多想她，还以为长期不在一起，女儿已经习惯了、不想她了，直到女儿在一次课上哭着跟老师说："老师，我可以抱你一下吗？我想妈妈……"听到这个故事，坚强的王亚平泪流满面，哭得浑身颤抖……

奔跑的中国，奔跑的世界

王亚平曾在演讲中表示要感谢这个伟大的时代，她说："我是出生在农村的姑娘，依旧能通过刻苦努力实现自己的梦想，时代是充满机遇和公平的。"

因为赶上了了不起的时代，也因为自己从不间断的努力，王亚平给自己迎来了一次又一次机遇和一个又一个荣誉。2013 年 7 月，王亚平被中共中央、国务院、中国共产党中央军事委员会授予"英雄航天员"荣誉称号，并获"三级航天功勋奖章"。

从一直努力、顽强拼搏的王亚平身上，我们不正可以看到新时代的中国飞速发展、负重前行的缩影吗？

"神舟十三号"为中国载人航天工程发射的第十三艘宇宙飞船，是中国空间站关键技术验证阶段第六次飞行，也是该阶段最后一次飞行任务，按照计划部署，"神舟十三号"航天员乘组将在轨驻留六个月。因为过硬的素质和条件，2021年10月14日，"神舟十三号"载人飞行任务飞行乘组成员确定，王亚平作为唯一女性位列其中，举世瞩目。

10月15日21时40分，"神舟十三号"载人飞行任务航天员乘组出征仪式在酒泉卫星发射中心问天阁广场举行；21时42分，随着中国载人航天工程总指挥、空间站阶段飞行任务总指挥部总指挥长李尚福一声命令，翟志刚、王亚平、叶光富3名航天员领命出征。

"五星红旗迎风飘扬，胜利歌声多么响亮，歌唱我们亲爱的祖国，从今走向繁荣富强……"广场上人山人海，在壮行队伍高亢激昂的歌声里，三位宇航员向人群挥手，继而敬礼告别。

就在这时，人群里突然冒出一个小脑袋，一边挥手一边大声呼喊着："妈妈！妈妈！"王亚平一抬眼，她看见了自己亲爱的女儿，正骑在大人的肩膀上，向她使劲地挥手，呼唤。王亚平使劲咬着牙，不让眼泪流下来。她微笑着，远远地，向亲爱的女儿挥挥手，千言万语全化作了哽咽……

2021年10月16日0时23分，搭载"神舟十三号"载人飞船的长征二号F遥十三运载火箭，在酒泉卫星发射中心按照预定时间精准点火发射，约582秒后，"神舟十三号"载人飞船与火箭成功分离，进入预定轨道，顺利将翟志刚、王亚平、叶光富3名航天员送入太空，飞行乘组状态良好，发射取得圆满成功！

10月16日6时56分，"神舟十三号"载人飞船与空间站组合体完成自主快速交会对接。

11月7日18时51分，航天员翟志刚成功开启天和核心舱节点舱出舱舱门，截至20时28分，航天员翟志刚、王亚平身着中国新一代"飞天"舱外航天服，先后从天和核心舱节点舱成功出舱。至此，王亚平成为首次进驻中国空间站、也是中国首位实施出舱活动的女航天员……

女儿从电视上看到在太空里的妈妈，激动得又蹦又跳，挥着小手，呼喊着："妈妈，妈妈!"妈妈仿佛听见了她的话，也一直微笑着，冲她挥手。女儿相信妈妈的话，她出差去了，这一次要走半年，回来的时候，一定会给她摘星星，摘很多很多……

（本文照片由中国人民解放军航天员大队提供）

世界就是舞台，人生就是赛场。

他们不服输不认命，

越摔打越倔强。

太多不幸、太多磨难，

磨砺并打造了这对"悲情搭档"的中国坚强。

他们让青春淬火、让生命闪光，

一次又一次，

让五星红旗冉冉升起在世界冠军的领奖台上……

庞清、佟健
奥运征程打造中国坚强

庞清、佟健在训练中

原本"有仇"，半路入行的少年男女

　　1979 年 8 月 15 日和 12 月 24 日，佟健、庞清分别出生于冰城哈尔滨的两个普通工人家庭。谁都不会想到，两个相差了 4 个月的生命，日后会与体育结缘，牵手冰坛。

　　佟健和庞清相识于 1993 年 7 月。那时候，在黑龙江省队一直练单人滑的庞清总是难出成绩，而一直练冰舞的佟健也打算转型。队里根据佟健的自身条件，决定让他转型练双人滑，并让他选择搭档。在教练的撮合下，佟健和庞清这对少男少女第一次见了面。佟健个头已经很高，而同龄的庞清则娇小玲珑。一见到清秀可人的庞清，爽直果断的佟健就说"别选了，就她了"。就这样，他们开始了坎坷的搭档生涯。

　　由于缺乏默契和良好的沟通，问题很快就暴露了出来，最初练一个抛跳动作的时候，差点没把教练急死。第一次，失败了，两人互相看了一眼，但都忍着没吭声。第二次，失败了；第三次，又失败了……一次次的失败，个性刚烈的两人都窝了一肚子火，庞清终于忍不住了，她抚摸着疼痛的手臂，抱怨起来："你抛的什么玩意儿？"

　　本来，搭档屡屡摔倒，佟健就很不安，一听这话，他的火也蹿起来了："动作就该这么做，我觉得你节奏上有问题！"见对方居然狡辩，文静而倔强的庞清不干了："是你抛的方式不对！"你一言，我一语，他们当着教练和队友的面争吵起来……他们都是有主见的人，都是九头牛都拉不回的倔脾气，竟然一个星期彼此不说一句话。

　　双人滑最重要的就是心灵相通，配合默契，这样的顶牛状态怎么可能不出问题？于是两人失误不断，教练气得不知怎么说他们："你们有仇是不是？"

　　最先"投降"的还是佟健。佟健个头高，虽然一副大男子主义的模样，其实心柔软得很。每次见庞清摔跤，他都很心疼，很内疚，也十分无助。他不知道自己究竟该怎样做才能让庞清少吃苦头，但又不愿意表现出来，因此总是一副高高在上的模样，而庞清最看不得他这副"嘴脸"，于是恶性循环……但是，想在冰上继续自己的运动生涯，不跟搭档好好配合，一切都是白扯。两人其实都明白这个道理。一周之后，当庞清第 N 次跌倒后，佟健终于放下男子汉的"臭架子"，主动伸手去拉庞清，轻轻问了一声："疼吗?"这声问候，竟让庞清鼻子一酸。"能不疼吗?"庞清心里特别委屈、气、恨，但一见佟健愧疚的眼神，所有的不快全都化作了宽容和谅解的泪水……

和好以后，佟健开始像哥哥一样关心庞清，帮她打饭，做这做那。而庞清也常常主动刷洗佟健换下来的臭鞋、臭袜子，一对搭档渐渐亲如兄妹。与此同时，他们的配合也越来越默契。

可是，开始练托举动作的时候，庞清和佟健依然吃尽了苦头。那时候的佟健生得干瘦，没什么臂力，尽管庞清长得娇小，他仍心有余而力不足——有时候庞清的动作做出来了，但没力气，身体不停地抖；佟健也没力气，也跟着一块儿抖——两人共同的颤抖经常引得队友哄笑，他们又羞又急……

也不能全怪庞清和佟健。他们开始练双人滑之后，教练姚滨大部分时间在北京，而他们却无法到北京训练，只能在哈尔滨训练，没有固定的教练指导，有时跟着男单练，有时跟着女单练，有时跟着冰舞练。这种吃"百家饭"一样的训练，训练效果可想而知。

为了增加臂力，佟健不断增大运动量，开始拼命地练举重，每天与庞清绑着沙袋练跳远、练长跑。聪明善良的庞清为了配合自己的搭档，努力地节食，以素食为主，每天只吃两餐甚至一餐。有时候实在馋了，就吃点肉，再吐出来。庞清 17 岁生日那天，教练和队友们聚会。佟健去洗手间，发现庞清正在抠嗓子，才明白她的良苦用心。

"你又没喝酒，吐什么?"

"吐菜，我怕自己长肉，你更举不动我了……"佟健蓦地一个激灵，一把抓住庞清的手，一句"你傻啊"还没说完，心疼的泪水就涌出来了。

这是佟健第一次在生活中拉起庞清的手。那一刻，他们都在心底默默发誓："不管多难，都要练出名堂。"他们比谁都清楚：在体育界，没人在意你的奋斗过程，人们只盯着沉甸甸的奖牌。这很残酷，却是现实。

为了出成绩，他们拼命地训练。一次训练中，失误的庞清甚至被摔晕过去，连教练都吓坏了，赶紧送进医院抢救。苏醒的时候，庞清看到一个高高的身影，那是佟健。"你可醒过来了！你都快把我吓死了……"佟健的语气带着哽咽。她感觉自己冰凉的小手被一双温热的大手握住了……

1997年，他们自费进京训练，而磨难依然如影随形。一次练习托举，教练和队友赵宏博等人都在旁边保护，但庞清还是不慎摔在地上，胳膊骨折了。

打石膏的那段时间，庞清心情很郁闷，佟健劝慰她："这是老天爷让你好好休息一段时间呢，这些年你太累了。"

"你还不是一样？我们是绑在一条绳上的蚂蚱。"佟健一愣，把削好的苹果递给庞清，温柔地说："好啊，那就让我这只大蚂蚱，好好伺候你这只小蚂蚱吧！"庞清笑了。佟健趁热打铁地鼓励她："你也甭老躺着，胳膊伤了，可腿没坏呀，走，我带你逛街去！"

那情景，庞清终生难忘。佟健像搀着一个老太太，一步一步地走，到了人多的地方，佟健紧张地护住庞清的伤臂，嘴里嚷嚷着："小心了，小心了啊，给伤兵让个道……"庞清油然而生的感动中，猛然发现一直被自己看作大哥哥的佟健如此英俊潇洒，刚硬的外表下面有一颗如此体贴的心……

屡败屡战的"老二"，多少次抱头痛哭

付出总算有了回报。1999年的世锦赛上，庞清和佟健名列第14名，同年正式进入国家队，在四大洲花样滑冰锦标赛上夺得第5名，离领奖台仅仅一步之遥了。庞清喜欢加菲猫。那年的圣诞节，也是庞清的生日，平时大大咧咧的佟健特意跑到西单，给她买了一个比她本人还要高大的加菲猫玩具，把庞清高兴坏了。她很清楚，佟健每月工资才700多元，但每到自己生日，他总会准备一份精致的礼物，没忘过一次。

训练条件大大改善，成绩也不断提高，然而压力和磨难更多了，压得庞清、佟健透不过气来。而越是这样，成绩就越出不来——从1999年到2001

年，他们参加的国际性赛事有 10 余次，可无论怎么努力，他们的最好成绩也只是在大冬会上获得亚军，或亚锦赛的冠军。一次次与世界冠军的奖牌擦肩而过的时候，庞清、佟健的眼泪直往肚子里咽。

与队友赵宏博、张昊两对搭档不同，佟健被选定练双人滑比较晚，而且，瘦长型的身材、缺乏臂力的他并不被看好，庞清的情况也差不多。他们从一开始就处于被"冷落"状态。长期受宠的是另外两对组合：开创中国双人滑冰史的申雪和赵宏博，被称为"老大"；技术方面表现突出、有后来居上之势的张丹和张昊，被叫作"老三"；而庞清和佟健就成了不上不下的"老二"，常常被教练"忽略"。这种尴尬在 2006 年都灵冬奥会上达到了极致——"老三"拿了亚军，"老大"获得第三，"老二"空手而归……

很长一段时间，庞清和佟健练习的是申雪和赵宏博用过的节目编排，教练也没有专门为他们编排新节目。一套长节目他们曾经滑了四年半，一套短节目滑了四年，这在花样滑冰运动中是很难想象的事情。直到 1999 年，庞清和佟健才跟着姚滨到美国去编排新节目，这才第一次拥有了属于自己的节目。

许多个冬季的夜晚，北京城行人稀疏，只有路灯散发着昏黄的光。庞清、佟健默默走在街头，心里空落落的，冷风吹进他们的衣领，哪怕他们一手攥着领子，一手插进口袋，依然能够真切地感到深入骨髓的冷。为了训练，他们已两三年没回家了——觉得无颜面对江东父老。他们不敢想象，一次次与奖牌擦肩而过的时候，电视机前的父母和亲人，会是怎样的失望与焦灼……

走着走着，庞清突然低下头来，流下两行泪。一向高昂着头的佟健，此刻也垂下了骄傲的头。他轻轻地、默默地搂了一下庞清的肩膀，拍了拍她，本想说句洒脱的话，可自己的眼里也满是泪水——常年征战的他们，没有那么坚强！

庞清本来只是默默流泪，被他温柔地一拍，一把抱住了佟健，哇地哭出声来。佟健紧紧搂住她的头，辛酸的泪水夺眶而出。在寒夜的北京街头，这个高大而伟岸的男人与瘦小得有些羸弱的搭档，就这么抱头痛哭起来。

"咱不干了，回家吧。"庞清完全卸下了坚强的外壳，露出了小女人脆弱的本性。她的哭声和倾诉让佟健心痛如割，他何尝不想放弃没日没夜的征战生涯，回到老家、回到父母身边。但是此刻，他还是擦干了眼泪，然后又给庞清擦。"我们都拼了这么多年，什么苦都吃了，什么罪都受过了，离世界冠军已经不远了……"

佟健蓦然醒悟过来："我们不是不行，是一直没有机会展示对花样滑冰的理解。"说话的时候，他看着庞清，庞清也看着他，四目交汇，目光越来越坚毅！

他们终于找准了自己的方向。舞曲，他们选择那些感伤、悲壮的旋律；动作，他们选择充满张力的高难度抛跳和捻转；服装，他们选择符合自己特点的……后来有人曾这样形容他们的短节目《朱尔的哀思》："音乐旋律里悲伤的倾诉，让两个人表现得唯美动人。两个人自始至终，高速滑行，音乐仿佛黏在他们身上，与他们融为一体了。"

慢慢地，他们因为独特的表演特点，赢得了越来越多的认可，被世界滑联、无数冰迷认为是一对"完美的悲情搭档"。

庞清和佟健说："我们一直承受着压力，来自队里的，还有领导的。但我们经常互相提醒：要清楚你想干什么？不是拿牌，不是应付领导……而是在赛场上表现完美。""我们越来越完美，就是因为曾经承受的压力……"

肾病和车祸也挡不住的冠军梦

没想到，备战 2007 年至 2008 年国际花样滑冰大奖赛的时候，一个个沉重的打击不期而至。

2006 年 8 月底，刚刚恢复到同期水平的庞清、佟健到美国进行紧张的节目编排。临出国前，庞清给佟健准备了一个简单而温馨的庆生仪式，生日礼物是一双袜子。"怎么又是袜子，能不能有点创意？"佟健笑着打趣。佟健每年生日，庞清的礼物总是单调而"不够浪漫"。"有礼物就不错了，还挑三拣四的——谁叫你的大脚丫子总是那么臭……"娇小秀气的庞清偶尔也幽默，一边说着一边捏着鼻子作扇风状。这是佟健换冰鞋的时候她常有的动作——每天高强度的训练，佟健的脚能不臭吗？

从美国回来，庞清、佟健立即进入了紧张的训练。一连多天的高强度训练之后，庞清发现自己的身体不对劲了。

2006 年 9 月中旬，新赛季开始前的两周，她持续高烧、右腹剧烈疼痛，训练时身体都在发抖。佟健要带她去看医生，她硬撑着，不肯去。9 月 25 日，她的腹部疼得厉害，已不能训练了。佟健赶紧把她送进医院。检查结果出来，她和佟健都傻眼了：由于长期超负荷的训练和营养不良，庞清患上了严重的肾炎，必须好好休息，否则极有可能导致肾衰竭！医生说，她已经不能适应高强度的训练，应该退役。

"不！我要训练。我们一定要拿到世界花样滑冰大奖赛的冠军！这个梦，我做了很多年，我知道，你也做了很多年。这可是在我们家门口的比赛啊！"躺在病榻上，脸色苍白的庞清拉着佟健的手，两行清泪涌出，语气急促、伤感地说。

"顾命要紧！别想着训练的事情了！"佟健的态度很坚决。世界最高水平的花样滑冰赛事首次安排在老家哈尔滨进行，他哪能不想拿冠军？可是，医生说过，如果不放弃高强度的训练，庞清的病情就会恶化！

那段时间，他们放弃了几场热身赛事，例行的训练也不得不中断。许多次，庞清淌着眼泪，问佟健："在最出成绩的时候，我却拖累了你……人家都说，我们是悲情搭档，难道，我们的命运就这么悲惨吗？"

坚强的男子汉佟健也禁不住泪如雨下。他紧紧攥住那双苍白的小手："不会的！你安心养好身体，我们就去参加家门口的比赛。"那些日子，佟健给了病中的庞清无微不至的照顾和鼓励。

经过治疗和休息，庞清的病情渐渐稳定。2006 年 11 月初，庞清坚持要和佟健一起上冰，磨合新编排的短节目，每天下午和晚上进行短时间的低强度训练。一起上冰的第一天，佟健搂着脸色苍白的庞清，轻声说："这段日子，我一个人在冰场上溜。现在，有你，我不再孤单了。"庞清苍白的脸上现出一丝红晕，眼里却闪着泪花。

2006 年底，庞清的病情稍好，她硬撑着要参加南京的一场比赛。开始，佟健说什么也不肯，但她说："我想向关心我们的人，证明我们可以战胜伤病，有能力继续滑下去。"这场比赛，庞清、佟健只拿到了亚军，可是，表演接近尾声时，《罗密欧与朱丽叶》的旋律渐渐变弱，两个人在快速旋转，时间缓缓流逝。在场观众都站起身来，长时间热烈地鼓掌，向他们表示尊敬和理解。

之后，庞清拖着病躯，重返冰场，开始备战，却无法进行高强度训练。

2007 年 3 月 21 日晚，在日本东京。

2007 年世界花样滑冰锦标赛上，庞清、佟健还是第二。金牌被"老大"申雪、赵宏博夺得。后者更因赛后的"浪漫求婚"，成了世界瞩目的焦点。虽然没有得到冠军，可是庞清、佟健很开心。因为，他们看到师兄师姐的冰上真情开花结果了。

那晚，他们相互对视了很久，突然，庞清哭了："我好怕，我怕我等不到这一天。"这期间，她进行了一次检查，医生说，虽然病情尚未恶化，但她的训练强度还是要严格控制！

佟健搂住了她，说："实在不行，我们就放弃。""不！哪怕是死，我也要灿烂一回。"听了这话，佟健犹如万箭穿心，他暗自想："那么，让我多训练点儿吧。你的心愿，我们共同来实现！"

可是，就在备战进入倒计时的时候，一场车祸不期而至。一天晚上，庞清、佟健从亦庄打车，准备返回首都体育馆的大本营。快出亦庄时，他们与一辆私家车迎面相撞。砰的一声，副驾驶座上的佟健一头撞碎了挡风玻璃，血流如注。

幸运的是庞清没受伤。庞清看到佟健流了那么多血，前面的衣服都浸透了，她大哭着，把佟健送到医院。佟健的伤口很深，缝了 10 多针。

佟健受伤后，心细的庞清默默地给他买药、打饭、洗衣。常年离家的两个人，无论生病，还是事业低谷，都是对方最坚强的依靠……

佟健很乐观，脑袋上缠着纱布，还跟庞清开玩笑："你看我们多幸运。接连出这么多事，都没怎么样！这说明什么？说明我们的好运气就要来了。"但佟健的好运还没来，小偷先来了。他平时出门没有锁门的习惯，这一回吃了大亏。一天，佟健从训练场回宿舍，发现手提电脑、手机、MP4 都丢了。"破财消灾。我们的好运气就要……"话没说完，庞清赶快堵住了佟健的"乌鸦嘴"："你什么也别说了，再说说不定又出什么乱子。"

花样滑冰是美丽而危险的运动。美丽的背后，需要极严苛的训练。佟健的伤势稍好，他们就开始苦练"抛四周跳"，那是一项难度和危险系数都相当高的动作。经常，庞清还要训练，佟健却勒令停止，甚至大声呵斥："不行！已经超过医生规定的运动量了。"偶尔，佟健的伤口被碰破了，血流不止，庞清要为他上药，佟健不肯，那个伤口过了很长时间才真正愈合。

比赛如期而至。2007 年 11 月 9 日，2007—2008 国际滑联花样滑冰大奖赛中国站双人滑比赛在哈尔滨紧张进行。庞清、佟健选择了《梁祝》作为伴奏。上场之前，庞清抱住佟健，低声呢喃："也许，这是我最后的机会了。"佟健心如刀割，用力抱紧了她，坚定地说："相信自己，我们一定行的！"

赛场外的深情相依

音乐响起，他们心无旁骛，开始演绎那段经典的爱情。洁白的冰面上，庞清被抛起，落下，抬头，低头，那份痛苦与不舍表达得恰如其分。

那段滑行，他们分开，又滑在一起。佟健将手划过庞清的脸庞——你想说的，我的心都能听到。仿佛两只鸿雁，他们紧贴着飞翔——你是我的另一只翅膀，只有相互拥抱，我们才能飞翔。

此时此刻，他们的心绪，完全进入了共同走过的 14 年——那些辛酸的过往，那些难忘的时光，甚至忘记了这是在比赛。音乐戛然而止，寂静的现场掌声雷动——庞清、佟健以 176.75 分的超高得分，毫无悬念地获得了双人滑的冠军！

国歌响起来，庄严而肃穆。领奖台上，手捧鲜花的庞清、佟健眼含热泪，深情拥抱。那一刻，掌声淹没了一切……

（本文照片由佟健、庞清提供和作者拍摄）

从体育弱国到体育强国，

几多沧桑，几多悲怆，几多辉煌。

每个冠军背后，

都有一双双鼎力支撑的爱的肩膀。

他们是兄弟、是姐妹，是妻儿、是父母；

一样的隐忍负重，一样的勇敢坚强；

一样的荣辱与共，一样的泣血担当！

他们是国歌声中健儿们含泪默念的爱的诗行……

谢颖
嫁给李永波，嫁给羽毛球

李永波少有的甜蜜时光

初恋就像三月里的小雨

认识李永波是在 1983 年 5 月，那时沈阳正春暖花开。当时我和他都是辽宁省队的运动员，他是羽毛球队的，而我是刚成立不久的艺术体操队的。那时我们两个队同在一个馆里训练。因为我们艺术体操队的队员都很漂亮，挺"招眼"的，所以队里有规定，严禁羽毛球队员到我们艺术体操队这边来，而且用木墙把我们两队隔开了。

当时李永波刚从国家队回来，还不知道队里有这个规定。一天上午，我正在训练，李永波推开门往里看，问我："嗨！你叫什么名字？多大了？哪儿人？"记得当时他穿着一套白色运动服，很清爽。我对他竟没有半点儿戒心，顺口就回答他："我叫谢颖，15 岁了，属猴，沈阳的。""那我比你大 6 岁！属虎的！我叫李永波！大连的！"他嗓门大大的，直来直去，不羞怯，也没有什么"弯弯绕"，给我的感觉就是直爽、热情，而且勇敢。

有一天中午我和队友正在吃午饭，李永波也来了，一见到我就主动坐到了我身边。我感觉有点儿难为情，就转身到另外一个地方坐下，没想到他又追了过来。在队友们的眼皮底下，我羞得脸都红了。而他也不说话，只是冲我傻笑一下，然后闷头吃饭。

没过几天，宿舍的电灯坏了，我们喊一个年龄较大的男孩子来修，没想到李永波也跟着来了。人家站在梯子上换灯泡，他就在下面跟我"没话找话"。得知我爱听音乐，他二话没说就跑回宿舍，捧着一摞音乐磁带回来，还说："我那儿有的是，你要想听我全给你！"说实话，对他的表现我既兴奋又害怕，每次见到他，心里都怦怦直跳，我是后来才懂得，原来这就叫"情窦初开"啊！

我当时住四楼，李永波的宿舍是我上楼下楼的必经之处。李永波总是在我路过的时候"赶巧"出来，"若无其事"地跟我打招呼，其实我知道，他是特意在等我。我心里很甜蜜，于是每次路过的时候，也"若无其事"地轻轻咳嗽一声。现在想来那种感觉真是美好：心里有了爱，你怕他知道，又盼着他知道。

那时候，每天早晨不等醒来，准会有个石子儿从窗外丢进来，落在我床边，我知道，那是李永波提醒我该起床晨练了……

那年年底，李永波在训练时把腿部韧带拉伤了，当时队里要求他去北京做手术。那个晚上，从其他队员那里听到这个消息时，我心里咯噔一下。第二天早上6点半，我吃过早饭往回走，在路上碰到了拄着双拐的李永波。我怔在那里，而他却勉强笑一下："我来拿钥匙……"事后我才知道他在说谎，他其实是来看我的。那一瞬间，我就觉得心里特别疼，莫名其妙地，眼泪就有点儿止不住。李永波说，他不能去北京，这一去没个半年肯定回不来，他怕失去了参加第5届全运会的机会。现在想想，李永波真是个很有主见也很有预见的人。"那你能行吗？"我心疼地问他。"行！"李永波斩钉截铁地回答。

打那以后，我每天至少都得见他一面，不然心里就觉得少了什么。我总盼着能在食堂见到他，要是哪顿饭发现他没有来，我就觉得特别失落，心里会想：他不会出什么事吧？而每次从门口看着李永波拄着双拐在那里打球，我在对他的爱意里更多了份敬意。而他休息的时候也会在门口看我训练，我一抬头，看到他，他就冲我笑笑，然后拄着拐杖走开了。听着那拐杖拄在地上的声音，我的心里总揪得慌。我开始觉得，我离不开他了。

时光过得飞快，转眼我已经快17岁了。1984年，有一次去长沙比赛，我心里老想着给李永波买点什么。可是在商场转了半天，也没有特别合适的。最后突然想起他爱吃松花蛋，我就买了两盒带回沈阳。可我又不好意思直接说是给他的，就编了个谎话。那天我"路过"李永波宿舍，忐忑地说："我给楼上一个女排姐姐带了两盒松花蛋，可她不在，就放你这儿吧？"李永波认真地说："那多不合适，我也不方便上去，你还是放到她门口吧！"我说她要好些天不回来，会放坏的。"不会不会！松花蛋能搁老长时间，坏不了！"我听了就好气：平时这么聪明的一个人，现在怎么成榆木疙瘩了？

那两盒松花蛋，我最终也没"送"出去。后来提起这事儿，李永波差点笑岔气："其实我当时就想说：那你就送给我好了！可又怕你笑话我嘴馋……"但是李永波却很会讨好同样"嘴馋"的我。1984年冬天，一次训练间隙，他约我到训练馆外面逛了一回。知道我爱吃冷饮，那天李永波就给我买了冰激凌，还有冻柿子，看着我不太文雅的吃相，他就在那儿温柔地冲我笑。那时天多冷啊，可在我的记忆里，却是那么温暖……

春天又来了。一天傍晚，我们在大院里散步，李永波突然抓住我的手，想说什么却没有说，脸涨得通红。我的心咚咚乱跳，慌乱无比。那还是他第一次拉我的手，我不知道自己为什么竟甩开了他，当时还来了这么一句："讨厌，你！"看他窘在那里，我羞涩地跑开了，像个快乐的小兔子。之后，他三天没来找我，我表面无所谓，心里其实空落落的。那天我就借口还磁带，去看他。本以为他会很尴尬，但他竟像没事人儿似的，说："这盘是新的，你拿去听吧！"

我拿回来一听，天啊！是我最爱听的《三月里的小雨》，不过不是原声带，而是他自己唱的："三月里的小雨淅沥沥沥下个不停；山谷里的小溪哗啦啦啦流不停。小雨陪伴我，小溪听我诉：可知我满怀的寂寞……请问小溪，谁带我追寻？追寻那一颗爱我的心……"听着李永波深情的歌唱，那个夜晚，我失眠了……

嫁给羽毛球， 追寻那一颗爱我的心

我们就这样不顾一切地相爱了。那时候我和李永波已经是各自队伍的主力，彼此又都是在出成绩的时候，于是我们都很自觉，不让这份感情影响各自的训练。我们平时很少见面，就靠通信保持联系。我跟李永波通的信很多，这些年来已经积攒了厚厚的几捆，我都编了号。记得1984年末，李永波回大连老家了，给我来了这么一封信："没能跟你一起过新年，我很遗憾……我觉得爱情应该是我们的动力而不是阻力，我们要刻苦训练，你争取早日拿到全国冠军，我争取拿到世界冠军，让我们把爱情铭刻在金牌上！"就这样，经过刻苦训练和相互砥砺，我们的成绩都迅速提高，感情也在逐渐加深。

这时候我18岁，而李永波已经24岁，按说都"不小"了。尤其是李永波的妈妈，对儿子的终身大事特别慎重。她先让李永波的哥哥和嫂子来体校悄悄

"侦察"一番，最后亲自来看我，对我这个未来儿媳妇很满意。那时候我们的经济条件都不太好，李永波见我总是穿着那条黑裤子，就悄悄地记下了我的尺寸，买了块布，请他妈妈亲自给我做了条裤子。我记得那裤子是灰色的，特漂亮，我穿了好几年都舍不得丢弃。这就算是李永波给我的第一件"彩礼"了。

节假日的时候，李永波开始邀请我去他家。第一次，我爸爸没同意，没去成，李永波竟使起小性儿来，连我从家里偷着给他带的饺子也没要。我也生气了，不吃就不吃！两人一天里谁也没理谁。后来他妈妈知道了这件事，就跟他说："这样家教很严的女孩我喜欢。要是他们家随随便便就让女儿跟个男孩子走了，那样的媳妇我还不敢接受呢！"不久李永波又回大连探亲，邀我一道去。这次他骑着摩托车跑到我家，也不知道他是怎么跟我爸妈说的，反正，最后他们欣然批准了。

1985年，李永波进了国家羽毛球队，去了北京，而我继续留在沈阳。我既为他高兴，又为我们即将面临的分离担心。他安慰我说："我会把想你的劲儿用在训练和比赛上，我要尽快拿到世界冠军，用金牌向你求婚！"那段时间，我们只能靠鸿雁传书，每周至少3封，有时候一天里能够收到他两封信，那种期盼与思念，真的很难忘。有时候李永波也会故伎重演，唱我爱听的歌，录下来寄给我。常常听着听着，突然就会冒出一段"真情告白"，听得我脸热心跳的。

就这样过了两年。1987年，凭着在全国比赛第二名的好成绩，学校决定保送我进沈阳体院，而且还有工资。我毅然决定放弃如此优厚的待遇，去读北京体育大学，因为这样就能经常和李永波在一起了。爱情的力量真是伟大，通过努力，我终于如愿以偿地走进了北京体育大学的校门。

学校是进去了，但我和李永波的意见却有了分歧。我想读完本科4年，可李永波却说，4年太长了，上2年就行了。当时，我年龄不算太大，才19岁，而李永波已经25岁，这个年龄可不算小了。因为李永波在家是最小的一个，上面有两个哥哥和两个姐姐，都早已成家，所以让李永波早日完婚一直是老人的心愿。但我也是个很有主见的人，终于还是坚持上完了4年本科。后来到体操中心工作，又坚持读完了在职研究生。

1991 年 10 月 2 日，刚毕业的我就成了李永波的新娘。我们的婚礼在李永波的老家大连举行。这时候的李永波已经取得了好多次世界冠军，在世界羽坛赫赫有名。他总是南征北战，所以结婚后我们在一起的时间依然很有限，我常跟李永波开玩笑说："我简直是嫁给羽毛球了，瞧你左飞右冲的，哪有多少落下来的时候？"李永波就笑："等我拿遍了世界上所有的冠军，我就'落'下来，落到你怀里，让你数数我头上还剩下几根'羽毛'。"

说起来轻松，可实际上每块奖牌都来之不易，都是热血和汗水凝成的。1992 年 7 月，第 25 届奥运会在西班牙巴塞罗那举行，李永波作为中国队的主力队员继续出征，而这时候我已经怀孕 8 个月了。那次比赛很残酷，因为李永波的腿部肌腱又拉伤了，他本应该退出比赛，但他顽强地坚持到最后。电视直播里，看着李永波拖着伤腿在顽强拼搏，多少人都唏嘘不已，我更是揪心。比赛结果，李永波获得了第 3 名。把最后一球扣在对方后场的时候，李永波趔趄着，将球拍抛向潮涌般的观众，在他们的欢呼声里，李永波眼含热泪。在李永波整整 10 年的打球生涯中，在他获得的 63 枚各式奖牌里，这块铜牌在我心目中分量最重，尽管它不是金牌。

我带着 8 个月的身孕，依然坚持去首都机场迎接丈夫凯旋。隔着无数的鲜花与欢迎的人丛，远远地，我一眼就看见了我的爱人——他神情严峻，趔趄着走过来；当他在人群里看到我的时候，他愣了几秒钟，就那么盯着我高高隆起的肚子。然后，他突然冲过来，一瘸一拐，不顾一切地抱紧我，泪水瞬间打湿了两张脸。

相濡以沫， 爱在守望与牵挂里

1992 年 9 月 24 日，我们的儿子李根在北京协和医院降生了。李永波在医院里给我们母子安排了一间"温馨小屋"，摆满了鲜花和玩具。我疲倦地躺在"小屋"里，看着李永波买来的那些温馨的摆设，我感到无比幸福。我拉住他的手，好想在他的怀里睡上一觉。可李永波突然跟我说："对不起，我明天要去香港比赛了，你能原谅我吗？"我委屈地流下泪来，好想大喊一声："不!"但是我没有，我含着泪，努力地冲他微笑一下，说："你放心去吧，我会照顾好自己和儿子的。"那一瞬间，我看到了李永波眼里的泪光……

20世纪80年代中后期至90年代初，由于羽毛球人才的青黄不接，中国羽毛球开始滑入低谷。1993年，根据国家需要，李永波接任了中国羽毛球队总教练。李永波更忙，也更累了，他根本顾不上我和孩子。哪个女人不渴望拥有一个疼她、爱她的丈夫？但我知道，李永波是个有抱负、有追求的人，他所做的事业需要辅佐，所以，我必须学会坚强，必须习惯牺牲。

李永波每年不在家的日子，我都用"×"标出来。每年365天，他在家的日子总共只占五分之一。李永波只为孩子开过一次家长会，那还是在孩子上幼儿园时，会开了一半他就溜了，原来是队里来了电话，有事情等他去处理。作为妻子，我能理解他，没想到的是，连儿子也理解他，小李根总是跟老师解释说："我爸爸太忙了，忙得连家都不回，哪有时间来开会？"

李永波对我和对儿子的歉意是可想而知的。那年李根才4岁，李永波常常一去两个多月才回家一次。他一回来，就给我和儿子买很多礼物，到家就对儿子亲了又亲。因为第3天又要出国，所以第2天，李永波决定带我和孩子出去玩。在赛特购物中心，儿子看上了一个智能小狗，但非常贵。我劝李根说："爸爸已经买很多了，再说这儿卖得太贵了，妈妈改天给你买，好不好？"小李根懂事地点着头，可是贪婪的眼睛还是紧盯着小狗，半天不肯动地方，说："妈妈，我不要，我多看一会儿好不好？"这时李永波不顾我的阻拦，还是买下了它。儿子高兴得一路唱着歌回到家，就开始教小狗说话。李永波从卫生间出来，小李根抱着小狗跑过去，那智能小狗正反复学着李根刚才的话："好爸爸，好爸爸，你可回来啦!"李永波抱起儿子，泪水夺眶而出……儿子读的是寄宿学校，跟爸爸待在一起的时间很少，但是李根在作文里依然说，他为自己的父亲感到骄傲。

长期奔波在外，李永波想我、想儿子，我和儿子当然也时刻惦记着他。电视里只要有关于羽毛球的画面，儿子总是立即说："别动! 就看这个台!"我当然也十分关心羽毛球，只要时间允许，每场比赛直播我都必看，每一次都看得很揪心。我最怕我们打输的场面，看到李永波在电视里皱眉，我的心里也七上八下的；而每次胜利了，电话总会马上响起来："我们赢了！"李永波在电话里兴奋地大叫，儿子在一边狂呼："耶——"那是我们家最快乐的场面，也是我最幸福的时刻。渐渐地，我也被羽毛球"同化"了，自己明明是艺术体操的干部，可是跟同事们聊天的时候，不自觉地，聊着聊着话题就转到羽毛球上了，结果大家都哈哈大笑，都说我简直成了"羽毛球夫人"了。

这些年，李永波带着他的队员们，艰苦训练，顽强拼搏，夺得了无数个世界冠军。2000年，当中国羽毛球运动员在悉尼奥运会上勇夺四枚金牌的时候，在很多人眼里，李永波的事业已经处于顶峰了。之后，就不断有人问他，是否想过要"见好就收，急流勇退"，李永波回答说："急流勇退不是我的性格，我的性格是知难而上！"

"中国羽毛球在悉尼打疯了，该拿的比赛拿下了，意想不到的金牌也给夺回来了。中国羽毛球在本届奥运会创造的不仅是历史，更是一个奇迹。当五星红旗在羽毛球场一次又一次升起的时候，镜头对准的是那些冠军，而真正的功臣，却是站在一旁的李永波。"看到这样的报道，我为我的丈夫以及他所从事的事业感到光荣！

当然，李永波也有失意的时候。2002年5月17日，中国羽毛球男队输给了印尼，再次与汤姆斯杯失之交臂，中国队多年的梦想依然没有实现，李永波感到难以释怀。我当时正在扬州出差，通过电视直播，我看到了李永波那张严峻而痛苦的脸，心里也同样难受。别看李永波外表冷峻，其实我知道他这个时候肯定像孩子一样委屈，他需要安慰！于是，等到了晚上，估计李永波回宾馆了，我就给他的手机上发了条信息："我知道你现在很难过，此时此刻，我好想把你搂在怀里安慰你……放下今天，准备明天。你付出多少就会得到多少，你是个很聪明的人，只要你努力，汤姆斯杯终有一天会属于你！你在我和儿子心中永远是英雄！"正处于极度失落中的李永波深感安慰，他立刻回复我说："好老婆，如果没有你，我今晚都不能入睡！"看到这条信息，想着他在异国他乡一个人忍受着失败的煎熬，我心如刀割；第二天的报纸上，有李永波接受记者采访时的一句话："让我满意的，不仅因中国羽毛球队这么多年的发展，还因为我有一个幸福的家！"读到这儿，我不禁潸然泪下。

李永波的脾气"耿"是出了名的。2002年8月底，李永波难得在家度周末，那个黄昏，他开车带我和儿子去兜风，我们快乐得不得了。回来的路上，他接了个电话，好像是与比赛有关，接完脸就阴着，一踩油门，车子开得飞快，我和儿子都紧张得尖叫。我不停地劝他慢点儿慢点儿，他就是不理我，在一个拐弯处，他减速太慢，车子被路边的栏杆刮了一下，我们都心疼得要命。我说："瞧你，就不听劝，刮了吧?"没有想到李永波竟突然大叫起来："还不是因为你?! 唠唠叨叨没完没了!"见他这副"德行"，我也动气了，回家后也不做饭，倒头便睡。李永波知道得罪了我，但他从不道歉。他悄悄把饭做好，怂恿儿子来做我的"思想工作"："妈妈，爸爸车开得快不对，可是你不吃饭饿的是你自己，傻妈妈，快起来吃饭!"李永波站在床前，冲我温柔地傻笑，一直笑，直到我忍俊不禁，爬起来搔他宽宽的肩。

不久后的10月份，在釜山亚运会羽毛球女子团体半决赛中，裁判明显失误，让中国队含冤。李永波多次向马来西亚副裁判长提出抗议，言辞激烈。事后，李永波感到自己的急脾气可能会产生"副作用"，会给中国队以后的比赛带来损失，于是在第二天比赛开始前，他拿了件中国队的T恤赠送给那名马来西亚裁判，还向他表示了歉意。这名裁判有些受宠若惊，涨红了脸，连忙拉住李永波的手，使劲握着似乎不愿意松开。从报纸上读到这一幕，我笑了，笑得欣慰而辛酸——我从不道歉的丈夫，终于学会道歉了，为了国家，为了他的球队。

苦心付出总能换来可喜的收获。2003年，可以说是中国队近些年来表现最稳定的一年。这一年，他们参加了包括世界锦标赛在内的12项国际单项大赛，在总共60个金牌争夺战中，中国队抢走了其中的33个! 辉煌的战绩表明，中国队仍是世界上最强的羽毛球队——这里面，无不饱含着我丈夫的心血!

2003年12月27日，李永波又要带队去福建晋江进行为期40天的封闭训练了，他想为备战2004年的汤尤杯赛和奥运会打下良好的基础。那天早上他跟我说："对不起，老婆，我又要走了，春节又不能在家过了……"我调侃地打断他的话："这么多年不都是这样过来的吗？我已经习惯了——你在家待长了我倒不习惯了！"李永波大笑，拍着我的肩膀说："好老婆，只有你最懂我……"

　　其实，不光是我嫁给了羽毛球，我的丈夫李永波，不也"嫁"给了羽毛球吗?!

（本文由谢颖口述，并提供照片）

民　主

　　新时代的中国人民，个个都是和谐社会的主人翁，人人都是美好生活的践行者，他们的底气，就来自人民当家作主。民主对于人民群众来说，就是独立自主，就是不被干涉、干扰和侵犯，就是既有创造力、又有发言权，就是生活有保障、生命有尊严。而党员干部呢，就是视民为主，以己为仆，就是全心全意为人民服务，全心全意为人民谋幸福……

在祖国的西南边陲，

曾有个不通公路的县；

这个县有条凶险无比的路，

每年都要"吃"掉很多人。

有位援藏干部，因改写了当地千年不通公路的历史，

而受到当地藏民的爱戴。

他说，从党旗下宣誓那一刻起，

我就把一切献给了党，献给了人民……

许晓珠
情洒生死墨脱路

生死墨脱路，无悔赤子心

情牵西藏，热血男儿"抛"妻"弃"子进墨脱

奔腾咆哮的雅鲁藏布江在这里形成一个马蹄形的大拐弯，于崇山峻岭间劈开一道达五六千米的深堑，形成了世界上最深、最险峻的峡谷。藏语意为"花朵"、全县总人口不足 2 万人的墨脱，就隐匿在这大峡谷的深处。而通往这处藏传佛教圣地的路，却被称为"生死墨脱路"！

2004 年 7 月 26 日，这条生死路上走来了 4 个陌生人——许晓珠、李建功、吴宜佳、王钢锋——他们不是游客，也不是探险家，而是援藏干部。他们都是第一次走进神秘而危机四伏的墨脱。

艰难地爬过雪山后，许晓珠感觉自己的双腿仿佛灌了铅，连呼吸都变得异常困难，但是他和战友们都知道，不能停！因为山里的天黑得快，而这里的夜路不亚于战场上的雷区。

前面是一片湿地，满脸是汗的许晓珠踏进草丛不久，就觉得腿上疼痒难耐，他"啊"地大叫一声，蹲下身来挽开裤腿一看，不禁惊呆了："天啊！是蚂蟥！"此刻，他的一条小腿上竟蠕动着六七条蚂蟥！因为吸饱了血，原本火柴般细的蚂蟥，此时足有手指那么粗！而一条瘦长蚂蟥刚刚钻破他的皮肉，这一切，让许晓珠直感到一阵阵眩晕！

战友们自然也都有相同遭遇。许晓珠慌乱地抓扯着蚂蟥，被他扯断后的蚂蟥头部仍深深地陷进肉里，他的裤腿和袜子以及解放鞋，被长流不止的鲜血浸红了……

许晓珠一行哪里知道，这里就是连绵起伏的蚂蟥山！就是因吸食生灵血液的蚂蟥太多而得名。当满腿是血的许晓珠抬起头来放眼望去，蚂蟥竟是铺天盖地的——一根筷子那么长的草叶上，竟有七八条之多，连脚下的溪水里也漂着厚厚的一层，许晓珠直感到头皮发麻！

就在这时，已经一连两天没有信号的手机突然有了一连串的短信提示音，许晓珠急忙打开手机一看，全是远在广东的妻子张漫发来的。"怎么这么久没

消息？电话也打不通，我和孩子们都很担心""还没到墨脱吧？我在网上搜索了很多墨脱的资料，越看越揪心""你到底怎么样了？我和孩子们都十分担心"……

远在边陲，看着爱妻这一个个饱含深情的字符，满腿是血、正与蚂蟥激战着的许晓珠不禁两眼潮湿。

1990 年夏，张漫从西安外国语学院毕业后，来到广东佛山市华英中学当英语老师，就住在一个远房亲戚家，巧的是，楼上住的正是许晓珠的堂嫂。在堂嫂的撮合下，出身贫寒、刚从部队转业来到佛山军分区开车的许晓珠，和美丽的张漫相识相恋，并于 1993 年 8 月结了婚。

婚后，夫妻俩恩爱有加，许晓珠对张漫更是体贴入微，直到后来一路升为镇委副书记、佛山市经贸局副局长，还总是亲自下厨为爱妻做饭……

2004 年初的一天晚上，正吃着饭，许晓珠突然跟张漫说："现在内地有不少干部主动援藏，我也想去，想听听你的意见。"张漫大吃一惊："什么？援藏？"张漫放下筷子："那地方条件艰苦恶劣，你不是不知道吧？""就是因为知道我才决定要去。""决定？你都'决定'了那还假惺惺地听我什么'意见'？"结婚那么多年几乎没跟丈夫红过脸，但是这一次，张漫真的生气了。

许晓珠夫妇有一儿一女，许晓珠提出去西藏时，女儿许婧才 9 岁。这孩子虽聪明漂亮，但不能走路。自许婧一岁多被诊断为脑瘫后，外公外婆便双双办了早退，8 年来，他们带着孩子跑遍了全国做康复治疗。9 岁，正是许婧治疗的关键期！更何况，他们的小儿子才刚刚 3 岁！

"你是家里的顶梁柱！你去了西藏，女儿怎么办？儿子谁来管？"许晓珠望着妻子，真情地说："在女儿的治疗过程中，咱们得到过那么多好心人的帮助，这个社会就应该人帮人，就让我代表全家回报一下社会。再说，去了西藏，每年还有一个多月的假，到时候我可以陪小婧去北京治疗，替换一下咱爸咱妈。"听了丈夫的话，张漫无奈地叹了口气。

就这样，2004 年盛夏，在雪域高原解冻的季节，许晓珠和另外几位干部一起，踏上了遥远而崎岖的援藏之路……

生死墨脱路，雪域高原那朵含泪雪莲花

连许晓珠自己也没料到，到了墨脱，他竟再也无法割舍那份情愫了。他给妻子打电话说，工作思路要调整，长假可能顾不上女儿的治疗了，他要为墨脱修路！张漫一听就火了："那么多援藏干部，就你逞英雄？一个人能做什么呢？墨脱人民没有你，还不世世代代生活？可这个家离了你，怎么过得下去？！"

援藏干部，心里都有一张爱的地图

直到张漫亲自来到墨脱，她才彻底知道了丈夫有多苦，也理解了丈夫为何着了魔似的要为墨脱修路。

2006 年 8 月，张漫来林芝看望丈夫，并和他一道乘吉普车去了一趟墨脱。那时，在许晓珠等人的奔走下，西藏自治区交通厅安排施工队伍对波密至墨脱的一段路基进行了简易整修。

路上，许晓珠第一次向妻子讲了进墨脱的生死经历。当丈夫讲到穿越蚂蟥山的时候，张漫听得直想吐："啊！那蚂蟥有没有毒？你们最后怎么把蚂蟥从肉里弄出来的？""当然有毒。我们当时也没有更好的办法，只能用烟头来烫伤口，据说这是消毒的土法子。""疼吗？""你说呢？"崎岖艰险的山路上，吉普车里，张漫轻轻依偎着丈夫，好奇地问这问那。"到墨脱得走好几天，你们夜里住哪儿？""唉，甭提了……"

许晓珠对爱妻继续讲述着：当天夜宿山上的小店时，尽管腿脚已被蚂蟥咬得鲜血淋漓，但是因为太累了，他依旧酣然入睡，直到一条蚂蟥钻进了鼻孔，他才惊醒。向导也吓坏了，忙让许晓珠平躺下，然后往杯子里的水中加了香烟灰，急急地往他的鼻孔里灌，蚂蟥这才不慌不忙地爬出来……

过了蚂蟥山，就是"老虎嘴"。所谓老虎嘴，实际上是几千米高的山崖上凿出来的一条便道，小路的一面是陡峭而高耸入云的石壁，一面是五六千米深的大峡谷。路面全是长满青苔的石头，像油一样光滑，人只能趴在石头上一点点地挪动，稍不留神就有可能坠入万丈深渊！

墨脱的路，不算"路"，生与死，隔半步

那天，许晓珠一行走到一个塌方区时，突然，头顶上的山峰发出隆隆的轰鸣声，山上巨石滚动，泥石流汹涌而下，脚下的泥石也在颤抖。许晓珠本能地要跑，可因为缺氧，两条腿根本迈不动。他没有经验，哪里知道，石头满天飞，越跑越危险。门巴族向导欧珠眼疾手快，几步冲到许晓珠身前，一把将他推到一块大岩石下，用身体紧紧地护住了他。距他们头顶不到一尺之处，无数石头呼啸着滚滚而下，寂静的深谷变成了响声震天的战场。许晓珠紧紧地抱着救命恩人，什么话也说不出来，两行热泪夺眶而出。

历经艰险，历时 5 天，终于到了墨脱县城，而此时，许晓珠的双腿已经肿得很粗，脚指甲也磨掉了两个……

听着这些故事，张漫紧紧抱着许晓珠，早已泪水涟涟……

墨脱路上，张漫看到背着 100 多斤重物的墨脱妇女，正缓缓而吃力地行走时，不禁落泪。许晓珠对妻子介绍说，一次出墨脱时，一对小兄妹背夫，就走在他前面，突然，大大小小的崩石从天而降，小兄妹俩被一块磨盘大的巨石活活砸死了！

"我们当时就拼命地抬、推，可那石头太大，而我们太渺小了……眼睁睁地看着两个孩子在痛苦中死去，那是我这辈子最揪心、最觉得自己无助又无能的时候……我天天都在想家，尤其牵挂小婧的状况，可是墨脱的孩子更苦！他们更需要我！"许晓珠接着讲墨脱人没路的苦，"我曾经亲眼看见三个门巴族妇女发冷发热去治病的情景。其实她们得的只是疟疾罢了，但县里缺医少药，最后只能找背夫日夜兼程抬到波密县，其中两个被救活了，而另一个……在离医院还差十多千米的地方断了气……"许晓珠哽咽着说不下去了。

"一条鲜活而年轻的生命就这样死于一场小病……"隔着车窗，望着丈夫曾经走过无数次的山路，一次次流泪的张漫，心灵得到了一次又一次洗礼。路啊路，这个曾经在自己心目中如此普通的字眼，此刻竟显得出奇的神圣。她含着眼泪对丈夫说："谁看到墨脱这么苦，谁都会心里堵得慌，谁都会觉得，不为他们做点事，就对不起自己的良心！晓珠，修路！我支持你！"

但在墨脱修路，真的难如登天！早在20世纪60年代，墨脱人就开始修路，当时"花了80万，死了8个人，只修了8里地"；1975年又动工修路，经6年耗资2500多万元，但一场特大泥石流山体滑坡，吞噬了几十名修路的工人，工程因此全线停工。在墨脱，直到许晓珠到任，连县（编者注：现为连州市）交通局局长下乡也只能骑骡子。

根据墨脱的地理情况，许晓珠提出了"先修县内公路，再修县外公路，最后实现内外对接"的修路思路。这一想法得到自治区主席的支持后，2004年11月，许晓珠到交通部汇报。部领导很重视，要他们交来更为详尽的资料。为此，许晓珠从北京回来后，立即第三次进墨脱。

时值冬季，大雪早已封山，墨脱县公安局有告示，从当年10月到第二年5月，不准进山。许晓珠何尝不知道这时翻越雪山有多危险！但现在不去，一等就是半年多！一想到背着沉重的背篓，行走在茫茫风雪中的墨脱人的背影，他就觉得不能等！

通讯员和向导加上两个背夫，许晓珠一行5人，于凌晨3时，从波密县出发开始翻越雪山。这个时候没有太阳，雪崩会少一点；太阳出来后，阳光反射到雪地上，那白光像刀子一样，刺得人什么也看不见。

持续爬雪山六个多小时了，离山顶几百米路时，许晓珠的双腿像铅一样沉重，心脏咚咚狂跳。渐渐的，因为大脑缺氧到了极限，他的眼前发黑，意识开始模糊，重重地摔倒在雪地上。通讯员拉起他，哭着喊："许书记，停下来要死人的！"零下几十摄氏度加上缺氧，血液流动得很慢，坐下来喘息，就会因窒息而死亡！

此时，当地的向导也出现了意识错乱。通讯员顾不上再哭了，让一个背夫扶着向导，他自己则在前边拉许晓珠，让另一个背夫从后边推。在前拉后推下，许晓珠靠着残存着的一点意志力，跌跌撞撞地前行……恍惚中，许晓珠依稀看见妻子泪流满面："晓珠，你是这个家的顶梁柱啊！"

真是九死一生，他们终于翻越了雪山！许晓珠回头看了一眼，恍惚中，他看见一处山崖上有几朵奇异的花儿，他就那么呆呆地看着，连发问的力气都没有了。通讯员郑重而无力地向他介绍说："许书记，那就是……雪莲……"

望着这几位救了自己性命的墨脱人，再望一眼神圣高洁的雪莲花，许晓珠泪如雨下。

家国难两全，揪心"路标歌"

此后两年的时间里，为了获取公路建设的第一手资料，许晓珠又多次穿梭于墨脱的崇山峻岭间，饿了啃几块干粮，渴了就饮几口溪水，夜里就睡在岩石上。就在这么艰苦而恶劣的条件下，为了考察民情，勘测墨脱路，许晓珠硬是走遍了全县 8 个乡镇 48 个村……

自从丈夫去了西藏，妻子张漫感觉自己的神经无时无刻不是紧绷着的。一次许晓珠给她打电话，说第二天要下乡，可一连一个星期过去了，一点音信也没有，打他的手机，总是没有信号。张漫按丈夫最后一次打来的电话辗转查询，对方说许书记去了另一个乡，已经走了五六天。张漫这下更慌了，整夜整夜地失眠。

漫长的 12 天过去了，丈夫仍然不知是死是活！张漫精神恍惚，走在马路上也是魂不守舍，吓得汽车都躲她。张漫盼电话都要盼疯了，心里又绝望又恐惧，后来甚至不敢接电话，唯恐有人通知她许晓珠出事了……

揪心的 13 天过去了，就在张漫觉得自己快要崩溃时，许晓珠的电话终于来了！握着话筒，听到丈夫亲切的声音，张漫说了一句"你还活着啊"，就忍不住号啕大哭。"我命大，没事。我后来去的那两个乡，电话全坏了，跟外界没法联系。"听着妻子撕心裂肺的哭声，许晓珠也非常心酸。他好惭愧啊：岳父母带着许婧常年在北京治病，妻子带着小儿子守在佛山。而他远在墨脱，整天让妻子担心。一年四季，三处家三处牵挂，妻子太苦太累了！

2004 年 11 月，许晓珠为墨脱修路的事要去北京，他答应女儿，到时一定多陪她几天。可当他和墨脱县交通局局长张秋生一块来到北京后，一连六天，都奔忙于去交通部各部门汇报工作，无暇去看女儿。部里的领导很重视，催他们快点把更详尽的资料送来。许晓珠兴奋至极，恨不得立刻赶回墨脱。

临去机场前，他带着好友张秋生一块来到"北京的家"看女儿——岳父岳母带着许婧租住在一个小房子里。张秋生吃了一惊，他从来不知道许晓珠有一个残疾女儿，许晓珠总是那么乐观，从没向同事讲过家里的困难。局长的眼睛湿润了。

许晓珠的眼睛也红了，他张开双臂，紧紧地把女儿搂在怀里。许婧搂着父亲的脖子，快乐地说："爸爸你可是答应要多陪我几天的哟！"许晓珠却像个犯错的小学生，不敢答话。许婧立刻明白了，泪珠滚滚落下。岳父岳母立刻转移话题，夸奖许婧做康复训练能吃苦，应该奖励！许晓珠连声说："好，奖励！奖励！"许婧看着爸爸，一脸期望地说："我什么奖品也不要，只要爸爸陪着去一趟颐和园！"

许晓珠看看表，来得及，于是高兴地说："行！"但是不巧，北京那天大塞车，花了 2 个小时才到达颐和园。在门口，许晓珠把女儿亲了又亲，愧疚得声音都哑了："爸爸不能陪你进去了，好女儿，你一定要原谅爸爸啊！"

懂事的许婧满脸泪水，使劲点头："爸爸，你的手机老没信号，越是打不通电话，我越是担心爸爸。"许晓珠想答话，可嗓子像被什么堵住了，眼泪刹那间涌了出来，他向女儿挥挥手，急忙转身，快步消失在街上的人流里。

2005 年春节，许晓珠终于回到佛山休假。不论见到哪个朋友，许晓珠都打开电脑，图文并茂地开讲墨脱。他拍了很多照片：风雪茫茫中墨脱的背夫、背崩乡阴暗潮湿的教室、坑坑洼洼的黑板和残缺的桌椅……讲完了，一脸期望地看着朋友："能帮一把墨脱读书的孩子吗?"张漫觉得很没面子：丈夫去了墨脱，回来好像变成了"讨饭的"！

接下来的两次休假，张漫很少见到许晓珠的踪影，他天天奔波在外，讲墨脱兼"讨饭"，还真讨到几大笔钱：深圳市拿出 120 万元，为墨脱县中心小学修建了教学楼，还拿出 300 万元资金，用于购置墨脱的道路保通机械设备；广东省佛山市禅城区教育局发动全区中小学生为墨脱教育捐款 23.5 万元；社会各界热心人士也纷纷伸出援助之手，结对帮扶墨脱县的贫困学生，目前已落实了 140 多名学生；广东省广药集团还决定在墨脱不通公路之前，每年捐赠价值 35 万元的药品；广东省立中山图书馆挤出 60 万元资金，为墨脱购买了 1.7 万余册图书……

回到西藏，许晓珠依然为他的墨脱路四处奔走。2005 年 6 月的一天，徒步 5 天走出墨脱的许晓珠来到西藏自治区交通厅公路局总工程师宋万贵的办公室，他的腿上有七八处被蚂蟥叮咬后的伤口，这些伤口一直在流血，他就那么一边流血一边流泪地诉说着墨脱修路的重要性，宋总工被感动得流下了眼泪。

在出任墨脱县委副书记不到三年的时间里，许晓珠竟十余次徒步进墨脱，可谓九死一生。为了墨脱通公路，许晓珠先后 50 多次上拉萨找有关部门，争取墨脱公路立项，跑要资金。最多的时候，一个星期就从林芝往拉萨跑了 3 趟。许晓珠还多次前往北京，向交通部的领导汇报……

功夫不负有心人！在许晓珠和广大援藏干部的共同努力下，2006 年 10 月，交通部终于将墨脱公路纳入了国家的地方公路建设规划！当国家将投巨资修建被称为世界难题的墨脱公路这一消息传回西藏时，许晓珠流泪了。后来，有关部门还将许晓珠推荐为 2007 年度"中国青年五四奖章"标兵候选人和感动中国 2007 年度候选人物。

现在，许晓珠依然在为墨脱奔波着，唱着他喜欢的《墨脱路》："一条崎岖的小路，一怀无言的情愫，让岁月刻画青春的容颜，回答亲人无言的祝福……一条无尽的小路，一行无声的脚步，留下个背影给后人的眼眸，留下个路标给后人指路……"

（本文照片由许晓珠提供）

他是个土生土长的农民，

像牛一样勤劳质朴，也像牛一样执着倔强；

他不服输不认穷，凭的是农民的自信与坚强。

他让北京地图多了个很现代的地名，

还连续三届当选全国人大代表，

在人民大会堂，把一个个民生提案庄严呈上。

他说，我们赶上了好时代，

每捧泥土、每粒种子，都可以发光……

王跃胜
用劳动和智慧为人民代言

农民也能参政议政

不服输不认穷，他赚的是农民的自信与坚强

王跃胜的老家在山西省朔州市怀仁县。1978 年王跃胜高考落榜，后来他又足足补习了 4 年，又参加了两次高考，可还是没考上。王跃胜 15 岁就没了娘，读高中这 6 年，全靠父亲饲养的 15 只母鸡卖鸡蛋支撑着。当时父亲无奈之下只对他说了 8 个字："任其发展，不左右你。"而正是这 8 个字，让王跃胜走出了一番天地。

考不上大学，王跃胜只能参加工作。他最初做的是煤矿工人，可下井才 7 天，就弄得浑身都是伤，实在受不了，只好要求到井上工作。矿上给王跃胜安排了个新工作：清理马圈和煤路。马圈的工作三下两下就搞好了，清理煤路却是一个永远不得闲的工作，因为来往运煤的车辆会不时地落下一些煤块，他要做的就是把散落的煤块捡起来，掉了马上捡，再掉再捡。干着又脏又累又无聊的工作，他不止一次地问自己：难道一辈子就做这个？

1982 年，王跃胜从父亲那里要了 80 元钱，又东拼西凑了 100 多元，总共也就 200 元，那便是他的第一桶金了。因为朔州木材很少，农民造房子缺木材，王跃胜觉得搞水泥的预制构件应该会有市场，但这点钱远远不够。1983 年的春节，王跃胜跑到信用社主任家里搞公关，终于贷到了 800 元钱。800 元只够买一些生产工具，比如推车、铁锹、平板振荡器和电源线，真到生产预制构件的时候了，却没有钱买材料。"一般遇到什么事，我喜欢动脑子多想想：那就干脆上门服务，你来买材料，我去加工，你现场看着我做，也放心，还能省下运费。"这样干了三年，到 1985 年底，王跃胜手里居然有了 7 万多元的存款，也有了一个占地 6 亩的厂子和一辆送货的解放牌卡车。

那时路上跑运输的车已经很多了，但加油站却很少，王跃胜开始只是买几十斤一桶的汽油备用，由于用得过快，干脆多买一些。自此，经常有人向他借"油"。几次反复，王跃胜认为石油生意可做，1989 年，开始专心于石油服务行业。从 1990 年第一座加油站开业后，生意是越做越大，到 1997 年，王跃胜

的资产已经由 200 元发展到了 200 万元！从这两个数字里，王跃胜赚到的不仅仅是金钱，更重要的是作为一个土生土长的农民挑战人生的自信与坚强！

1997 年，王跃胜在华北地区的加油站已经达到 12 家，面临着管理上的问题。受到媒体宣传的影响，他花 30 多万元人民币上了一套计算机管理系统。一来为了便于企业管理，二来也想"装一装门面"，王跃胜说："在使用过程当中我发现，电脑很好用，的确能够提高效率。原来几天才能做完的账，用了电脑以后，只用半个钟头就能做好，且记账准确。"

"既然我能在怀仁县搞出点儿名堂，那么到北京发展行不行？"王跃胜想到北京闯荡一番。王跃胜深知"科技是第一生产力"的道理，因此他要涉足科技，而什么是科技？"农民意识"还很浓的他首先想到了电脑。于是王跃胜把目光放到了几乎是"高科技代名词"的中关村。

给北京地图添个现代的名

"的哥"把车开到四通桥下对王跃胜说："下车吧，这就是中关村。"下了车的王跃胜两眼发直：妈呀，敢情这就是大名鼎鼎的中关村？王跃胜冒着淅沥的雨，沿着中关村大道向北走，一路小平房，没有找到心中那种高楼大厦的"中国硅谷"的感觉。当时中关村大道正在改造，路上泥泞杂乱，路边布满灰头土脸的电脑专卖店，而联想和四通的两个牌子挂在了唯一一个可以用"层"来描述的小楼上。那时的王跃胜连什么叫鼠标和显示器都不知道，他整天在中关村转，同时脑子也在不停地转，他最喜欢说的一个词就是创新，他不打牌，不唱歌，不跳舞，就喜欢在脑子里琢磨事儿。正是由于不停地"琢磨"，王跃胜蓦然发现了商机。

1995 年，北京大学推倒南墙建商业一条街的行为轰动全国，被视为知识界下海的代表性事件。对于参加 4 次高考而最终没能圆大学梦的王跃胜来说，北大当然是王跃胜要参观的地方。不过，王跃胜此时头脑里的高科技，还是如何卖计算机或计算机软件。但 3 分钟后，当看见一个叫"罗格因"的网吧时，王跃胜头脑中的第三个"高科技"概念——网吧诞生了。

"这个网吧很热闹，大学生相当多"，王跃胜心里一动，"网吧可以网络人才！"

"进入中关村，无论卖电脑、卖软件，没有人才不行。因此，我一下子就决定做网吧，通过它可以认识一批大学生，为我所用，这样就能谋求下一步的发展。"做了多年的老板，王跃胜习惯做事自己拍板，主意迅速打定。

接下来的工作就是选址。标准很简单，人气要旺。高校周边是理想地界。王跃胜先去北京大学，然后去清华大学、到北京航空航天大学，还有远一点的中国人民大学，一个地点一个地点比较，最终，选中了北京大学南门区域。

"当时，北大只有几百台电脑，远远不能满足上万名北大学生的上网需要。一进北大小南门，就是学生宿舍，网吧设在这里，必定会吸引大量北大学生"，王跃胜推断，"况且，这附近又有中关村电子一条街和海淀图书城，它们蕴含着大量网民。"

网吧地址选定，但是在早已被餐馆、咖啡屋占领的北大南街上租店面显然不易。

就在这时，王跃胜发现，北大小南门旁边的一家由农业银行租用的房子突然屋门上锁，室内变空。更让王跃胜兴奋的是，那窗上还贴着两个字：出租。

王跃胜找北大资源集团去谈店面的租赁事宜。那间面积 128 平方米的房子，成为飞宇网吧的第一个店面，即主店面。

1998 年 2 月，投资 80 万元的飞宇网吧开张。王跃胜请北大计算机系的 4 名大二学生组装的 25 台奔腾 166 计算机依次排开，规模可说不小。但是，开业前 3 天的免费期过后，一天就只有七八个人来上网，稀稀拉拉的几个人与王跃胜想象中的网民蜂拥而至的情景严重不符。分析问题症结，王跃胜很快得出结论：飞宇网吧生意冷清，一是由于资费对于网吧消费主体的学生来说还是过高；二是与真正的网民资源少有直接联系。"没有网民，我们就自己培育网民。我们决定，每天早上 7 点到 9 点作为免费培训时间，飞宇专门有工作人员手把手地教前来网吧的新手上网。"

王跃胜打出"7 点到 9 点免费"的口号，半个月后，飞宇网吧门前等待上网的人已排起长队。

8个月后，上网排队的人可以转移到隔壁新开业的第二家分店里了。这个面积480平方米，拥有99台电脑和2M带宽专线接入的网吧，很快出现了抢座位的局面。之后，王跃胜挨着前两家继续开了第三家。

2000年6月，当飞宇店面开到第6家的时候，在中国地图出版社新版的"北京城区图"上，正式出现了"飞宇网吧一条街"的名字。北京大学的南墙原是商业一条街，现在由于开了很多网吧，就像有了个"电脑墙"。一下子，飞宇和王跃胜引起了媒体的广泛注意。

到2001年4月，飞宇已投入200万元，建有24家网吧，拥有共计20M的DDN专线，1800台电脑，每天上网人数达1.6万人次。一条街的纯利润平均是每天1万多元。一个个饭馆、咖啡屋让位于飞宇网吧，王跃胜名声大振。此时，由于国家对网吧的经营政策不是很明确，也由于飞宇响当当的品牌资源，许多网吧开始向飞宇靠拢，纷纷加盟飞宇连锁店。后来，飞宇在北京有加盟连锁店38家；在全国范围内，则有355家连锁店分布在22个省会城市。

王跃胜在会议中

创建自己的品牌

网吧在短时间内为王跃胜的飞宇公司收罗了一批人才——三年不到的时间，北大、清华计算机系的36名毕业生投奔飞宇公司。天正科技开发公司的技术创始人，被诸多媒体称作"中国比尔·盖茨"的戚文敏也成了飞宇网吧的第一任经理。戚文敏至今仍念念不忘在飞宇的打工经历，出外演讲，还会常常提及这段故事。王跃胜说："在中关村，如果没有这36名大学生，我王跃胜什么都干不了。"在中关村网吧街，王跃胜如鱼得水。他成立的飞宇公司，已是包括网吧街、网站、软件开发、网络技术培训、电脑销售等多个项目在内的企业集团。2001 年刚成立的软件开发公司，由 4 名大学生各以 5% 股份参与领衔。50 万元的投资，一年便盈利 100 多万元。他们开发的一个网吧收费软件，只有两万元的开发费用，通过网络销售，每天却可以有 4000 多元的收入。

网吧的迅速膨胀是王跃胜始料未及的。2002 年 5 月起，网吧街以每月 100 台上网电脑的规模飞快扩展。截至 2003 年，"飞宇"网吧总共有 700 余台上网电脑，拥有 4 兆带宽的网络接入专线，营业面积达 2600 平方米，每天 5000 人次上网。飞宇网吧每天的电脑上网率达到 23.6 小时。大学未放假时，几乎每天都可以看到排队等候上网的奇景。

但王跃胜没有就此满足，他要创建自己的品牌，创建响当当的中国品牌："有人说，我的网吧已经是中国第一大了。但我不会满足，我的事业只是在北京做得不错，我要走出去，下一个目标应该是上海，我已经反复考察过了……飞宇牌上网专用电脑也已经生产出来了。我也不想和联想、长城竞争。根据我的了解，上网的电脑不需要太高的配置，河南有一家网吧一下就上了 300 台飞宇电脑，我们自己的网吧飞宇电脑也会越来越多，电脑的生产厂房就在中关村……现在我在全国开了 300 多家网吧，三年内我的目标是 2000 家。我要让上万人因此就业，上百万人能在飞宇上网'冲浪'。我的店到现在一直是赢利的，今后的利润更要翻几番！"

王跃胜不仅一再为我们制造出商业"神话"，而且当选为第九、第十、第十一届全国人大代表，多项议案被政府采纳。王跃胜感慨地说："我就是个土生土长的山西农民，靠着诚实劳动和智慧，不仅当上了 CEO，还成了人民的代言人。说句心里话，我们赶上了好时代！"

(本文照片由王跃胜提供)

5 年前，癌症晚期的诊断让她痛不欲生；

5 年后，她不仅奇迹般地"活了过来"，

还被人们誉为"抗癌明星"，

而且光荣地当选北京奥运会"平民奥运火炬手"。

爱人如爱己，自救且救人，

她让人们相信，每个生命都可创造奇迹，

每个自强不息、胸怀热爱的人，

都是一支火炬！

张红梅
以生命托举奥运火炬

温馨幸福一家人

苦难一家人，绝境中撑起爱的天空

2002 年 9 月 25 日，对张红梅来说是个永生难忘的日子。那天上午，独自办完住院手续的张红梅正等着医生给自己做"乳腺增生"切除术。"大家都过来看一下，这名患者的症状十分典型。"一位医生带着大群实习生来到张红梅面前，"注意看包块形状，这是典型的晚期乳腺癌……"张红梅诧异地张大了嘴，她撩着上衣的手不禁颤抖起来。"好了，好了!"医生和实习生们离开许久，张红梅仍木然地呆在那里，机械地撩着上衣……

张红梅 1960 年出生，丈夫龚河萍比她大一岁，他们都是重庆人。1984 年7 月，同在重庆市罐头食品总厂工作的他们结为夫妻，1986 年有了女儿龚倩。温馨幸福的小家庭生活一晃过去了 10 年，1996 年，双双下岗的他们为了维持生计，在菜市场一角摆了个绞肉摊，做点来料加工的小生意，虽然辛苦，但夫妻俩相亲相爱，日子倒也和和美美。

2002 年 9 月 23 日，张红梅听说一个好友因腹部包块被查出了子宫癌，猛然联想到自己右乳也有个硬硬的包块，虽吃了许多药，六七年了却总没见消。第二天，她背着丈夫独自去医院检查，没想到门诊医生告诉她要立即住院，更没想到的是，查房医生和实习生的对话给了她一个晴天霹雳!

手术、化疗，在家人劝说下，张红梅勉强接受治疗，但 3 个月后，身体不但没好转，整个右侧骨反而开始疼痛。再次检查，发现癌细胞已多处骨转移。那时，绝望至极的张红梅成天想的就是怎么死，总想着从病房的窗户跳下去。但骨转移带来的疼痛让她根本动弹不得，连翻身都难，真可谓"求生不得，求死不能"。

因为张红梅极度消沉，对治疗有着严重的抗拒心理，家人送来的汤和药她总是吃多少吐多少。她的情绪直接影响到丈夫和女儿，那段时间，女儿的成绩直线下降，丈夫也是神情恍惚。

住院花钱如流水，本就拮据的家庭此时更是举步维艰，绞肉摊雇的帮工小夏主动提出暂时不要工钱，每天傍晚及时把营业款送到医院交药费。有一天，小夏到病房时，发现张红梅又在悄悄流泪，就开导说："阿姨，你这样不行啊！你知道吗，你在病房哭，叔叔和妹妹每天也背着你在家里哭。妹妹明年就高三了，你这样会影响她考大学的。"

张红梅深爱着丈夫和女儿，这个家一步步走过来不易，自己病成这样，相当于判了死刑，治疗花得再多最终也是死，她不想拖累丈夫和女儿！一个星期六的晚上，龚倩来看妈妈，张红梅拉住女儿的手，一遍遍地叮咛着："娃儿啊，要好好念书，要听爸爸话。"女儿含着泪一遍遍乖乖地点头。

夜深了，女儿和丈夫一个躺在身旁，一个趴在脚边，都睡着了，去意已决、装睡多时的张红梅这才睁开眼，小心地摸索出积攒多日、藏在枕头下的20多片安眠药。当她挣扎着想要去拿床头那半杯水时，颤抖的手弄翻了杯子。"我的天啊，你这是在干什么？""妈妈！妈妈！"惊醒的丈夫和女儿被眼前的一幕吓呆了，不禁失声大喊，一家人抱头痛哭。

"妈，你咋这么傻呀？你以为你死了就不拖累我和爸爸了吗？你要是不在了，我活着还有什么意思？""老婆，好死不如赖活着！你就算不为自己，也为娃儿和我想想，没有你哪还叫个家呀……"女儿的话声声含泪，丈夫的话句句带血！"好死不如赖活着"。是啊，张红梅，你连死都不怕，还怕什么呢！这天晚上，张红梅在泪雨中下定决心，就算是死，也要给女儿做一个坚强的榜样，多留些笑容在世上。

心门一打开，生命的阳光就照进来！第二天，张红梅第一次强迫自己喝完了丈夫端来的中药，并极力不让自己再吐出来。那段时间，眼看着女儿成绩下滑，张红梅心急如焚。"娃儿，咱俩比赛吧！我好好治病，你好好上学，你要是考上了大学，妈妈的病会好得更快些！"第一次听到病后的母亲充满阳光的话，女儿欣喜不已，愉快地答应了。母亲的积极影响着女儿，不久，龚倩成绩大幅提高，这让张红梅欣慰不已，她觉得自己对这个家尤其是对女儿，确实是至关重要的。出于母爱的本能，张红梅找到了勇敢活下去的理由。而丈夫无微不至的爱，更是给了张红梅莫大的信心和力量。

龚河萍每天白天经营绞肉摊，晚上准时端着汤来到病房，悉心照料妻子。他不仅给妻子喂汤喂药，还给她擦澡换衣、端屎端尿。那时候张红梅极度憔悴，显得十分苍老，又长期戴着个大线帽，新来的不知情的病友们都以为她是个 60 岁以上的老人，而把每天晚上都来伺候她的龚河萍当成了她的儿子。每当病友们由衷地羡慕说，"老太婆，你真有福气，养了个这么孝顺的好儿子！"望着疲惫而默默无闻的丈夫，张红梅心底里总是泛起一股别样的温柔，她总会向丈夫投以一个心疼、感激而歉意的微笑。龚河萍更是从不点破，只对妻子和病友们报以羞涩的一笑……

真爱点燃激情，晚期癌女勇创生命奇迹

在"一定要坚强"的心理暗示下，张红梅真的变得坚强、乐观起来，她不仅更爱丈夫和女儿，而且渐渐开始关爱身边的每一个病友。来自涪陵的女病友张兰，也是乳腺癌晚期患者，丈夫去世，孩子又小，只有母亲偶尔过来照顾，她也一度想到自杀。张红梅就用最朴素的道理耐心地开导她："妹子，咱得好好活呀，活一天赚一天！"她常常把丈夫和女儿拿来的煲汤分一半给张兰，在那样艰苦的岁月里，两个同病相怜的女人结成了姐妹。

可是，纯真的友情最终也没能留住张兰的生命。那个冬天的夜晚，张兰还是走了，张红梅哭得死去活来，她更加感到生命的短暂与急迫。"人既然难免一死，何不活得有意义一些呢？"病友的死让张红梅开始了更深一步的生命思考，也就是在那个时候，她加入了重庆市癌症康复会，她希望自己的存在能给别人带来些什么。

2003 年 5 月，借了二姐 2000 元钱做了最后一次化疗后，张红梅出院了，虽然每天只能躺在床上，但心态变得积极的她坚持用电话与病友交流，给别人力量，也给自己打气。因为自己长年卧病，家中早已债台高筑，为了给她买

药，丈夫总是舍不得给自己多花一分钱，在她生病的几年里，他甚至没添过一件新衣服。为了让妻子身体康复，龚河萍开始不断寻找偏方。

张红梅知道，所有的偏方都有其局限性，在张三身上管用，可能到了李四身上不仅没用还会有害。但强烈的求生欲望让张红梅顾不了那么多，只要听说有用，她都愿意一试。几年下来，癌症病人常用的偏方，张红梅基本上尝试过了；听说吃素对癌症病人有好处，张红梅还坚持以素食为主，清淡少辣，特别是每天晚上坚持只吃蔬菜、喝素汤，全家人都心甘情愿地陪着她。

也许是张红梅的坚强、乐观感动了上苍，2003年夏季，她终于迈出了成功的第一步：那天，丈夫和女儿都不在家，张红梅突然觉得饿，她试着将腿挪到地上，扶着墙，腿没有了以前的剧痛，居然站了起来！她惊喜不已，已经半年多没下过床的她，自己到了厨房，竟然支撑着身体成功地煮了碗面条。她一边吃一边高兴得哭起来。就在自己病情大有起色之时，女儿成功地考取了重庆教育学院，张红梅快慰不已！

能站立后，丈夫和女儿每天都会扶张红梅爬附近的枇杷山锻炼。功夫不负有心人，2004年底，张红梅终于可以走路了，虽然走几步就要歇上一阵。春节前，绞肉摊许多人来灌香肠，生意特别忙。看丈夫每天忙到很晚才回家，有天张红梅没和丈夫打招呼，独自去了离家1千米开外的绞肉摊。这段别人只需10分钟的路程，她走了半个小时。当忙碌的丈夫回头看到她时，眼含泪花，惊喜得连话都说不出。

病情大有好转的张红梅开始积极参加康复会的集体活动，尤其是定期的爬山活动。第一次与病友们互帮互助爬到山顶，唱起由刘三姐山歌改编的对歌时，张红梅是边唱边流泪的……

广求偏方加上乐观向上的心态，张红梅的病一天天好起来！感觉到自己病情的每一次好转，她都急不可耐地与广大病友分享，而就在这种相互关爱、相互奉献的氛围里，张红梅切实地感觉到了生命的意义所在。

"心态好了，一切都跟着好起来了。"张红梅不仅身体逐渐好起来，家庭更是越来越和谐。听说按摩对癌症病人有好处，不管生意有多忙，龚河萍每天晚上回到家里，都坚持给妻子洗脚按摩半小时以上。每当劳累了一天的丈夫收摊回家为自己端水洗脚按摩的时候，感受着脚底那一股股上升的暖意，感受着来自丈夫的爱与心疼，张红梅常常感叹不已："老公，我欠你一辈子啊……"

丈夫的爱点燃了张红梅对生命的渴望，她的心态发生了根本的转变，微笑从此回到了她的脸上。到 2005 年，张红梅已经基本恢复了正常人的生活，不但停了中药，还独自经营着绞肉摊。

2007 年 3 月，定期复查中，重庆医科大学附属医院的医生发现张红梅的所有身体指标都恢复了正常，"奇迹啊！"拿着检验报告单，连医生都不敢相信，"晚期癌症病人能恢复到这种程度，简直不可思议！"医生分析，张红梅之所以创造了生命奇迹，除了偏方之外，良好的心态起到了关键作用，她关爱别人的同时也感受着别人的关爱，这无疑成了她抗癌的一种强心剂，而精神力量比什么偏方都重要！

康复后的张红梅每月总会抽出时间带癌友外出活动，她也成了许多癌友的求经对象。为了鼓励更多的癌症患者，她为自己印制了名片，常常组织新老患者交流治疗经验，同时当起新患者的心理医师。许多癌友在张红梅的帮助下，重新找回信心，亲切地将她称为"止痛片"，媒体更是把她誉为"抗癌明星"……

大爱传递梦想，"抗癌明星"当选"平民奥运火炬手"

2007 年 6 月，张红梅从报纸上看到奥运火炬手选拔的消息，"不限年龄，重在参与"的报名规则吸引了她，"点燃激情，传递梦想"的奥运火炬手口号更是让她激情澎湃！她当即打电话，成为重庆首位报名者。之后，更是一路过关斩将，张红梅终于挺进了决赛！

2007 年 8 月 18 日，首都北京，"CCTV—联想奥运火炬手选拔"首场决赛通过电视向全国现场直播。出场的 1 号选手就是张红梅，她身穿一件红色的 T 恤，显得热烈而耀眼。刚上场的她明显有些胆怯，竟忘了如何自我介绍，她的嘴唇不停地颤抖着，一张口竟唱起了那首她与癌友们爬山时唱了无数次的改编自刘三姐山歌的《爬山歌》：

"哎——今天爬山怎么样哎？哎怎么样？今天爬山真快乐哎，哎真快乐；什么才是最重要哎，什么才是最快乐哎？"张红梅的胆子渐渐大起来，她边唱边跳，歌喉也越发清脆嘹亮，观众和评委们都被她的情绪感染，不自觉地跟着她唱和起来："锻炼身体最重要哎，运动健康最快乐哎……"连央视的导演都没有想到，这第一个出场的选手竟将决赛气氛引向了高潮！

"太好了！"当张红梅蹦蹦跳跳完成了表演之后，作为评委之一的著名演员濮存昕激动地点评，"看着刚才这个节目，有谁会相信，它的表演者曾是一名晚期癌症患者？我想跟刚才这位大姐说：生命是个奇迹，你更是个奇迹！"

听着濮存昕的真情点评，张红梅流泪了，许多观众流泪了，接着便是如潮水般的掌声。而张红梅依然保持着孩子般的快乐与天真。比赛间隙，活泼好动的她竟跑到另一个选秀节目演播大厅，看到有重庆选手参赛，张红梅竟忍不住用地道的方言冲台上大声喊："重庆仔！雄起——"几乎所有的人都回头看她，张红梅惊喜地发现，坐在旁边的居然是自己崇拜已久的明星柯以敏。柯以敏看着这位一团火苗似的姐妹，亲切地笑了。"柯老师，我可喜欢你了！我能跟你合张影吗？"柯以敏站起来，亲切地拉住了张红梅的手，现场记者的镜头随即对准她们，记录下了这纯真而难忘的一刻。

经过激烈的角逐，张红梅最终脱颖而出，成为首批平民奥运火炬手！8月28日，记者飞抵重庆后立即联系张红梅，没想到一连近两个小时，她的手机始终提示"呼叫等待中"，直到两个小时后记者才接到她的回电。原来，她一直在和北碚区一位素不相识的女子通话。该女子不久前被诊断出乳腺癌，非常绝望，而张红梅的故事让她深受启发，于是辗转打听到张红梅的电话，一定要和她聊聊。张红梅生怕她想不通，电话里一再安慰她，鼓励她，给她勇气和信心。

"如今，她的电话都成热线了！"丈夫龚河萍说，不少癌症患者常常慕名给她打电话，一说就半天，她每月的手机费光是接听已高得惊人。"不过，看着她每天忙忙碌碌、快快乐乐地帮助别人，我为她感到骄傲！"龚河萍还说，他最近正在攒钱，准备为妻子买台电脑，"这样她就方便与外省的癌友联络和交流了"。而张红梅更是想用自己的真实经历告诉全世界：癌症并不可怕！可怕的是缺乏战胜病魔的勇气和信心。而勇气和信心从哪里来？一个字：爱——爱人的爱、亲人的爱、全社会的爱！

女儿龚倩这年暑期已经从重庆教育学院顺利毕业，目前正积极联系工作，谈到母亲，龚倩动情地说："以前连做梦都害怕，害怕一觉醒来妈妈就不在了……现在看着妈妈活得好好的，看着她健康快乐的模样，我觉得生活真的很美好！"说起母亲对她的影响，聪明、漂亮的龚倩骄傲地表示："我要向妈妈学习，用积极向上的心态面对一切，做一个自己快乐也给别人带来快乐的人！"

8月末的重庆依然有着近40摄氏度的高温，采访结束的午后，离开菜市场那个小小的、有着太多苦难与辛酸的绞肉摊时，记者回了回头，看着龚河萍、张红梅夫妇相濡以沫、满是汗水的笑脸，看着他们单薄、瘦小而忙碌的身影，心底不禁一阵阵感动——生命的奇迹往往源自一份朴素、平凡的真爱！

张红梅和丈夫相濡以沫

如果说张红梅康复有什么"秘方"的话，那么这"秘方"的核心就是爱——爱亲人，爱病友，爱生命，爱自然，爱运动……"我们都渴望阳光，却往往忽视了自己本就该是一个太阳！"张红梅的心里充满了爱，正是这份真爱的互动与传递，激起了她生命的所有潜能与激情。

2008 年，成了名人的张红梅依然未改平民本色，她更加执着、更加忘我地奉献于公众、服务于广大癌友。张红梅出任重庆癌症康复会文化宫组长，她积极乐观地做着义工，她期望用自己满腔的爱与真诚，唤醒更多的癌症患者对生命的留恋与渴望；她要用自己的真实故事去鼓励、感动并陪伴他们，与他们一起抗癌、一起运动、一起唱那首总也唱不够的《爬山歌》。

（本文照片由张红梅提供）

文　明

　　文明的实质是奉献，文明的指向是感动。踩三轮攒钱资助贫困生的白芳礼，拯救绝症好教师、好母亲，更有把火海救人的英雄民工留在人间的宁波人，为一颗心脏让路的20个航班和无数市民——无不用心定义着文明中国和中国文明，让看不见摸不着的精神，有了可感可触、可歌可泣的内容……

他是个瘦弱的老人，18年如一日奔波街头，

用蹬三轮车积攒的血汗钱资助了数百名贫困学生；

他是个"狠心"的老人，下岗多年、贫病相逼的小女儿，

竟从未得到过他一分钱接济。

白首扶弱幼，丹心育蓓蕾。

虽为花甲草根，却穷一己之力，奉献至死。

三轮车上，他佝偻的、单薄的背影，

是这个时代不朽的丰碑！

白芳礼

佝偻的背影是丰碑

白老佝偻的蹬车背影刻在国人心上

您的背影我的痛

父亲到底没有赶上 2005 年的国庆节，这个一度感动天津、感动中国的老人，在这个秋雨缠绵的季节，还是离开了我们，离开了他那辆破旧的三轮车。

窗外，深秋的雨淅淅沥沥。只有 15 瓦的灯泡正发着昏暗的光。老旧的墙上，一本日历记录着当时的年份——1986 年。父亲坐在床沿，主持着家庭会议，而床前的几把小凳子上，错落地坐着继母、哥哥、姐姐和时年已经 30 多岁、在天津针织二厂当工人的我。大家表情各异，却都透着对父亲的关心与体谅。

"找你们来，是想跟你们商量个事儿。""爸，您有什么话就直说吧。"我是父亲的小女儿，一向跟父亲走得最近。"我这些年也没攒下什么钱，只有这5000 块。"父亲从枕头下摸出个手绢包，鼓鼓的。我们都知道，那是父亲大半生的积蓄，是他的养老钱。"我决定把这钱，给老家小学！""爸！那可是您的养老钱！"哥哥白国富压低了声音，一脸的困惑。我抢过话头："爸，您攒这点钱不容易，您可别一时冲动！"父亲突然发起火来："我又不管你们要钱！这事你们是赞成还是反对都一样，我主意定了，谁也别插杠！谁不乐意以后就别认我这个爹了！"雨一直下，窗玻璃上的水汽已经凝成水珠，次第滑下，如一道道莫名的泪痕。

父亲白芳礼 1913 年 5 月 13 日出生于河北省沧县大官厅乡白贾村。出身贫寒的父亲从小没念过书，自己没文化，却十分尊重知识、喜欢有知识的人。13岁时，贫穷的父亲就离开老家，来天津靠蹬三轮车糊口；新中国成立后父亲成了工人，退休前，他是天津市个体劳动者协会的运输工人，给一些单位运送油漆之类的货物。后来单位考虑到他年岁大了，怕他拉货累坏了身体，便分配他去干"人力三轮出租"。

1986 年秋天，我的姑姑去世了，我随父亲回老家奔丧。这期间，父亲看到村里很多孩子穿着破衣烂衫，甚至上不起学，早早地就开始务农，他感到很痛心。丧事酒席间，一名老教师夹起一片肥肉，却久久没有入口，他的"醉"话让父亲为之一震："咱们国家确实在进步！有些人都富起来了！可还有些人仍然很穷。有钱人每天都在琢磨着'下顿吃什么更健康'，可咱们穷山沟的这些孩子，却都盼着'哪天才能敞开肚皮吃顿肉'！许多人家穷得叮当响，锅都揭不开，哪还有钱供孩子读书呢？都说'再苦不能苦孩子，再穷不能穷教育'，可有些事儿说起来容易做起来咋就这么难？"一杯苦酒下肚，这名老教师竟满眼含泪。

办完了老姑的丧事，父亲悄悄地来到白贾村小学，看着那破旧的校舍，听着那稀疏的读书声，他的心揪得生疼。下课的铃声响了，准确地说是那截悬挂着的废铁被铁锤砸响了，孩子们奔出教室的一刹那，父亲流泪了：已近中秋，可还有那么多孩子穿着破旧的夏季短衫，有的甚至光着脚板！而百米之外就是荒野，秋风里几个衣衫褴褛的放牛娃子，茫然而又羡慕地看着这一切……

回到天津以后，父亲几天几夜睡不着，那破旧的校舍和孩子们可怜巴巴的眼神在他的脑海里久久萦绕：自己当年就是因为穷才逃难到天津，过了几十年，家乡的穷困状况几乎毫无改观。没有知识怎么行？难不成要看着这些孩子像祖辈一样当文盲？那个黄昏，下定了决心的父亲毅然来到银行，递上存折，颤抖着声音说："全取！"

父亲把他的第一笔助学捐款——他的 5000 元养老钱送到家乡，接过那叠带着父亲体温的钞票，校长哭了，父亲也哭了，他摸索着，从兜里又掏出了仅有的 300 元……回津之后，父亲重操旧业，又蹬起了三轮车。74 岁啊！我的老父亲却从头做起，开始了另一段人生征程。

那时，父亲总是一大早就出门，晚上 11 点多才回来，就连冬天也不例外。我们都替他担心，只好轮流在家门口等，直到看着老父亲回来了，才算松口气。"您也这么大岁数了，又不是没儿没女，辛苦一辈子了，在家享享福多好啊！"我们做儿女的自然心疼父亲，没少劝他，但父亲执拗得很，有时候感冒发烧他都照样去蹬车，劝得紧了，他最多回你一句："出点汗就好了，大惊小怪。"

有一次，看着父亲在等客的间隙，累得在三轮车里睡着了，我心疼极了，终于忍不住嚷起来："爸呀！您这岁数，应该是社会帮帮您，您却为社会操心。国家这么大，穷人多了去了，靠你一个人的力量，你帮得过来吗?!"父亲惺忪着眼愣在那里，半晌才出声："我自个的事儿自个干，我不想再听到你们这些自私的话！"

在受捐学校的宣传下，父亲的事迹被报社和电视台知道了，天津人渐渐熟悉了"白芳礼"这个名字和他那辆破旧的三轮车。父亲啊，当年迈而单薄的你努力蹬车的背影成了爱心标志，有谁能够体会女儿心底那份深深的无奈与疼痛！

您帮别人谁帮您女儿

父亲最快乐的时候，一是夜晚归来，在灯下整理他辛苦挣来的一堆小票子，一张张摊平、叠好，然后用皮筋扎起来，包在一个手帕里；二是当手帕里的零碎钱攒够几百元了，他蹬车给某所学校送过去。

父亲捐款支教却不要收条，在他看来，捐款能够派上用场是最重要的，至于收条，他觉得"啥用没有"。可是，接受过父亲捐款的单位和学校却认真做了记录，"白爷爷送来的钱都是他一脚一脚蹬车的血汗钱，我们要重视起来，不能让他白辛苦！"为此，天津的红光中学、南开大学、天津大学等学校都对父亲支教款的使用非常慎重，不仅做了详尽的记录，还多次举办"白芳礼助学基金发放仪式"。

父亲曾经无比欣慰地跟特困生们说："你们白爷爷的钱来得确实不容易，我是一脚一脚蹬出来的，可你们只要好好学习，朝好的方向走，就不要为钱发愁，有白爷爷在，就有你们娃儿上学念书和吃饭的钱！"就这样，靠着父亲风里来雨里去地蹬车，一笔笔款项被捐助到天津市中小学幼儿教师奖励基金会、中国青少年发展基金会、河北区少年宫等部门。

为了多挣点钱、多帮助几个孩子，父亲没日没夜地蹬车。父亲在他那辆破旧的三轮车上挂了面小红旗，上面写着"军烈属半价、孤老户义务"，一见有生意，父亲的笑容就一如干瘪的花儿。父亲那是真的开心！他佝偻着腰，努力地蹬车，在车轮咿呀的响声里，他甚至会哼上几句。时间长了，有的客人认得他，知道他的善良与苦心，就多给他一两块，这时候的父亲总是很感动。有时候客人不忍心，就执意说："大爷，您坐后面，我来拉您！"父亲这时就会拉下脸来说："怎么？怕我老头子拉不动您呐？您快坐稳喽，起——"

每年春节父亲总是更忙碌，因为那几天大部分"三轮"都回家过年了，父亲说一天能多拉二三十块钱的活呢。哥哥心疼不过，要替他拉，父亲总说，"那怎么行，我自个的事情自个干……"执拗的父亲，每当万家团圆的时候，想着寒风中那面鲜艳小红旗映衬着您孤单的背影，您可知道女儿心有多痛！

1991 年，与父亲相濡以沫多年的继母患直肠癌去世了，父亲非常悲痛。父亲对继母的感情在我们看来甚至超过了对我们生母。但是就在安葬完继母的第二天，父亲又蹬着三轮上路了。我们都没有劝，我更是理解父亲此刻内心的孤单与落寞。那个早上，看着父亲佝偻的背影渐行渐远，我潸然泪下。

1994 年，父亲已经 81 岁高龄，在开春一次给贫困生的捐资会上，他把整整一个寒冬挣来的 3000 元辛苦钱交给学校后，开始思忖起来："现今缺钱上学的孩子这么多，光靠我一个人蹬三轮挣得的钱帮不了几个娃儿呀！何况我自己也老了，这可咋办？"父亲琢磨了一宿，他决定把自己那两间老屋给卖了，再贷点款办个小公司。

不久，市长亲自给父亲在紧靠火车站边划了一块小范围的土地，全国唯一的一家"支教公司"——天津白芳礼支教公司宣布成立！此后，父亲凭着卖掉老屋的 1 万元和贷来的钱作本钱，慢慢地，公司由开始的一个小亭子发展到后来的十几个摊位，连成了一片。父亲雇了几个贫困山区进城务工的人员，经营些糕点、烟酒什么的，方便南来北往的旅客，而自己仍旧节衣缩食地蹬三轮。盈利最多的一个月，除去成本、工钱和税，还余 1 万多元的利润，父亲全都用来支持教育。

从那时候起，为了方便生意，父亲就住在车站边的铁皮屋子里。这屋子简陋得很，所谓"床"，只不过是两摞砖上面搁一块木板和一件旧大衣。冬天寒风呼啸，夏天骄阳似火，父亲就在这样的环境中度过了一个个酷暑严冬。对父亲的执拗，我们一直心疼而又无奈。譬如我和哥哥姐姐给他的一些半新衣服，他总是舍不得穿，而转赠给他熟悉的民工们。自己常年都穿得可怜兮兮的，邻居和原来的同事们看了，难免有闲话，每每弄得我很难堪。可说了无数次，父亲依然不改。父亲节俭度日几近苛刻，他的一顿饭常常是一个馒头、一碗白开水、一点掺了水的酱油。我们都曾苦苦相劝："爸爸，回家吧！"父亲总是说："你们别管，我过得挺好的。"隔三差五地，我总会给父亲做些好吃的送过去，譬如一饭盒肉或者鱼，可父亲常常都留变质了也舍不得吃，因此每看一次父亲，我都要难过好几天。

就在父亲的支教公司红红火火的时候，1995年冬天，我下岗失业了，不多久，在电视机厂工作的丈夫也下岗了。生活是现实而残酷的，在这孤苦无助的时刻，我很自然地想到了父亲，我是他一直最疼爱的老闺女，我想这个时候，父亲一定会拉我一把。可当我把到支教公司打工的想法跟父亲提起时，我万万没有想到，父亲竟会如此决绝："你下岗了，要自力更生，这个买卖是为公的，你不能掺和。"

听了父亲这不近人情的话，我积压了多年的火终于爆发出来："您大公无私、您是活菩萨，行了吧！您天天帮这个帮那个，您什么时候帮过我？我是您的亲闺女啊！我现在下岗了、没饭吃了，您还唱这样的高调，说这些风凉话，您到底是不是我爸爸呀？"我委屈得边哭边吼，父亲愣了一会儿，说："我早晚都得走的。要是我现在已经不在了，难道你就不活了吗？一个有手有脚的人，应该靠自己。"我听了这话更来气："我都40多岁的人了，哪个单位肯要我？您天天帮别人可谁来帮你女儿？连自己的父亲都不肯帮，我还能指望谁？"我关上那扇铁皮门，冲进风雪交加的夜幕，那一瞬间，我听见了老父亲在我身后一声长长的叹息。

"老闺女，我对不起你！"

我一赌气，竟一个星期没有去看父亲。一天夜晚，我做了个噩梦，梦见父亲张着嘴，却说不出话。吓醒之后，我难过得默默流泪：执拗的父亲坚持着自己的做人、做事原则，其实我"恨"的背后依然是深爱着父亲的！早上，我买了条鱼，炖好装上，去看父亲。

雪化得差不多了，雪水结成的冰，在阳光下慢慢地融化。远远地，我看见父亲铁皮屋的门开了，几个人正围在门口跟父亲说话。走近了，我才知道，那是南开大学的 3 名学生，一男两女，其中一名女生脚上，居然还穿着破旧的绿军鞋，我的心不禁一紧。

原来，他们都是边远山区考上大学的苦孩子，因为得到过父亲的资助，寒假里，他们的爸爸妈妈为了表达心意，特地让孩子们给白爷爷捎来些土特产。那是怎样的礼物啊：三个小小的塑料包，里面分别装着几颗核桃、两把红枣和几撮辣子面。"白爷爷，也没什么好送您的，就这点心意，您收下吧！"我看见父亲的嘴唇哆嗦着，他说不出一句话，只是狠狠地点头。三个孩子在寒风中站成一排，恭恭敬敬地，向着他们敬爱的白爷爷三鞠躬……

孩子们走了，我进屋把揣着的饭盒拿出来，打开说："爸，您趁热吃点。"父亲一手接过饭盒，另一只手还摩挲着那三个小小的塑料包。他抬头看我一眼，满眼含泪，那一瞬间，我蓦然读懂了执拗的父亲，心底一热，我慌忙转过脸去。

1998 年，天津市政府整治车站、街道环境，父亲拆了他的这些小亭子，解散了工人，变卖了公司所有值钱的东西，将仅剩的 2 万元钱分别捐给了几所学校。我把父亲接回家来住，可是没闲几天，父亲又蹬起他的破三轮，上路了。直到 2002 年，父亲身体状况实在不行了，他才告别他那辆心爱的破三轮。

此时的父亲行动不便，而且大小便失禁，我没日没夜地照顾着他。可怜的父亲！当我为您擦屎端尿而您竟一脸羞愧的时候，您可知道女儿内心极度的悲伤？当您面对一次次前来探望的领导心潮起伏、百感交集的时候，您是否窥见过女儿强忍的泪水？

蹬不动三轮的父亲也没有闲着，他把各媒体报道他的资料统统找出来，一点点整理入册，学生们来看望他的时候，他就拿出来给大家看，教育孩子们要好好学习，国家有了人才才能强大。一句句都是极朴实的话，可每个字都种子似的种在了孩子们心里。在榜样的力量下，爱心是可以延伸的：许多他曾资助过的学生毕业走上社会以后，也像父亲一样默默地开始资助贫困学生。

2004 年 4 月，老弱的父亲因营养不良住进了医院。父亲的入院在社会上引起了巨大反响，络绎不绝来医院看望父亲的市民，红十字会爱心账号上十几万元的善款，无不让我看到来自社会的感恩与良知。父亲啊，当您与袁隆平、刘翔、任长霞等一起成为感动中国 2004 年年度人物候选人的时候，作为您的女儿，我是多么骄傲！而当最后您意外落选，我和亲人、邻居们都很惋惜的时候，您却说："我做这些是为了孩子们，又不是为了评奖。"您由衷的、孩子般纯净却沧桑的笑，净化了多少被功利沾染过的心！

2005 年 5 月，父亲再次住进了河北区第三医院，并被确诊为肺癌晚期。当我们一群儿女都凄然悲伤的时候，父亲却那么坦然："人活多大都得死，别花冤枉钱，省着给那些交不上学费的学生吧……"一席真心实意却悲壮揪心的话，让在场的所有人都潸然泪下。

7 月 6 日父亲执意出院回家休养的当天，他要求"120"的医护人员将他送到了天津市科技馆，抱病参观了"白芳礼支教事迹展"。看着围绕在自己身边的学生们，看着陪伴自己支教多年的老三轮车，看着车前挂着的"军烈属半价、孤老户义务"的小旗子。父亲啊！您眼角淌下的滴滴热泪，让多少观展的市民热泪奔流……

8 月 23 日凌晨，父亲出现气短和脉搏微弱现象，同时腿部更加肿胀，输入身体的营养液也难以吸收。我一步也不敢离开父亲，我知道父亲随时都会走。太阳升起来了，在父亲的脸上我却看不到丝毫生气。突然，我看见一直昏迷的父亲唇角蠕动了几下，像有话要说。我急忙俯过耳去，并紧紧抓住他枯瘦而冰凉的手。在父亲气若游丝的表达里，我听见了一声霹雳："老闺女……

我……我对不起你……""爸爸——"我撕心裂肺地喊道，感觉整个天空都在疼痛中旋转。

父亲走了，没有看到这个国庆节的礼花，没有看到那漫天秋雨中从四面八方赶来为他送行的市民们滚热的泪，也没有看到他的死给媒体和人心带来的强烈震撼。父亲啊，就让我把新浪网友的悼言转述给您，希望您的在天之灵安息：

父亲成了女儿心底永远的痛

"因爱无私，因爱无畏！爷爷一去，如丧亲人""教育兴，则国兴！平凡老人却懂得不平凡的道理，可敬""说白芳礼傻的人，源于他们内心的空虚，这种'傻'，是多么可爱又可敬啊""君生我未生，我生君已老。我还未长大，爷爷，您怎么先走了""爷爷，您不在了，秋天又冷了些"……

（本文由白金凤口述，照片由白金凤提供和作者拍摄）

她是个好老师，更是个好母亲。

当死神步步逼近，面对巨额医疗费，她选择放弃治疗，

把最深沉的爱凝结在给儿子的每一封信上。

点点纸上泪，殷殷慈母心。

识得寸草意，陌路亦亲人。

这一封封凝集着母亲生命最后亮光的信，

温暖并感动了美丽的宁波城，

宁波人用博大仁爱的胸怀阻挡了死神的脚步！

宁波人
爱心大拯救

爱心涌向好母亲罗南英

绝症突临

1997 年，罗南英从青海省乐都师范学校毕业后，成了一名小学语文教师。2000 年 7 月，经人介绍，她认识了刚从青海省邮电学校毕业的胡志军。当时胡志军是西宁市电信局电信器材商店的一名临时工，而罗南英却在距离西宁市 50 千米外的小学教书，空间距离和职业的差异使双方父母和周围的朋友都不看好他们的感情。但深深相爱的两个年轻人却更加坚定了，两人于 2001 年 5 月 13 日举行了简单的婚礼。一年后的 2002 年 1 月 18 日，他们的儿子鹏鹏出生了。

儿子的出生给这个小家庭带了更多的希望和快乐。可是，罗南英做梦也没有想到，厄运正悄悄地向她逼近。2004 年 9 月的一天，罗南英忽然发烧头疼起来，还流鼻血，当时她还没有意识到病情的严重性，她只是到附近的小诊所开了一些感冒药。

2005 年 3 月 7 日，罗南英的鼻子再次出血，而且血流不止。这次，丈夫胡志军沉不住气了，他说服妻子前往青海市人民医院就诊。诊断后，医生平静地对罗南英说："是巨脾症，需要住院治疗。"随后，医生悄悄示意胡志军跟他来到了医生办公室，同情地说："你要有思想准备，你爱人得的是白血病。"仿佛闷雷打在头上，胡志军的脑海一片空白。呆了片刻，他忽然抓住医生的手哭了起来："大夫，求您救救她，她还这么年轻，我们的儿子才 3 岁!"

胡志军如万箭穿心，但是他克制着自己不在妻子面前流露出一点点悲伤。他寸步不离地守着妻子，给妻子讲故事、讲笑话，每晚都看着妻子带着笑容安然入睡，而自己就搭几张板凳，睡在她身边。

一周后的一天，刚刚经过化疗的罗南英在丈夫的安抚下平静下来，她紧闭双眼，脸色安静。看着善良可爱的妻子，胡志军无声地落了泪。这时，罗南英忽然睁大了双眼，她吃惊地盯着丈夫看了又看。就在胡志军躲出去洗脸的时候，罗南英看到了自己药方上的几个字：白血病! 罗南英顿时双手战栗、浑身冰凉，她终于明白了丈夫为什么总是流泪、发呆，恋恋不舍地看着她，明白了家人来看望她时为什么忧心忡忡，眼圈发红，原来，他们早已经听到了死神的脚步声，他们的内心承受着怎样的煎熬啊！

胡志军回到病床前时，罗南英扑在丈夫怀里忍不住大哭起来，胡志军看着妻子手中的药方，明白了一切。就在夫妇俩抱头痛哭的时候，病房里的电话响了起来。电话是儿子打来的。天真无邪的鹏鹏对着电话哭喊："妈妈，我想你了，你怎么还不回家？"听着儿子的哭声，想到自己即将撇下刚满三岁的儿子撒手人寰，罗南英肝肠寸断。

用生命给爱子留言

罗南英在青海市人民医院治疗了两周后，病情不见好转，医生建议转院治疗。2005 年 3 月 21 日，在朋友的推荐下，罗南英在丈夫胡志军的陪同下来到了宁波市第一医院找到了血液科主任欧阳桂芳大夫。

欧阳桂芳大夫详细询问了病情后说："只有换骨髓才能挽救生命，我将尽最大努力尽快找到匹配骨髓。"住院两个月后，欧阳桂芳大夫高兴地告诉罗南英，她和她姐姐的骨髓配对成功。听到这个消息，罗南英夫妇高兴极了，他们终于看到了生命的亮光！可是，当问起治疗费时，他们的心又沉到谷底：医疗费用将近 60 万元！这是一个他们无法想象的天文数字！

此时，罗南英已经把生与死的问题掂量了无数遍，她知道，为了挽救自己的生命，双方的父母和兄弟姐妹都已经倾其所有，远亲近友的钱也借遍了，不能因为给自己治病让亲人们从此更加贫穷，不能因为自己的病让丈夫负债累累，更不能因为自己的病让儿子还在幼年时期就背上沉重的债务。60 万元的债务，一辈子都还不完啊！"我们放弃治疗吧！"丈夫听到罗南英的恳求后泪如泉涌："不！我不能没有你！咱的孩子也不能没有你啊！"

胡志军希望妻子不要再有放弃治疗的想法，他希望他对妻子的爱能够感动上天，即使真的走到了生命的尽头，他也希望妻子的心能够平静下来。

　　但是，从罗南英决定放弃治疗的那一刻起，她的心再也无法平静下来。最让她放不下的就是她聪明可爱的儿子鹏鹏。在鹏鹏刚刚走过的三年岁月中，因工作原因，她每周只有不到两天的时间能够和他在一起，她觉得欠儿子的太多了。总以为以后的路还很长，还会有时间弥补儿子缺失的母爱，可是，她的路却突然要到尽头了，人生的句号就要画在她29岁的年轮上了。每每想到这些，罗南英都会泪流满面。

　　儿子正处在懵懂幼年期，该给儿子留下些什么呢？该怎样让儿子减少失去母爱的痛楚？当儿子想起母亲时，他该怎样抚平早早失去母亲的伤痛？罗南英怕儿子在自己离开人世后，因为缺少母爱而变得性格孤僻。她要在自己有限的日子里，给儿子写够可供其一生阅读的信，想到这些，罗南英拿起了笔。她要把对儿子的爱、思念和期望凝聚在每一个字里，她相信，她对儿子的爱能穿越时空，陪伴儿子一生一世。

　　就这样，罗南英计算着儿子的生日和成长脚步，从三岁开始，她一直写到儿子29岁，她要让儿子成长的每个阶段都有母亲的陪伴。斜倚在第一医院血液科的病床上，罗南英开始给三岁的儿子鹏鹏写信。她每写一段便要停下来修改一会儿。她要将信写得有文采些，这样，若干年后，当儿子读到信时，就会为自己的母亲是一位文笔优美的语文教师而自豪。而每改一次，她的泪水都会将自己淹没一次。

　　鹏鹏，我亲爱的孩子：

　　　　当你能够独立看懂这封信的时候，妈妈也许已经离开你了。现在你才3岁，妈妈不幸得了白血病，妈妈不能陪你很久了，可是妈妈多么希望和你在晨曦里、在晚风中嬉戏玩耍，看着你无忧无虑地成长啊！

　　　　鹏儿，在提起笔的这一刻，妈妈有许多许多话要跟你讲，希望你能感受妈妈的心。妈妈的心里，也许有痛苦，也许有恼恨，但更多的是平静和感恩。

　　　　妈妈这一生最想感谢的人，是你的爸爸。你知道吗，在妈妈眼里，你的爸爸是一个善良敦厚、情义深重的男人……

看了妻子留给儿子的这封信，胡志军的心如刀绞一般，哭成了个泪人。

鹏鹏：

　　当你读到这封信时，应该是你十周岁的生日了，妈妈祝你生日快乐！鹏儿，你现在上三年级了吧，你有多高了？你听话吗？你的学习成绩好吗？你和你的同学们相处得好吗？

　　写这封信的时候，妈妈正在病中，每天除了打针、吃药外，就是想你——我的孩子。妈妈知道，亲人们会给你过十岁的生日，也许还有温馨的烛光和诱人的香喷喷的大蛋糕……可妈妈要对你说，要先对每一位在场的人表示真诚的感谢——感谢他们的抚养，感谢他们的关怀，感谢他们对你无私的爱！说的时候，也代表妈妈，好吗？

　　过了这个生日，你就是个小大人了。你要体谅亲人的难处，不要提一些过分的要求，而且要在生活中学会关心别人、体贴别人。你会努力去做的，妈妈相信你！

仿佛看见了儿子一天天的成长足迹，罗南英写着写着，欣慰里那种无比的辛酸，常常让她心痛得双手颤抖，多少次，写好的信都被泪水打湿，为了不给儿子留下脆弱的印象，她总会咬着牙、忍着泪重抄一遍。

鹏鹏：

　　亲爱的孩子，今天是你二十岁的生日，你终于长大了，妈妈祝贺你！
　　妈妈得白血病时，你才三岁。妈妈得了如此凶险的病，尽管可以做手术，但毕竟凶多吉少，风险大而又需要巨额费用，是足以让几家人倾家荡产的。所以，我选择了放弃。

　　希望多年之后，鹏儿能理解妈妈的苦衷！要怨，只能怨噩梦来得如此突然！将妈妈对你的许多企盼和心愿击得支离破碎，许多要告诉你的话在匆促之间变得杂乱无章，可是妈妈决意要将真实的爱留给你，请你理解并坚强地面对生活！

孩子，但愿爱能跨越时空的界限，把妈妈的殷殷关怀传递到你的身边。

好母亲感动宁波城

化疗的罗南英开始大把大把地掉头发，病痛时刻折磨着她，但给儿子写信的意志支持着她，时间对她来说是如此宝贵，她多么希望自己能给亲爱的儿子多写几封信啊！罗南英抓紧生命的最后时光，不停地写啊写，写到第27封时，屈指算来，儿子即将进入而立之年了，罗南英的脸上露出一丝宽慰的微笑。那时的儿子会是什么样？他会和妈妈一样成为一名优秀的人民教师吗？或是成为一名救死扶伤的医生？他看到这些信的时候，会读懂妈妈的爱吗？也许，那时的他不会记得妈妈的容颜，但这些信会像河水一样流淌在他的生命中，直到永远。

鹏鹏：

这是妈妈写给你二十九岁生日的信。写时心里有种难言的感觉，因为再过几天，也是病中的妈妈二十九周岁的生日了。二十九岁，妈妈的一生短暂而平凡，却因为活在爱和被爱里而无憾。孩子啊，你应该知道，只活了29岁的妈妈是多么爱你……

罗南英写给儿子的这些信，凝结着一个母亲在生命最后时光中血泪斑驳的爱。在写这些信的时候，罗南英的心是怎么的撕扯啊！她把全部的母爱撕成碎片，揉进信笺里……

2005年6月24日，罗南英写好最后一封信后，准备收拾行囊，离开宁波，回家乡。就在这时，偶然间，罗南英看到了当天的《宁波晚报》，晚报上《给孩子的一封信》征文启事吸引了罗南英的目光。罗南英对丈夫说："把我的这些信寄给报社吧，如果能够发表，也是很有纪念意义的。"第二天，丈夫就把这些信寄给了晚报编辑部。

6月26日,《宁波晚报》以《让母爱穿越时空成为永恒》为题选登了罗南英留给儿子的四封信:"……鹏鹏,今天是你16岁的生日,你可能会常为一些事情感到委屈和愤愤不平,这可能是你正处于比较叛逆的年龄,也可能和我过早地离开你有关。孩子,当你感到郁闷时,你晚上就走出房门,看看满天的繁星,其中有一颗便是妈妈,你有烦恼就说给妈妈听……"这位来自青海山区的母亲,在她即将离世之前用一封封书信表达了自己的拳拳爱子之心,切切舐犊之情,这种无与伦比的爱感动了宁波城!

"我们要为叫鹏鹏的3岁小弟弟留住妈妈!"6月29日,是江东实验小学毕业班孩子们参加毕业典礼的日子,604班的班费中还剩余786.8元,老师本要将钱还给孩子们,谁知孩子们异口同声地说,要将钱捐给罗南英阿姨;慈溪市实验中学三年级的5名学生代表来到市第一医院,将448名毕业生捐出的1.6万元送到罗南英手中,他们在花篮上写着:"罗老师,我们代您的学生看您来了!"在爱心账户密密麻麻的汇款记录里,记载着桃源小区的王安苗老伯一家祖孙3代向罗南英各捐的1000元;一位署名顺顺的热心市民通过邮局给罗南英汇去3万元钱;宁波军分区的官兵也纷纷捐款,其中一笔5万元的捐款,汇款人在询问捐款是否收到时说:"不用问我叫什么名字,我是一名普通的宁波人,我希望罗南英早日康复。"

10万、30万、45万,捐款数额以平均每天近10万元的速度不断增加,爱心账户开通一周便紧急叫停。7天,热心的宁波市民为罗南英捐了60余万元!在罗南英生命的小舟山穷水尽时,宁波城的如潮爱心使她的生命柳暗花明——有了足够的医疗费,有了配型的骨髓,手术成功的日子指日可待了。

这些日子里,罗南英整夜整夜地难以合眼,夫妇俩一谈起宁波人民的善良和慈爱,便止不住泪眼婆娑。罗南英说:"我从未给宁波做过贡献,素不相识的宁波市民却给了我这么多关爱。感谢这座城市,感谢我们这个时代!"无以为报,病中的罗南英提笔给宁波市民写了一封信——

善良的宁波市民：

　　请接受我——一名普通教师、一名平凡母亲最诚挚的谢意！我和我的家人将永远铭记在宁波这座充满爱心的城市里的所有经历。

　　自从《宁波晚报》刊出我写给孩子的4封信后，我那小小的病房几乎成了爱的海洋。我的初衷只是想给孩子留下一些爱的纪念，却引来了你们如潮的爱心！一张张陌生却又真挚的笑脸消融了我绝望中的悲哀，一双双温暖和真诚的手扬起了我希望的风帆！

　　几天来，我和我的爱人常常泪水纷飞如雨，因为深深的感动，因为强烈的震撼！哪一个人不是在勤勤恳恳地做着自己的工作？哪一个父母不怜惜自己的儿女？而我却因为这样朴素的理由获得了你们的资助和抚慰，我怎能不深深地感恩！

　　但是善良的人们啊，你们为什么不肯留下姓名？那个让外婆把瓷娃娃储蓄罐带给我的幼儿园小朋友，谢谢你帮助鹏弟弟挽留妈妈，我会把它一直带在身边，伴我渡过难关，因为那是一个孩子对一个母亲的真诚鼓励！那些年迈的叔叔阿姨冒着酷暑专程来到医院给予我关怀和支持，就像父亲和母亲对待生病的女儿一样语重心长，细致入微。还有让我印象深刻的"特殊"一家：父亲没有健全的身躯，但一家三口是那样甜蜜和幸福，他们的看望更坚定了我战胜病魔、回到亲人身边的信心……未曾谋面的默默支持我的人们，我该如何来报答你们……

　　之后，罗南英老家青海省乐都县（编者注：现为海东市乐都区）也传来好消息，当地医保部门已经同意给罗南英报销10万元的医药费。青海省政府副秘书长王胜德闻讯也将自己一个月的工资2526元钱全部汇到了爱心账号；罗南英的学生们也在为留住他们的好老师四处募捐。罗南英表示，如果这10万元能顺利报销，她会在自己病愈时，将报销所得的钱转捐给宁波的其他白血病患者。

（本文照片由罗南英提供）

心脏移植手术的最佳时间，

是供体离开人体 3~5 小时内。

由于突发情况实行空中管制，

运送供体的航班被延误。

怎么办？为挽救病人生命，

一场心脏速递行动迅速展开。

危急、危急、危急！速度、速度、速度！空中陆地，

万千市民和 20 个航班都在为一颗心让路……

CZ3171 航班
20 个航班为一颗心让路

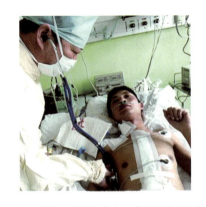

海军总院张载高教授在为赵建军做术后检查

命悬一线！十万火急送心脏

　　"乘坐 CZ3171 航班去往北京的乘客请注意，我们抱歉地通知您：由于首都机场实行空中管制，我们的航班将延缓起飞，具体起飞时间将另行通知，谢谢您的合作。""我的天啊！这可怎么办？"2005 年 3 月 29 日中午，华中某市机场候机室，当听到该市飞往首都北京的 CZ3171 航班延缓起飞的通知时，一名中年男子焦急万分，脸上渗出了细细的汗珠。

　　他叫解水本，是北京海军总医院心血管外科的副主任。此刻，他左手提着一个银色的金属箱，没有人会想到，那里面正冷藏着一颗心脏，而这颗心脏必须在最短的时间里送到北京海军总医院的手术室，因为一个生命垂危的年轻人正等着它救命！解水本颤抖着双手，一遍遍拨打手机，渐渐地，他急迫的声音里有了抑制不住的不安与焦躁："什么？一条跑道因故关闭……那大约要多长时间？说不准？您可不能说不准啊！人命关天啊！"

　　解水本焦急地看了一下手表：中午 12 点 55 分——供体离开人体已经整整 4 个小时了——心脏移植手术的最佳时间是供体离开人体 3~5 小时，一旦超时过长，手术失败的概率就会大大增加！时间就是生命啊！而自己目前连飞机起飞的时间都无法预知，怎么办？解水本感觉自己的心都跳到了嗓子眼。

　　而此时的北京，海军总医院心脏外科的手术室里，气氛也紧张得仿佛擦根火柴都可能爆炸了。"怎么搞的嘛？"这个焦躁得在手术室里来回踱步的五旬男子，是海军总医院主任医师、心血管外科主任张载高教授。他与特邀专家上海中山医院王春生教授商量后向所有准备参加手术的医护人员说："大家要保持镇定！不论供体送来的路上遇到什么困难，我们都要时刻做好手术准备，一刻也不可掉以轻心！所有人员各就各位，不可擅离岗位半步！"

　　监护室里，此刻正躺着等待手术的患者赵建军。他来自河北省邯郸市邱县，刚刚 33 岁、正值壮年的他，此时已被疾病折磨得面无血色、奄奄一息。2003 年初秋，一向壮实的赵建军却被一场感冒击垮了。起初是发烧、胸闷，但是一向勤劳的他却并没有太在意，他到卫生院拿了些药吃，以为这样就可以"扛"过去了，并且坚持着去打理生意。当他终于"扛"不住倒下去的时候，他和他的家人谁都没有想到，他的病情如此严重！

发病没几天，赵建军就迅速地憔悴下去，浑身乏力，胸闷得几乎窒息，连腿都肿胀起来。妻子和父亲连忙把他送到县人民医院，经过诊断，确诊为扩张性心肌病。住院治疗了一段时间后，赵建军的病情刚刚有所好转，为了生计，他就喊着要出院。赵建军有两个孩子，女儿当时才8岁，而小儿子还不满周岁，父母亲都上了年纪，一家人的生活重担都压在了他和妻子肩上。赵建军不忍心让瘦弱的妻子独自承担这么沉重的负荷，于是不顾家人的反对，病情刚有好转，就提前出院了。

出院没多久，赵建军就再次倒下，第二次住进了医院。而这一次，他的病情恶化得很快。到2005年春节前，赵建军的心脏已衰竭，腿也肿得连床都下不来了。见赵建军病情如此严重且不见好转，县医院的马医生就建议他到北京海军总医院去治疗，因为他知道该院的心脏外科诊疗水平较高。

2005年3月，在过了一个不安而忧虑的春节之后，在家人的陪护下，病入膏肓的赵建军住进了北京海军总医院。主任医师、心血管外科主任张载高教授经过超声检查发现，患者心脏肿胀得厉害，已经是正常体积的三倍，并且已经出现呼吸困难症状。也就是说，赵建军的病情已经到了终末期，他随时都可能因为巨大心脏再也跳不动而死亡，其寿命预期也只有1到2个月了。他把这个病情如实告知了家属，想让他们有个心理准备。听到这个结果，一家人无比震惊，赵建军的老父亲扑通一声就给张载高教授跪下了："大夫，求你救救我的儿啊！他还这么年轻。"

老人那悲痛而沉重的一跪，让从医几十年的张载高教授感到了莫名的辛酸。是的，有谁愿意看到一个如此年轻的生命就这样悄悄地走向终结？他扶起老人说："我们一定会尽全力救治！但是要想救活他，必须尽快进行心脏移植手术！这是唯一的办法，而这个手术有一定风险，并且费用不低啊！"

两年来，为了治病，赵建军一家花掉了所有积蓄，此时已一贫如洗了。体恤到家里的难处，赵建军抓着妻子的手说："干脆不要白花钱了，花了钱再治不好，还不如把钱省下来呢。爸妈年纪大了，孩子们又还小，家里处处需要钱啊！"听了丈夫的话，妻子泣不成声，她不顾一切地说："不！你是这个家的顶梁柱啊！你倒了这个家也就完了，我和孩子、老人都不能没有你，就是借钱，就是倾家荡产，我们也要救你，你自己可千万得有信心啊！"

比起肝脏和肾脏等器官的移植，心脏移植手术的风险性和难度更大。在心脏移植方面，美国等西方国家起步较早，我国台湾地区的成功案例也比较多，而当时大陆的心脏移植手术案例较少，只有上海中山医院经验较为丰富。

张载高教授立刻把患者的情况和手术的设想向院领导做了汇报，得到了领导全力支持。院长段蕴铀和政委陈楠昌亲自到病房探视赵建军，并跟其家属意味深长地说："救人要紧！其他一切都可以商量！请你们放心！"握着总院领导温暖的手，赵建军的家人都流下了感动的眼泪。望着已经心力衰竭的赵建军，张载高教授的眼睛也湿润了，他觉得心里和肩上都沉甸甸的：心脏移植手术，谈何容易啊！它不仅手术难度高，而且准备工作极多，它需要很多社会力量的投入，并涉及全院很多科室和部门，哪一个环节都不能有半点儿差池啊！

紧急调度！ 20 个航班为一颗心让路

张载高教授立刻投入心脏移植手术的筹备工作。从检索资料、联系专家，到寻找供体、分析运输路线和手术细节，他进行了大量细致的工作，为此常常忘了休息，他感觉自己"短短几天就瘦了一圈"。而供体的来源又是这所有环节中最关键的一环，张教授颇费了心力。经过多方联系，在华中某市，他们终于联系到了一颗由脑死亡患者家属自愿捐献的供体！

供体落实了，这给了他们极大的鼓舞！他们经过研究，决定把手术时间定在 2005 年 3 月 29 日中午。为了保证供体的运输时间和手术时间，张教授和所有参与手术的人员经过充分讨论和研究，做了周密的计划和部署。

按计划，海军总医院心血管外科副主任解水本医师，于头一天就专程赶往供体所在地接取供体心脏，而该心脏在当日上午 9 点离体后将被放进满是冰袋的保温箱内,由解水本医师立刻拎上10点30分飞往北京的航班。因此,赵建军的心脏移植手术时间被确定在3月29日中午12点左右。按计划,心脏空中飞行1小时、陆路运送2小时,考虑各种意外2小时,最迟5个小时后手术就能开始。与此同时,两地间时刻保持密切联系,按照事先约定,飞机一起飞患者就进手术室,飞机降落,患者开胸,供体心脏到达航天桥时,就可以开始插管进行体外循环了。

29日上午,一夜难眠的解水本医师早早地来到当地医院等候。远隔千里,两地同步,一切都在按计划紧张而有序地进行着。上午8点53分,救命心脏被取出,然后被迅速处置好装进了一个银色的金属箱里,箱内还放置着十几个冷冻盐水包,以确保心脏的温度在零下4摄氏度。带着这颗救命心脏,解水本医师马不停蹄,迅速赶往机场,他必须在最短时间里赶到北京!然而,意外还是发生了。

由于交通拥堵,解水本医师赶到机场时已经10点25分了,此时预定10点30分飞往北京的航班已经上了跑道。救命心脏只好改乘12点50分起飞的CZ3171航班——时间一下子延后了近两个半小时,拎着已经离体的心脏,解水本医师感到手里、心里都无比沉重。他把这一意外情况马上通过手机跟北京手术台前的领导和同事们汇报,听到这个消息,所有人都惊诧得说不出话来,张载高教授更是捏了一把汗!

12点55分,解水本还没有被通知登机。"时间都过了呀!怎么回事?"解水本的心一下子悬了起来!就在他焦急万分的时候,广播里传来了航班延缓起飞的通知。与此同时,解水本猛然发现,不只是CZ3171航班,就连原定10点30分的航班也都滞留在跑道上。原来,由于一架飞机在降落过程中液压系统出现故障,造成大量液压油泄漏,致使首都机场不得不立即实行空中管制,关闭东跑道100分钟,因而原定航班的起飞时间才被一拖再拖。而此刻,距离离体心脏的成活时间极限已经越来越近了。

直到下午2点,解水本才坐上了飞往北京的航班。为了能在飞机落地后第一个拎着箱子冲出机场,他把保温箱放在了机舱的最前端,并请乘务员帮忙将座位调到了前四排。可是2点20分,飞机滑行了几十米后又停下来不走了,解水本没办法，只能给北京打电话。解水本的电话打来后，医务部医疗科助理华力被紧急派往机场协调此事。

华力赶到机场后得知，因飞机漏油事故已经导致数十个航班延误，其中就包括运送救命心脏的 CZ3171！而更让他心急如焚的是，即使空中管制取消了，也要一个航班一个航班地往下排，至于 CZ3171 航班到底什么时候能起飞，问了好几个部门，他们都表示无法确定。这可怎么办啊？华力在候机大厅内四处问询也不得要领，他急得乱转，他和远在千里之外的解水本都知道，距离那颗心脏的体外成活极限已经越来越近了！焦急的华力一次次拍着自己狂跳的心胸。

"跟华北空管局联系一下看看！"在首都机场服务员的帮助下，他试着拨通了华北空管局办公室的电话，紧急咨询航班调度情况，并把 CZ3171 航班上有一颗救命心脏的事告诉了他们："因飞机起飞时间不确定，移植手术做不做也就不能确定，而且供体转运时间拖得越长，手术的成功率就越低啊！不知道你们能不能想想办法？现在真的是十万火急啊！"

黄春明、辛宇和孙现雷，当时正在华北空管局管理中心值班。第一个接到华力求助电话的是辛宇。辛宇立刻把此事报告给带班的黄春明，随后他们三人立即行动，分别与华北空管局区域管制中心和终端管制中心联系，通知优先放行 CZ3171 航班！同时通知当地机场"对 CZ3171 航班尽快放行！"

几分钟后，黄春明打电话告诉华力："这个航班肯定飞，请放心！"这是华力与空管部门的第二次通话。3 点 15 分，CZ3171 航班载着解水本和救命心脏冲上蓝天！飞机起飞的一刹那，解水本甚至有种想哭的冲动——如果没有华北空管局方面的协助，这架航班还要再等一两个小时啊！此时，得到飞机已经起飞的消息后，华力一方面通知医院开始准备手术器械和体外循环机，另一方面通知 999 急救中心的救护车立即出发，"因为心脏到京后，正赶上下班高峰，我们的车肯定走得慢。"

华北空管局终端控制中心主任时秉瑞在第一时间听到汇报后，立即决定启动紧急预案，对 CZ3171 实行优先落地。他立刻通知塔台等部门："不要让 CZ3171 航班在空中盘旋等候，让其他飞机避让，让 CZ3171 尽快降落！"塔台接到指令，立刻与首都机场指挥中心联络，指挥中心工作人员迅速将 1 号航站楼的 110 号机位腾出，并通知塔台："CZ3171 航班进 110 号机位！"当时因为东跑道关闭，西跑道担负了所有航班的起降任务，优先落地的决定使空管部门工作量大大增加，空中至少有 20 个国内国际航班盘旋让开航道，地面更多的航班或退出跑道、或暂缓起飞，种种举措硬给 CZ3171 航班腾出一条降落跑道！

下午 4 点 25 分，华力第三次与空管部门电话联系，得到的回答是："CZ3171 航班几分钟后就落地！"这时，松了一口气的华力，才想起问对方："您贵姓？"对方用最简洁的语句回答他："姓黄。""谢谢！"华力道谢的声音有些颤抖，眼睛也湿润了。

警车开道！ 救命心脏 9 小时后重新跳动

下午 4 点 36 分，CZ3171 航班降落在首都机场。在当天那种航班积压的情况下，一架飞机从落地到入位，至少需要 20 分钟，但 CZ3171 航班落地后，是用最短时间进入机位并靠上廊桥的。未等飞机停稳，解水本就跑到箱子旁边，舱门一开他就冲了出去。偌大的首都机场，解水本只用了 5 分钟时间就跑到出口，而 999 调来的奔驰急救车早已等候在 1 号航站楼前。解水本深知，现在一分一秒都耽搁不起！他一上车就气喘吁吁地通知医院："我上车了！"

据北京红十字会 999 急救中心郭肃清副院长介绍，3 月 28 日下午，999 急救中心就接到了海军总院的约车电话，中心派出了最有经验的司机和医护人员，安排了设备最好的急救车，并提前设计好了行车路线。为了确保路上畅通，海军方面还派出警车开道！按照设计好的路线，999 急救车在警车的引领下，从机场高速上五环，奔万泉河桥，直插西三环，一路警笛急响！

偌大的首都北京，此刻正是行车高峰时段！然而，听到警车和 999 急救车的警笛，看到车身上庄严的红十字，千万台车辆都主动让开道路！在每一个路口，交通警察急速示意急救车优先通过的手势，都令解水本和华力深深感动。那一刻，作为救死扶伤的医护人员，他们深深体味到了什么叫生命，什么叫庄严。

"我们已经到花园桥了！"当解水本的电话打到医院时，早已各就各位的医护人员马上给赵建军实施手术，他们开始动手阻断循环、切除巨大心脏。因为大夫们很有经验，所以这一过程用时非常短。而让人难以想象的是，那颗已严重衰竭的病体心脏被切下来后，竟装满了一只小盆。

下午 5 点 15 分，救命心脏终于被运到海军总院手术室楼下——这么长的一段路，999 急救车仅用了 38 分钟！解水本拎着箱子就往四楼冲，直到跑进手术室他才觉出累来。特邀专家上海中山医院王春生教授和张载高教授一起将供体心脏进行修剪，5 点 55 分，供体心脏被植进了患者赵建军的胸腔并进行吻合。当阻断血液的镊子被放开，血管一接通，已经停跳 9 小时 2 分钟的供体心脏迅速升温，并怦怦地跳动起来。

手术成功了！在场人员都激动不已，正在旁边休息的解水本和华力也长舒了一口气。张载高和王春生两位教授都欣慰地笑了——这例心脏移植手术的成功，不仅挽救了患者的生命，而且移植心脏离体时间这么长，成为国内有史以来体外缺血时间最长的心脏！这与手术专家的精湛技术和良好配合是分不开的。

此时，赵建军的妻子和父亲已经在手术室外等待了整整 8 个小时，他们比任何人都更焦灼、更不安！从早上到现在，焦虑的他们甚至吃不下一口饭。手术的风险他们早就知道了，而供体心脏仅仅在运输上就如此一波三折，更加重了他们的担心。他们多么担心病弱不堪的亲人不能下手术台啊！

手术成功，赵建军的妻子和父亲感动得热泪盈眶

当张载高教授走出手术室，把这一喜讯告诉他们时，赵建军的父亲和妻子都流下了激动的眼泪。老父亲紧紧抓住张教授的手，感激地说："谢谢张主任！谢谢你救了我儿的命啊！"张载高教授欣慰地说："不，不要感谢我，这是个大工程，很多人都做了贡献，我们都应该感谢那些对这个手术给予无私支持的人！"

躺在重症监护室里的赵建军正在逐渐康复。张教授介绍说，他还需要闯过后期并发症、感染等难关，才能平安出院。而张教授同时也乐观地告诉记者：移植心脏和患者生命体征目前都很正常，赵建军将很快恢复健康！隔着海军总医院无菌病房的玻璃门，记者见到了赵建军，他气色很不错，声音也洪亮有力："现在感觉舒服了，什么都想吃！"

听记者说起有那么多人参与了对他的抢救时，赵建军的声音哽咽了："手术前，我是个半死的人，就算不全身麻醉，我都已经不知道什么叫疼了。苏醒过来以后，知道自己得救了，我很感动，活着真好啊！"在人间大爱的温暖下，死而复生的赵建军深深懂得了生命的珍贵和爱的反馈，"一个人一辈子应该只有一颗心脏、一条命，而我竟都有过双份。我得好好活、认真活啊！因为这条命已经不光是我自己的了。有那么多人关心我，救助我，等我好了，我也一定会去关心、爱护身边的每一个人——包括陌生人。"

（本文照片由张载高提供和作者拍摄）

在煤气罐爆炸掀翻屋顶前30秒，

他冲进火海救出邻家两幼儿，

而自己全身重度烧伤，生命垂危。

他的名字里有个"义"字，他不爱说话，

却用生命把个"义"字写得端正庄严！

爱与爱互馈，心与心相连，

宁波市民含泪行动起来，

誓把火海救人的濒死英雄留在人间！

英雄民工
火海救人，全城救你

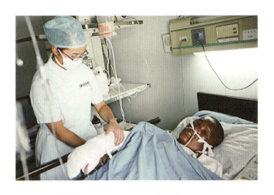

医护人员正在精心照料英雄民工徐义胜

爆炸前 30 秒，好民工冲进火海

2007 年 8 月 21 日早上，宁波市北仑区新碶街道备碶村沉浸在一片宁静中。这里的大片民房里，租住着许多外来务工人员，从安徽来的徐义胜一家就住在这里。由于头一天在工地干活时不小心，三根钉子齐刷刷地扎到了脚底板上，徐义胜今天没有去工地，此刻，他正躺在小屋里的床板上养伤，这是他来宁波打工后睡的一个难得的懒觉。

早上 8 点 30 分左右，睡意沉沉中，一声巨响把徐义胜惊醒，紧接着，他听到了一声哭唤："救命啊！孩子！我的孩子！"那声音分明来自隔壁邻居家，"出事了！"徐义胜一骨碌爬起来，顾不上脚伤的疼痛，穿着睡觉时的那条大裤衩就光腿狂奔了出去。

跑到院子里一看，徐义胜的心几乎跳到了嗓子眼儿：伴着滚滚浓烟，熊熊大火正从邻家的门窗里探出火舌，女主人阎家芸的哭喊声嘶力竭。徐义胜的第一反应是爬过院墙去救人，可足有 3 米高的院墙让他的努力成了徒劳，脚板上剧烈的疼痛还让他重重地摔了一跤。来不及多想，徐义胜从地上迅捷地爬起来，向火灾现场飞奔过去。而奔出大门，眼前的一幕让徐义胜不忍目睹——阎家芸怀抱婴儿刚刚冲出火海，她的发梢已经被大火烧着，浓烟滚滚，她的呼救声和怀中婴儿的哭声都变了形。"快救命啊！屋里还有俩（孩子）！"她慌忙放下大哭不止的婴儿，母爱的本能又让她义无反顾地向火海冲去！

但是，火势太猛了，一团火球把弱小的阎家芸卷了回来。透过火球的缝隙，闻讯赶来的民众窥见了屋里那只锈迹斑斑的煤气罐！"煤气罐就要炸了！不能再进去！太危险！""我的儿啊，我的儿子——"震天哭声中，冲天大火已蹿上屋顶。

从奔出家门到冲进火海，徐义胜只用了不到 10 秒钟，没有丝毫的停顿和犹豫，就那么光着脚、赤裸着脊背冲了进去！一切都在一瞬间，人们甚至还没反应过来，他就已经在火海里了。那果敢、那气魄，与烈焰一样让人们在刹那间目瞪口呆！

眉毛一瞬间就烧着了，头发也同时着火了，火舌舔着赤裸的皮肉，比刀割还疼；最要命的是，由于激烈的奔跑，他无法屏住呼吸，而每吸进一口气就同时吸进了大量的有毒气体和灼人的烈焰，他的喉咙瞬间被灼伤，他感觉整个肺部都在燃烧……在那一瞬间，徐义胜感觉到了死亡的逼近，但是，他心里想的依然是：救人要紧！浓烟中，烈焰里，他跨过已经倾倒的灶台，跨过那只狰狞的、就要爆炸的煤气罐，向火海深处探寻。

大火越烧越旺，屋里浓烟滚滚，两个孩子早就吓蒙了，无边的恐惧已让他们发不出任何声音，他们蜷缩在原地一动也不敢动，徐义胜大声呼喊着，却没有听到任何回音。徐义胜无法睁开眼睛，只能在大火中摸索前行，可哪里有孩子的踪影啊！屋顶上掉下了一大块屋面，狠狠地砸在徐义胜头上，趁着这瞬间的光亮，徐义胜隐约看到了墙角里的两个小小身影，他顾不上拂一把头上的火苗，急速奔过去，一手拉起一个孩子就往外冲！刚跑了几步，一个孩子摔倒了，他来不及多想，一把将孩子夹在腋下，凭着仅存的一点意志艰难地寻找着火海的出口……

此时，整座房子已成了一个硕大的火球，冲天烈焰映红了天空，而这只隐约可见的煤气罐像个定时炸弹，让每个人都惊恐得忘了呼吸！"大家快躲开！煤气罐要爆炸了！"不知是谁惊叫了一声，惊恐的人群立即后退，却没有人转身逃开，所有的眼睛都不安而急切地盯着火海中那被浓烟和烈焰吞噬了的房门。

从冲进火海到摸索出来，前后仅仅20秒钟，而这20秒钟在人们看来是那么漫长，那么揪心！当徐义胜终于带着两个孩子冲出火海的那一刻，人们都不禁咬紧了颤抖的嘴唇——那是怎样惨烈的情景！徐义胜的头发全都变成了焦黄色，眉毛全烧掉了，身上唯一的短裤也早已被烧光了，他刚停住脚步，胸部的皮肤就开始剥落，殷红的鲜血渗了出来。徐义胜望了一眼怀中两个安然无恙的孩子，露出了不易觉察的轻松表情，接着便如一尊雕像一般伫立在那里一动也不动了。人们刚从他怀里接过孩子，他便轰然倒了下去，倒下的瞬间，他用干疼的喉咙嘶哑地喊了一声："快跑！"那一刻，现场一片寂静，所有人都泪流满面。

而就在孩子得救、徐义胜倒下去的 10 秒钟之后，一声震天巨响，被烈火焚烧许久的煤气罐爆炸了，滔天气浪瞬间掀翻了平房的屋顶，硕大的火球与浓烟以及被炸物品的残片猛烈冲向宁波的天空，很远之外的地方都能看见。

80%烧伤！ 濒死英雄揪疼市民心

"一定要把英雄救活！"人们心急火燎地把重伤的徐义胜抬上救护车，十余名素不相识的群众乘上了一辆中巴车，跟在救护车后面。

很快，徐义胜被送到宁波市第二人民医院紧急抢救。"医生，你们可要救救这个好人啊！他是为救人才受的伤呀！"医务人员刚把徐义胜抬下车，当人们得知站在面前的是烧伤科主任范友芬时，立即聚过去含泪请求。听着人们动情的话语，看着担架上烧得面目全非的徐义胜，范主任眼睛潮湿了。有人告诉范主任，病人家属没到，还没办理住院手续，范主任当即拍板："我做担保，住院手续暂缓，先全力组织抢救！"

时年 35 岁的徐义胜，是安徽省颍上县八里河镇仁里村人，因家境贫寒，只上了 3 年小学，就被迫辍学了。徐义胜的父母都年近 80 岁，父亲患有严重的气管炎，失去了劳动能力，母亲患有白内障，因无钱医治而双眼失明。为了养家，他和妻子曹勤于 2007 年 2 月 23 日第一次到宁波打工，他在一家建筑工地干泥瓦活儿，曹勤则到华乐绣服厂当上了缝纫工，不久，他们又把 8 岁的儿子徐健接到了宁波，一家三口租住在北仑区新碶街道备碶村。

8 月 20 日那天，徐义胜在工地上不慎受伤，为了不让妻子担心，他隐瞒了自己受伤的事情。晚上睡觉时，不知丈夫受伤的曹勤跟他嘀咕了一句，说天亮后要带孩子去小学报名，可学费还没凑齐。疼痛加上满腹心事，徐义胜直到凌晨 3 点半才睡着。

早上，曹勤很早就起床了，见平时总是起得很早的丈夫还在睡懒觉，就想去叫醒他，这时才发现睡熟的丈夫脚上红肿的伤，她心疼地拿来药水，小心地给熟睡的丈夫涂上。7 点半，曹勤悄悄地出门向一个姐妹借了 200 元钱，独自带着儿子去学校报名，妻子临走那一刻与儿子小声说的话，蒙眬中的徐义胜依然听得清清楚楚，"轻一点儿，别吵醒你爸，就让他歇一天吧。"儿子健健懂事地走过来，把妈妈给买的廉价饼干悄悄放在了受伤爸爸的枕头边。

住在徐义胜隔壁的是江苏来的一对打工夫妇，丈夫王佩全出门后，妻子阎家芸哄睡了 4 个月大的婴儿后也起了床。此时，8 岁的儿子健健正在做作业，12 岁的外甥小峰正在看电视，她便点燃了煤气灶煮面条。可她刚离开几步，就听到一声刺耳的巨响——灶上的火苗猛地蹿了起来，瞬间就弥漫到整个屋子里。阎家芸本能地一把抱起婴儿就冲了出去，大儿子和外甥却被困在了火海中，于是出现了本文开头的一幕。

急救室里，全院各相关科室最好的医生都来了，他们正在紧张抢救徐义胜。除了脚跟与短裤两个位置外，徐义胜身体其他部位都被严重烧伤，全身烧伤面积高达 80%，再加上呼吸道高度灼伤，死神随时都会夺走他的生命。

大义民工火海救人命悬一线，这个消息一传开，工友来了，邻居来了，甚至连一些看病的病人也来了。真情大爱把这些素不相识的人汇集到一起，所有人都期盼着徐义胜能尽快苏醒过来。一位 70 多岁的老婆婆在孙女的搀扶下来了，径直在抢救室外点上了一炷香，她动情地祈祷说："孩子，菩萨会保佑你的，你可要坚持住啊！"

下午一点左右，徐义胜终于苏醒！而直到此时，因无联系方式，在外忙碌的曹勤还不知道丈夫身上发生的一切。下午近两点钟，曹勤才得到消息赶到医院，望着隔离舱内的丈夫，曹勤简直不敢相信自己的眼睛：徐义胜全身缠着纱布，双眼紧闭，脸被烧得焦黑。这是我的丈夫吗？早上分别时他还好好的呀！仿佛天塌地陷，曹勤忍不住掩面而泣。

这就是英雄的妻子！人们迅速聚拢过来，他们搀扶着曹勤，用最温暖的语言安慰着她。隔离室外的人越来越多，护士不得不出面劝阻："对不起，目前病人病情不稳定，必须让他安静！"听到护士的话，人们自觉地散开，远远地遥望着火海英雄。实在拗不过人们的拳拳热情，第二天，医院破例每天安排两个小时的探视时间。消息一传出，前来探望徐义胜的人络绎不绝。

由于伤情严重，徐义胜的医疗费用极高。曹勤和徐义胜两人合起来一个月的工资只有 1000 元多点，扣除生活费，每个月只能积攒下几百元。而出事那天，她刚到当地的新碶小学给孩子交了 600 多元的学费，还欠着学校 50 多元没有交。

就在曹勤束手无策的时候，2007 年 8 月 22 日，北仑区政府首先为徐义胜垫付了 5 万元医疗费。8 月 23 日，区领导又来到二院，向徐义胜颁发了见义勇为一等奖证书，并送上两万元奖金。

英雄危在旦夕，社会各界心急如焚！听了徐义胜舍己救人的故事，宁波市委书记巴音朝鲁随即作出批示："徐义胜同志舍命救儿童，表现了一名优秀外来务工人员的高尚品质，他的崇高精神值得在全社会广泛弘扬！"巴音朝鲁还亲自打电话给卫生部门，"不能让英雄流血再流泪！我们要不惜一切代价挽救英雄生命！"宁波市长毛光烈了解到徐义胜家庭的艰难处境，不禁潸然批示："外来务工人员是我们城市建设的重要力量，我们不要忘记他们的奉献与牺牲，我们要弘扬徐义胜舍己救人的奉献精神，要让全社会牢记英雄的名字！"

听见你就眨眨眼！ 宁波市民含泪来救你

8 月 25 日，宁波许多市民收到这样一条手机短信："拯救英雄需要您的参与！今晚 7 点在向家村为徐义胜举行爱心捐款……"人们迅速地转发着这条消息。那天晚上，在短短的两个小时中，来自社会各界的捐款就达到了 20 万元，徐义胜的医疗费用得到彻底解决。

然而，8 月 29 日，徐义胜的病情却突然出现反复，他不仅发起了高烧，而且出现了严重的休克。"立即组织抢救！"院长亲自坐镇烧伤科，急速赶来的市委领导带来了重要指示："一定要把英雄救活！"一位市民对着院长哭求："院长，你们把最好的药都用上去，药费不够我们再捐！"

"把悬浮床给徐义胜用吧！他更需要！"一个同样被严重烧伤的病人恳求医生。流体悬浮床价值 35 万元，它能有效避免病人感染的风险，最大限度地缓解病人痛苦，可二院仅有一台。"让我对英雄表达一点心意吧！"病人有情有义的话语，让医生的眼圈红了。

真爱创造了奇迹！2007年8月30日，在医生的全力抢救和社会各界的关心下，徐义胜终于醒过来了。通过对讲机，曹勤一遍遍深情地呼唤着丈夫的名字，而刚刚从死神手里逃出来的徐义胜还不能说话，只是用严重灼伤的眼睛木然地望着妻子。曹勤激动地对丈夫说："老公，你一定要坚强啊！你知道吗？宁波人民都在救你，你可一定要挺住啊！你能听见我的话吗？听见你就眨眨眼。"听着爱妻深情的话语，徐义胜努力地眨动了两下眼睛，医护人员笑了，在场的市民忍不住流下了眼泪。

徐义胜的身体恢复得很快，第三天，他就能简单地说话了。他艰难地告诉妻子曹勤："我除了肚子有点胀之外，其他的感觉基本正常。老婆，你要代我、也代咱们全家谢谢那些好心人……"

一束束鲜花，一篮篮水果，摆满了市第二医院烧伤科的走廊。自21日徐义胜住院以来，感人的场景在这里一幕幕地上演。宁波市总工会授予徐义胜"宁波市优秀外来务工人员"称号，市委宣传部也号召全市人民向徐义胜学习。北仑区有关部门还妥善安排好了徐义胜的妻子和家人在看护期间的误工和食宿等问题。为方便家属照顾徐义胜，特意在医院附近的宾馆开了一间房间。

8月24日早上，当记者再次来到医院的时候，热心的群众依然不少。上午10点左右，北仑区教育局副局长谢玲一行也来看望徐义胜的妻子，表示可以把他们的儿子转入就近的公立学校，并免除一切费用。

在宁波市民倾力拯救徐义胜的同时，被救儿童全家更是感念不已、倾情相助。王佩全、阎家芸夫妇都是老实本分的务工农民，他们不善言辞，却用点点滴滴的具体行动表着对英雄的敬意与感恩。从出事那天起，夫妇二人几乎是寸步不离地守护在英雄病房外，并拿出全部积蓄2000余元用于对徐义胜的抢救与治疗。

徐义胜从死神手里挣扎着苏醒过来并能用对讲机通话的时候，王佩全夫妇激动得泪流满面。

"儿啊，快给救命恩人磕头！"夫妇俩拉着儿子健健虔诚地跪下来，平时不善言辞的王佩全哽咽地请求说，"徐大哥，我儿的命是你救的，你要是不嫌弃，就让我儿给你做干儿子吧！"虚弱的徐义胜微笑着点了点头，"好啊，好。咱农村娃更得争气，要好好读书啊！"

"嗯，我会的，谢谢您，干爸爸！"听着得救的孩子喊自己干爸爸，徐义胜笑了，在场所有人都笑了，眼里却都滚动着晶莹的泪花。

9 月底，记者赶到徐义胜的家乡仁里村，闻讯赶来的乡亲们抢着传阅登有徐义胜事迹的报纸。因为人多，一位村民拿着报纸大声读了起来。读着读着，几位老人蹲在一边悄悄地抹起了眼泪。报纸传到了徐义胜父亲手里，耄耋老人再也抑制不住自己的感情，手指颤抖地在儿子的照片上摸着，眼睛噙满泪水，无声地哭泣着。而徐义胜的母亲吴大娘则哭出了声。老两口非常通情达理："儿子没有给咱家乡人丢脸，我们觉得脸上有光！"

相邻十八铺村的老人马怀孟称，徐义胜是当地名人，出名的原因是他有辆"免费客车"：徐义胜家有辆四轮农用车，每当他开车外出的时候，乡亲们都爱搭他的便车，有时谁家有病人需要用车，他也会主动无偿地帮着接送。

尽管徐义胜还没有完全脱离生命危险，社会各界正在全力拯救他。但为解决英雄的实际困难，新碶街道日前召开书记办公会议，专题研究徐义胜出院后的工作和生活问题，决定在徐义胜出院后特聘他为街道城管中队队员。在城管中队工作，除缴纳各种社会保障金外，每年有 2 万元左右收入；市政府还在银杏社区为徐义胜一家安排了一套近 20 平方米的住房，内有专门的厨房、卫生间，有好心市民在门上挂了块匾，上面写着四个大字：好人之家。

徐义胜在宁波市民的爱心滋润下顽强地活着，而他带给我们的精神财富已开始润泽许多人的心。正如一位网友在网上留言说："徐义胜用生命谱写了一曲爱的壮歌，这份爱感动的不仅仅是宁波这一座城市。在社会经济飞速发展、人们精神境界亟待同步提高的当下，徐义胜的壮举和宁波市民的爱心，同时让我们看到了向善的人心和这个物质世界永不泯灭的人性光辉！"

（本文照片由徐义胜提供）

和 谐

　　和谐是什么？和谐是人与人、人与动物、人
与自然最原初、最本真、最友善的相遇、相处与
相爱。当什刹海的船老大把野鸭当自己孩子，给
它们在北京闹市安个家；当农民夫妇倾家荡产也
要守护苍鹭鸟；当照顾全家四代人的保姆突患绝
症，全家甚至全社区的邻居们慷慨解囊、倾力救
护——和谐生态、和谐家庭、和谐社区、和谐中
国，便在世人心中生根发芽……

碧波荡漾的北京什刹海，有个面积不大的人工小岛，

岛上栖息着一群都市里罕见的野鸭。

一个下岗工人，因给这些野鸭安家而饱尝艰辛，

被市民们亲切地称为"野鸭爸爸"。

他也因"在爱护动物公众教育方面的突出贡献"，

成为首位获得国际爱护动物基金会杰出个人奖的中国人。

每当看到野鸭们纵情戏水或振翅翩飞，首都的市民们，

都忘不了他那双父亲般慈爱的眼神……

曲喜圣
给野鸭当爸爸

曲喜圣和他的"孩子们"

人生低谷，邂逅野鸭点燃生命渴望

　　曲喜圣是地矿部北京钻探工具厂的工程师，1997 年 10 月下岗以后，为了生活，他拿出全部积蓄在市区开办了一个小公司，经营家电维修业务。由于市场的原因，这个小公司只维持了两年多，尽管他倾尽了心力，但公司最终还是倒闭了。曲喜圣一筹莫展，人生一下子陷入了低谷。公司解散的那个晚上，曲喜圣最后一次请那几个员工喝酒。喝得大醉的时候，曲喜圣拿出剩下的一点儿钱，流着泪对他们说："这点儿钱不多，你们不要嫌弃，我感谢这些年来你们对我的支持……对不起啊兄弟们，大哥我无能，不配做你们的老板……"几个员工当然知道这笔钱的来之不易，他们更了解曲老板的为人，都被他的善良感动了。

　　2000 年 4 月底，应父亲的一再要求，身无分文、萎靡不振的曲喜圣来到什刹海，帮在这里已经营了 9 年游船租赁业务的父亲，打理这项不太景气的业务。那时候的曲喜圣心情很郁闷，没事儿的时候就一个人喝闷酒，排遣一下心中的忧愁。

　　2000 年 5 月 11 日，那是"五一旅游黄金周"刚过去的一天中午，曲喜圣正在岸边喝着闷酒，突然，他看见两只鸟向他这个方向飞过来。它们笔直地抻长了脖子，翅膀扇动的速度很快，贴着水面徐徐降落的时候，翅膀竟能够定住，那么从容而优美。在离曲喜圣不远的地方，两只鸟落下来，相依着游水。微醺的曲喜圣抬眼望去，那两只鸟的身体匀称而优美，羽毛整齐而油亮，但颜色不同，分明是一雌一雄。"天啊！"曲喜圣在心底惊喜地大叫了一声。原来，那是两只绿头鸭，尤其是那只公鸭，羽毛特别漂亮，脖子上还有一圈"白环"，尾巴上翘着两根小黑毛。它微微转了转身，就那么一偏头，在阳光的照射下，毛色竟突然由绿色变成了宝蓝色，曲喜圣惊奇万分。醉眼蒙眬中，他仿佛又回到了梦中的北大荒：芦苇蔽日，秋水无边，成群的野鸭就在他的眼皮底下蓦然降落，又迅速飞起。曲喜圣不禁浮想联翩：那时的天空多么蓝啊，人的心地多么单纯啊，几乎是与世无争；而一转眼，年过而立，自己竟一事无成、一贫如洗，真是愧对妻子和女儿啊！曲喜圣把杯中酒一饮而尽，不禁悲从中来，眼角湿润了。

"野鸭啊野鸭，生活在这喧闹的城市里，我已经多少年没有见过你们了呀！"带着醉意，曲喜圣看着不远处这一对恩爱的野鸭，竟有种说不出的亲近。他知道在北京这样的大都市，尤其是市中心，野鸭的出现绝对是偶然性的，它们不会在这里待多久，说飞走就飞走了，就像自己苦心经营的基业，说倒闭就倒闭了。所以这片刻的相聚，曲喜圣竟是无比地珍惜！曲喜圣划着船悄悄地接近它们，在与野鸭相距只有10余米的那一刻，他甚至屏住了呼吸。他看见了野鸭纯净的眼神，那么清澈，了无欲望，心底一下子就澄澈了许多。

那一刻，曲喜圣觉得整个什刹海除了这两只野鸭子，就只有自己了，那么空旷而辽远。不觉间，曲喜圣有一种想要与它们交流或亲近的冲动。他掰了几块碎馒头，慢慢地站起来，把手慢慢伸过去，想把碎馒头丢进水里喂给它们。可就在曲喜圣伸手的刹那，两只野鸭蓦地一愣，清澈的眼睛里瞬间充满了疑惑和惊恐，它们相互对望了一眼，就突然飞了起来。它们溅起清亮的水花，坚定而美丽的起飞姿态让曲喜圣的心为之一动。它们围着曲喜圣的头顶飞了一圈，然后向着天边飞去，越飞越高，"那可是真正的振翅高飞啊！我当时就觉得生命实在是太美好了。人的生命应该像野鸭子一样自由，我们应该珍惜生命……"天空只剩下两个黑点的时候，曲喜圣依然痴痴地望着它们。望着高高飞翔的野鸭，曲喜圣悟出了生命的真谛："尽管我没有翅膀，但只要我自己不懈怠，还有什么东西能够阻止我精神的飞翔呢！"那一瞬间的顿悟，竟把他许久以来的颓废一扫而尽。

从那一天开始，曲喜圣戒掉了酗酒的毛病，重新振作起来，把全部精力都投入父亲交给的事业中。由于改善了服务态度，提高了服务质量，游船租赁业务竟有了不小的起色。但不知为什么，从那一天开始，他就有个强烈的盼望，盼望那对野鸭哪一天再飞回来。但许多天过去了，它们没有再出现，曲喜圣很焦急，但他并不失望："这片水域它们既然来过，就一定会再来，一定会！"他像盼望自己的老朋友一样期待着野鸭，这种期待，一度成了曲喜圣生活中的一个重要寄托。

风雨飘摇，给野鸭妈妈一片无雨的天

2000年6月初的一天中午，曲喜圣正在码头上忙活，心里却依然想着那两只野鸭子。这时一名船工从一条不常用的游船的后机舱里捡到两枚鸭蛋，得意地说："哈哈，中午我们就炒鸭蛋吃吧！"说着炫耀地举起手来。一直惦记着野鸭的曲喜圣猛然一个激灵：这里根本不可能让养家鸭，再说家鸭也飞不到那高高的船舷上去，这肯定是野鸭蛋了。他突然联想到那两只野鸭，天啊！它们果真又来过？

曲喜圣知道，野鸭肯定是在夜深人静的时候偷偷把蛋下在后机舱里的。曲喜圣激动地奔过去，一把拽住那名船工，大声喊道："别乱动，快给我！"船工愣在那里，曲喜圣正要小心地从他手中接过那两枚鸭蛋，突然想到由于天热，船工的手上一定有汗渍，便从兜里掏出纸巾垫在掌心，小心翼翼地捧过来，并细心地擦掉船工留在鸭蛋上的汗渍和指纹，然后要求工人指点着，把蛋放回那条船后机舱的原处。他怕野鸭没有安全感，就把那条船拴定，甚至连原来的方向都不敢弄错。他相信，它们还会来的。

就这样，曲喜圣在期盼中等到天黑，在岸上的小屋里一直悄悄地守着，却始终没有看见野鸭的身影。

终于等到天亮，曲喜圣好奇地想去看看那两枚鸭蛋，却惊讶地发现，那鸭蛋不知什么时候，已经由原来的2枚变成了3枚！

那一瞬间，曲喜圣突然感到深深的悲哀：人类的开发已经严重威胁到野生动物的生存了。如今，野鸭连个栖身的地方都难找，之所以把蛋偷偷地下在人类的船舱里，实属无奈啊！"我突然就像看到了自己差点儿丢失的孩子一样，看着这些鸭蛋，真的想……"曲喜圣讲到这里，哽咽了一下，眼睛也湿润了。

曲喜圣感到了从未有过的充实，他决心好好地保护这条船，好让野鸭安心地产蛋，并且安心地孵化。于是，他索性用栅栏将这条船围起来，不让游人靠近，以免惊吓了产蛋的鸭妈妈。那一段日子，每天早晨数鸭蛋，成了曲喜圣一天里最快乐的"工作"。就在这种幸福的期盼中，没过多久，曲喜圣面前的野鸭蛋已经有了11枚。但让曲喜圣不解的是，这期间，那只神秘的母野鸭，一直没有露面。

按照曲喜圣的推算，这天早晨，他该看到第12枚鸭蛋了。天刚亮，曲喜圣就驾船悄悄地靠上那只船，进行他的"数蛋"工作。隔得好远，一探头，让他惊讶的是，母野鸭今天没有提前离开，而是安静地趴在那里。曲喜圣想，这野鸭大概还没有下完蛋呢，于是赶紧退回来。过了两个多钟头，曲喜圣还没有看见野鸭出来，觉得奇怪，心想它是不是又神秘地飞走了呢，就又去看，却发现它依然趴在那里。见有人来，母野鸭一惊，腿撑了一下，脖子伸得老长，目光里满是恐慌，但它的腹部却依然贴在那窝蛋上。曲喜圣忽然明白，野鸭不是在下蛋，而是在孵蛋了。离得那么近，曲喜圣感觉心跳都加速了。

曲喜圣就像当年初为人父时，兴奋、焦灼而不安。他赶紧打电话向懂行的养鸭场老板咨询，得知鸭子的孵化周期为28天，这28天里，母鸭子一刻都不能离开鸭蛋，否则将前功尽弃。曲喜圣联想起母野鸭尽管惊恐，但并不躲避的眼神，突然一阵揪心——它是在冒着生命危险孵化自己的后代啊！

一天下午，突然刮起了风，下起了雨，曲喜圣正在外面办事，猛然想到那孵蛋的野鸭，焦急得要命，便拼命往回赶。等他赶到码头的时候，雨已经下大了。曲喜圣立刻与工人一起，拿来塑料布和绳索，想把有野鸭孵蛋的那只船罩住。曲喜圣发现，这时候的母野鸭，已经被大雨淋透了，但它依然坚定地趴在那里，一动不动。曲喜圣小心翼翼，生怕母野鸭误会了他的善意。风很大，雨还在下，塑料布被风雨吹打得嘎嘎直响。母野鸭的眼里满含惊恐与哀戚，但它缩着脖子，却把翅膀努力地张开，包裹着它的蛋。它与曲喜圣近在咫尺，曲喜圣伸手就可以抓住它，但它没有逃，没有放弃自己的孩子！

曲喜圣忽然联想到自己的早年身世。由于母亲营养不良，曲喜圣刚生下来的时候还不足 4 斤，体弱多病。上小学时，有一次随母亲走亲戚，路上突然雷电交加，下起了暴雨。他们没有雨具，路上也没有可以躲避的地方，母亲就把曲喜圣搂在怀里，用自己的衣衫遮住他的头。那是多么温暖的感觉啊！此刻，想起自己的母亲，再看着母野鸭哀戚而坚定的眼神，浑身湿透的曲喜圣，泪水滚滚而出。

想到母野鸭孵蛋的艰辛，曲喜圣很怜悯它，就经常拿些馒头片之类的食物喂它。但母野鸭开始并不领情，还用嘴狠狠地啄曲喜圣的手，即便如此，它依然没有想到要飞走。后来见曲喜圣"不像坏人"，目光里渐渐少了几分恐惧，多了几分温柔。

尽管曲喜圣的"保密"工作做得很好，但后来还是被热心市民发现了，他们给晚报热线打了电话，记者随之而来。推辞不掉，曲喜圣只好接受了采访。但当记者要求拍照时，曲喜圣坚决不让打闪光灯，怕鸭妈妈受到惊吓。记者理解曲喜圣的苦心，也非常感动。第二天，报道就刊发了，标题为"什刹海电瓶船停航，为野鸭作产床"。也就是从那时候开始，曲喜圣受到了国内媒体以及世界动物保护组织的关注。

感动北京，野鸭岛上生命和爱一起飞

但是那窝蛋，最终没能孵化出一只小野鸭。看着母野鸭一天天把一只只坏败的蛋用嘴拱出窝去，曲喜圣心急如焚。他请教了北京百鸟园孵化中心的专家，才知道野鸭孵化失败的原因是船体晃动。在野鸭孵化最关键的第七八天，由于晃动，蛋黄散了，小鸭无法成形。曲喜圣痛惜不已。他决定把那只船"固定"在水面上，并在周围搭起一个平台，也就是水上浮岛，专门给野鸭孵蛋用。说干就干！曲喜圣开始备料。他先把附近的树进行修剪，得到了一些树枝，但远远不够。于是他分几次，花了 5000 多元钱，去市场上购买木板和其他材料。父亲当时不理解，得知这个情况后，骂他不务正业、是败家子。但曲喜圣依然一个人悄悄地干，他心里想的是，只要能看到野鸭子孵出小鸭，就是他今生最大的安慰了。由于保护得力，这时候已经有七八只野鸭把这里当成自己的"家"了。但资金和原材料不足，曲喜圣只能断断续续地干。就这样，来到了 2001 年冬天。

冬天的什刹海，气温可低至零下十五六度，这给水上浮岛的建设带来了相当大的难度。但曲喜圣必须尽快建好，否则野鸭们无法在这里越冬。在水上建浮岛，难度本来就可想而知。曲喜圣又没有电锯等好用的工具，一切都靠一把手锯、一把锤子和几盒钉子。曲喜圣的手冻裂了，嘴唇也出血了。嘴上骂着"累死活该"的父亲，此时对儿子的善心给予了理解，开始心疼起儿子来。于是他出钱，请了几个工人，使得这个工程终于在隆冬来临前竣工了！于是，一个有两座小屋、六个野鸭窝、周围环绕着小溪与栏杆的"野鸭岛"出现在什刹海后海。而这时候的曲喜圣，穷得连两块钱一包的香烟都抽不起了。但每每看着那些可爱的野鸭在野鸭岛嬉戏，曲喜圣感觉自己就是它们的爸爸，劳累与困顿里也满是由衷的欣慰。

隆冬如期而至，什刹海滴水成冰，野鸭们的生存空间随着水面的封冻而日趋减少，最后只能待在野鸭岛上了。怎么办？曲喜圣二话不说，破冰！他要在野鸭岛四周 30 米内保持一片无冰水域，让野鸭正常觅食、生息。冬天的时候工人都已放假，一切都只能靠曲喜圣一个人了，但曲喜圣义无反顾，每天坚持破冰。偌大的什刹海，白天游人稀少，到了晚上，就只有曲喜圣和那几只野鸭了。深夜里，每每听到他的咳嗽，通人性的野鸭们都会给他几声嘎嘎的回应，每当这个时候，总会有一股暖流涌入他的胸膛。因此，在最冷寂的寒夜里，曲喜圣说，他并不感到孤单。

有一天夜晚，月光皎洁，寒风凛冽，天气异常地冷。曲喜圣驾着船，奋力挥桨破冰。冰碴溅在脸上，刀割一般。这边刚砸完，那边又冻上了，曲喜圣一刻也不敢停，他知道，要是水面今夜被冻上了，那么明天再想砸开就难了。他拼命地砸呀砸，自己都忘了究竟砸了几个来回。船摇晃着前进，冰碴就在船下沙啦沙啦地响，曲喜圣的脚早已冻僵了。有一次，曲喜圣回头，想看看后面是不是又冻上了，这时他蓦然看见野鸭们都离开温暖的小屋，排成一排，整齐地站在平台上，就那么静静地望着他。那一刻，望着它们，曲喜圣无声地哭了……

春天再来的时候，野鸭岛上的"居民"一下子增加到了 20 余只，之后，也有小鸭陆续出壳、下水。曲喜圣的小女儿曲静雯特别喜欢这些小野鸭，常常过来帮爸爸给它们喂食。看着爷儿俩投入的样子，曲喜圣的爱人开心极了，她甚至觉得小野鸭也成了他们家中的一员。而随着"居民"的不断增多，鸭巢也在不断扩大。到了 2002 年秋天，野鸭岛上居然住了 120 余只野鸭，浮岛都一度被压得吱吱响。而此时，曲喜圣的"野鸭岛"，也真正成了什刹海的一处别致景观。

去什刹海看野鸭如今已成了北京市民的休闲项目

2003 年春天，随着游客暴增、野鸭孵蛋期来临，曲喜圣的担心也日益加重。

眼看着母鸭一天天地往巢里下蛋，可这热闹的水面怎么能让鸭妈妈安心孵蛋呢？曲喜圣只好又专门派人划着小船在水面上巡逻，防止好奇的游人打扰母鸭孵蛋。即使这样，曲喜圣还是不放心，他又找来 5 块泡沫板，用尼龙绳穿起来，精心制作成漂浮护栏，再用木牌制成告示牌，上面分别写着这样的文字："给鸭妈妈一点儿安宁，它会还你一个惊喜""鸭妈妈育小娃娃，大家不要惊扰它"……把牌子固定在泡沫板上放入野鸭岛附近的水中，就等于在水面上设立了一个小小的"自然保护区"。

什刹海风景区管理处对曲喜圣的爱心行动也给予了有力的支持，杨月主任经常关心野鸭的保护情况，并特批竖立了爱护野鸭的告示牌。

现在你到什刹海游玩，总能欣赏到这样一幅人与自然和谐共处的动人情景：安闲的小岛周围，野鸭们有的相互依偎梳羽，有的相互追逐嬉戏，有的贴着湖面优美地飞翔；母鸭下完蛋后去觅食，公鸭就认真地在那里护蛋；而在湖边，总有善良的人们给湖水里的小野鸭投喂食物；在离这不远的地方，有个"耳蜗康复中心"，那里的老师常常带着那些先天听障的孩子来到这里，让他们用纯净的心去聆听自然和爱的声音，他们学得最快、最好的一句话就是："鸭——鸭……"看着天真无邪的孩子、充满爱心的游客和美丽可爱的野鸭，曲喜圣总会露出欣慰的笑容。

野鸭们跳舞给"曲爸爸"和市民看

由于保护措施到位，野鸭岛上最近又添了新"居民"：几只白鹭和一对鸳鸯。"居民"多了，野鸭岛就显得小了，曲喜圣正准备对野鸭岛进行扩建和改造呢！曲喜圣认为，这个世界本来就是一个人与动物和平共处的世界，他说："不敢想象，没了鸟语花香，没了野生动物，人类该是多么的孤独。这一群野鸭子也许不算什么，但放在北京城中，就是人与自然同生共存的象征。"

正在采访的时候，一群野鸭突然在我们面前起飞，美丽而矫健的身影掠过水面，在天空久久盘旋。曲喜圣依然看得出神，一抹微笑挂在刚刚拭过的泪痕里："都说这什刹海是咱北京的骄傲——'人'的骄傲，其实我们不该忘记，它也属于、并且更属于这些以水为家的野鸭……"我知道，此刻，曲喜圣的心正与野鸭一起，在这浩渺的水天之间自由飞翔……

（本文照片由曲喜圣提供和作者拍摄）

2003年11月18日，世界上最大的环保奖之一——

"福特汽车环保奖"中国区颁奖仪式，

在北京人民大会堂隆重举行。

农民商鹤羽因长期义务保护苍鹭荣获"福特百年特别奖"。

商鹤羽的答辩，全程都在哭——

他是凑钱做路费到北京领奖的，当时口袋里仅剩20元钱。

当一种爱深入骨髓，你就已经具备了牺牲的勇气！

他用至善追求自然和谐，他用生命书写人鸟相依……

商鹤羽
倾家荡产护苍鹭

朴实憨厚的商鹤羽夫妇

接力护苍鹭，吉祥背后是辛酸

　　1986年4月末的一天黄昏，正在三道河子山田里干活的商鹤羽，突然听到了一阵沉闷的雷声，低低地，仿佛从头顶滚过。他收起农具，准备回家。但是暴雨随着狂风立刻就来了，河水暴涨，山间顿时一片昏黄。"嘎——嘎——"对面山上突然传来苍鹭凄厉的叫声。"不好！又有小苍鹭遇到麻烦了！"商鹤羽顶着狂风，冒着暴雨，翻山越壑，不顾一切地向对面山崖赶去……

　　苍鹭俗名灰鹤，属鸟纲鹳形目鹭科，系国家二级保护动物。商鹤羽与苍鹭有着不解之缘。1968年，商鹤羽的父亲商玉富偶然发现，村外的山上飞来了8只大鸟，高腿长脖，很像年画中的"仙鹤"。识字不多的商玉富认为"仙鹤"是吉祥的象征，便觉得保护它们是自己义不容辞的责任。因为苍鹭是在次子出生的第二年飞来的，为此商玉富为次子取名"鹤羽"，希望儿子能像他一样爱护"仙鹤"。后来，经过商玉富的悉心保护，在近20年的时间里，苍鹭由8只增加到了100多只。

　　1985年，50多岁的商玉富在上山放羊时不幸摔下山崖，被找到的时候已经不行了。去世前他狠命地抓住商鹤羽的手，望着天，挣扎着说出了一个字"鹤……"一群苍鹭在天空中盘旋着哀鸣，送别这位饱经风霜的恩人，商鹤羽泪如雨下。为了告慰死去的父亲，当时正在宽城县政府招待所上班的商鹤羽，义无反顾地回到了连土路都不通的家乡，当时他19岁。

　　商鹤羽的手和脸都被山石和荆棘剐蹭出了血，但他全然不顾。当赶到对面山崖的时候，他一下子惊呆了——苍鹭在悬崖边的荆柴、石缝和草棵间垒的窝，有很多已被大风卷起，13只可怜的小苍鹭被摔到山崖下，有4只已经死了，其余的9只都受了不同程度的伤：有的断腿，有的折翅……一群老苍鹭冒着狂风暴雨在天空中盘旋着，哀鸣着，它们对自己孩子的遭遇无能为力。在风雨交加的山崖下，听着老、小苍鹭们"嘎——嘎——"的凄惨叫声，商鹤羽感到一阵阵揪心，他忍不住流下了眼泪。商鹤羽把小苍鹭们一只一只小心翼翼地捡起来，放到背篓里，再用衬衫罩住，不让雨水淋着它们。但由于常常受到人的伤害，这些小小的生灵，对人有着一种莫名的恐惧。它们啄着商鹤羽的手，不让他靠近。商鹤羽就轻轻地吹起口哨，安抚它们，消除它们的恐惧。慢慢地，仿佛病重的孩子见到了医生，小苍鹭们终于安静了下来。在大苍鹭们一片不安的叫声中，商鹤羽背着受伤的小苍鹭，趔趄着下山了。

趴山离商鹤羽的家只有一里地，但山间的一里却显得格外漫长。雨中的山路基本不能"走"，而只能靠"爬"。背着9只小苍鹭，商鹤羽感到肩头仿佛有千斤重。不知跌了多少跤，每跌一跤，商鹤羽都极力护住背篓，任凭自己的身体摔在山石上，直至伤痕累累。每当听到背篓里传来小苍鹭们疼痛而又可怜的叫声，商鹤羽的心都一阵痉挛：这可是一个个幼小的生命啊！在这样的风雨里，一个孤单的山里汉子，就是它们唯一的依靠。天渐渐黑下来，商鹤羽几乎分辨不清哪里有"路"了，他艰难地爬着，爬着，直到夜色完全漫上来。

山里的河水涨得飞快。在一处必经之地，商鹤羽决定蹚河过去。冰凉而湍急的河水漫过了腰，商鹤羽只能把背篓高高地举过头顶，试探着，在河水中半步半步地挪。有好几次，趔趄的商鹤羽险些被大水冲走。他一到对岸，就迫不及待地掀开衬衫，数一数那些小苍鹭：9只，依然是9只，商鹤羽长舒了一口气。那些小苍鹭都跟见到生人的小孩子一样，怯怯地望着他，乌亮的眼睛里满是疼痛与惊恐。商鹤羽不忍心看它们，抬头望望天，任雨水淋在脸上。突然，有手电筒的光向这边照过来，伴随着焦急的呼唤："鹤羽——鹤羽——""爸爸——爸爸——"商鹤羽知道，这是妻子和儿子找他来了。

被妻儿搀扶着，商鹤羽背着受伤的小苍鹭回到家时，已是深夜了。他顾不上吃饭，赶紧找来旧衬衫，撕成条状，又取来10片止疼药，碾成粉末，并用小木棍作"夹板"，包扎小苍鹭们的断腿和断翅。小苍鹭们疼得直叫，商鹤羽就像哄小孩儿似的跟它们说："坚持一下，再坚持一下，过几天就好了。"

从第二天开始，商鹤羽就拿着小网去附近的瀑河里捕鱼，喂这些小苍鹭。它们起初不肯吃，而且还猛啄商鹤羽的手。等渐渐熟悉了，感觉商鹤羽"的确不是坏人"，这些小家伙竟抢着吃。但因为刚下过大雨，鱼儿很难捕，有时候一天下来，也只能捕到二三斤。每当看到商鹤羽回家，小苍鹭们就会蜂拥而上，围着商鹤羽团团转，嘎嘎地叫个不停，有的甚至自己到网上去"摘"。半个月后，它们的身体基本都康复了。

康复的小苍鹭们个头长得很快，食量也大大增加，但鱼却不是那么好捕，因此这鹭多鱼少的局面很快就维持不下去了。怎么办？只有买鱼喂。商鹤羽的家境并不富裕，平时自己都舍不得花钱买鱼吃，现在竟要买鱼喂苍鹭，下这个决定无疑是艰难的。但看着苍鹭们眼巴巴的样子，听着它们饥饿的鸣叫，商鹤羽下定决心："买！不然它们就得饿死！"

流泪更流血，千鹤山见证人鹭未了情

出山买鱼，谈何容易！因为基本上没有"路"，所以商鹤羽走出山村到乡里集市，几乎要花一整天时间。即便如此，在小苍鹭们康复、练飞的那一个月里，商鹤羽去了两次集市，买了近百斤鱼，还买了好几种药，千辛万苦背回来。因为要照顾小苍鹭们，商鹤羽几乎把所有的时间都放在了它们身上，而小苍鹭们对他的感情也与日俱增，与他几乎是形影不离了。

一个月之后，这些小苍鹭都长大了，会飞了，但它们却不飞走，依然逗留在商鹤羽家的房顶、墙头或树梢上，整天嘎嘎地叫，快乐地嬉闹着。但商鹤羽哪有那么多钱买鱼喂它们呢。再说，苍鹭毕竟不是家禽，对人的依赖性越强，在自然界越不容易成活啊！商鹤羽痛下决心：得赶它们走！

说起来容易做起来难，这9只苍鹭可不是那么好"商量"的啊。它们会跳、会飞，灵巧得很。商鹤羽一轰，它们就四散飞起；可商鹤羽还没有来得及回头，它们就又飞回来了，落得满院都是，嘎嘎地叫着，仿佛在哀求："求求你让我们留下来吧。"商鹤羽不得不狠下心来，拿起棍子，做出凶狠状，驱赶它们。这下苍鹭们害怕了，只好落到高树上，但依然嘎嘎地哀求，就是不想走。最后，实在没办法，商鹤羽只能用拒绝喂食来逼走它们。但每到喂食的时间，苍鹭们就在树上一个劲儿地哀鸣，直叫得商鹤羽的心里酸酸的。儿子见它们可怜，就偷偷地拿些食物撒到树下，苍鹭们抢着吃。商鹤羽见了就批评儿子说，你这样做不是在帮它们，而是在害它们啊。

一连饿了三天，苍鹭们见商鹤羽真的"绝情"了，便不得不"自食其力"，陆续去瀑河里学着捉鱼吃了。但每到夜晚，它们还是会飞到商鹤羽家的树上栖息。为了彻底断了它们的"念想"，让它们真正独立，商鹤羽常常在夜间拿着棍子击打树干，赶它们去山上住。苍鹭们仿佛终于理解了恩人的苦心，渐渐地便来得少了。可是每隔一段时间，它们仍会相约着飞回来一次，但不落下，只是在商鹤羽家的上空飞几圈，嘎嘎地叫上一阵子，直到看见了商鹤羽的身影，或是听到了商鹤羽的声音，哪怕是咳嗽两声，才安然地飞回山去……

受救护的苍鹭越来越多，趴山上的苍鹭群便一年比一年壮大，到了1997年，趴山上的苍鹭已经达到了近千只。因此，经有关部门决定，趴山正式更名为"千鹤山"。为了救护那些伤病的苍鹭，商鹤羽每年都要搭进去几千块钱。商鹤羽家世代保护苍鹭，在十里八村早已是出了名的。但许多村民对他的行为不理解、不支持，甚至骂他是"神经病""败家子"。特别是临村一些好逸恶劳的村民，他们缺乏环保意识和法律观念，常常打苍鹭和苍鹭蛋的主意。

1997年夏天的一个中午，正在吃午饭的商鹤羽听到本村一个大姐说，有几个外村的年轻人正在千鹤山上掏鸟蛋、逮小苍鹭呢。商鹤羽一听，急坏了，放下饭碗，直奔山上跑去。到了山上，见到那几个年轻人，都认识——附近几个自然村的村民都姓商，与商鹤羽都是本家。见他们已经掏了几十只苍鹭蛋，捉了6只小苍鹭，商鹤羽很气愤，就叫他们快放下，说："吃了它们不仅坏良心，而且还是犯法的。"那几个年轻人一听，来气了，说："关你什么事，又不是你家的。"其中一个还拿起一只苍鹭蛋，狠狠地摔到地上。

见蛋打了，商鹤羽气坏了，冲上去，要夺回那些苍鹭蛋和小苍鹭。可他人单力薄，哪是那几个人的对手？只片刻就被打得浑身是血，倒在地上。小苍鹭在那伙人手里拼命挣扎，哀戚的叫声听得商鹤羽心碎。可这伙人却不依不饶，继续对他拳打脚踢，而且边打边骂："让你多管闲事！你哪像商家的人啊！你这个六亲不认的东西……"幸亏这时有几个村民赶来，拉开了他们。最后，在商鹤羽的再三坚持下，他们终于放过了那些小苍鹭和苍鹭蛋，悻悻地离开了。

商鹤羽浑身是伤，却舍不得住院，仅去药房拿了些药就回家了。妻子见了浑身是血的商鹤羽，知道是被人打了，抱住他大哭："咱们别再管那些鸟了好不好？你连命都要搭上了呀！"商鹤羽动情地说："谁家小孩挨了打，都有大人疼。可这些苍鹭挨打了、被杀了，有谁来疼啊？我不去管，还有谁来管啊？"儿子哭着说："爸爸，他们把你打成这样，咱们告他们去！"商鹤羽就说："算了，为了苍鹭，我受点儿委屈不要紧，要是告了，他们对苍鹭会更不好啊。"正说着这些话，几只苍鹭突然落在他们家的树上，嘎嘎地叫，仿佛是在安慰受伤的商鹤羽。听着它们熟悉的叫声，一家人抱头痛哭。

千鹤山紧挨着瀑河，最让商鹤羽恐惧的事情是药鱼。一些不法村民为了牟利，在河中撒药捞鱼，一些被毒死的鱼被苍鹭吃了，苍鹭也会被毒死。1998年6月的一天，商鹤羽看到几个村民又在河里下药，就赶紧阻止。但他们不理会，并且扬言："再不滚开就把你装进麻袋，扔河里喂鱼！"商鹤羽见阻止不了，就跑了几十里山路，找到渔政部门，由他们出面，制止了这种违法行为，并对当事者罚了款。这一罚，他们就把这笔账记到了商鹤羽头上，对他恨之入骨，只要见到他，就是一顿谩骂甚至拳脚。

因为保护苍鹭，商鹤羽得罪的人实在太多了。为此，他的家庭也付出了相当大的代价。1998年秋天的一个夜晚，正在睡梦中的商鹤羽被一阵凄厉的苍鹭的叫声惊醒。因长时间与苍鹭打交道，商鹤羽已经能够基本辨别出它们叫声的含义。从这一阵叫声里，商鹤羽知道出事了。他赶忙起来，拿着手电筒出去看。这才发现，自己家的猪、羊、鸡、鸭都被人毒死在圈里。几只苍鹭在夜空盘旋，叫声凄凉，好像在替商鹤羽难过。商鹤羽仰望着夜空，眼泪忍不住流了下来。

大义不言悔，爱心代价岂止倾家荡产

1998年夏天，商鹤羽在瀑河边又发现了很多死鱼和好几只死苍鹭，心痛不已。他马上跑到千鹤山上，找到了26只苍鹭孤儿，其中几只已经被饿得奄奄一息。商鹤羽把它们带回家，买鱼来喂养它们。20天后，在小苍鹭都快会飞的时候，突然遭遇了连绵的阴雨天。河水猛涨，山被封了，商鹤羽根本无法出山买鱼。可 26 只小苍鹭，每天至少要吃 10 斤鱼啊！怎么办？

商鹤羽只好把家里腌的 6 块准备过年吃的腊肉用水泡了，喂小苍鹭。可这样也只维持了两天。三天以后，雨停了，可大水依然没有退去，村庄成了一片泽国。因为没有路可以通向山外，商鹤羽根本出不去，依然无法去买鱼。商鹤羽心急如焚，无奈中只能去水中捞一些人家丢弃的动物的肠子来维持苍鹭们的生命。可是哪有那么多的动物肠子啊？

就这样，一天挨过一天，眼看着 26 只即将会飞的小苍鹭一只只哀鸣着饿死，商鹤羽心如刀绞。最后那只小苍鹭饿死在他怀里的时候，商鹤羽哭得像个泪人："老天啊！"望着肆虐的大水，他悲愤地发誓，"就是砸锅卖铁我也要修一条路！"

1998 年 8 月，商鹤羽拿出家里的全部积蓄 2 万元钱，买来空压机、炸药等修路必需品，雇了本村几个劳力，开始动手修路。每一米路上，都洒满了商鹤羽的血和泪啊！放炮开石，他的头被石块砸出过洞；手握钢钎，他的虎口曾被震裂；为了撬起一块堵路的顽石，他差点与石头一起滚落悬崖……商鹤羽一方面要修路，另一方面还要救护苍鹭。他常常是肩上挑着 100 多斤的柴油，背上背着导线、炸药，手里还提着几十斤喂苍鹭的鱼，爬几十里山路赶回村里，到家时累得站都站不稳了。

刚修了一里路，那 2 万元积蓄就全部用完了。看着莽莽大山，商鹤羽犯难了。后来县里知道了商鹤羽的义举，拨了一笔修路专项资金，但依然不够，他只好向亲戚朋友借，又向信用社贷款，凑了 4 万多元，继续修路。最终，商鹤羽花了 3 年时间，历尽艰辛，修了 7 里山路，所有的家底都搭进去了，还欠了亲友和信用社 37000 元钱。

为了护鹭、修路，商鹤羽家的农田也荒废了，家里穷得平时连电灯都舍不得开。亲戚朋友越来越疏远他，信用社也三天两头来催贷，最后竟要强制还贷，准备搬他家的实物顶替。商鹤羽流着泪，苦苦地哀求他们："你们什么都可以拿走，但得把冰柜给我留下，我还得用它存鱼喂苍鹭啊！"为此，妻子曾经想不开，提出跟他离婚。商鹤羽说："这些年跟着我，让你受罪了。离婚我不反对，但是求你别把儿子带走，要是我哪天不行了，他得接我的班，好好保护苍鹭啊！"这时候家里正养着十几只受伤的小苍鹭，它们跑过来，围着他们夫妻的腿嘎嘎地叫，像一群委屈而可怜的小孩。看着它们，妻子哭倒在商鹤羽怀里。

为了还债，商鹤羽只好在冬季外出打工挣钱。那几年，商鹤羽每年冬季都要去唐山，为一些煤矿下井挖煤。他每天的工作都在 18 小时以上，手上脸上出泡流血那是常有的事情。工头几次看到商鹤羽累昏在井下，就严厉地批评他，要他回家："有你这么玩命的吗？挣钱不要命啊？出了事情谁负责?!"商鹤羽就求人家说："出了事情我自己负责，我欠的债实在太多了，求你别赶我走，这可是我好不容易才找到的挣钱营生啊！"

千鹤山很陡峭，很多地方的坡度达 70 度以上，因此树很少，也因此许多苍鹭的巢就暴露在岩石上，很容易受到伤害。于是，商鹤羽产生了要改变一下生态环境的想法。2000 年春，他又借了 6000 元钱买树苗，在山下河滩上栽了 13 亩生态柳。为了鼓励商鹤羽的义举，县林业局给了他 1850 元钱，环保局给了他 500 元钱，用于植树。2003 年春天，商鹤羽又举债数千元在千鹤山上栽了 2000 多棵柏树。为了保护苍鹭和照料树木，商鹤羽在山上搭了几十个窝棚，天天住在山上。经过商鹤羽的精心照料，苍鹭越来越多，这些树现在也已成活了。

由于借债修路，商鹤羽早已倾家荡产。不仅如此，他的债务已高达 5 万元，连儿子的学费都是借的。而他栽的这些树，大多属于集体，只有极少的一部分是属于自己家的。但商鹤羽从不计较这个："树多了，山绿了，苍鹭就有地儿了，看着它们叫啊、闹啊，欢天喜地的，我连做梦都高兴啊！"

2003 年 11 月 18 日，世界上最大的环保奖之一——"福特汽车环保奖"中国区颁奖仪式，在北京人民大会堂隆重举行。农民商鹤羽，因长期义务保护苍鹭，荣获为保护野生动物而专门设立的"福特百年特别奖"。

放眼千鹤山，树已成林，百鸟翔集，让人感慨万千。据承德市环保局的孟庆坤同志介绍，由于商鹤羽的无私保护，千鹤山已经形成了生态良性循环，不仅栖息着 2600 余只苍鹭，而且聚集着大量的国家一二级野生保护动物，如金雕、黑鹳、红嘴乌鸦、白鹭，多种小鹰、蛇、黄鼠狼、狐狸、天鹅、鸳鸯以及大量野鸭和海鸥。2006 年，承德市环保局已经向河北省有关部门申报，将千鹤山定为"鸟类自然保护区"。

采访时，记者问到现在有什么打算，商鹤羽回答说，他正在筹钱，想在千鹤山上打桩，然后用铁栅栏拉起 5 道防护网，"这样，上山偷鸟的人就不容易得手了。"钱从哪儿来呢？"又到冬天了，我可以挖煤去……"这时一群苍鹭从我们头顶飞过，嘎嘎地叫了几声。商鹤羽抬起头来，看着天上，我看见他微笑的眼角，分明闪着泪光。

（本文照片由商鹤羽提供）

北风呼啸，大雪纷飞，

一群黄羊在大风雪中迷失方向，

越过国境，来到了内蒙古自治区，

来到了中国的早晨。

看啊！达赉湖辽阔的冰面上，

趔趄着 65 个无言的迷茫的"客人"，

而在它们身后，一群偷猎者正尾随逼近。

警笛拉响，一场风雪大营救惊心动魄……

达赉湖干警
风雪大营救

生命告急：65 只越境黄羊受困冰湖

2005 年 12 月 10 日清晨，天寒地冻，朔风凛冽，内蒙古自治区达赉湖自然保护区公安分局值班室的电话急促地响了起来。

"什么？黄羊？几十只！偷猎者有几个人？5 个？好！我马上汇报！"值班员接到小河口派出所民警于永德的电话报警后，迅速把这一情况报告给上级领导：在距离小河口派出所 400 多米的达赉湖冰面上发现了几十只国家二级保护动物黄羚，它们被困在那里无法动弹；有 5 个偷猎者正准备到冰河上去捕杀黄羚！

接到报告后，局长穆军和政委鄂文超以最快的速度赶往现场保护黄羚。同时，指挥室开始调集警力和车辆前去支援。

军令如山，待命民警迅速集结，立即出发。警笛和闪烁的警灯划破了清晨的寂静，打响了一场在冰天雪地中拯救黄羚生命的战斗！跟随在警车后面的是 5 辆装满草料的大卡车，一行人马风驰电掣地向事发地点前进。与此同时，5 个偷猎者得知民警出动了，立刻逃得无影无踪。

上午 8 点 10 分，经过 20 多分钟的雪路颠簸，执行任务的民警终于到达了黄羚被困的地方——达赉湖最北端的小河口。这里距离中俄边界只有几十千米，是当地有名的风景区。在小河口厚厚的冰面上，65 只黄羚三三两两地趴在那里，有的伸伸前蹄，有的转转脑袋，它们警觉地看着一步步靠近的民警，眼中充满了不安与恐惧。

黄羚实际上并不属于羊类，而是一种外形和羊相似的哺乳动物。它们主要生活在草原地带，以枯草充饥、以积雪解渴，喜欢群居。可是现在，这群黄羚却"群居"在了冰面上，有的想站却站不起来，有的异常倦怠地趴着不动，它们似乎在绝望中听到了死亡的声音。

看着这些趴在冰上不动的黄羚，民警们简直不敢相信自己的眼睛——黄羚是草原上出了名的"田径健将"，它们善于跳跃和奔跑，每小时能跑七八十千米，而且可以持续跑一个多小时！用当地牧民的话叫："黄羚窜一窜，马跑一身汗。"由于黄羚的奔跑本领十分出众，再加上感觉器官十分灵敏，它们发现来自远处的危险后并不害怕，往往先凝视一阵儿后再跑，奔跑一段距离后，又站住回过头来观察一番，再飞速奔逃……

可是，湖面上的这些黄羚却失去了往日的聪明和自信，它们像一群迷路的孩子，无所适从地趴在那里。是什么原因让它们如此可怜地趴着，是饥饿，寒冷，真的迷了路，还是别的什么原因？

在我国，黄羚的活动地区一般在内蒙古和东北地区，它们随着牧草的生长而迁徙。到了冬天，它们就以"大家族"的血缘关系组成一个个大集体，由北向南大规模迁徙至长城以北。它们的群体少则几十只，多则几百只，冷的时候能充分发扬集体主义精神背靠背取暖，饥食干草，渴饮冰雪，生命力很强。以前，我国黄羊的数量还是不少的，但后来因为过度捕猎，数量急剧下降，现在黄羊已经是国家二级保护动物，属于稀有物种了。

面对一个个疑问，赶到现场营救的民警分析：2005 年 12 月以来，由于连续下了几场大雪，很多黄羊从俄罗斯等地来到我国内蒙古地区觅食。但以往它们都是在草原上活动，像这样跑到没有任何食物的湖里来还是第一次。最大的可能是昨天下的那场大风雪使它们迷失了方向，所以才误入了达赉湖冰面。饥寒交迫之下，它们才如此卧"冰"不起。再加上黄羊特别喜欢群居，即使有的黄羊能够跑掉，它们也不会单独离开，它们要留下来和这个群体同生死共命运。

当警车的灯光在黄羊群不远处闪烁时，羊群里出现了一阵骚动。原来，黄羊有喜光的特性，当它们看到光亮时，会奋不顾身地跑过去。可是，这一次，它们只是骚动了一阵，看起来，它们已经没有体力像以往那样追逐光亮了。在零下 20 摄氏度的气温下，这些没有东西吃、困在冰面上的黄羊，最多只能生存两天。而且，从目前的情形看，这些黄羊已经在冰面上被困很长一段时间了。那些个头大、年龄大的黄羊已经站不起来，那些年轻的黄羊即使能站起来也是颤颤巍巍、浑身无力的样子。如果不及时抢救，这些黄羊就会变成可怜的标本！

看着这些可爱又可怜的宝贝，民警们开始小心翼翼地靠近它们……

紧急营救：北国冰河打响特殊战斗

可是，当受困黄羊看到民警们伸出的双手时，它们顿时慌乱起来，它们不能像平时那样奔跑，不能再从容地回眸奔跳，它们的眼睛里流露出被捕杀前的绝望、悲哀！当民警开始抓它们时，它们作困兽犹斗状，乱蹬乱踢。原来，这些吃多了猎人苦头的黄羊，对人类的营救不但不信任，而且充满了敌意！

　　看着黑压压、毫不配合的黄羊群，民警们心里着急起来：忙乎了半天，一只黄羊没有抓住，倒是自己人人仰马翻了好几个！这可怎么办？怎样才能把这些不知好歹的家伙抓住呢？怎样才能在最短的时间内消除它们饥寒交迫的痛苦？怎样才能万无一失地保全它们珍贵的生命？民警们在迫不得已的情况下，想到了一个看似"残酷"的办法：用绳索一个个套住它们，待套牢后再把它们带到装有草料的大卡车上。

　　开始时，民警们不忍心用绳索套捆这些可爱的黄羊，担心绳索太紧伤着它们。可是，绑得太松又不能起到任何作用，这下可难坏了民警们。如果看到有人把绳子绑紧了，立即就会听到同事不满的抗议："轻点儿！轻点儿！那是一条生命，不是你家板凳！"但是，如果绳子绑松了，没有套到黄羊，着急的人们又会大叫："像你这样，什么时候才能把这 65 只黄羊救起来？"有的民警手里拿着绳子还没有忘记给黄羊做"思想"工作："朋友，过来吧！我送你到有吃有喝的地方去！"有人被黄羊踢了一脚后，仍幽默地说："蹬什么呢？有本事你也起来走两步！"

　　民警们七手八脚地忙了一阵子后，发现救起的黄羊只有 10 多只。民警们还发现，在这 10 多只被救的黄羊中，有的黄羊已经受伤了，再加上长时间挨冻挨饿，它们的生命已经岌岌可危！民警们看着这些受伤的黄羊立刻意识到：营救工作必须快马加鞭，否则那些受伤的黄羊极有可能在抢救过程中死亡！

　　必须抓紧时间才行！民警们踩着冰加雪的湖面，一步一趔趄地靠近一只只黄羊。等这些黄羊被绳索拴牢后，民警们又不忍心拉着它们在冰面上行走，就把黄羊抱在自己的怀中。也许是民警透着温情的体温向黄羊表达了温暖的信息，那些黄羊像找到了母亲的孩子一样，温顺地靠在民警胸前一动不动，看到这些小可爱的可怜相，有的民警忍不住流下了眼泪……

　　也许是看到前期获救的同类没有危险，待救的黄羊变得温顺起来。

　　此时，民警们一心想着黄羊的安危，早把他们自己的疲劳抛到了脑后。

　　来回奔忙劳累，再加上冰面很滑，民警小李扑通一下，重重地摔在了湖面上。当别人来搀扶他时，他着急地说："管我干啥，我们要救的是那些黄羊！"其实，小李这一跤摔得脚扭了筋，他挣扎着站起来时，因受伤的脚无法用力，顿时成了一瘸一拐的"铁拐李"。但是，救羊心切的他依然咬紧牙关，忍着疼痛抱起那只黄羊就往车上走。谁知冰滑加上脚痛，他又摔了一跤！怀中的黄羊吓得咯咯嘶叫，同时还用犄角顶他！看着不懂事、不领情的黄羊，加上脚伤和犄角的顶痛，小李心中无比委屈，他控制住将要流出的泪水，再次爬起来，艰难地把黄羊抱上了卡车。这只黄羊上车后，立即跑到草料前，大吃大嚼起来。看着黄羊的吃相，小李开心地笑了……

营救工作还在紧张有序地进行，民警们在冰天雪地中奋斗着，随着时间一分一秒地流逝，65 只黄羊一只一只全被送上了卡车。整整两卡车的黄羊，在温暖的车厢里吃着可口的食物，生命的活力在它们身上一点一点地重新燃烧起来；它们耳鬓厮磨地传递着只有它们才能明白的信息，在有限的空间内转动着身体，翘首观察着那些救它们的民警们。

当天下午 1 点 30 分，65 只劫后余生的黄羊乘坐"专车"来到了达赉湖自然保护区公安分局，早饭、午饭都没有来得及吃的民警们又开始了新一轮的工作：他们对 65 只黄羊逐个检查，找出其中的伤病员，并及时进行救治。这样，民警们和黄羊开始了第二次亲密接触：摸摸身体，看看四肢。对于民警的检查，黄羊变得很温顺，它们收起了犄角不再顶人，蹄子也不再伤人，它们眯着眼睛打量着这些对它们的生命予以高度重视的人。

检查结果出来了，65 只黄羊中有 5 只受伤需要立即治疗。于是，民警们请来兽医站的医生，为它们疗伤。同时，保护区管理局的有关人员在接到公安分局的通报后也赶了过来。经过双方商议，他们最后决定马上把其他没有受伤的黄羊送到几十千米外的双山子放养。双山子是这里自然保护区的核心区，草场条件好，而且远离冰面，比较适合黄羊生存。

回归自然：草原雪地依依惜别情

当天下午 4 点 40 分，民警们顾不上休息，就用专车把 60 只黄羊运到了达赉湖东岸的双山子。

傍晚时分，运送黄羊的车队抵达放养地点。民警们把一只只黄羊抱下汽车，轻轻地拍打着它们说："去吧，去吧，到辽阔的大草原去吧！在那里，你们可以开心地跳高、跳远，但是，你们以后千万要记住，不要再迷失在可怕的冰面上了！"被放到地面上的黄羊像听懂了民警们的话一样，踢踢腿、舒展舒展筋骨后，噌地一下就跳到了几米以外。

泥土的气息和草原的召唤使黄羊们顿时活跃起来，这些在生命线上挣扎了一天一夜的黄羊终于摆脱了死神，它们三步两跳着跑去了远方。

看着它们矫健的动作，忙活了一天的民警们仍舍不得离去，还站在那里眺望着。"你看那只，跳起来的时候多好看啊！""你看那只，跑起来像一阵风！"民警们看着远去的小生灵，全然忘记了一天的奔波劳累。忽然，一只黄羊停下了奔跑的脚步，只见它回过头来，远远地望着民警们。过了一会儿，它又掉过头来，蹦着跳着回到了民警跟前蹭来蹭去。随后，它又迅速掉过头去，一阵飞奔，转眼间就不见了踪影！这只聪明的"回头羊"，让在场的人感动得热泪盈眶。

忽然，一位民警喊道："不好！有一只黄羊摔倒了！"民警们赶忙跑到摔倒的黄羊旁边，仔细一看，发现这只黄羊的腿上有一处冻伤。民警摸着黄羊的后背说："伙计，看来你暂时回不去了。你要和那5个受伤的伙伴一起接受治疗，等完全治愈后，你再和它们一起结伴回家吧！"

59只黄羊回到了大自然的怀抱，但它们的命运一直牵动着民警们的心。双山子自然保护区是一个没有围墙的保护区，放生在这里的59只黄羊和大草原上的其他生命一样，完全处于野生状态。

为了保护这些生灵，民警们可谓费尽心思，他们天天都去看望这些黄羊。可是，5天之后，当他们再次到双山子看望时，这里的黄羊居然从59只变成了43只！又过了几天再来数时，仅剩25只了！难道在他们的严密监控下，仍然有人在暗中猎杀黄羊？

为了找到黄羊失踪之谜，派出所民警开始挨门走访辖区居住的26户牧民。

民警不厌其烦地一家一家上门与牧民聊天，他们一方面进行黄羊失踪事件的调查，一方面借这个机会宣传保护野生动物的重要性。一天，在走访中，他们和一个每天都在双山子放牧的牧民聊起了黄羚的事情。当民警问他是否看到过黄羚时，他肯定地说："每天都能看到，有十七八只。"

民警又问："这些天是否看到有偷捕偷猎的人员和车辆？"牧民说："没有，绝对没有！"

几天的明察暗访，派出所民警几乎跑遍了双山子的每个地方，却没有发现任何黄羚被盗猎的迹象，这些黄羚到底去哪里了呢？

听到这个消息后，那些救过黄羚的分局民警再也坐不住了，他们也驱车来到双山子。走进自然保护区后，他们在保护区内找了又找，终于找到了黄羚的活动地，可是让他们震惊的是，只有 11 只黄羚！其他黄羚到底到哪里去了呢？

带着疑问和对黄羚牵肠挂肚的关心，分局民警特地向畜牧专家进行了咨询。专家分析：由于最近下了一场大雪，草场大部分被覆盖，没有足够食物的黄羚可能已经迁徙到别的地方去了。同时，看到民警们对黄羚的付出和爱护，专家感动地说："爱是相通的，生命是相互扶持的。你们的所作所为，体现着人类对另类生命的敬畏和热爱之情，你们拯救了黄羚的今天，也拯救了人类的明天。"

让民警们感到释怀的是，专家的话排除了黄羚的不安全因素，他们也放心了许多。大家在将要离开时，选了一块离黄羚比较近的地方，撒了一些草料，等待着黄羚的到来。等了一会儿后，几只黄羚陆陆续续地来到他们跟前。这些黄羚低下头闻了闻草料的香味后，就开心地大吃大嚼起来。只见它们边吃草料边吃一些积雪，吃饱喝足后，它们又和以往一样，一下子跑到了几米以外，然后回眸一望，飞一样奔出了人们的视线。

民警们感动地看着这一幕，含着眼泪和黄羚道别："如果有一天你们要离开这里，请你们永远不要忘记这里。再见了黄羚，欢迎你们明年再回来！"

自　由

　　自由是什么？自由就是有约束的自我支配和遵从内心的自我行动。自由包括身体自由和精神自由两方面。驰骋新时代，职业选择的自由，迁徙的自由，爱的自由——国家给每个公民更大的自由和自主创造空间。爱是生命最深的福分，爱是生命最大的自由！

当你有一天知道自己并非父母亲生，

你会是怎样的震惊？

当养父养母耗尽心血把你培养成硕士生，

你感不感恩？如何感恩？

厄运突来，为了照顾年迈且生活不能自理的养父母，

他毅然辞去正式工作，就近当起了保安。

大爱有传承，美德有延续。

他以独特方式向世人诠释了生命、自由和爱的真谛……

时广滨
硕士辞职当保安

硕士保安时广滨和老母亲

养子成硕士，一声爸妈多少泪

2004 年 6 月 1 日下午 2 时，大连市西岗区北京街道北关街 36 号楼 2 楼时广滨家的电话骤然响起，电话那端，传来一阵兴奋的喊声："爸爸、妈妈，我拿到硕士证书了!"听电话的是一位耄耋老人，他拿着听筒的手不停地颤抖起来，一旁的老伴夺过话筒，喘着气问："滨儿，是真的吗?"

打电话的人激动地说："爸爸、妈妈，我在香港特别行政区给你们打电话，手上正拿着毕业证书呢!"

这个打电话的人就是时广滨。1965 年 10 月，时广滨出生在内蒙古包头市。时广滨在家里排行第四，父母都是老实巴交的牧民，因母亲患有严重的哮喘病，需长期治疗，家庭生活很是窘迫。走投无路的父母在反复商量后，决定找个可靠的人家，把小儿子时广滨过继出去。

接电话的两位老人就是时广滨的养父母，他们都是大连人，也都出生于1921 年。受传统的"养儿防老"思想的影响，他们一直想要个儿子，可事与愿违，因为身体原因一直没要成。一转眼，两人就过了 40 岁，他们不得不考虑收养孩子的事。一个好心人悄悄地向双方传递了信息，两家一拍即合。为了防止将来生变，中间人隐瞒了对方的详细住址，把交接孩子的地点放在了包头车站。

那个大雪纷飞的冬日里，当时广滨的姨母抱着时广滨出现在大连汽车站时，淋了一身雪的养父母急忙迎了上去。养母瞪大眼睛端详着时广滨的小脸，而一旁的养父则一声不吭地脱下大衣，把孩子严严实实地又包了一层。他们觉得，这就是他们盼望了许多年的儿子，就是他们养老的希望。

夫妻俩把全部的爱都给了时广滨，他们立誓要把时广滨培养成才。1975年 9 月，10 岁的时广滨喜欢上了拉二胡，并朝思暮想有一把属于自己的二胡，但他知道家里没有这笔闲钱。当时他的养父母每月工资只有 27 元 5 角，除了按月给乡下的爷爷奶奶寄钱外，还时不时地要接济亲戚。可让他没想到的是，暑假的一天，养母却搭车去了趟北京，花 31 元 5 角钱买回了一把二胡。时广滨把二胡捧在手里，高兴得心都要跳出胸膛。那可是全校最好的二胡啊，比老师的那把还多刻了一条龙呢！

时广滨也暗暗立下誓言：长大后一定要好好孝敬父母。与同龄人相比，他似乎更懂事了。1984 年 6 月，才初中毕业的时广滨草率地应付了毕业考试后，就不声不响地到劳动服务公司报了名，他要给父母一个惊喜：自己能挣钱了。得知这个消息后，两位老人心急如焚，但好说歹说，时广滨还是固执地要参加工作。

养父急了，抬起手就要揍他。时广滨执拗地叫道："爸爸，你打死我，我也不会上学的，家里太难了，我要工作养你们！"看着儿子真诚的表情，父亲的手悬在了半空中，但并没有改变主意。

之后，时广滨虽没能考上高中，却依然被逼着回校复读，他的心思自然不放在学习上，成绩一直处于下游。在母亲苦口婆心劝说下，时广滨开始认真学习，并顺利地考上了高中。

1987 年 2 月初的一天，时广滨意外地知道了自己的身世。

那是个阴雨蒙蒙的日子，时广滨在下楼梯时，不小心撞到了楼下的一个中年妇女，那是个见人满脸笑，背后总说人坏话的怪人。时广滨打完招呼正要离开时，却分明听到那人嘴里嘟哝了一声"野种"。这句话严重伤害了时广滨的自尊心，他平生第一次与大人争吵起来。

闻讯赶来的养母给时广滨擦干眼泪，但她听了事情的经过后，竟不停地向那人赔不是，目光中还流露出了哀求的表情。敏感的时广滨突然想到姨母曾说过"滨儿比亲生的还亲"的话，他不由得产生了怀疑。时广滨鼓足勇气向养母提出了疑问，养母愣了一下："甭听别人瞎说，你是妈妈亲生的！"可时广滨看到，母亲眼角有泪。

晚上姨母来到他家，养母掩上房门，与姨母商量起来。可她们没想到，蒙头装睡的时广滨偷听到了她们的谈话。养母说："孩子一天天大了，我也想告诉他实话，可如果说出来了，他心里一定很难受。"接着又问道，"姐，你说滨儿知道了内情，还会认我们吗？"猜测得到了证实，时广滨的心咯噔一下。

那一夜，时广滨辗转反侧，脑中不断出现父母亲关心自己的情景，他对自己说："广滨啊！养父母对你恩重如山，你一定要争口气呀！一定要做个孝子呀！"

1987 年 7 月，时广滨考上了大连广播电视大学，1990 年 6 月毕业后，他被分配到大连显像管厂。刚参加工作，养父母就鼓励他报考了大连大学日语（外贸）专业。2000 年 10 月，老两口又出钱让时广滨报考了香港特别行政区的香港公开大学工商管理硕士班。看到儿子的长进，老两口十分欣慰。

2004 年 5 月底，时广滨要到香港特别行政区参加论文答辩，可费用却成了问题。正当时广滨愁肠满腹的时候，老父亲神秘地把时广滨喊过去，小心翼翼地拿出一个布包，里面竟是一沓钞票！

"孩子，这是爸妈攒的钱，准备养老用的，我看你手头紧，你先拿去用吧！"时广滨不知说什么好，这可是父母的全部家底啊！

2004 年 6 月 5 日，时广滨从香港特别行政区回到大连。就在那一天，厂部任命他为管理干部。时广滨哽咽着对养父母说："爸爸、妈妈，没有你们含辛茹苦地供我读书，就没有儿子的今天！你们就是我的亲爸、亲妈！"说完，泪水夺眶而出。

照顾爹和妈，硕士当保安

光阴荏苒，不知不觉间，成家立业的时广滨也到了不惑之年。

2005 年 7 月 12 日，是时广滨最灰色的日子。上午 9 时，84 岁的养父在上厕所时摔倒了，养母一着急，心脏病也犯了，两个老人躺在地上痛苦呻吟着。一个小时后时广滨的妻子高劲松从医院回来后才发现这一幕，她连忙找到一粒硝酸甘油片喂给婆婆，又去拉体重几乎是自己 2 倍的公公，却猛然闪了腰，倒在了地上……

"你父亲摔得不轻，腿骨折了；你母亲心脏功能很糟糕，两人还有多种老年性疾病，随时都可能发生意外，以后得经常有人陪着啊！"急忙赶来的时广滨，听了医生的嘱咐，一连几天心事重重：养父母出院后谁来照顾？自己的家在西岗区，单位却在沙河口区，两地相距 15 千米；而妻子的腰椎间盘突出症也很严重，咳嗽一下就揪心地痛，怎能再让她照顾父母？时广滨一筹莫展。

在巨大的精神压力下，时广滨变得十分神经质。2005 年 9 月 12 日上午，正在工作的时广滨突然感到心头一紧，恍惚中，他似乎听到了养父母倒地的声音，于是连忙往家里打电话，可半天都没人接听。时广滨紧张得满头是汗，他急匆匆地打车回家，一进家门便呼喊："爸、妈!"听见老人应了声，时广滨脚下一软，差点瘫在地上，"爸、妈，你们怎么不接电话啊？我快吓死了!"原来两位老人正在看电视，音量开得很高，没听见电话铃响。

此后，因为担心独自在家的老人出事，时广滨一有风吹草动便往家赶，两位老人心疼不已。为了让时广滨安心工作，2005 年 10 月 6 日，养父母执拗地住进了敬老院。

几天后的一个晚上，时广滨出差一回来，就去敬老院看望养父母。他推开老人的房门，却一下子愣住了——刺鼻的气味直冲过来，既像是消毒液的药味，又似乎是痰盂里发出的腥臭。"你们就是这样管理的?"愤怒的时广滨闯进院长室责问道。院长让时广滨冷静下来，耐心地解释说："我们这里条件有限，一直只收留生活能自理的老人。"时广滨这才知道，原来养父母是托熟人介绍，敬老院才破例收下他们的。

进屋看到养父母茫然的眼神，泪眼蒙眬的时广滨扑通跪了下来："爸、妈，跟我回家吧!"2005 年 10 月 25 日，两位老人在敬老院住了 19 天后，被时广滨执意接回了家。

2005 年 11 月 12 日，养父的高血压和糖尿病同时发作。没几天，一直为人随和的养母突然变得固执、古怪，好几次出门都忘记了怎么回家。医生诊断后说，老人患上了阿尔兹海默症。时广滨奔波在医院、工厂和家之间，整个人忙得像陀螺，连喘口气的工夫都没有。超负荷的运转终于把他击倒了。那天时广滨去医院送饭，头一晕连人带车重重地倒了下来，饭菜也撒了一地。

2006 年 1 月初的一天，时广滨接到了一位在北京当老总的同学的邀请，请他去北京发展。原来，在不久前的同学聚会上，大家发现，当年研究生班的同学大多已事业有成，有的是企业老总，有的是机关干部，唯独时广滨还待在这个老厂里，感慨之余，同学们向时广滨伸出了援助之手。

时广滨心里一动，能够到北京发展事业，学有所用，那是自己梦寐以求的事啊！可自己走了，养父母怎么办？许多次，他都想同妻子商量，让她留在家里照顾老人，但思前想后，还是没法开口。再说，老人每天上午都要晒晒太阳，弱小的妻子根本就抱不动。

时广滨最终谢绝了同学的好意。那晚，打完谢绝电话，心里空落落的时广滨在沙发上迷迷糊糊地睡着了。

"滨儿，睡到床上去吧！"听到声音，时广滨睁开眼睛，不知什么时候，养母已给他盖上了被子，苍老的脸上满是牵挂。时广滨急忙把被子往老人身上披，老人推开了他的手，像小孩儿似的说："你不睡，我就不睡！"时广滨要抱老人，没想到，老人却一屁股坐到了地上，非要时广滨答应睡觉，她才肯起来。一阵寒意袭来，时广滨不禁打了个寒战，同样瑟瑟发抖的老人突然爬起来，抢过被子就往时广滨身上披。那一瞬间，时广滨流泪了：母亲虽然病了，可对儿子的爱，在任何时候都坚定不移！

哄着老人上了床，时广滨心里豁然开朗：在父母还在的时候，放弃自己的一些物质利益，多陪陪父母，没有什么比这更重要了。

2006年1月19日，在父亲出院的第三天，时广滨从单位辞职。从此，他把全部精力都放在了养父母身上。每天上午九点，他把两位老人挪到阳台上晒太阳；吃好午饭后，他又把二楼的两名退休职工接上来，让他们陪二老聊天消遣；到了下午五点，他又带二老出去散步。时广滨还买了几张京剧碟片，每天散步回来都会为二老放上一段。有规律的生活，让两位老人的心情明显好转。

2006年11月13日，时广滨的养父去世，弥留之际，老人流着泪说："滨儿，难为你了，爸这辈子知足了！只是……"时广滨知道，父亲是放心不下母亲。他拉住父亲的手，哭着说："爸，是儿子没出息，没有让您过上好日子。您放心，我会照顾好妈妈的！"

时广滨想尽快就近找个工作，因为他太需要钱了，此时自己还有1万多元的债务要还呢。就在这时，居委会的大姐了解到时广滨的家庭困难，介绍时广滨到大连七中做保安，学校离他家只有两三分钟的路程，而且是隔天上一次班，方便他照顾老人。

一个拥有硕士学位的人去做保安，放在谁身上都难以接受，时广滨却立刻答应了，虽然一个月的收入只有700元，但部分解决了生活困难，又能照顾母亲，在他看来两全其美。

就这样，时广滨到学校报到了，没人知道这个不起眼的保安竟有硕士学位，大家只知道他家境困难，有一个患病的母亲需要照顾。

爱心云涌，孝义无价亦沉重

自从时广滨辞职后，家里的经济就一直吃紧。时广滨原来的工资近2000元，两位老人的退休金加起来也有1400多元，日子还算过得去，现在，全家收入就只剩下养母的退休金和自己微薄的薪水了，连维持日常开销都困难。

可屋漏偏逢连夜雨。2006年12月1日，养母下床时不幸摔断了股骨。医生提供了两种治疗方案：一种是服用消炎药物，让断裂的股骨头自然愈合；另一种是给断裂处打上钢钉，等待愈合。因为老人年纪太大了，自然愈合的可能性几乎为零，打钢钉却得花费近万元。虽然老人享受医保，但自己还得承担20%的费用，再加上其他开支，至少得花3000元钱。更何况，所有的支出都得自己先垫付，而此时时广滨身上只剩下不到1000元钱了。

养母清醒的时候，对时广滨说："我一大把年纪了，也不知能活几年了……"时广滨明白了，养母是想放弃治疗，如果不是万般无奈，谁愿意从此永远待在床上，那是常人所无法理解的煎熬呀！时广滨眼中噙满泪水，安慰养母说："妈，你别多说了，就是砸锅卖铁，我也要给你治病！"

好不容易借下了4000元钱，剩下的钱到哪里去筹集呢？2006年12月7日，走投无路的时广滨借了3000元高利贷。

为了挣钱还债，时广滨抽空在家附近摆起了地摊。过度的劳累，让时广滨患上了腰疾，好多次他想去推拿一下，可一想到要花钱，便打了退堂鼓。实在痛得厉害了，他就去买膏药。在药房里，时广滨拿着一盒万通筋骨贴，踌躇了好一阵子，还是没舍得买——那可得花 14 元钱，足够全家一天的伙食开支了。

儿子所受的磨难自然逃不过养母的眼睛，善良的老人不愿再拖累时广滨了。2007 年 1 月 12 日中午，老人开始拒绝服药，也不再吃饭，医生检查后说老人神志清醒，不在发病期。可是，时广滨费了半天口舌，老人就是不配合，六神无主之下，时广滨再次跪在了养母面前，老人这才流着泪说："滨儿，我已这么大年纪了，多活一天少活一天也就那么回事，可我不能耽误了你的前途啊！我死了，你就能安心工作了。"在场的人无不动容。

在这个注重传统道德和人们呼唤亲情回归的时代里，时广滨的孝道很快引起了广泛的关注。"为尽孝，硕士当保安"牵动了无数颗渴望真情的心，人们向时广滨伸出了援助之手。许多大连人自觉承担起了老人养子的角色，老人成了大连人共同的妈妈。

首先行动起来的是医护人员，他们对老人悉心照顾，护士们主动给老人洗衣送饭。"干娘！""干娘！"听着一声声呼唤，老人露出了微笑；七中的学生会组织团员看望老人，并到时广滨家打扫卫生；街道办事处分派专人去照顾老人；市民们也自发前来，把鲜花和水果悄悄地放在老人床前，默默地祝福老人早日康复……

2007 年 1 月 15 日上午，大连世亮企业董事长助理傅康琦来到七中，专程商谈聘用时广滨做酒店总经理，一旦录用，每月的工资至少 3000 元。他对时广滨说："我们首先看中的是你的孝心，之后才是你的能力和学历。"

时广滨很快接到了聘用通知，但他却暂时拒绝了，他对傅康琦说："感谢世亮企业对我的厚爱，我考虑再三，还是不放心老母亲。"时广滨又解释说，"如果我上班后，经常请假，对公司的管理也不利。"傅康琦感慨万分："时广滨的确是个孝子呀！"

2007 年 2 月 28 日晚上，记者在采访中，目睹了这样一幕：老人便秘，时广滨先给她用了开塞露，但没起作用，老人的脸上憋出了汗，嘴唇也开始发紫了，枯瘦的双手紧抓着儿子的裤管。时广滨立刻熟练地戴上一只乳胶手套，伸手就帮老人抠大便。

　　"前不久我看报纸，笑星马季就是因为便秘导致心肌梗死去世的，所以，我得时刻预防着。"时广滨一边说着，一边给母亲倒开水，哄劝着，"妈，乖乖地听医生话，要多喝水啊。"接过儿子递过来的水杯，记者看到老人微笑的眼里盈满泪水……

　　　　　　　　　　　　　　　　　（本文照片由时广滨提供）

他是位慈祥的父亲，绝症突发，时日无多，
却一天又一天顽强地活着，因为他答应了女儿，
一定等到她大学毕业；
她是个孝顺的女儿，为报父爱，
她加倍努力，优异成绩震惊美国名校和华尔街。
此恩如山，此情凄绝——
孝女学成归来，慈父已去天国。录音遗言中，
一个声音颤抖着说："女儿啊，勿忘报国……"

顾及
泣血父爱助我创造华人神话

父亲走了，这张全家照成了顾及浸泪的珍藏

绝症父亲悲壮立誓：精彩地活到女儿毕业那天

2007 年 5 月 29 日下午 4 时，美国康奈尔大学礼堂内人头攒动，一场特殊的颁奖典礼在这里举行。"本年度最重大的奖项，'梅瑞尔总统学者奖'，授予统筹和工程学院的女生顾及！她不仅提前一年完成了学业，还是全校 4000 多名毕业生中获此殊荣的唯一中国人！"校长 Hunter Rawlings 教授的话音刚落，台下就掌声如潮。众目睽睽之下，这位中国姑娘走上了领奖台，庄重地接过奖牌，眼里泪光闪耀。有谁会想到，在这位 23 岁的中国苏州女孩成功的背后，浸透了父亲顾福元多少汗水和泪水。

顾福元出生于 1954 年，经历了上山下乡运动，错过了读大学的机会，这让他遗憾终身。1983 年，在苏州市计量局实验工厂做操作工的他与苏州市半导体厂职工方鸣结婚，并在当年年底生下了女儿顾及。顾福元把所有希望寄托在女儿身上，盼望着女儿能圆自己的大学梦。

1992 年，顾及就读于苏州市金仓区实验小学。为了方便照顾女儿，顾福元辞去了厂长和书记职务，应聘到离女儿学校较近的苏州市海关当了一名普通职工。1996 年，顾及考上了苏州中学外语特色班，顾福元再次做出了惊人之举：用 150 多平方米的住房换来了同事不到 100 平方米的住房，只因为这里离单位更近，他可以准时回家为女儿煮饭。

有了父亲的精心照料，顾及也非常争气。1999 年，她以差 11 分就满分的中考成绩，获得了前往新加坡立化中学公费留学的机会。赴新加坡求学后的顾及不断创造着"辉煌"：1999 年获得新加坡政府颁发的中国学生奖学金；2000 年获得新加坡中学数学奥林匹克竞赛银奖；2001 年获得第一届新加坡中学辩论赛高级华文组亚军，新加坡数学专题作业比赛冠军；2002 年，获得新加坡全国时事常识比赛冠军，接着又顺利地考取了新加坡莱福士（Raffles）初级学院高中班。

2003 年 12 月，顾及参加了英国剑桥高级水准考试，并以七科全优的成绩被美国格林奈尔大学录取。结果一揭晓，兴奋不已的顾及立即坐上了回国的飞机，她要到父母身边与他们一起分享成功的喜悦。然而，当她在上海虹桥机场看到日夜思念的父亲时，却震惊得不敢相认了——分别不到 10 个月，父亲的满头黑发竟然成了稀疏白发，那原本浓密的眉毛一根也不见了，脸色更是死灰般吓人，一种不祥的预感萦绕在顾及心头。

顾福元强打精神想给女儿一个灿烂的笑，可脸上却沁出了豆大的汗珠，呼吸也变得急促起来。见父亲踉跄着就要倒下去了，顾及一把扶住父亲，焦急地问："爸，你怎么了？""我感冒了，有点儿不舒服，一会儿就会好的！"顾福元一边回答一边剧烈地咳嗽起来。从父亲无力松开的手掌心，顾及看到了殷红的血……

"你爸得了晚期肺癌……"在机场卫生间，方鸣强忍住眼泪告诉女儿。顾及只觉脑子嗡的一声，险些跌倒。

2003 年 4 月 12 日，正在上班的顾福元突觉胸痛难熬，呼吸急促，被同事送到苏州大学附属第二医院。检查结果显示，顾福元患上了晚期肺低分化腺癌，体内的癌点有 100 多个，已彻底失去了手术治疗的机会。不愿相信这个结果的方鸣带着丈夫来到上海中山医院，也得到了相同的结论。怀着最后一线希望，他们找到了上海交通大学附属胸科医院首席专家廖美玲教授，廖教授摇着头告诉方鸣："根据以往的经验，病人最多还能活 3 个月！"

顾福元如坠万丈深渊。他多想立即见到女儿，可女儿正准备参加英国剑桥高级水准考试，这考试相当于中国高考，是决定女儿一生的大事。顾福元不忍让女儿分心，他暗下决心，一定要坚持到女儿考上大学的那一天！

从那以后，顾福元坚持每个月做一次化疗，他忍受着剧烈反应，凭着坚强的意志和惊人的毅力，终于熬到了心爱的女儿被美国大学录取的日子。那是怎样的喜悦呀！他强撑着，坚持要亲自到上海接回争气的女儿。

顾及回国的第二天，顾福元就开始拒绝治疗，他红着眼圈说："孩子，爸爸之所以能活到今天，就是要看着你能考上大学，如今心愿已了……"顾及哀求道："爸，你答应我，不要丢下女儿，不要丢下妈妈！你若放弃治疗，我就放弃上学！"顾及的哭声触动了顾福元。那个风雨潇潇的夜晚，病入膏肓的父亲悲壮地对女儿说："好，女儿，我答应你，我一定精彩地活到你毕业那天！"
而女儿也含泪暗下决心，她要与纠缠着父亲的死神赛跑，争取提前毕业，接父
亲到美国参加毕业典礼！

大洋两岸父女携手共创人间奇迹

不久，顾及收到了莱福士初级学院转来的格林奈尔大学的录取通知书。可
是，看完通知书的她心情却沉重起来：虽然这所大学每年提供近 14000 美元的
奖学金，但自己还是要一次性支付 20 万元人民币的学费。父亲生病以来，家
里已负债累累，一下要筹齐这样大的一笔钱，谈何容易？看着父亲每天拖着极
度衰弱的病体，低三下四地向别人借钱，顾及的心都要碎了。一番思索后，她
毅然放弃了这所向往已久的大学。

2004 年 2 月，顾及回到新加坡，并一口气考下了新加坡政府的 4 个奖学
金。如果留在新加坡读书，新加坡政府将支付全部学费，但毕业后必须在新加
坡做公务员。顾及思前想后还是选择了放弃——学成后成为异国的公务员，一
向爱国的爸爸是肯定不会同意的。果然，在病床上得知消息的顾福元立即给顾
及打去电话："女儿，你放弃的决定是正确的，老爸为你自豪！"

绝不能让爸爸失望！更不能让他有一丝一毫的遗憾！加倍努力的顾及偶然
获悉：新加坡报业控股正与美国康奈尔大学联合招生，如果能够录取，报业控
股不仅会支付每年 34000 美元的学费，还会给予获得者每月 1400 美元的生活
费，并每年提供一次美国与新加坡之间的往返机票。但学成后，至少要为报业
集团工作 6 年，否则就要支付高达 13 万美元的违约金。

"很遗憾，我们只招收新加坡籍的学生！"面对硬性规定，顾及没有退缩。
"给我尝试的机会吧！我一定不会让你们失望的！"提供留学机会给一个外国籍
学生，这在新加坡报业控股还是第一次。经过 3 次严格面试和近 3 个月高标准
的实习观察，坚韧的顾及在众多应试者中脱颖而出。在新加坡工作的中国台湾
同胞黄先生也被顾及的孝心和能力所感动，主动为她做了奖学金担保人。

2004 年 5 月 27 日，顾及只身来到位于美国纽约州伊萨卡的康奈尔大学，她顾不上旅途的疲劳，丢下行李，就特地给父亲写了一封信："爸爸：感谢您对女儿的关爱，我为有一个坚强的老爸而自豪！爸爸，女儿真诚地希望你继续保持乐观开朗、积极向上的生活态度，继续创造生命的奇迹。女儿坚信，你一定能参加我的毕业典礼！"看着女儿的来信，顾福元流下了幸福的泪水。

参加女儿毕业典礼的信念支撑着顾福元，但父女之情并没能阻挡病魔的脚步。2004 年 8 月 8 日上午，顾福元的心脏一度停止了跳动。手握病危通知书，方鸣心酸而矛盾：丈夫以前曾一遍又一遍地叮嘱自己，万一哪天他撑不住了，千万要瞒着女儿，因为女儿刚去美国，不要影响她学习。可是，如果不告诉女儿，又将给女儿带来多大的遗憾啊！经过艰难思考，方鸣还是拨通了女儿的手机。

听了母亲的哭诉，顾及疯了一般冲出教室，撕心裂肺地对着话筒大叫着："不，爸不会就这样走的，不会的！"她让母亲把手机凑到父亲耳边，泣不成声地哀求道，"爸，你说过要坚持到我毕业的那一天，你说过要参加我的毕业典礼的！爸爸，你听到女儿的声音了吗？女儿求你说话啊！爸——"顾及就这样哭泣着，诉说着，老师和同学早已聚集到她身边，可她全然不知。

昏迷中听着女儿的哭喊，几分钟后，顾福元的心脏居然奇迹般地恢复了跳动！"孩子，爸爸不会死的，我只是睡了一觉啊！"听到父亲的声音，顾及紧绷的神经突然间松弛了下来，一下子瘫坐在地上……

"虽然时日不多，但为了女儿，我一定要与死神再做一次殊死的抗争。"顾福元把几个癌友发动起来，他们一起晨练，一起唱歌，甚至还别出心裁地在医院里组织野炊；他还把一些活动录了像，请人制成光盘寄给女儿。他每天都抽空打电话给女儿："女儿，老爸活得很有精神，野炊时我一顿吃了四个包子呢！""昨天医生给我增加了化疗剂量，你说奇怪不奇怪，老爸竟然没有半点儿不适！""女儿，你相信吧！亲情是能创造奇迹的，你安心学习，老爸每一刻都没有忘记自己的誓言，一定会参加你的毕业典礼的！"

"我一定要在最短的时间内，拿到毕业证书，让爸爸能分享女儿的快乐！"懂事的顾及加快了学习步伐，她的同学一学期只修 16 个学分，而她却选修了 21 个。为此，她付出了超乎常人的努力。10 月中旬的一天，忙于实验的顾及因为两顿没吃饭，再加上天气闷热，竟然晕倒在实验室里。方鸣在电话中心疼地劝女儿保重身体，顾及哽咽着说："妈，女儿知道，可爸爸在等我毕业呀！"

闻听消息的顾福元立即给女儿写信："好女儿，你还记得 2001 年爸爸到新加坡看你时的情景吗？当时你正参加辩论赛，看到你神采飞扬，听到你口若悬河，老爸多么激动！你真让我自豪啊！爸爸希望女儿能够永远这样，阳光，自信，坚强……即使老爸等不到你毕业的那天，也会含笑九泉的！"

顾及知道，父亲是希望自己全面发展的。"只要能让老爸开心，我愿意付出更多的心血！"顾及开始参加各种课外活动，因出众的组织能力，不久就被选为康奈尔大学国际学生活动协会会长，接着她又担任了康奈尔大学学生晚间活动协会宣传部长。她既要为全校 3200 多名国际学生、200 多个和国际学生有关的组织提供服务，还要负责每年 50 余次的各种文化艺术活动，分配 10 万美元的学生活动经费……

2005 年 11 月 13 日至 18 日，"斯坦福中美学生论坛"在北京举行，与会者包括中国全国政协主席贾庆林、国务院前副总理钱其琛、科学技术协会副主席邓楠，以及美国前总统布什、英国前首相梅杰、美国加州州长施瓦辛格等中外知名人士。顾及凭借优秀的学习成绩和出众的口才，光荣地成为中美 40 名学生代表之一。顾福元喜极而泣。

2006 年 4 月，顾及所修学科只剩下最后四门，如果一切正常，她将于 12 月顺利毕业，这就是说，顾及将成为近 5 年来康奈尔大学毕业最快的本科生。4 月 14 日，顾福元接到了廖美玲教授的电话，听完顾福元的介绍后，廖教授连声惊呼："奇迹，你们父女俩都创造了奇迹！"

血脉真情从没休止符：亲亲父爱高过天堂

父爱让顾福元创造了另一个奇迹：3 年半的时间里，他先后接受了 24 次化疗，被苏州大学附属第二医院郑重地写进了院史。但顾福元的生命还是一天天向终点走去。

2006 年 10 月 18 日，顾福元的心脏再次停止了跳动，医生进行了心脏电击除颤术后，他才暂时脱离了危险。可随后的检查却发现，顾福元的右肺已被癌细胞完全吞噬，且癌细胞已扩散到脑部、脊柱和肝部，他的心脏积水也达到了 1400 毫升，即便用上了呼吸机，顾福元仍无法吸进氧气。

医生决定用穿胸术排除顾福元的胸部积水，可出人意料的是，顾福元的胸肌厚达 8 厘米，而胸刺的针头只有 7 厘米。穿刺不成，就只能施行开胸手术，直接排除胸部积水，但此时顾福元的脊柱已完全钙化，只要受到轻微的外力，就有可能断裂。

就在医生进退两难的时候，谁也没想到，昏迷多日的顾福元竟然醒了过来，他用清晰的声音艰难地说道："给我做……手术吧！我想等……女儿……考完……"说完又昏了过去。

2006 年 10 月 19 日上午，接到母亲电话的顾及向学校提出了休学 3 个月的请求。了解到事情原委后，Hunter Rawlings 校长被这个中国女孩的孝心感动了，当即批准了顾及的申请。2006 年 10 月 20 日，顾及回到了苏州。

顾及不知道自己是怎样冲进病房的，一眼看见父亲，她泪如雨下：爸爸的头发已完全脱落，面如死灰，浑身插满了管子，病房里回荡着他艰难的呼吸声。"爸，我回来了，你快看看我啊！"可是任凭顾及怎样呼喊，顾福元都毫无反应。顾及一把抓住主治医生的双手，悲怆地哭喊起来，"求求您了，快救救我爸爸！"

顾福元手术后，一直处于昏迷状态。那段时间，顾及不分昼夜地守在父亲病床前。为了让父亲早点醒过来，顾及不断地跟父亲讲话："爸，再过两个月我就要毕业了，您快点醒来啊！您说过要参加我的毕业典礼的！"

2006 年 10 月 28 日清晨，顾福元终于在女儿的呼唤中睁开了眼睛。"爸爸醒了，我爸醒了！"顾及兴奋地叫起来。然而，仅仅瞬间的工夫，顾福元就长叹了一口气，两行热泪悄然滑落，他翕动了几下嘴唇想要说什么，可却没能发出声来。"爸爸，您不能走呀！女儿就要毕业了，您说过要参加我的毕业典礼的，您不能说话不算数啊！"顾及失声痛哭，她凄绝的哭声在病房里久久回荡……

在整理父亲遗物时，顾及发现了爸爸留给她的一盘录音带："女儿，听到声音如同见到我。这段日子里，我总是感到疲劳，我知道老天留给我的时日不多了，爸爸多么希望继续疼着你，护着你，注视着你！但人生是场旅行，即便是最亲的父女，我们也终有一别。孩子，如果爸爸走了，你一定要坚强地走自己的路，一定要争取早日回到祖国，回到你妈妈身边，报国，尽孝……"

含泪听完父亲的遗言，顾及的心灵被深深震撼。料理完父亲的后事，顾及回到了学校，并很快完成了学业。虽然中间休学了 3 个月，但顾及的毕业时间还是提前了 1 年。

2007 年 4 月 12 日，从遥远的美国传来喜讯：顾及在校期间表现优异，成为康奈尔大学当年"梅瑞尔总统学者奖"的获得者，这个奖项是学校颁发给学术成就卓越，具有优秀的领导才能及具有对社会做出贡献的潜在能力的本科毕业生的，顾及就读的统筹和工程学院共有近 700 名毕业

顾及与校长 Hunter Rawlings 的毕业合影

生，只有 6 人获此殊荣，而顾及是他们中唯一的中国留学生。

"爸，女儿决不辜负您的期望！报国，尽孝！"

多家美国银行向顾及发了录用函，顾及毕业后选择在 UBS 瑞士银行工作，因为按照规定，只要在纽约总部工作两年，就可以读研究生，毕业后也就能作为银行的外派，在上海、北京和香港特别行政区任选一处工作。

"孩子，别忘了，你的根在中国！"

"是呀，爸爸，您说得对，我的根在中国！"

2007 年 7 月 15 日，顾及正式到 UBS 瑞士银行纽约总部投资银行部上班。"爸，不管以后的路有多艰辛，女儿都不会让您失望的！"遥望着蔚蓝的天空，顾及仿佛看见了父亲慈爱的目光……

（本文照片由顾及提供）

只有 13 个月大的婴儿严重烫伤，

惨不忍睹，奄奄一息；

26 岁的母亲泣血守候，绝不抛弃，

绝不放弃。

她发誓为儿子再造一次生命：

"乖宝宝，挺住啊，妈妈拼死也救你！"

为给爱子封闭创面，她恳求医生：

"割吧，想割哪就割哪，割我的皮！"

李宏
让妈妈再生你一次

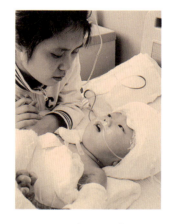

殷殷舐犊情，血泪慈母心

疼痛的呼唤

2006 年 12 月 28 日，辽宁省盘锦市大洼县(编者注：现为大洼区)田庄台镇一片安宁。上午 9 时许，镇上一户人家里，突然传出孩子撕心裂肺般的哭声。一名年轻女子听到孩子的哭声后，疯一般奔到孩子跟前，慌乱地扯掉孩子的上衣，紧接着，这位母亲就凄厉地大叫起来："孩子，我的孩子!"然后一个趔趄，她就重重地摔倒在地上……

这名痛不欲生的女子就是李宏。2004 年，她与市区的何海东结为夫妻。2005 年 10 月，他们在盘锦市兴隆台区买下一套 60 多平方米的住房，结束了租房子住的日子，生活基本稳定下来。11 月，他们有了儿子何昱萱。夫妻俩把小昱萱视为掌上明珠。为照顾好孩子，李宏辞了职。可是谁能想到，一场劫难却从天而降。

那天一早，何海东去食品厂上班后，李宏就带着孩子回了娘家，想让母亲看看孩子。到了母亲家，由于天气较冷，李宏把小昱萱哄睡后，把他抱到另一个屋的炕上，看到取暖的炉子烧得正旺，她还特意将窗打开一条缝儿，以防孩子煤气中毒。以往每天上午，孩子都要睡两三个小时。李宏根据孩子这一习惯，就放心地到屋外帮母亲打扫院子。然而，就是这次疏忽酿下了弥天大祸。

可能是换了新环境，小昱萱才睡了一会儿就醒了。他睁开眼后没有看见妈妈，当他从炕上往下爬时，恰好碰到了正烧着的热水壶，身体多处被严重烫伤。孩子的哭声惊动了屋外的李宏，她一个箭步冲到屋里，看到眼前的情景，第一反应就是帮孩子脱衣服。可是，她哪里知道，孩子的衣服居然带下了大块大块的皮肤，只见孩子的前胸、后背大块皮肉分离，惨不忍睹……

孩子撕心裂肺的哭声，一声接一声地回荡在屋子里。李宏迅速抱起孩子，可就在此时，小昱萱却突然停止了哭叫。李宏一看，顿时惊得目瞪口呆：孩子的脑袋无力地耷拉着，双手像枯萎的树枝一样低垂着。"天哪! 我的孩子! 快救我的孩子!"李宏声嘶力竭地大叫着，她边喊边冲出屋外，飞快地往医院方向奔去……

上午近 11 点，李宏在邻居的帮助下，将孩子送到了县医院。诊断结果是小昱萱的烫伤面积为 40%，并伴有低血容量性休克。儿童生命能力比成年人要弱许多，当体表皮肤受伤面积达 10%，就会发生休克，超过 20% 就有生命危险。小昱萱的病情十分严重，随时都会出现意外。

下午 1 点多，何海东得知消息后迅速赶到医院。在抢救室门口，李宏忍不住伏在丈夫肩上，失声痛哭："海东，都怪我没照顾好孩子！"何海东搂着伤心欲绝的妻子，安慰道："昱萱不会有事，我们的孩子命大着呢……"话未说完，滚烫的泪水也汩汩而出……

小昱萱从抢救室转到病房后，仍处于昏迷状态。李宏几乎寸步不离地坐在儿子床边，流着泪呼唤儿子……那天，李宏实在太困了，叫着叫着就趴在床边睡着了。蒙眬中，她听见儿子在喊自己，老天有眼呀！儿子终于清醒了。可当她睁开眼一看，小昱萱还是木然地躺在那，原来是自己的幻觉。李宏抓着儿子的小手，眼泪泉水般涌出："孩子，你快醒醒，万一你有个意外，妈妈真不想活了！"

直到三天后，小昱萱才艰难地苏醒了，他慢慢睁开了双眼，气若游丝地叫着。听到儿子的声音，李宏竟然愣在那里。当她明白这不是做梦而是现实的时候，她从儿子床边站起来，在病房里大叫："医生，孩子醒了，我儿子醒过来了！"

三天时间，72 个小时，在漫长的人生长河中，是那么短暂的一瞬，可对一个期盼儿子苏醒的母亲来说，用度日如年来形容也不为过。

由于医院条件有限，小昱萱 10 多天后病情出现反复，受伤的皮肤感染面积一天天扩大，出现了持续发热、多次休克现象。医生说，如果不采取进一步的治疗措施，孩子的身体器官随时可能出现衰竭。

为母则刚

2007 年 1 月 21 日，小昱萱被转到武警辽宁省总队医院，医生当即对他进行了补液、抗休克、抗炎的综合治疗，这才让小昱萱暂时脱离危险。

　　但是，小昱萱的身体状况还是极其糟糕。因为烫伤面积很大，造成营养物质从创面大量流失，再加上孩子体温一直偏高，几乎没有什么食欲，以致维持生命的必需营养严重缺乏。死神仍然紧缠着这个不到 14 个月大的孩子。

　　"唯一的办法就是进行皮肤移植。"医生告诉李宏夫妇，"只有先用异体皮肤盖住孩子的创面，才能减少营养物质的流失，在孩子逐渐恢复体力后，再进行第二次、第三次甚至是第四次移植。这中间还要分步从孩子的头上取下皮肤进行同体移植，直至孩子身上所有的创面都封闭，才能从根本上解决问题。"

　　孩子有希望了，李宏内心为之一振，但兴奋感很快消逝。原来，购买巴掌大的一块皮肤就得数千元，按医生保守估计，小昱萱身上得用十几张异体皮肤，仅此就需要几万元！再加上其他治疗费用，整个治疗最少也得 20 万元。钱从哪里来？孩子住院以来，已差不多花去 5 万元，而这些钱大部分是借来的。

　　1 月 28 日上午，李宏问医生："我的皮肤可以植到孩子身上吗？"得到肯定答复后，李宏露出了少有的一丝轻松。如果用自己的皮肤，就能省下几万元！可何海东说什么也不答应割妻子的皮肤，他难过地说："你看见血都会发晕，割皮怎么可以呢？"

　　李宏的眼泪扑簌簌地往下掉："海东，我是他妈妈呀……"何海东猛地一怔，泪水流了下来："我们不争了，这次割你的，下次割我的。"在场的人无不为之动容……

　　皮源落实了，李宏与丈夫开始想办法筹集手术费。

　　当天下午，李宏到一个远房亲戚家借钱，亲戚远远看见她，连忙把门关上。李宏一点儿也没有责怪的意思，前几天借的钱还欠着，现在又来借，换了自己也会有想法，可不借钱，孩子就没救了啊！她呆立在门外，手抬起来又放下，实在不好意思敲门。最后，亲戚知道她准备割皮救子的情况后，还是把1000 元钱交给了她。李宏把钱攥得紧紧的，生怕一不小心就飞掉，那可是拯救孩子的希望啊！

　　夫妻俩奔波到第二天中午，也只借到 2000 元。李宏站在病房里，眼前仿佛出现一个无底深渊：儿子如同一片落叶，正悠悠地飘下去，旋即不见了影踪。她痛苦地看着儿子苍白的脸蛋，万分难受地说："昱萱，都怪妈妈不争气，让你遭罪了!"小昱萱伸出没有受伤的右手，帮李宏擦着眼泪，像是在说："妈，不哭。"李宏心如刀绞："孩子! 你还小，你怎么知道妈妈的心思呢? 妈妈要被钱逼疯了呀!"李宏双手掩面，呜咽着跑出了病房，她的心痛得要流血……

怎样救儿子呢? 李宏先是卖掉了结婚戒指、项链，接下来就得卖掉唯一的住房了，她不忍心把这种想法告诉何海东。为了购买这套房子，丈夫吃尽了苦头，他们的房子是用按揭方式购买的，每月得还近千元贷款。自己辞职照顾孩子后，家里收入陡然减少；为还贷，何海东除上班外，还利用休息时间去做苦力……那天，何海东疲惫地躺在沙发上睡着了，李宏轻揉着丈夫的手臂，泪水夺眶而出。房子凝聚着丈夫所有的心血啊! 可是，再看看家里，除了房子还能换点儿钱外，还有什么值钱的东西呢?

因为李宏家的住房面积比较小，再加上位置也一般，所以比较难出手。好不容易有一名外地商人有了购买意向，李宏努力装出不着急的样子，但她忧郁的表情还是没能逃过商人的眼睛。无论李宏怎么说，那人就是只肯出 5 万元，与自己 8 万元的报价相差整整 3 万元，李宏一时没答应。

拖着铅一样沉重的脚步，李宏回到医院。当医生给儿子换纱布时，她再次被儿子的惨状惊呆了：小昱萱的皮肤和纱布紧紧粘连在一起，让人触目惊心，医生只好不停地涂消炎药，以分开皮肤和纱布。药水的刺激，医生的撕拉，疼得小昱萱哇哇直哭。小昱萱的哭喊声，像针扎一样直刺李宏的心脏。李宏一把拉住医生的手，哀求着说："求你们别换了! 求你们别换了!"护士摇着头，把她拉到一旁。心如刀绞的李宏哀伤地看着儿子，半天说不出一句话……

"一定要给儿子快点做手术，绝不能再拖了!"李宏哽咽着对丈夫说，"海东，失去了孩子我们什么都没有了，我看还是把房子卖了……"何海东愣了一下，随即明白妻子的意思。

很快，他们找到那个商人，答应 5 万元成交，唯一的要求就是要当天拿到钱。

母子俩的皮肤移植手术定在 1 月 30 日下午进行。这天上午，李宏吃完早饭，特地去理了发，又让何海东拿来一件褐色羊毛衫。这件羊毛衫比较宽松，她当初给儿子喂奶时，就经常穿着它。何海东劝慰妻子别害怕，李宏对丈夫说："海东，我一点儿都不怕，我只想让儿子早点儿好起来！"

随后，李宏来到儿子病床前，亲吻着睡梦中的儿子，自言自语地说："昱萱，别害怕，爸妈就是倾家荡产，也一定要救你！"抚摸着儿子身上的绷带，她的泪水又滚落下来……

让妈妈再生你一次

2007 年 1 月 30 日下午，母子俩被同时推进手术室。医生将从李宏左大腿内侧取出皮肤，移植到小昱萱的后背、前胸，为孩子封闭创面。

手术开始前，李宏向护士要了一块消毒药棉，小心翼翼地在自己左大腿内侧擦拭起来，拯救儿子的希望全在这里呀！李宏眼睛睁得大大的，她擦了一遍又一遍，生怕有半点儿疏漏。在场的医护人员都默默地望着这一幕，耐心地等待着——他们被这位平凡妇女的伟大母爱感动了。

李宏体质本来就弱，还有晕血经历，所以医生准备给她做全身麻醉。李宏恳求道："医生，给我做局麻吧！我要看着儿子，看着儿子植皮。"别人根本不知道，其实在手术前，李宏已了解到，如果做全身麻醉，要 800 多元，而做局麻只要 500 多元，她想：只要自己吃点苦，就能省下 300 多元！在李宏的一再坚持下，医生只好给她做了局部麻醉。

当医生开始割第一刀的时候，李宏分明觉得大腿一阵痉挛，她知道，那里一定鲜血淋漓了。这些日子来，只要看到血，李宏就会晕厥，现在血是从自己身上流出来的，那肯定更是吓人。李宏把目光投向旁边的小昱萱，儿子蜷缩的身体让她心痛不已，她不断地叮嘱自己："不，我绝不能晕过去，儿子比我更难受！"想到这儿，李宏咬着嘴唇，深情地看着儿子，向儿子传递去无限的爱怜。

在此后的四个小时里，李宏两次拒绝护士把她推出手术室的要求，她自始至终用深情的目光看着儿子。小昱萱实施的是全身麻醉，可懂事的孩子，就在他沉沉睡去的时候，眼睛还是朝着妈妈的方向。母子俩的心紧紧地连在了一起。

三天后，小昱萱被推出无菌病房，回到李宏身边。虽然移植手术成功了，但效果不算好。因为孩子的排异反应比较严重，所以植皮成活比例只达到5%，也就是说，现在孩子身上的创伤面积仍有35%。如果要完全脱离危险，必须把创伤面积控制在10%以内。而且，手术后的小昱萱病情迅速恶化，体重下降到与5个月的婴儿差不多了。

李宏整夜不睡地陪着儿子，自己的伤口还在愈合期，有时痛得汗水直流。那天一早，何海东去买早饭了，小昱萱一觉醒来又哭起来。李宏强撑着起了床，趴在儿子身边，柔声地说："昱萱乖，昱萱不哭!"可14个月大的孩子怎么能忍受身体的疼痛呢？小昱萱还是哭个不停。李宏着急了，小心地抱起孩子，哪知道刚一用力，一阵钻心的疼痛就袭过来，她一下子瘫软下来；就在她要倒地的一瞬间，李宏猛地斜过身子，把孩子举得高高的——她生怕碰到孩子的伤口。李宏努力了几下，都没能站起来，她眼里溢满凄楚的泪水："孩子，都是妈妈没用啊!"他们的声音惊动了病房其他人，大家忙跑过来帮忙……

2月5日下午，小昱萱的病情突然恶化，出现少有的高烧状况，一小时内竟连续休克两次。医生对小昱萱进行了清创处理，又用生理盐水给孩子洗澡，但收效甚微。李宏心急如焚，她守在儿子身边，用酒精给小昱萱擦拭身体，进行物理降温。

"得让孩子吃东西！如果再这样下去，他的体质根本不能撑过下次的植皮治疗。更不要说康复了。"医生的话，不断地在李宏耳边回响。情急之下，李宏想出一个"奇招"。她知道小昱萱一直有吮吸乳头的习惯，多少个夜晚，小昱萱就是含着妈妈的乳头甜甜地睡着的。

于是，李宏便把牛奶涂在自己的乳头上，俯下身子让儿子含着乳头，哪怕只吸进去一点点，多少也能得到一点儿营养啊。看着那饱含母爱的奶水，一下一下被儿子吮吸进嘴里，多日来少有的笑容绽放在李宏脸上……接着，她忙再用乳头蘸上一点儿牛奶，然后弯下腰让儿子再含一次。就这样，她不停地蘸着、喂着……半天下来，她累得腰都直不起来。

2月10日早上，蒙眬中，李宏突然听到儿子熟悉的声音："吃……"李宏腾地跳起来，真的，真是儿子说的，她哆嗦着把奶瓶塞到儿子嘴里，小昱萱大口大口地吮吸起来。"孩子有救了，我的孩子有救了！"这真是奇迹，李宏忘记了一切，不停地说话。

为防止小昱萱继续流失营养物质，医生决定趁热打铁，立即实施第二次植皮手术。按原计划，这次该从何海东身上取皮。但临近手术时，李宏却突然提出还用自己的。原来她无意中听医生说，何海东的皮肤弹性比较差，可能成活率更低。现在正是救孩子的关键时期，只要有一点儿闪失，就可能造成终身遗憾。李宏与丈夫"吵"了一架，甚至以不吃饭相"威胁"，可何海东还是不答应。

何海东的母亲身体不太好，小昱萱出事后大家一直瞒着她，但老人还是知道了。看着伤心欲绝的婆婆，李宏泪流满面地说："妈，是我没照顾好孩子！对不起！"老人平静下来后，李宏便把与何海东争执的事情告诉了老人，李宏哀求说："妈妈，救孩子要紧，你帮我做海东的工作吧，我的皮肤更适合呀……"老人听后满眼热泪。

没想到，在小昱萱第二次植皮手术前的检查中，医生发现他的状态很好，就决定用他自己的皮肤进行植皮。李宏和丈夫心疼不已，又开始抢着要为儿子献皮。医生不得不再次向他们解释自体植皮的好处。

2月28日，小昱萱进行了第二次植皮手术。让李宏夫妇喜极而泣的是，这次手术非常成功，皮肤成活率达90%以上。而术后的小昱萱渐渐恢复了精神，有时还不停地叫"爸""妈"，逗得一旁的父母高兴地抹着眼角的热泪……3月19日，小昱萱做了第三次自体植皮手术。手术同样很成功，遂转入整形治疗。

这个苦难家庭的事不胫而走，一个个素不相识的人涌进病房，留下了满屋温馨的祝福和带着体温的钞票。让人感动的是，所有捐款的人，没有一个肯报出自己的姓名。"你很了不起，把自己的皮肤植给了孩子，虽然这是母亲应该做的，但是你同样伟大！"一位年轻女子的话代表了大家的观点。

记者采访李宏夫妇时，他们表示："我们会继续给孩子治疗，以后还要帮他整容，只要孩子活着，我们就什么也不担心！"

（本文照片由李宏提供）

5 岁时的一场车祸，

她失去了右腿和 10 个指头。

但凭着顽强意志，一级肢残的她，

不仅与同龄人一样坚持读书，

而且还口衔毛笔苦练书法，

并多次获得国际、国内书法大赛金奖。

做人如写字，无非横平竖直；

人生乃苦旅，务必选择坚强！

梁帅
缺腿无指的少女书法家

梁帅衔笔创作

火口余生，没了十指少条腿

梁帅，1991 年 7 月 29 日出生于沈阳，父亲梁忠阳是沈阳一个司法机关的工作人员，母亲邵建民在沈阳某公司工作。5 岁以前的梁帅是个非常可爱的女孩，白白的皮肤，乌黑的大眼睛，小巧的嘴巴，小手小脚嫩白细长，梳着童花头，人见人爱。

1996 年 5 月 31 日晚上，梁忠阳骑着摩托车带着妻子和 5 岁的梁帅去法库县看爷爷，一路上一家三口说说笑笑。天完全黑了，在经过一座桥时，迎面开来了一辆载重数十吨的大货车，两车相会，大货车却不变灯，大灯刺眼的光照得他几乎睁不开眼睛。眨眼的工夫，梁忠阳突然感觉大腿被什么东西猛烈地刮了一下，一阵剧痛深入骨髓，还未等他叫出声来，摩托车连同全家三口已被撞到了桥底下。数秒之后，轰的一声，摩托车突然着起了熊熊大火……梁忠阳的大腿被撞成重伤，血流如注。但他顾不上自己的疼痛，急忙去救妻子和女儿。可眼前的情景差点让他疼昏过去：女儿已昏迷，她的眼睛和嘴巴已被严重烧伤，小脚、小手也成了黑黑的一团，而且耳朵还正在燃烧着……

邵建民不顾自己身上的火与伤，拼命为女儿扑火，梁忠阳也发疯一样地抓起一把把沙子撒向女儿……火终于灭了。可是刚才那个美丽可爱的女儿呢？抱着烧成了黑乎乎一团的女儿，梁忠阳疯了一样拖着伤腿爬向大桥，和妻子一起拼命地呼喊救命。那个时候，肇事的大货车早已逃逸。在桥上，一辆又一辆过往的汽车都冷漠地开过去了。拦到第 8 辆时，一辆军车终于停了下来，载着身受重伤的一家三口，飞快地驶向最近的法库县医院……可当地医院因医疗设施有限，根本无法救治。接着，心急如焚的梁忠阳又抱着女儿，在好心司机的帮助下，连夜赶往辽宁省武警总队医院。

"救救我女儿吧！"梁忠阳看到医生，就痛哭哀求。看到烧得焦成一团且昏迷不醒的孩子，烧伤科主任摇了摇头："烧伤面积这么大，救了恐怕也白救呀！"梁忠阳拖着伤腿，一下子跪在院长面前，痛不欲生。"只要她还有一口气，就让她活着吧，我求求你们啦！"院长紧急召集了七八位最好的医生，为梁帅进行诊治。同时，梁忠阳夫妇也被推进了手术室。经过十多个小时的艰苦手术，被纱布层层包裹着的梁帅终于被推出了手术室，转进特护病房。听到女儿的命被保住的消息时，病床上的梁家夫妇不禁抱头痛哭。

小梁帅的命是保住了。可是再也见不到她可爱的小嘴、眼睛和鼻子了，她的 10 根手指不见了，右腿也没有了。20 多天后，梁帅终于苏醒过来。那是个早晨，窗外有着清脆的鸟鸣。梁帅想翻个身，却动不了，全身出奇地疼；她好想叫一声爸爸妈妈，可是嘴怎么也张不开，喊不出来，她还不知道自己的嘴唇已烧没了。想伸手去摸父亲，却发现手指也没了。站又站不起来，她着急地哭了起来。看着苏醒过来的可怜的女儿，梁忠阳不禁心如刀绞。

梁帅的烧伤面积达 87%，手腕和脚踝都被火烧得严重扭曲。为了恢复手和脚的功能，必须进行矫正手术，将其扭转过来。因此，必须首先将手腕、脚踝割开、放直后，再从她的背上取下带血和肉的皮瓣，重新植到手腕、脚踝的缺损处。而背部取下皮肤的地方则用纱布强迫止血，使其结痂。可想而知，这手术的场面对于一个孩子来说是多么残忍恐怖！第一次进行矫正手腕手术前，梁忠阳夫妇陪着女儿一起进了手术室。懂事的小梁帅，知道爸爸妈妈见她害怕会更担心，所以她就极力克制自己内心的恐惧，强作镇定地安慰父母："爸爸妈妈，等着我，我一会儿就回来了。"仅是第一次腕部矫正手术，梁帅的背部就被割掉七块皮肤，为她做手术的医生最后都不忍心再对她小小身体上动刀了。从手术室出来时，梁帅的脸完全没了血色，可她还是对着焦急守候在手术室门前的父母强做了个微弱的笑脸。

而在进行脸部植皮手术时，梁帅每一次都要被缝上百余针。为了减少副作用，医生有时尽量减少麻醉药的剂量。那是怎样的一种场面啊！每一针下去，梁帅的残掌就哆嗦一下，额头和脖子上渗满了汗水。她疼啊！但是她不肯哭一声，就那么坚强地忍着。她知道叔叔阿姨是在救她、帮她啊！

有一次手术后，梁帅的脸像个大雪球，被厚厚的纱布裹着，只有鼻子上插了两个胶皮管。麻醉剂药劲完全过去后，因为疼痛，梁帅的汗水一层层地浸透了衣服。"你疼就叫出声吧，别硬挺着。"梁忠阳心疼地为女儿擦着不断冒出来的汗水。"爸爸，给我唱支歌吧，我想听你唱《敢问路在何方》。"梁忠阳含泪为女儿唱起了歌："你挑着担，我牵着马……踏平坎坷，成大道，斗罢艰险，又出发、又出发……"梁帅静静地听着，一声也不吭。看到梁帅如此坚强，在场的医护人员无不动容。"这个孩子能活过来真是个奇迹，她的生命力真是太顽强了！"

落泪是金，残口衔笔写人生

短短 3 个月里，家里已花了 6 万元。3 个月后，实在无钱继续治疗的梁忠阳带着女儿出了院。回到家中，梁忠阳把女儿放到床上。梁帅躺在床上，一侧头看见屋里那面大大的穿衣镜。这是她出车祸后第一次照镜子。她愣愣地看着镜子，又抬头看了看爸爸和妈妈，接着发出了声嘶力竭的哭喊："这不是我！这是鬼！是鬼啊！"爸爸随手拿起床头的一瓶墨水砸向大衣镜，哗的一声，镜子碎了，碎得像他们此时的心。打那时起，家里就再没有镜子了。夫妻俩紧紧地搂住女儿，一家三口撕心裂肺地痛哭……

渐渐平静之后，梁忠阳一字一句地对女儿说："孩子，世界上只有让人瞧不起的人，没有让人瞧不起的脸！只要你肯努力，你照样能成为一个成功的人、有用的人！"小梁帅看着伤心的爸爸，轻轻点了点头。

为了给女儿治病，夫妇二人早已倾家荡产，后来连房子都卖了，一家 3 口在小梁帅的姥姥家住，还欠了亲友一大笔债。为了给女儿治病和还债，邵建民白天在单位上班，晚上就到街上摆摊卖烟，风雨不误；梁忠阳的歌唱得不错，在一位朋友的帮助下，他不顾自己国家司法人员的身份，每天晚上都坚持到歌厅、夜总会唱歌，一个晚上常常要连赶三四个场，拼命地赚钱。看到父母为了给自己治疗夜以继日地辛苦赚钱，经历了这场可怕磨难的梁帅也变得越来越懂事，越来越坚强。

梁帅双手的十个手指没有了，只余下了掌根，梁帅就用指缝夹住铅笔。趴在床上的时候，她就在纸上画画：画太阳，画小树，画小鸟。她还用这样的手学会了刷牙、洗脸、穿衣服。开始刷牙的时候，怎么也夹不好那小小的牙刷，不是弄得满脸泡沫，就是牙刷掉在地上，有时刷一次牙，牙刷要掉上几十次。经过几个月的艰苦训练后，梁帅终于能自己刷牙洗脸了。

有一次，梁忠阳出门前忘了带钥匙。他返身拍了拍门，冲里面喊："梁帅，爸爸忘带钥匙了，你在里面给我开下门。"梁帅说："爸爸，我下不了地呀！""你怎么下不了地呢？"话一出口，梁忠阳才意识到自己说错了话。"爸爸，那你等一会儿，别着急。"十几分钟后，门终于开了，出现在梁忠阳面前的小梁帅，拖着残腿趴在地上，左手和右手的掌根各按着一只拖鞋。见此情景，梁忠阳再也忍不住了，眼泪唰地就流了出来，他一把搂住女儿："都怪爸爸，爸爸对不起你啊！""爸爸，别哭，我不怪你，你看我能给你开门啦，你应该为我高兴啊……"懂事的梁帅轻轻地用残掌为爸爸擦着泪水，亮晶晶的泪水也在自己的眼圈里滚动。

为了让女儿在生活上的自理能力更强，半年以后，梁忠阳为女儿失去的右腿上安上了假肢。在假肢的帮助下，梁帅能摇摇晃晃地走路了。那天，梁帅要去卫生间，邵建民想像往常一样抱着女儿去，梁帅却坚持要自己去。"你自己能行吗？""我行。"梁帅冲妈妈笑着，摇摇晃晃地走向卫生间。在迈进门口时，咕咚一声摔在了地上。夫妻俩听到女儿摔倒的声音，心疼得不得了。邵建民刚要出去扶女儿，梁忠阳使了个制止的眼神："让她自己起来吧，她总得面对这一天。"话是这样说，可夫妻俩的心都揪着，竖着耳朵在等着女儿叫他们，只要女儿叫一声，他们就会马上冲过去。可是梁帅始终没有吱声。十多分钟后，梁帅摇摇晃晃地回来了。"没摔着吧？"邵建民装作不经意的样子问。"没有。"可是，她的左腿却泄了密：鲜红的血已渗出了裤子。"疼吗？"邵建民边为女儿贴创可贴，边心疼地问女儿。"不疼，没事的。"梁帅勉强挤出一个笑容，故作轻松地说。

女儿总有一天要长大的，她将来靠什么生活呢？总得有一技之长啊。自从女儿出事后，梁忠阳夫妻俩无时无刻不在想着这个问题。看到女儿喜欢画画、写字，梁忠阳就想让女儿学写书法。著名的残疾人书法家杨玉哲听说了小梁帅的事情后，很同情她的遭遇，主动收她为徒。写毛笔字需要腕部的力量，可梁帅的手根本拿不住毛笔，怎么办呢？"不行，就用嘴试试吧。"杨老师建议。

长长的毛笔杆咬在伤残的嘴里，根本不听使唤。笔管太硬了，牙齿咬不住，嘴唇合不拢，只一会儿，口水就顺着笔杆流了下来。而且笔头一窜一窜的，磨得梁帅的上颌钻心地疼。梁忠阳为女儿擦干了口水，梁帅接着再咬、再练。一次、两次，十分钟、二十分钟，笔杆一次次将梁帅的牙龈、口腔磨出了血，血水顺着笔杆与墨水一起渗透了面前洁白的纸张。苦练了整整半年，梁帅的嘴练得不敢吃硬东西，只能喝些稀粥。练啊练啊，记不清用秃了多少支毛笔，也记不清梁帅的嘴里究竟流了多少次血，只知道大大小小的口腔溃疡从来就没有断过。功夫不负有心人。渐渐地，梁帅咬住笔杆的时间越来越长了。半年后，一级肢残的梁帅终于能自如地以口运笔了。当梁帅第一次口衔毛笔，写出大大的、稚嫩的"人生"二字时，她与父母不禁喜极而泣。谁能想象这两个简单的字后面藏着的艰辛呢？

梁帅每天三个小时的书法练习时间是雷打不动的。一个正常人用手写三个小时的字都会手累腕酸，更何况用嘴咬着笔低着头写上整整三个小时呢。尤其是炎炎夏日，屋里没有空调，异常闷热，一次又一次，心疼女儿的梁忠阳让女儿休息一下，别再写了，可倔强的梁帅完不成规定的任务决不肯休息一下。梁忠阳只好一次次地用冷水将毛巾浸透，一次次地为汗流浃背的女儿擦去汗水……

梁帅临摹的是欧阳询的《九成宫》。欧楷法度谨严，笔法内敛，梁帅起初怎么都临不像，逐渐焦躁起来。杨老师看在眼里，就耐心地劝导她说："心正则笔正，笔正则字直。你这样急于求成，怎么练得好字呢？"梁帅听了杨老师的话，终有所悟，练字时心态平和多了。

梁帅不仅苦练书法，还在一位叫杨霞的热心女大学生的指导下开始学习英语。由于嘴部残损，小梁帅的发音总是不准。为了矫正自己的发音，梁帅长期坚持听外语广播，并跟着一遍又一遍地读。有了爱好，小梁帅就有了寄托，生活变得充实起来，她也觉得生命有了意义。

天道酬勤，无指书法撼人心

转眼到了梁帅上学的年龄。梁忠阳带着女儿来到了离家较近的沈阳一经二小学。校长看到梁帅的样子，很是吃惊，轻声问梁忠阳："她能用手写字吗？""我会写！"梁帅一边回答，一边飞快地在纸上写下了自己的名字。校长被这个聪明坚强的女孩打动了，破例招收了她。

梁忠阳带着女儿随同班主任来到了女儿的班级。"快看快看，好吓人啊！""这是人吗？不是鬼吧！"小朋友们一看到梁帅就发出各种惊叫声。听到孩子们的议论，梁忠阳心如刀割，他担心地看着女儿，生怕她的自尊心受不了。这时班主任向孩子们介绍说："这位小朋友叫梁帅，她本来和你们一样美丽、可爱，是一场大火把她烧成了这样。我们每个人都可能遇到不幸，我们应该为梁帅勇敢战胜困难来上学而鼓掌！"这时梁帅径直走上讲台，用残缺的手掌夹着粉笔在黑板上写下了"梁帅和你们一样想上学"几个大字。这时，班里响起了热烈的掌声。

上楼下楼，对于别的孩子，是一件小事，可对于梁帅来说却是个难题。为了不影响上课，梁帅就尽量减少上下楼、上厕所的频率，为此她坚持白天不喝水，常常渴得嘴唇干裂、起泡；梁帅的右残腿套着假肢，左脚套着矫正器，每走一步都钻心地疼。但是梁帅却坚持锻炼，下课了从来不待在教室。每天回到家，残腿上都会出很多血，还常常溃烂……

小梁帅课堂上用功读书，课余刻苦练字，不但学习成绩很好，而且书法技艺也显著提高。1999年9月15日，应世界华人艺术大赛组委会邀请，8岁的小梁帅在父母的陪同下，赴香港特别行政区参加了"世界华人书法大赛"。在与140多名选手的角逐中，梁帅口衔毛笔书写了"天地英雄气，浩荡游子情"十个大字，力克群雄，获得了金奖！颁奖仪式上，大会主席让梁帅即兴发言，梁帅用一口流利的英语赢得全场的喝彩！这时梁帅又想起了爸爸的话："世界上只有让人瞧不起的人，没有让人瞧不起的脸！"在人们的掌声里，她高兴地笑了。从这之后，经过不懈的努力，梁帅又多次参加国际和全国大赛，她先后2次获得国际书法大赛金奖，10次获得全国大赛金奖，并被中国书法家协会授予了"中国当代书法家"称号。

遭遇车祸以后，梁帅共进行了22次手术，身上被缝了1万多针，被"大世界吉尼斯之最"确认为世界上"身体缝合针数最多的人"。

2002年冬天，家里的暖气坏了，梁忠阳找来工人修暖气。工人将放在暖气阁里的东西搬了出来，其中就有一本厚相册。那本相册中装着女儿5岁前的相片，上面都是她那时可爱的面孔。自从女儿出事后，夫妻俩再也不忍心看那些相片，可又不舍得扔掉，只好把它藏在了暖气阁里。梁忠阳忙着招呼工人，谁也没有注意到梁帅悄悄地翻开了相册，直到隔壁传来她伤心的痛哭声。梁忠阳急忙跑到里屋，这才发现女儿正捧着自己以前的相册，见此情景，梁忠阳的泪也下来了。

看见父亲哭了，梁帅反倒不哭了，安慰父亲说："爸爸，我没事，也不知道是怎么回事，看着这些照片就哭了。"梁忠阳很清楚女儿心中的渴望，虽然她从来没有说过，可是每当看着她静静地望着窗外快乐奔跑的孩子，梁忠阳就告诉自己，即使倾其一生，也一定要治好女儿。

风雨相依一家人

为了给梁帅治疗，梁家早已负债累累。2003年初，梁忠阳联系到了在移植手术方面世界闻名的哈尔滨医科大学第一临床医学院，得知右腿移植需要60万元，面部整容需要30万元。一家人仍在为钱的筹集四处奔波着，梁帅也在期盼着，她心里有一个梦想，总有一天，在现代的高科技手段下，她能重新找回原来的美丽，像所有健康的孩子一样快乐地奔跑在阳光下……

2003年12月3日，是第12个世界残疾日。在沈阳市残疾人先进事迹报告会上，梁帅作为沈阳唯一一名残疾少年代表登上了演讲台。她长达20分钟的演讲，让现场的1300多名观众无不落泪："……能够活下来，对我来说已经是个奇迹；每一次手术，就像一次酷刑，又像重生了一次，但我不怕，因为我心中有梦和希望。这些年我得到了社会各界的帮助，很多医院为我免费治疗，是人们无私的给予使我有了今天和大家面对面演讲的机会。我长大了许多，我学会了感激，学会了回报，学会了关爱别人。我心中有一个梦想，总有一天，医生会帮我找回从前的脸庞，我要用英语、日语演讲，但我演讲的题目永远都会是——"讲到这里，梁帅用她的残掌，展开一幅她前一天夜里完成的书法作品，上面是四个遒劲有力的欧体大字——"感谢生命"！

（本文照片由梁忠阳提供）

平　等

　　紧张忙碌的青藏铁路工地，竟甘受亿万损失紧急停工，为迁徙待产的藏羚羊"孕妇"让开生命通道；一名自幼失聪的女孩，却获得了美国名校博士学位，因为她能"听见父亲，听见爱"；一个断臂少年，却连续创造了生命神话，是"母爱缔造了生命传奇"……在这了不起的时代，中国人用心跳告诉全世界：生命平等，教育平等，人格平等，爱平等……

紧张忙碌的青藏铁路工地迎来2000多位不速之客——

迁徙待产的世界珍稀动物藏羚羊。

藏羚羊在我国现存数量仅万余只，且繁殖率很低，

若延误了它们到达产崽地的时间，后果不堪设想。

而要让它们顺利通过，则必须全面停工，

每天造成的直接经济损失就是600万元。怎么办？

中铁12局领导毅然决定立即停工，施工人员全线撤离，

给藏羚羊"孕妇"们让出一条"生命通道"。

看啊，高原之上，人性在闪光！生命之歌，灿烂又悠扬！

中铁 12 局
青藏铁路为藏羚羊停工

铁路职工与藏羚羊成了好朋友

停工让路，青藏铁路工地迎来 2000 多只藏羚羊"孕妇"

2002 年 6 月 6 日上午，在世界海拔最高的铁路——青藏铁路的施工线上，中铁 12 局的工人们正抓住夏季黄金时间加紧施工。突然，一个小伙子喊道："哎，那边黑压压的一片，是什么东西?"大家闻声望去，在东边的山坡上，有一大群动物在来回奔跑。由于离得太远，看不清那究竟是什么动物。当时的施工地段位于唐古拉山以北，海拔 4600 米，地处高寒地带，人迹罕至，平常也很少看到有动物出没，因此所有的眼睛都好奇地注视着这一大群不速之客。

为生产而长途迁徙的藏羚羊

青海省十大杰出青年、30 岁出头的指挥长余绍水也觉得奇怪：很显然，这不是一群人。余绍水通过望远镜，仔细地打量着远方的来客。"天啊！是藏羚羊!"观察了片刻，余绍水兴奋地大叫起来。是的，他不能不激动——藏羚羊作为濒临灭绝的世界珍稀动物，20 世纪 80 年代我国现存数量不过七万只。而眼前这个庞大的藏羚羊群，余绍水认真地估算了一下，至少有 2000 只。更让他惊奇的是，这 2000 只藏羚羊竟没有一只带角的，也就是说，它们全是母藏羚羊。这么多母藏羚羊会聚一起是咋回事儿?

　　余绍水马上就这一情况向附近的自然保护站和可可西里官方保护组织询问。专家们的答复让余绍水感到一阵幸福的心动，原来，这样庞大的一群居然都是怀孕的母藏羚羊！藏羚羊有迁徙产崽的习性，每年 6 月，它们从青藏高原的各处聚集到一起，前往新疆的湖区产崽。而这段施工工地，恰恰是千年来藏羚羊迁徙的必经之地，机器轰鸣的施工工程恰好截断了这 2000 只待产藏羚羊的必经之路。到了距离工地 1 千米左右时，这些待产的"孕妇"们竟停止了前进，只是焦躁地在那里徘徊。

　　6 月 6 日晚上，指挥长余绍水独自开车悄悄来到藏羚羊的聚集处察看，这么多藏羚羊为什么聚集在这里不敢通过？余绍水经过观察发现，主要是因为工地上的车辆都开着大灯、鸣着喇叭来来往往，还有路基上插着的彩旗和施工机械的轰鸣喧闹，使藏羚羊心悸害怕而不敢通过。

　　余绍水关掉车小灯，走下车来，他想以朋友的身份，给这些腆着大肚子的准妈妈们一些安慰和鼓励。但是，他的脚刚着地，附近的几只藏羚羊就惊叫着跑开了，远处的大部队也闻风而动，惊恐而凄凉的叫声划破夜幕："它们是被那些偷猎者吓怕了呀！"它们四散而逃，臃肿的背影摇摇摆摆，就像一群奔跑在医院走廊上的即将生产的孕妇，那么焦灼，那么无助，让人揪心。听着它们惶恐的叫声，余绍水甚至联想起当年妻子分娩时的情景……过了一会儿，见危险并未降临，这支慌张的队伍才慢慢平静下来。有几只胆大一些的甚至就站在离余绍水不到 10 米的地方，腆着的大肚子一起一伏，审视的目光在夜色里望得余绍水阵阵心酸。

　　自然保护站的同志向工地指挥部提出：要使这 2000 只母藏羚羊顺利通过工地，整个工程必须全面停工。而青藏铁路是国家三大重点工程之一，资金与时间都异常宝贵。在气候多变的高寒地带，6 月到 8 月是施工的黄金期，若停工，每天造成的直接损失就是 600 万元。并且由于高原反应，工期延长一天，对工人们的生命就多一分威胁。但是，藏羚羊被列为国家濒危动物，其繁殖率很低，每年只产一胎，若延误了它们到达产崽地的时间，母藏羚羊将会把小羊产在迁徙途中，这样一来，小藏羚羊的存活率就会大大降低，后果不堪设想。怎么办？指挥长余绍水和党委书记师加明、总工程师邸建玄等领导连夜开会，紧急商讨应急措施。

领导们经过权衡，决定立即全部停工，800 多名施工人员全部撤出工地，给"孕妇"们让出一条生命通道！指挥部连夜发布了这一命令，有的工人心理上不能接受。他们不顾高原反应，每天忘我地工作，伤了、病了都不曾流过一滴泪，但现在要突然停工，每天的损失对他们来说简直就是天文数字啊！为此，一名工长忍不住哭了起来。余指挥长动情地解释着："我和大家一样心痛、心急。但是同志们，在我们不远处徘徊的不仅仅是 2000 只珍稀的藏羚羊，还是 2000 位即将临产的母亲啊……"

工人们沉默了，他们高效、坚定地执行了命令。于是正在紧锣密鼓、加班加点的施工工地连夜全线停工，800 多名铁路工人全部撤出工地，他们给这2000 只待产的"孕妇"让出了一条几千米宽的生命通道。但是工人们并没有看到 2000 只待产藏羚羊急不可耐、蜂拥而过的情景。开始，只有一两只藏羚羊偷偷地跑到工地上去试探，一旦发现有动静，便马上跑回去；过了一会儿，又跑过来试探，稍有怀疑，又迅速撤离。如此这般反复了好几遍，先前"探路"的几只终于壮着胆子过来了，但它们依然小心翼翼，生怕落进人们设计的陷阱。看着它们谨小慎微的样子，工人们急得在心里直喊："求求你们了，赶快走过去吧，我们的工期真的是耽误不起啊！"

经过多次试探，藏羚羊开始陆续通过工地。由于怀孕的母藏羚羊行动缓慢，为了保证它们安全通过，工人们自发组成巡逻队，防止过往车辆误伤藏羚羊。藏羚羊们渐渐感受到了工人们的善意，胆子渐渐大起来，步子也快多了。它们怀了孕的肚子圆滚滚的，笨拙而可爱。而且它们的鼻子特别高，挺直挺直的，看上去很高贵。于是工人们纷纷给他们喜爱的藏羚羊取名，有的叫"爱丽斯小姐"，有的叫"丽莎小姐"……

藏羚羊与工人们的距离逐渐拉近了，它们甚至敢在工地上逗留一阵子，像好奇的客人，这里看看，那里瞅瞅，腼腆而内向的"爱丽斯小姐"还带着一点点羞涩；而泼辣的"丽莎小姐"却高傲地仰着脖子，面对小伙子们暗送的"秋波"，它甚至骄傲地扬了扬美丽的睫毛……每当它们抬起水汪汪的大眼睛望过来的时候，那一抹纯净与善良总是让工人们怦然心动：其实这些长期生活在高寒地带的藏羚羊单纯得很，它们多么渴望与人交流、与人和平共处啊！

恩义难舍，获救小羊一步三回头

在巡逻队的精心保护下，2000 多只藏羚羊经过近一个星期的时间，终于全部安全地通过了工地。当师加明从保护站得知，两个月后的 8 月，这些藏羚羊将带着它们的小羊羔经原路回迁时，又兴奋又牵挂。他鼓励大家说："同志们，你们的'爱丽斯小姐'、'丽莎小姐'和它们的 2000 多位姐妹，8 月还得经过咱们这里，并且将会带来它们的孩子！为了把耽误的工期赶回来，把损失降到最低程度，我们要加油干啊！"工地上瞬间响起嘹亮的欢呼声。

2002 年 8 月初，产后的藏羚羊带着孩子开始回迁了。当大批的藏羚羊回迁至此的时候，指挥部又一次在 8 月这个施工黄金季节下令停工一个星期，给回迁的藏羚羊让路。藏羚羊是非常聪明的动物，由于有了上次的经历，它们再次通过工地时，都坦然多了。它们好像有意想让孩子们记住恩人似的，纷纷带着小藏羚羊"参观"一下工地，小羊们也不怯生，冲着工人们乖乖地叫，那娇嫩的声音让工人们一次又一次感动。

就在停工的第三天，施工人员发现有只小藏羚羊掉队了。那是在一个叫清水河的小热溶湖塘边，师加明和工友们看到一只小藏羚羊耷拉着脑袋，一动不动地趴在地上，如同死了一般。他们几个人赶紧把这只奄奄一息的小藏羚羊抱回驻地。工地的医生给这只小藏羚羊进行了紧急注射，并把它放在暖气旁，扳开嘴，用小勺子给它灌水。但这只濒临死亡的小藏羚羊连水都难以咽下，医生就耐心地一点点地往里灌，像照顾婴儿那样细心。因为是在清水河边找到的，所以大家就给这只小藏羚羊取名叫清河。

由于长途跋涉和长时间脱水，小清河就要支撑不住了，工友们都为它捏了一把汗，其中一个叫邬泽满的工友更是心急如焚。深夜，在小清河注射完葡萄糖之后，邬泽满把它抱到自己的床上，搂着它睡。昏迷中的小清河几乎连呼吸的力气都没有了，但它似乎能够感觉到邬泽满的存在，柔弱的前腿搭在他胸前，微弱的呼吸吹在他脸上，邬泽满感觉自己仿佛就是那小藏羚羊的母亲。邬泽满就这样搂着清河，几乎一夜未眠。

天快亮的时候，邬泽满的困意袭来，他终于睡着了。蒙蒙眬眬地，他梦见清河死了，身体僵硬，大家都围着它，他一阵揪心，眼泪就流下来了。忽然，他感觉到有个潮湿的东西在舔他的脸，舔他的眼睛。他一惊，猛然睁开眼——天啊！躺在他被窝里的小清河，正扑闪着清澈如水的大眼睛，轻轻地舔着他的脸和泪。邬泽满一把抱住它，泪水夺眶而出。

早晨的太阳暖暖升起的时候，邬泽满的宿舍就像过节一样热闹起来，工友们都跑过来看清河。清河也渐渐有了生气，喂它奶水时，它也贪婪地喝。三天以后，孱弱的小清河已经可以摇摇摆摆地走路了。它开始挨个房间串门，给每一个疼它爱它的工人一串娇嫩的叫唤，水汪汪的大眼里盛满了感激和依恋。一周以后，小清河渐渐恢复了元气，可以吃邬泽满新采的嫩草了。

余绍水和师加明来看望小清河，小清河在他们的腿脚间蹭来蹭去，不时地抬起它圆圆的脑袋，用乌亮的大眼睛深情地望着他们。师加明蹲下来，怜爱地搂住它。小清河则用嫩嫩的舌头舔师加明的脸，这充满淘气和感激的举动让师加明的眼睛一阵潮湿。

经过邬泽满和工友们的精心呵护，小清河的身体已经完全康复了。此时，大部分藏羚羊已经穿过工地向高地迁徙。师加明和工友们知道，小清河如果离开了妈妈和群体，根本无法生存。为了让它更好地活下去，大家决定把小清河放归高原。

当小清河被师加明和邬泽满一行抱到预定地点准备放生的时候，小清河像个即将离开母亲的孩子，对他们依依不舍。而所有人更对小清河难舍难分：它舔到的每双手都不禁颤抖，它舔到的每张脸都久久地潮湿。他们忍着心痛转身往回走，小清河就蹦跳着跑到他们前面，也想往回跟。邬泽满抱住它，对它说："走吧，清河，如果有缘我们还会再见面的！去找妈妈吧……"但小清河就是不走，乌黑的眸子里仿佛盈满了泪，它委屈地叫个不停。所有人的心里都酸酸的，但此刻不狠下心来怎么行？于是大家都挥起双手赶它、轰它，小羊羔这才害怕地停下了脚步。等他们再回过头来的时候，却发现小清河还站在那里，依恋地望着他们。他们就再次轰吓它。懂事的小清河终于转身，向着羊群迁徙的方向走去，一步三回头。当小清河的身影消失在夕阳里的时候，这群平日里与铁石为伴的硬汉子，脸上竟都流满了无声的泪水……

真情旷世，高原"生命通道"惊现人羊"天伦"

为了减小施工损失，中铁 12 局的 800 多名职工，经过一个多月的奋战，终于抢回了工期，将整个工程的损失减少到 200 万元。据自然保护站的同志介绍，由于两次及时停工让道，绝大部分藏羚羊携带幼子回迁成功。

然而故事还没有结束。为了让迁徙产崽的藏羚羊和其他野生动物每年都能安全、顺利地通过铁路线，2003 年初，中铁 12 局青藏铁路指挥部党委经研究部署，在藏羚羊和其他野生动物迁徙的必经路段，设置野生动物迁徙通道，还专门架设了桥梁，并在通道周边种草植树，给野生动物营造"家"或"行宫"的氛围。他们亲切地把这条通道称作野生动物的生命通道。

野生动物的生命通道

针对藏羚羊迁徙产崽的习性，他们还成立了野生动物巡逻队，分片区、分管区负责藏羚羊的迁徙工作，坚持 24 小时昼夜值班，认真观察藏羚羊的迁徙动向。他们规定，在每年的 6 月到 8 月藏羚羊迁徙产崽期间，为了不使藏羚羊受到惊扰，所有职工禁穿鲜艳颜色的衣服，工地和路基禁插彩旗；6 月 20 日到 7 月 15 日间，所有大型车辆一律 24 小时禁开大灯、禁鸣喇叭甚至禁止使用大油门，他们还准备了大量救助药物和食品……

　　2003 年 6 月，青藏高原依然寒风刺骨、大雪纷飞。为了确保藏羚羊顺利通过，师加明和他的工友们每天早上 5 点到 7 点、晚上 9 点到 11 点，都冒着寒风值班、拦车，呵护着藏羚羊"孕妇"路过。为此，师加明还曾几次昏倒在路基上。记者采访时问他，你这样为藏羚羊付出到底为了什么？这名山西汉子动情地回答："人与人要有仁爱之心，人与动物也要和谐共处，这个世界才是完整的。"师加明书记高兴地对记者说，仅 2003 年 7 月，他们就已经成功救助了数百只待产藏羚羊。

　　为了让藏羚羊熟悉安全通道，巡逻队员们每天都要对过往的藏羚羊进行疏导，大部分藏羚羊穿过"生命通道"以后并不急着走，而是在通道边的草地上徜徉。这样的画面多么温馨：一边是忙碌施工的人群，一边是悠闲吃草的藏羚羊群——人与藏羚羊如此和谐相处，这可是百年难遇。

　　那只被成功救活的小藏羚羊清河也已长大并且做妈妈了。2006 年 8 月 5 日清晨，清河带着它的孩子回了"娘家"。在工地，它像见到亲人一样开心，见到邬泽满和师加明更是亲热无比。师加明抱起清河的小宝贝，小家伙则用舌头舔他的脸，一点儿也不怕生。清河带着它的宝贝孩子在工地逗留了两天，临走的时候小家伙竟赖着不想走，清河就用头轻轻地拱它，似乎是在劝孩子："咱们该走了，反正明年还会来呢。"

（本文照片由中铁 12 局提供）

一名从小双耳失聪的女孩，

16 岁成为中国第一位聋人少年大学生，

17 岁被评为"全国十佳自强模范"，

26 岁获得美国波士顿大学博士学位。

而她的父亲，也因对女儿的泣血教育，

并从中发现、总结出"赏识教育"理念，

由一名普通工人成为教育专家。这一切，原因何在？

他们用心告诉你：所有奇迹，都源自爱……

聋女博士
听见父亲听见爱

周婷婷硕士毕业照

从饼干开始，父女一起学说话

周弘是南京人，生于 1951 年，从小家境贫寒。1968 年，初中毕业的周弘参军，退伍后被分配到南京机床厂当翻砂工，由于好学，不久就当上了技术员。1979 年，周弘与姜林美结为夫妻。1980 年 6 月 29 日，女儿婷婷降生了。看着刚降生的宝贝女儿，周弘暗暗发誓，一定要把女儿培养成才！

然而命运弄人。1982 年 1 月的一天，婷婷因发高烧被幼儿园阿姨送到附近的门诊部。两天内，医生给婷婷打了三针庆大霉素。5 个月后，周弘才发现，女儿竟然失聪了！真是晴天霹雳啊！为了治好女儿的病，周弘带着女儿跑遍了南京的各大医院，又先后到北京、天津等地求医，但每所医院都无情地下了结论：孩子属于神经性耳聋，目前没有办法治疗。

1982 年 10 月 11 日，周弘听说上海有个叫王正平的教授刚从西欧考察回来。当天，夫妻俩就带着女儿赶到上海。12 日上午 9 点半左右，化验单出来了，脑干电位显示，双耳全聋。王教授无奈地对周弘说："让孩子上聋哑学校吧。""老天呀！你为什么这样对婷婷啊！"周弘只觉得天旋地转，两腿一软，瘫坐在椅子上。

"我就不信这个邪！我一定要教会婷婷说话！不然她这辈子该怎么过啊？"1983 年 1 月 22 日（农历大年三十），临近午夜 12 点时，鞭炮喧天，周弘对怀里的婷婷大声喊着："炮——"可是任他扯破了嗓子，婷婷还是没有一点儿反应。周弘急了，他一把抱起女儿，冒着漫天飞舞的大雪，在空无一人的大街上，疯狂地向前奔走着，每路过一盏路灯，他都侧过头去，对着女儿大叫着："灯——"一个多小时过去了，周弘已记不清把多少盏路灯甩在了后面，他大汗淋漓，气喘吁吁地停下来一看，婷婷居然在自己的背上睡着了。周弘扑通一声，无力地跪在了地上……

要让婷婷说话，就得让她先有听力。1983 年 4 月，周弘带着女儿到上海的一家部队医院进行针灸治疗。那是一段多么艰难的日子啊！为了节省开支，异地求医的周弘父女蜷缩在一间仓库里，一元钱一夜。仓库里总共住着 60 多个人，嘈杂、潮湿、阴冷。被子很窄，周弘把女儿盖严实了，自己就只能盖住半个身子，他只好裹着军大衣睡觉，冷得实在坚持不住了，就跑到外面，不停地跑跳取暖。

经过一段时间的治疗，婷婷终于有了极其微弱的听力，这让周弘看到了希望！他开始探讨教女儿说话的方法，并请全家人积极配合。1983 年春天的一天中午，婷婷想吃饼干，就一如既往地用手势打了出来——一个圆圈。奶奶拿来饼干，一只手拿着，另一只手指着，引导孙女说："饼——干！"婷婷只见奶奶嘴巴开合，却不懂她在做什么，本能地用手去抓饼干。奶奶把手缩了回去……反复如此，10 多分钟过去了，饥饿的婷婷急哭了，咿咿呀呀地抗议着。可是婷婷哭了半天也没得到饼干，奶奶狠心，爸爸更狠心，还要把饼干收走，婷婷急坏了。周弘蹲下身来，耐心地教着："婷婷，来，饼——干——"实在没办法的婷婷终于静下来，模仿着爸爸的口型，可就是发不出声音，奶奶和爸爸都急坏了。坚持了 40 分钟，正当周弘和老母亲决定下回再试的时候，奇迹出现了！只见小婷婷眼里含泪，小嘴不停地颤动着，突然发出了极其含混不清的声音："布达。"

顿时，全家人都愣住了。随之，掌声爆发，泪水决堤！老泪纵横的奶奶把一块饼干塞到孙女手里；周弘抱住女儿，亲了又亲，他感觉世界从那一刻开始变了模样！那一瞬间，婷婷似乎明白了说话的含义，并对这个世界蓦然好奇起来：原来，每个东西都有不同的名字呢！她沉睡了两年的求知欲一下被唤醒，整个世界都缤纷起来！顺着她手所指的事物，亲人们一一告诉她，这是花生，那是鸡蛋；这是爸爸，那是袜子……

在实践中，周弘发现夸奖和鼓励对孩子学说话很管用，就一直坚持着、摸索着，他要让听不见的女儿也能够认识整个世界。

1983 年儿童节那天，周弘带着婷婷坐公交车去红山动物园玩。路上，他指着窗外那些汽车教女儿说话："车——子！"小婷婷扑闪着眼睛盯着爸爸的嘴唇，怯怯地学着："茄——茄——嘿……""太好了！婷婷啊，你学得太好了！"

周弘立刻竖起大拇指，微笑着继续领读："车——子!"女儿也随着父亲天真地微笑起来，她胆子明显大多了，发音也越来越接近："测——次!"周弘激动得干脆蹲到女儿面前，连声说着"太好了"。

此时，在这对父女对面，一个顽皮的小男孩拉了拉妈妈的衣襟，用流利的南京方言低声嘲笑说："这个伯伯在发神经哦！小姐姐这么笨，都读错了，他还这么夸她!"旁边的乘客们都深有同感地会心一笑，那是对这对父女，尤其是对这个"好赖不分"的父亲发自内心的嘲笑啊！小男孩显然受到了这份默认的鼓励，他突然站起来，用标准的普通话大喊了一声："车——子!"几乎整个车厢在那一瞬间都哄笑起来，周弘的脸唰地红了。

但是周弘没有转头，依然紧盯着女儿的眼睛，并努力地微笑着，纠正着女儿笨拙的发音："车——子!"听不见别人的话，婷婷自然也没有转头，她从爸爸的眼神里只看到了肯定与赞赏，她紧盯着父亲的嘴唇，跟着他一遍又一遍地练习着，一次比一次自信，声音也一次比一次大。当她终于极其接近地读出车子这个简单的词时，周弘旁若无人地竖起大拇指，可是一句"太好了"还没说完，他就搂住女儿，沧桑的泪水流了一脸。

这时候，乘客们才发现婷婷原来是个聋哑儿，车厢在寂静了片刻之后，蓦然爆发出一阵久久不息的掌声。那个小男孩惊讶而又内疚地噘着嘴，而他年轻漂亮的母亲早已两眼潮湿……

尽管重度耳聋的婷婷发音依然含混不清，但周弘还是看到了曙光。他一边带女儿四处求医，一边教女儿拼音和发音的基本原理，还用手势和口型形象地教女儿发音时舌头所处的位置、气流波动和鼻音的不同区分……所有这些说起来容易，做起来却十分艰难，但周弘和女儿都一一坚持了下来。因为普通话更容易让婷婷看准口型。所以，从那时候开始，全家人都改掉说南京话的习惯，说起普通话来。

拳拳父爱终于有了回报。婷婷6岁的时候，不仅学会了说话，而且还认识了2000多个汉字。为此，周弘都记不清自己到底跟女儿竖过多少回大拇指，说了多少句"太好了"。

艰难的赏识，父女一起成长

1986 年，在周弘的坚持下，6 岁的周婷婷没有进聋哑学校，而是戴着助听器进入了南京市方家巷小学。从开学的那一天起，为了照顾婷婷，奶奶就成了一名"白发小学生"，直到婷婷一年级结束。

周弘深知女儿与正常儿童在一起接受教育，存在许多困难，于是他四处拜师请教，并去各大图书馆查阅许多儿童教育相关的资料。一天下午，周弘看了一本叫《幼儿才能开发》的小册子，那上面有这样一段话："每个孩子都是有潜能的，最好的教育方法，正是学说话、学走路的方法！"周弘的思路瞬间清晰了："不管婷婷遇到什么困难，我都要用赏识的眼光去看待，这样才能慢慢地培养孩子的自信心。"周弘的口头禅"太好了"，居然在这一过程中发挥了十分重要的作用！

1987 年寒假的一天，周弘对女儿说："婷婷，爸爸想让你做一件别人做不到的事情：背出圆周率小数点后一千位数字，打破吉尼斯世界纪录！这样就可以证明别人能做到的，你也能做到；别人做不到的，你还是能做到！你敢吗？""好嘞！"小婷婷勇敢而爽快地答应了。

文化程度并不高的周弘有着极丰富的想象力。为了便于女儿记忆，他借助拼音的原理把数字两位两位地组合起来，并用一个个汉字来代表，譬如"45"，就是"鹿"。于是，毫无规律的 1000 个数字就被周弘编成了 10 组小故事，女儿每天只要记住一组故事，就等于记住了 100 位数字。譬如圆周率小数点后 100 多位有组数字为"4811174502、8410270193"，改编成汉字就是"兰大抱鹿嗖、蜘蹦逃杀车"，周弘的"奇特故事"就有了："（兰）花里面蹦出一个（大）老虎，老虎（抱）着个（鹿）宝宝，（嗖）地蹿到了（蜘）蛛网上，被粘住了！老虎急得乱（蹦），就是（逃）不掉，最后被蜘蛛（杀）死了，装上了（车）……"就这样，婷婷在爸爸编的生动故事里，仅仅 10 天就记下了小数点后一千位数字，而这时候婷婷刚满 8 岁！"太好了！婷婷，你创造了一个奇迹呀！""不，爸爸，是我们两个共同创造的！"婷婷开心地纠正着爸爸的话。

尽管靠这种独特的记忆法，婷婷背下了圆周率小数点后的千位数字，但她真正的数学思维还没有达到正常孩子的水平。1989 年暑假，周弘教婷婷做应用题，可他讲了老半天，在之后的测试里，婷婷做了十道题也只对了一道。周弘心里虽然很急，但他却没有表现出来，他拿起笔，故意漏过了错题，在唯一对的那道题目上打了一个大大的红勾，然后微笑着说："太好了！婷婷，你太了不起了！第一次做应用题十道就对了一道，爸爸像你这么大的时候，一道都不会呢。"本来自卑得头都不敢抬的婷婷一下子高兴极了，坚持要爸爸再出十道题……

科学的方法加上超常的刻苦训练，小婷婷的成绩有了一个个飞跃。一年级的时候，她已经自学完了全部二年级的课程。后经过慎重考虑并征得学校的考核同意，周弘让女儿从一年级直接跳级到了三年级。但问题也跟着来了。新学期开学不久，婷婷开始学习珠算，但同学们越练越快，而婷婷却进步极慢，她自卑极了，觉得自己真的不行。知道女儿的心事后，周弘就与妻子一道，在纠正女儿的指法上下功夫，经过一段时间的纠正，婷婷进步明显，而信心依然不足。

有一天，婷婷感觉状态不好，珠算测试比往常所用的 10 分钟明显慢了一点儿，就转过头紧张地看着爸爸。周弘拿着表，突然竖起大拇指："太好了！9 分 51 秒！""不会吧？我感觉不好啊。""感觉不好还比昨天打得快，婷婷，爸爸真为你高兴！"这下，婷婷的自信终于找回来了，学得越来越开心，不久就成了全班第一。

而多年以后周弘才告诉女儿实情：那次婷婷用的时间其实是 12 分钟。

这时候，周弘才猛然察觉，赏识教育的理念已在他与女儿的不断磨合中逐渐形成。在爸爸的不断鼓励和细心教导下，婷婷不但赶上甚至远远超过了同龄孩子的学习进度。为了让婷婷更加珍惜生命与时间，也为了向社会证明婷婷也有超常潜力，周弘再次决定让女儿跳级——从小学四年级跳到六年级！

可是，跳级却让婷婷滋生了骄傲自满情绪。一天，周弘辅导女儿功课。他满头大汗地讲了半天，女儿却没有听进一个字，她跷着二郎腿，嗑着瓜子，心不在焉地东张西望。突然，一个巴掌甩了过来，婷婷的小脸上顿时现出了 5 个手指印。她惊恐地看着爸爸，两个人都僵住了，时间仿佛凝固了一般。

看着小鹿般惊恐而无辜的女儿，悔恨不已的周弘连连跟女儿道歉，但委屈而倔强的女儿却不看他的口型。

第二天，婷婷在书里发现了父亲留给她的纸条："婷婷，爸爸最心爱的女儿，你知道爸爸为什么这样生气吗？因为爸爸太爱你了。为了你，爸爸什么都愿意做……我们走到今天多么不易啊！看着你在浪费时间，爸爸心疼啊！爸爸气糊涂了，爸爸不该打你，亲爱的女儿，你能原谅爸爸吗？"

看到纸条，婷婷流泪了，她懂得了爸爸的苦心。她用铅笔在下面空白处写下："好爸爸，我原谅你，你也原谅我好吗？"

"爸爸原谅你，乖女儿，爸爸愿意跟你一起成长，好吗？婷婷，你永远都是最棒的！"一对父女相互搀扶着不断向前，向上……

十分汗水，一分收获。在付出了常人难以想象的汗水之后，命运开始垂青这对苦命父女。1991 年，小学跳过两级的周婷婷刚升入初一，就被评为"全国十佳少先队员"，1993 年又被评为"全国残疾十佳少年"。周弘也被当作突出人才，从机床厂调到市聋人学校任副校长。

1996 年，辽宁师范大学的张教授来南京开会，听了周婷婷的事迹很是感动。在他的极力举荐下，辽师大当年竟破格录取了才上高二的周婷婷！

成了中国第一位聋人少年大学生后，周婷婷更加出名了，但学习和生活中的困难和挫折却有增无减——上大学前，仅仅有着微弱听力的周婷婷主要是以看老师和同学们的口型来完成学习与交流的；到了大学以后，学习节奏加快，对陌生环境又不能尽快适应，许多老师的口型她都看不准确，一度痛苦不堪。

就在这个时候，她与新同学王筝成了朋友。王筝是失明人士，看不见却听得见，这跟婷婷正好形成了互补。听了女儿信中的汇报，周弘很高兴，他鼓励女儿说："太好了！这简直是上天的安排呀！"他兴奋地给这两姐妹的学习小组取了名字，叫海伦·凯勒号联合舰队。

学校没有盲文课本，而普通课本王筝又无法使用，所以每次上课前，婷婷都会把课本里的内容念给王筝听；而上课的时候，婷婷往往看不懂老师的口型，只好坐到最后一排自习，王筝就坐到第一排，认真听，仔细做笔记，课后再用最标准的口型对婷婷讲一遍。

就这样，两个女孩互帮互助，你当我的眼睛，我当你的耳朵，成了形影不离的好姐妹。她们的事迹也在校园里广为流传，并被改编成了电影《不能没有你》。1998 年，大学三年级的周婷婷参加了该部电影的演出，在片中出演自己。影片播出后，在全国引起轰动，几乎没有哪位观众看了不落泪的。当然落泪最多的人还是周弘，自己最亲爱的女儿能有今天，他是多么高兴又是多么辛酸啊！而自此，周婷婷这个名字更是家喻户晓，甚至成了全国各地家长们教育孩子时最常挂在嘴边的名字。

赏识开花结果，幸福小狐狸驰骋波士顿

周弘在教育女儿方面似乎办法无数，而他面对自己每况愈下的婚姻却束手无策。2001 年，这对分居多年的患难夫妻最终还是分手了。周弘不希望大人的离婚给孩子的成长带来过多的伤害，他劝慰女儿说："虽然爸爸妈妈分开了，但我们这一生一世都会像从前一样爱你，并且希望你能够快乐。"

大学毕业前，周婷婷就立誓要攻读美国的大学，但善良的女儿知道家里的难处：一贫如洗的父亲当时还欠着好几万元钱的外债呢。女儿的心事自然逃不过慈父的眼睛。暑假的一天，周弘拿着一本存折回到家中，微笑着对女儿说："婷婷，你看，钱说来就来了！"他骗女儿说这是人家预支的稿费。其实，这钱是他通过熟人向银行贷的款。

后来婷婷终于知道了真相，她含泪给父亲写了张卡片："爸爸，生而为你的女儿，我很幸运，这么多年，你为我付出了太多太多。假如人真的有来世，我还想做你女儿！"周弘流着泪在这张卡片的下端写道："乖女儿，其实你是上天派来的天使，没有你，就没有爸爸的今天……"

周婷婷没有辜负父亲的厚望，成功地考取了美国加劳德特大学的心理学专业。2001 年 5 月，她即将只身远赴异国攻读硕士学位。临行前的晚上，周弘

来到女儿房间，轻轻地问女儿："还记得小狐狸的故事吗？"婷婷点了点头，眼里蓦然有泪。她当然记得那个故事：冰天雪地里，一只老狐狸把它的孩子们赶出温暖的洞穴，小狐狸们哭着叫着跑回来，老狐狸就咬它们，直到孩子们彻底绝望了，哀号着消失在雪地里自谋生路，老狐狸才向着寒冷的苍天仰起头，悲哀地一声长啸……

"婷婷，你就要离开爸爸，离开家了，爸爸多么舍不得你啊！可是女儿，为了你的明天，爸爸不得不狠下心来……亲爱的女儿，我等着你学成归来！"在候机室里，孤单的婷婷读着爸爸发来的短信，心如刀割。她含着泪给爸爸回信息："好爸爸，你放心，我会牢记你的话：带着家的温暖，去开拓温暖的家！"

机场外边，远远地望着飞机凌空而起，反复品味着宝贝女儿一字一泪的短信，一向坚强的周弘早已泪流满面……

周弘担心女儿，怕她不适应异国他乡的生活。果然不出他所料，2002 年 6 月的一天，周婷婷发来了一封电子邮件：由于期末考试成绩倒数第一，她面临着留级或辍学的问题。周弘心情万分沉重。此后不久，各种风言风语又传了出来。有人说周弘的教育法是假的，也有人说周婷婷考研成绩是作弊取得的，甚至有人幸灾乐祸地说："周婷婷终于不行了！"听到这些话，周弘反而冷静下来，当天晚上，他给女儿回了这样一封信：

"婷婷，太好了！经历越多，你的人生就越丰富，为什么你能高高兴兴地跳级，就不能高高兴兴地留级呢？前进是半个世界，后退也是半个世界，赢得起也要输得起。前进的道路要是一帆风顺，那就不正常了。既然留级不可避免，你就留一级，让自己休整一下，多好啊！休整不是懈怠，更不是放弃！回首这多年，我们什么时候放弃过？我们为什么有这么大的动力？因为我们经历了太多太多的苦！乖女儿，生命多么短暂啊！其实人怎么可能有来世，所以，我们要好好珍惜这一生的每一天……"

周弘没有用电子信箱发信，而是特意采用了有些"落伍"的手写信。看着爸爸刚劲有力的笔迹和充满激情的话语，周婷婷的心情一下子豁然了。她重整旗鼓，开始了新的航程。而且，作为父亲赏识教育的第一个受益者，周婷婷也渐渐地把赏识教育理念用到了自己的学习和生活当中，帮助并影响着她的外国同学和老师。渐渐地，整个学校流行起了竖大拇指这个积极的手势！

国外的求学生活是孤独而又十分艰苦的，中西方生活习惯和文化背景的差异，让婷婷没少吃苦头。在国内的时候，同胞们的口型都比较好认，特别是大学期间有同窗王筝的帮助，困难容易克服得多。而走出国门后，周婷婷常常感觉"两眼一抹黑"。为了尽快适应，周婷婷没日没夜地恶补英语。听力极微弱的她，视力却惊人的好，尤其是有一颗敏感的心。渐渐地，她甚至可以在对方发音不十分准的情况下通过看对方的眼神而获取相对准确的信息。有时候自己的响应明显有讹漏，她也会立刻拿出随身带着的小本子和笔，让对方写下来——这也是父亲周弘一直鼓励她这么做的。

体恤到父亲的艰辛，婷婷在花钱方面也很节俭。为了节约开支，她与好几个国家的多位同学合租了一套房子，并且学着自己做饭。知道女儿想家，周弘几乎每天都跟女儿通 E-mail，甚至常常在电子聊天室里手把手地教女儿做菜。每当这种时刻，各种肤色的同学就安静地守在一边，分享着他们父女俩的这份天伦之乐。她们常常用美国手语真诚地对婷婷说："婷，真羡慕你，有个这么好的爸爸！"末了总不忘竖起大拇指，补充一句：太好了！

2004 年 6 月，周婷婷硕士毕业，她当即报考了哥伦比亚大学和波士顿大学。得知女儿的决定后，周弘说："婷婷，太好了！爸爸永远尊重你的选择，因为你永远值得我骄傲！"不久，周婷婷同时被这两所大学录取。最终，周婷婷选择了波士顿大学特殊教育系，成为中国第一位赴美攻读博士学位的聋人大学生！

波士顿大学特殊教育系堪称全球特殊教育的典范，前聋人校长说的"除了听，我们什么都可以做到"成了百年校训。这里所有的师生都不"开口"，而是完全使用美式手语。她虽然在国内零零星星地学过一些手语，但跟美式手语完全是两码事，这可把周婷婷难坏了——父亲从小怕她被孤立，有意让她与其他孩子一起接受正常教育，而到了波士顿，她竟成了一个名副其实的"不正常"，仿佛一夜之间什么都变得一窍不通了，婷婷开始在心里打起了退堂鼓。

了解到这个情况后，周弘给女儿写信说："太好了，宝贝女儿！我们每个人生来都会对这世界感到陌生，从陌生到熟悉都有个过程，而你比我们多了一个历练的机会，多好啊！你从小就是个常常创造奇迹的孩子，爸爸相信你在美国同样可以再创奇迹！为了你自己，也为了爸爸，更为了我们伟大的祖国！"

2006年暑假，婷婷首次回国探亲，在机场，当周弘关切地问女儿美式手语学得怎么样时，婷婷挽着爸爸的手臂，骄傲地说："爸，咱们中国不是有句老话吗，'世上无难事，只要肯登攀！'你还别说，你那封信对我真是太重要了！"

婷婷从包里拿出导师对她论文的批语和褒奖，看着那个表示最高分的A，周弘的眼角湿润了，他知道女儿没有让自己失望，更没有让祖国失望！他同样可以想象得到，女儿在那样一个完全陌生的世界里能够走到今天，付出了多少常人难以想象的心血啊……

"其实对女儿进行赏识教育，最终愿望还是放飞女儿，让她一个人能够自由自在地去闯、去翱翔。"眼看着女儿一天天成长起来，周弘感到由衷的欣慰，"其实在对女儿的教育过程中，我的收获反而最大，我与女儿真的要相互感恩……"

周弘、周婷婷父女俩的赏识手势"竖大拇指"

为了记录自己的成长足迹，纪念父爱和亲情，2006年10月，周婷婷的新书《墙角的小婷婷》终于创作完成，并由南海出版公司出版发行。婷婷真情地告诉记者："没有爸爸，就没有我，更没有这本书。我只希望通过它，能够把我所享受过的父爱、所经历的酸甜苦辣传递给广大读者。爱，是创造一切奇迹的源泉。"

倪萍在序言中写道："我家里人是她的第一拨读者，上到 75 岁的老母亲，下到 18 岁的小阿姨，她们不停地看，不停地抹眼泪。"孙云晓则写道："一个小聋女走向幸福的奥秘在哪里呢？我想，首先是家庭之爱与社会关爱创造了奇迹。"

与此同时，周弘的赏识教育理念也得到了广泛认可。他与赏识教育的志愿者们一起创办了南京婷婷聋童学校和婷婷聋童幼儿园，之后又在广州创立了赏识教育中心。2006 年 11 月 23 日，周弘对记者说："我的理想是让赏识教育走进中国的每一个家庭、每一所学校，让所有的父母和老师都掌握赏识教育的方法，争做最杰出的父母和老师，培养最优秀的孩子和学生！"

（本文照片由周婷婷提供）

唐山大地震中，只有6岁的她失去了右腿，

多么不幸；但她没有在不幸中自弃，

没有在不幸中沉沦，

迎着大山一样碾压过来的命运，她扛，她抗，她争。

奋发自强的道路啊，每一寸，都有血痕。

看啊！若干年后，她竟给中国乃至世界体坛

带来了另一场"地震"——她多次荣获世界冠军，

被誉为"中国女子轮椅网球第一人"……

董福丽
中国女子轮椅网球第一人

董福丽在拼杀

地裂山崩后，废墟上站起倔强人生

　　"唐山乃冀东一工业重镇，不幸于一九七六年七月二十八日凌晨三时四十二分发生强烈地震……数秒之内，百年城市建设夷为墟土，二十四万城乡居民殁于瓦砾，十六万多人顿成伤残，七千多家庭断门绝烟……"（摘自唐山抗震纪念碑铭文）就在这次"有史以来危害最烈"的震灾中，年仅 6 岁的小女孩董福丽不幸成了那"顿成伤残"者中的十六万分之一，而"殁于瓦砾"的 24 万人当中，就有她那可怜的父亲。

　　房屋坍塌的一瞬，一块楼板上的钢筋穿透了小福丽的右脚踝骨，她昏死过去，直到第三天才被中国人民解放军从废墟里救出来，然后立即被送到沈阳做了截肢手术，截掉了右小腿。不久后，由于截面发炎，可怜的小福丽不得不进行第二次手术，这一次，她失去了整条右腿。一副拐杖，从此支撑起董福丽幼小的身躯。就是拄着这副拐杖，董福丽走进了与常人不同的人生。

　　深知与常人的不同，董福丽便渐渐培养出了异于常人的意志。从小学到高中，董福丽的成绩都是班上前几名。但优异的成绩并不能抹去所有的烦恼。董福丽最羡慕其他同学的就是人家能上体育课，能打球，能跑步，而自己却不能。但董福丽不服输。13 岁那年，她看到同龄的孩子都在学骑自行车，自己也要试一试。那时，家里困难，没有钱为她安假肢，她就用一条腿练习。她先把车子贴近墙，然后扶着墙壁骑到车上，下车的时候也是这样，到处找墙根儿。不知道摔了多少跟头，倔强的董福丽硬是用一条腿学会了骑自行车。

　　17 岁那年，母亲终于攒到一笔钱给董福丽安了假肢。那时候的假肢都很笨拙，而且很难看，但终于能够摆脱拐杖了，董福丽依然高兴得流下了眼泪，她懂事地亲吻着妈妈的脸："好妈妈，今年我就不添新衣裳了，明年也不添。"

　　1989 年 8 月，疼她爱她的母亲突患脑溢血病逝了，董福丽再一次体验到了地震的感觉。母亲的病逝加上家里经济条件不好，董福丽没有继续学校的学习，而是开始与姐妹们一起承担起支撑这个家的重任。父母双亡，姐妹三人相依为命，那段日子董福丽几乎尝遍了生活的艰辛。那时，她每天就是用安着假肢的腿蹬着三轮车去果品批发市场批发水果，然后再到各个市场去卖。对于那段日子，董福丽记住的却不是辛酸，而是在辛酸岁月里别人给予她的帮助。

那天下着大雨，董福丽在老汽车站那里的地道桥冒着雨蹬着三轮车上坡。车上有两大筐苹果。雨水模糊了视线，但董福丽心里只有一个念头：向前进！快点回到家，不然果子淋久了会很快烂掉的，她可赔不起啊！然而，倔强的心却胜不过不幸的躯体，董福丽很快就感到了力不从心。突然，车子一歪，两筐苹果掉下来了，满地滚，有很多苹果顺着斜坡滚到桥底下的积水里漂着。董福丽赶紧下车捡，但安了假肢的她却无法下蹲，只能猫着腰，每捡一个苹果，她都痛得钻心。

但那满地的苹果就是她们姐妹的全部生活费啊！她小心翼翼地捡啊、捡啊，生怕擦破了皮就再也卖不出去了。她的衣服早已湿透，假肢从腰下支出来了，她全然不顾。为了鼓励自己，董福丽边捡苹果边放声唱起歌来："小松树，快长大……"听到她悲壮的歌声，很多过路的人停下来，许多在桥底下避雨的人也跑过来帮她捡。董福丽本来没哭，她已经很久没有哭过了，然而现在看到这么多人帮她捡苹果，她看着那一个个苹果就仿佛看到了一颗颗爱心，她突然哭了，却没有声音。她使劲地咬住嘴唇，任由泪水和着雨水在她瘦弱的脸上奔流……

不幸的命运让已经成熟的董福丽对爱情和婚姻不敢有什么奢望，但她的生活又的确需要一副厚实的肩膀。按照当地的风俗，在母亲去世一周年内，董福丽经大姐介绍与本地一位叫吕春鹏的年轻人相识，并于 1990 年 5 月举行了简单而温馨的婚礼。丈夫是钢厂的工人，从小就很苦，家境贫寒、老实本分，对董福丽十分疼爱。婚后第二年，他们生下了美丽而可爱的女儿吕雪婷。

1991 年，由于政府照顾，董福丽被安排在父亲生前的工作单位——唐山市园林处工作。1993 年夏天，河北省体工队为迎接第六届远东及南太平洋地区残疾人运动会，选拔第一批女子轮椅网球运动员的消息改变了董福丽的生活航标。当董福丽知道这个消息的时候，其实选拔、招收工作已经结束了，但董福丽却在心里告诉自己"还有希望"。从没有出过远门的董福丽连夜赶到石家庄。第二天一大早，她径直找到了省队教练，说："不管你要不要我，先让我试一试。"——可贵的执着和的确出众的运动素质最终打动了教练，董福丽被留在了体工队。就从那一刻开始，董福丽开始了她不平凡的体育生涯。

泪洒金牌，拿什么唤醒苦命爱人

即便对于常人来说，打网球也不是一件轻松的事，而对于董福丽这样的残疾运动员来说就更是一种折磨。刚训练那阵子，董福丽并不适应，甚至经常从轮椅上摔下来，即便是头破血流，她也紧紧地握着球拍，决不松手。为了练习轮椅移动的到位和速度，董福丽无数次在课余时间驾着轮椅穿过操场边上她自设的"门"。那门只比轮椅的宽度大一点点。董福丽就这么快速地冲过去，稍有误差就是一处伤疤，为此董福丽没少流血。

董福丽没日没夜地加紧练习，手很快就磨出了泡；泡很快磨破了，流出的血水沾得满把都是……这种"苦肉训练"让董福丽进步得很快，身体和心理的优势使她很快脱颖而出。她似乎天生就是块打网球的料，往往对手的拍还未击到球，她已经判断出那球的落点，并且已经摇转轮椅，去那儿等着了。

一分耕耘，一分收获。1994 年，训练不到一年的董福丽就代表中国参加了在北京举行的远东及南太平洋地区残疾人运动会轮椅网球赛，并且取得了双打银牌和单打铜牌的好成绩，这也是当前我国在这个项目上取得的最好成绩。

此后，在中国残联和唐山市政府的帮助下，董福丽被保送进了天津体育学院网球专业进行深造。在那里，她是唯一的残疾学员。但一个难题摆在她面前：女儿怎么办？这时候董福丽的小女儿不满 4 岁，丈夫的钢厂工作没日没夜，姐姐的负担已经很重根本照顾不上。怎么办？董福丽一咬牙，干脆带着女儿读大学！

于是天津体育学院里就多了一道风景。清晨，董福丽把小雪婷送到体育学院的幼儿园去上课，晚上母女俩就挤在一张床上休息；星期天董福丽也不放弃训练，她把女儿带到网球场，懂事的小雪婷总是乖乖地在一旁自己玩耍，偶尔也会向着球场上汗流浃背的妈妈大喊几声："妈妈，加油——"并且还会充当一名小小的"义务捡球员"。看着奔跑在场边上的女孩儿小小的身影和场内轮椅上她奋力搏杀的母亲，师生们无不动容。

因为训练时间紧张，两年时间里，董福丽几乎没有回过家。老实本分又善解人意的丈夫吕春鹏对妻子的事业很支持，从来没有一句怨言。妻子想他了，会在夜晚和女儿一起往邻居家打一通电话，丈夫便会高兴地跑过来。他总是憨厚地说："家里有我呢，别担心；你可得挺住啊，你带着孩子，苦了你了；没事少打电话，长途太贵……"总想节省一点钱的丈夫也往往"明知故犯"，偶尔会搭个便车或者扒张车票到天津看望母女俩。但由于工作忙，常常连过夜的时间都没有，不过吕春鹏感觉能在场外默默地看着妻子练球，或者抱一抱亲爱的女儿，亲几口，就已经很满足了。

有一回，一个球猛然击中了猝不及防的小雪婷的额头，她倒在地上，额头上瞬间鼓起了包，但她使劲咬住嘴唇，愣是没有哭。董福丽哭了，她觉得对不起女儿，对不起远在老家为生活、为这个家日夜操劳的默默无闻的丈夫。女儿用小手擦着妈妈的眼泪，懂事地说："妈妈不哭，妈妈你不是经常跟我说吗？好孩子可以流血，但不可以流泪的……"教练田雨川和在场的人都潸然泪下。

两年的高等教育和专业学习进一步完善了董福丽的网球技艺，也极大地丰富了她的头脑。1996 年 10 月，学业有成的董福丽再次代表国家队出征日本福冈，在有 13 个国家的运动员参加的国际轮椅网球大赛中，董福丽获得了女子单打和双打两项金牌！回到祖国和家乡，董福丽就被鲜花和掌声包围了，在这莫大的幸福时刻，董福丽没有忘记她成功的背后站着一个憨厚、无私的好男人。一回到家里，董福丽就扑在丈夫怀里，流下了幸福的泪水。吕春鹏其实比妻子还高兴，但他却傻傻地说："瞧你，都成大明星了，怎么还跟小孩似的？

多羞啊。"董福丽就哭得更厉害了，她觉得命运真的对她不薄，给了她拼搏的天地，给了她成功的欢欣，更给了她朴实可靠、可以寄托终生的好丈夫。

然而让董福丽做梦也没有想到的是，命运赐予她幸福，却又给了她永远的疼痛与不幸。

2000 年 5 月 6 日，国内规模最大的全国残疾人运动会在上海举行，董福丽代表河北队紧张备战。这时候正是丈夫单位工作最忙的时候，吕春鹏却对爱妻坚决地说："你放心地走吧，孩子我会照顾好的！"小雪婷也乖乖地说："妈妈，你放心，我会很乖的！"

临出征前的那顿晚餐，吕春鹏特意烧了妻子最爱吃的带鱼和糖醋排骨，一向老实巴交的他竟一改以往的"傻气"，倒了两杯红酒，举杯向着妻子："老婆，为你壮行！你好好的！"女儿雪婷端起一杯雪碧，也碰过来："对！妈妈，我和爸爸在家等你拿牌牌！"董福丽眼睛一热。

在这次全国残疾人运动会上，经过一番拼杀，董福丽没有辜负丈夫和女儿的希望，获得了网球单打、双打两项冠军。这样的好成绩，使董福丽保持在国内第一、亚洲前三的位置上；也就是从那时开始，她被广大媒体称为"中国女子轮椅网球第一人"。但是当她载誉归来的时候才知道，她亲爱的丈夫就在她拼搏赛场的时候遭遇了车祸，已经离开了这个世界。吕春鹏在临死的时候还跟医生说："别告诉我老婆，别影响她比赛……"小小的女儿哭喊着："爸爸你醒醒！爸爸你不能睡啊！妈妈就要给我们拿牌牌回来了！你醒醒啊！"

把金牌挂在丈夫的墓碑上，董福丽欲哭无泪。那段时间她像呆了一样，每天拿着与丈夫的合影，不吃不喝，就那么痴痴地看，一看就是一整天。姐姐不得不把她送进医院。为了不让她睹物思人，姐姐一狠心，将所有与妹夫有关的照片都烧掉了。

那一天半夜，董福丽从梦里醒来。她恍恍惚惚地记起了梦里丈夫对她说的那句话："福丽，你好好的！""春鹏——"她用被单堵住嘴，无声地哭泣。天亮的时候她跟姐姐说："姐，让我出院。"命运多舛的董福丽再一次挣扎着站了起来。

接球啊！ 命运的挑战一刻都不停

董福丽明白，人生的意义不单单是追求个人的成功。中国的轮椅网球起步晚，在国际上相对比较落后，她想，能不能通过自己的努力，让更多的残疾人参与进来，不仅让他们走出"残疾"的阴影，也给祖国的体育事业做些贡献呢？董福丽在金牌的背后看到了自己的责任。经过一番思索和考察，董福丽决心办一个网球培训中心，教唐山的孩子，尤其是残疾的孩子学打网球，用自己所学的知识和积累的经验来回报社会，为国家培养网球人才。

董福丽打听到市体育中心网球馆北侧有两块网球场正准备对外承包，她找到市体委的领导表明了自己的心思。市体委领导非常支持她的举动，给予她很大的帮助，在承包网球场的问题上，对她优先考虑、实行政策优惠。1999 年末，董福丽精心打造的"唐山市赛点网球培训中心"正式挂牌。

为了扩大网球培训中心的知名度，董福丽想了很多方法，有时为了一个她看中的孩子，她会摇着轮椅追到人家的大门口。有不少孩子就是被董阿姨的执着精神所感动而来学习打网球的。王平就是其中的一个。

王平当时是一名 17 岁的少女，在唐山 54 中学念高一。因为患小儿麻痹症，王平从小就很自卑，不肯参加体育活动，不愿与人交流。董福丽在马路上发现了她，就一直追到她家里，动员她学习打网球。王平为董福丽的热忱所感动，从此拿起了网球拍。董福丽不仅教她球艺，还教导她坦然地面对世界、面对自己。董福丽经常带她去游泳，在那么多人面前，让她敢于暴露自己残缺的腿，并且游得自然、自信、自由；董福丽还带她去登山，累了，实在走不动了，就半步半步地挪，但必须到顶……

随着球艺的长进，王平的性格也发生了明显的变化：孤独感、自卑感少了，脸上的愁容不见了，代之以自信的神态、开朗的笑声。从董老师的身上，她学会了坚强，学会了乐观，学会了以勇气与毅力去面对失意和挫折。经过刻苦的训练，王平终于成了董福丽的双打搭档。2000 年 5 月，在上海举行的第五届全国残疾人运动会上，王平和董福丽合作，夺得了女子网球的双打冠军！那天王平哭了，扑在董福丽的怀里。她只是哭，一句话也说不出来。从那以后，王平跟董福丽一样，夏天一到，就自信地穿起了美丽的裙子。

后来，董福丽一手创办的"唐山市赛点网球培训中心"成为我国第一个专业性的残疾人网球训练基地，在册学员有数十人。

2003 年 9 月，在南京举行的第六届全国残疾人运动会女子轮椅网球比赛结果揭晓，董福丽不负众望，再次获得单打冠军！2004 年 9 月，董福丽代表中国进军在雅典举行的残疾人奥运会。出征前，她接受记者采访时说，参加奥运会是她的梦想，奥运会后，她打算总结自己多年来从事这一职业的经验和教训，出一本轮椅网球方面的书，好好培养一批能够接她班的新人。回想这些年来的风风雨雨，董福丽欣慰的眼里闪着泪光："感谢生命，感谢亲人，感谢社会，感谢网球……"

前进的道路依然不会平坦，但董福丽时刻都做着挑战命运的准备。董福丽——加油！

（本文照片由董福丽提供）

公　正

　　明明是舍身救人、见义勇为，惨死歹徒利斧下的妻儿咋还饱受流言蜚语？明明救了85条人命，咋被人说成是"骗子吹牛"？人人追求公正，公正来自真相，真相有时却被迷雾掩盖，需要自己、更需要每个公民合力挖掘。公正是道德、良心和法律的天平，是社会和谐的保证。

送儿子去幼儿园，与歹徒遭遇挺身而出，

园长、老师和62个孩子得救了，

而她和爱子却惨死在歹徒利斧下。

本是极具正气的见义勇为，

却因园长是其姐姐引得流言四起。

为了给死不瞑目的妻儿正名，

丈夫从亡妻丧子的剧痛中挣扎出来，

几经努力，终于使英雄事迹昭告天下！

郭钗
舍身救人，咋不是见义勇为？

原本幸福的一家人如今阴阳两隔

血腥 5 分钟

2004 年 2 月 27 日上午 9 点半，河北省辛集市蒙太梭幼儿园的四层小楼，沉浸在孩子们天真的歌声里："小燕子，穿花衣，年年春天来这里……"正是阳春二月，乍暖还寒，但一听到这些稚嫩的童声，连行人的脸上似乎都有了和煦的春风。这儿是孩子们的乐园，也是家长们每天都牵挂着的地方。

该园共有 63 名小朋友，此时此刻，有 62 名小朋友在 2 楼、3 楼和 4 楼分别上课了，只有 1 名小朋友在楼下大厅，他就是 4 岁的杜广明。明明的妈妈叫郭钗，是辛集市中医院的护士，她刚值完夜班把孩子送来，但明明却不想马上上楼，想赖在园长办公室玩一会儿。园长叫郭妥，是明明的亲姨，平时很疼他。见明明"耍赖"，郭妥就拿出一个苹果哄明明，而郭钗则在一旁耐心地给儿子讲道理。就在这时，一个 30 来岁，身高 1.75 米左右的男子鬼鬼祟祟地走了进来。男子的手揣在腰间，郭妥与郭钗姐妹起初并不知道他腰间居然暗藏着凶器。

进门后，男子先假意问了些问题，比如你们幼儿园收多大的孩子，多少钱一个月，等等。郭妥和气地一一作答。但问着问着，这名男子的目光就往二楼的楼梯口张望。郭钗发现他神色不对，就警惕起来。当男子试图上楼的时候，郭钗果断地阻挡道："孩子们上课呢，请不要上去。"那男子便闷着头往回走。此时，生性老实的郭妥还把他当作普通的咨询者，问："你家多大的孩子?"男子并不回答，只是低着头反问郭妥："你是园长吗?"郭妥下意识地应了一声。那男子突然抬起头来，迅速掏出腰间的刀子，向毫无防备的郭妥连刺 3 刀。郭妥的前胸顿时血流如注。

突如其来的变故把郭钗惊呆了。她突然意识到这个歹徒是有备而来，而且来者不善。而此时，楼上孩子们快乐的歌声依稀传来："……我问燕子你为啥来? 燕子说，这里的春天最美丽……"天真的孩子们哪里知道，这里的春天此刻正充满血腥——只见歹徒丢下带血的刀，又掏出腰间的斧头，迅速向楼梯口走去。郭钗一下子想到，这个歹徒是冲楼上的孩子们去的呀！想到这儿，她猛地冲过去，揪住了歹徒的左肩，并急切地对受伤的姐姐喊："赶快报警，保护好楼上的孩子！"歹徒一反身，雪亮的斧头就劈向了郭钗……

　　这个时候，如果单纯为了保全自己的性命，郭钗完全可以松开歹徒的肩膀，顺势跑向门外。但是，郭钗没有逃离。在这个幼儿园里，孩子们大多是儿子明明的朋友，许多家长也是她所熟识的。绝不能让任何一个孩子受伤害——就在那一瞬间，郭钗，这个弱女子、平凡的母亲，竟迎着斧头冲了上去！

　　歹徒的利斧向着郭钗的头猛劈下来，郭钗一侧头，斧头深深地劈在了她的左肩上，鲜血顿时迸溅而出。这时如果郭钗选择逃生仍然来得及，但是，面对丧心病狂的歹徒，她竟义无反顾地死死抱住了他！这时歹徒已杀红了眼，他手中的斧头如劈柴般砍向眼前这名柔弱的女子，一下，两下……

　　此时此刻，郭妥清醒地意识到，妹妹这是用生命给她争取时间啊！她不能犹豫，她知道自己留下只会死在这里，她根本不是歹徒的对手。"赶快报警，保护好楼上的孩子！"听了妹妹郭钗的提醒，郭妥捂着涌血的伤口，挣扎着逃了出去，跑到马路上，用熟人的手机立即报了警，并给2、3、4楼的幼儿园老师分别打电话，通知还蒙在鼓里的她们，让她们立即锁紧各楼层的门，将孩子们转移到安全的地方。"咣当，咣当……"各楼层的铁门随即都反锁上了，孩子们的歌声也瞬间停止，楼上嘈杂一片，许多孩子在惊恐中哭出声来。

　　"妈妈——妈妈——"见妈妈像血人一样紧紧抱住坏人，不谙世事的明明在一旁凄厉地大叫，但一直在阳光下成长的他还不懂什么叫危险，他居然冲上去抱住了歹徒的腿，他多想帮妈妈把坏蛋摔倒啊！但是他太弱小了，他毕竟只有4岁。丧心病狂的歹徒将罪恶的斧头高高举起，向着这个弱小的生命狠狠劈去……呼救后又忍着伤痛奔回来的郭妥，在门口眼睁睁地看着这一切，凄绝地喊了一声："天啊！快救救孩子！"就因失血过多昏倒在地。

　　歹徒终于挣脱郭钗和明明，他奔向二楼，想继续行凶，但铁门已经被楼上的老师及时锁上了。歹徒狠踹了几脚，杀气未消，下到一楼把大厅的暖气片砍碎了。

　　此时，警笛大作，由远而近。警察们冲进幼儿园，向歹徒所在的一楼大厅出击。只见歹徒手提滴血的斧头，恶狠狠地叫嚣："我看谁敢过来？"防暴队员们训练有素，他们迅速出击，转眼的工夫，就打掉了歹徒的斧头，并把他扑倒在地。戴上手铐的那一刻，歹徒居然发出了一阵狂笑，那张溅满鲜血的脸瞬间显得无比狰狞。第一个赶来的防暴队员后来回忆说："真不敢想象，一名弱女子是如何与一个魔鬼对抗的。"

从歹徒行凶到被制服，其实只用了 5 分钟。然而，在这血色的 5 分钟里，28 岁的郭钗被歹徒砍了整整 33 斧，年仅 4 岁的明明被砍了 13 斧，他们母子俩血肉模糊地躺在那里，已经辨不清面目了。也就是这短暂而宝贵的 5 分钟，让楼上 62 个孩子和数位老师得救了。

为妻儿正名

得到噩耗的丈夫杜二虎匆匆赶来，只见幼儿园的大厅里到处都是血，妻子郭钗与爱子明明倒在血泊中，已经血肉模糊无法辨认了。这七尺男儿顿时泣不成声："老天啊！你怎么不开眼啊！"

郭钗和丈夫杜二虎都是辛集市人，两个人还是同学。毕业后的郭钗在辛集市中医院做护士，杜二虎则一直在辛集市检察院开车。1996 年，相知相爱的两个人组成了一个幸福的小家庭。2000 年 9 月，他们的儿子杜广明出生了。

杜二虎和妻儿的最后相见是在 2 月 27 日的早晨。郭钗刚刚替同事上了一个夜班回到家，听到丈夫嗓子发炎的消息后，心疼不已。她答应先去给丈夫买药，再送儿子上幼儿园。

杜二虎永远忘不掉那个早晨妻子和儿子跟他告别的情景。妻子把身子倾过来，把额头贴到他的额头上，关切地说："还好，没有烧。"儿子也学着妈妈的样子把额头贴过来："嗯，是没有烧。"杜二虎强打精神，一把抱住宝贝儿子，想亲亲他的小脸儿，但咽喉的炎症让他咳嗽起来。懂事的明明马上用小手拍打爸爸的背，学着爸爸以前哄他的口气说："哦哦哦，爸爸乖，爸爸好好吃药，马上就会好的！"听说家里没有药，明明就催妈妈快走，"快给爸爸买药去！"母子俩牵着手跟他说再见的时候，杜二虎怎么也不会想到，这竟成了永别。

上午9点多钟的时候，郭钗还给丈夫打了一个电话，询问他的病情，并说已经买了药，让丈夫安心休息。电话的这一头，聪明而淘气的儿子还给爸爸唱他最喜欢的那首《大头儿子和小头爸爸》："大手牵小手，走路不怕滑，走呀走呀走呀走，转眼儿子就长大……"可是谁能想到，一转眼，妻儿与他已经阴阳两隔了。

除了悲痛，杜二虎更多的还是困惑，因为已经被警察制服的歹徒看上去一脸陌生，自己压根不认识。"妻子一向老实本分，儿子才4岁，怎么会无端被杀？更何况我们和凶手根本就不认识啊！素昧平生的歹徒为什么要杀害我的妻儿，而且手段还如此残忍？"杜二虎的第一判断是：凶手应该是个流窜犯，或者是姐姐郭妥的仇人，或者是杀错了人。但公安机关的审讯结果却出乎他的意料——凶手就是本地人，名叫马闯，今年34岁，他要杀人的原因是自己不想活了。马闯曾经以卖菜为生，因为没有赚到什么钱，便干脆赋闲在家，而养家糊口的重担便落在了靠缝制皮衣赚钱的妻子身上。之后，游手好闲的马闯常常遭到熟人的耻笑，渐渐地便对生活失去了信心。他觉得自己言谈举止、为人处世处处都不如别人，于是由自卑渐渐发展成了自虐。从2003年开始，他曾两次试图自杀，均因故未遂。打那儿之后，他就产生了杀人的念头，他想，杀了人就可以如愿以偿地被司法机关判死刑了。

突然之间，原本幸福无比的三口之家就只剩下自己一个人了，杜二虎感到了彻骨的孤单与悲凉。更让他没有想到的是，在妻儿死后，他还要投入另一场战斗——不明真相的市民们以讹传讹，许多人把郭钗的见义勇为传为仇杀、报复，有的说是杜二虎曾经开车撞过马闯的菜摊，有的说郭钗买菜时和马闯吵过架，甚至有的还说是杜二虎拿了马闯的钱，却没有办成事，才招致老婆、孩子被杀……血案发生的当日，这些流言蜚语就迅速传遍了辛集市的各个角落，传得妇孺皆知。

为了揭开妻儿的死因，杜二虎向案发现场唯一的目击人郭妥询问情况。可是身负重伤当时又处在昏迷中的郭妥根本无法还原当时的情况。杜二虎在流言蜚语中穿行，但他深信妻子的为人。

在许多人的印象中，郭钗是一个很胆小的人，连家里杀鸡的事她都不敢插手。骨子里，郭钗又是一个明大义、有勇气的人。有一次在街上，一个小偷抢了郭钗的包后骑着摩托车跑了。郭钗虽然是徒步，但还是穷追不舍。有人劝她："算了，追不上了，他们可能还有同伙呢，你就是追上了没准还要吃更大的亏。"可郭钗还是追了一大段路。她回家后跟杜二虎说："追是没有追上，可也吓得他够呛，得让他知道天底下还有不怕他的人，如果大家都不怕他，他们也就不会那么猖狂了。"

郭钗的行为算不算见义勇为？由于初次接触到这样的案例，辛集市有关部门在多次讨论后没有达成共识。因为郭钗直接救的是姐姐，救自己的亲人算不算见义勇为呢？这成了争论的焦点。

杜二虎查阅了大量的资料后知道：见义勇为，是指个人非因法定责任，为保护他人的人身、财产安全或者国家、社会公共利益，不顾个人安危，与正在发生的违法犯罪行为做斗争的行为。作为护士，郭钗没有在幼儿园的法定职责，她的举动完全是保护他人，在此案中"他人"当然包括她的亲属、楼上的孩子们在内。据此，他认定郭钗的行为就是见义勇为。

失去至爱的亲人，那种痛是刻骨铭心的。每天晚上，杜二虎几乎都会在梦中与妻儿相遇，然而郭钗与明明笑着笑着脸面就模糊了，他们不顾杜二虎的呼唤越走越远，越飘越高。白天，杜二虎会鬼使神差地闻到饭菜的香气，就像郭钗亲自下厨做出来的一样。杜二虎再也不能听音乐了，只要音响一开，一不小心就会听到那首《大头儿子和小头爸爸》。每当看到郭钗叠得整整齐齐的衣物，每当看到他和郭钗共同栽种的花草，每当看到家里的一切，每当看到双方老人哀戚的眼神，他都痛苦不已。

一天晚上，睡梦中的杜二虎仿佛又听到了郭钗正唱着她最爱唱的那首歌："你说想送我一个浪漫的梦想，谢谢你为我找到天堂，哪怕用一辈子才能完成，只要我讲你就记住不忘。我能想到最浪漫的事，就是和你一起慢慢变老，直到我们老得哪儿也去不了，我依然是你，手心里的宝……"杜二虎在睡梦中醒来，却不见亲人，只看见窗外那凄寒的月儿，他潸然泪下。

千百个别人的孩子叫你一声妈

杜二虎怕妻子见义勇为的认定因争议而被搁置，便将相关材料上呈中华见义勇为基金会，他希望有关部门能给妻子的死一个说法。2004 年 3 月初，中华见义勇为基金会给河北省见义勇为基金会打来电话，询问辛集市郭钗是否因为保护孩子同歹徒搏斗而壮烈牺牲、是否属于见义勇为行为，要他们查实后上报材料。"过了大概有半个月，直到省见义勇为基金会秘书长刘苏来调查，事情才出现转机。"对于这次转机，一直疲于为妻儿正名的杜二虎记忆犹新。3 月25 日，省见义勇为基金会会同省文明办，辛集市宣传部、文明办、公安局等单位商讨郭钗一事，认定 2 月 27 日郭钗在蒙太梭幼儿园的表现是典型的见义勇为行为。省见义勇为基金会秘书长刘苏介绍："如果中华见义勇为基金会没有打来电话，一起典型的见义勇为事迹就会被埋没，英雄的郭钗母子将会永远含恨九泉！"

对于郭钗的行为，省见义勇为基金会认为，歹徒最先扑向郭妥时，郭钗完全有时间抱起孩子逃出门外报警，但她并没这样做，而是抱住歹徒让姐姐出去报警，从而为姐姐赢得了宝贵的时间，让她能够通知警方，并打电话给幼儿园2 楼、3 楼、4 楼的老师，让她们将上楼梯的门反锁，从而使歹徒欲上楼行凶的图谋没能得逞。可以说，郭钗以母子两人的生命换来了 62 个孩子和数名老师的安全。

2004 年 4 月 19 日上午，石家庄市委领导将追授辛集市中医院护士郭钗为"文明公民标兵"的证书和 1 万元奖金送到了杜二虎的家中。接过证书的刹那，杜二虎不禁哭出声来："老婆啊！这荣誉本来就应该属于你，这是你和孩子的两条命换来的呀！"杜二虎积压了许久的思念与痛苦在刹那间宣泄出来，在场的人无不动容。杜二虎知道郭钗生前淡泊名利，与世无争，但又是一个"认死理"的人，这个证书也可以告慰她的在天之灵了。

2004 年 4 月 24 日下午，河北省有关部门隆重召开郭钗同志命名表彰大会，

追授郭钗"社会治安勇士"和"河北省见义勇为先进分子"荣誉称号。下午 3 时
30 分，命名表彰大会开始，全体起立为郭钗同志默哀 1 分钟。

令杜二虎感到欣慰的是，郭钗入土那天，为郭钗送葬的队伍越走越长，队
伍里甚至走着许多陌生人，他们是自发来为郭钗母子送行的。一位老婆婆喃喃
絮语："好孩子，一路走好啊！我这把老骨头也没什么好送你的，就烧一把纸
刀给你吧，好人不能只挨刀子，你学会保护自己啊……"墓地前，几位家长久
跪不起，殷殷哭诉："郭护士，俺替全家谢谢你了，咱们的孩子就是你的孩
子，他们今生今世也不会忘记你的！"这时候，得救的 62 个孩子哭声一片，他
们哭喊的都是那个温暖的称谓："妈妈——"

苍天有泪啊！雨丝飘落的时候，郭钗，几十个孩子在叫你"妈妈"，你听
见了吗？

(本文照片由杜二虎提供)

奋不顾身救了 85 条人命的他，

不但没成为人们心目中的英雄，而且还遭到讥讽，

从此，他的名字成了骗子和神经病的代名词。

一掬英雄泪，半生诚信情。

为了证明自己没有撒谎，苦等 27 年之后，

饱受疾患之苦与精神折磨的他，

终于等来了一纸迟到的感谢信——

那是为英雄见证，亦是为公正和诚信正名……

宋风河
是骗子还是英雄？

英雄的斧子

火从天降，小人物演绎真心英雄

2006 年 7 月 19 日，北京市东城区第一人民医院领导作了个特别的决定：为救人蒙冤、落难半生的股骨头坏死患者宋凤河免费治疗！这一消息把来自吉林的宋凤河感动得热泪盈眶。朴实敦厚的他不知如何表达自己的复杂心情，哽咽着说："有了这一天，我就是死也心甘了——这个社会肯定了我，我不是想当什么'英雄'，我只是想让全世界都相信我不是骗子！"

宋凤河是吉林省吉林市乌拉街镇公拉玛村的一个木匠。1978 年冬天，21 岁的他离开父母和新婚不久的妻子，到外地干木工活儿。事情就发生在从齐齐哈尔前往碾子山林场的大巴车上。

当时，宋凤河乘坐的定员 50 人的大客车却坐了整整 86 个人。当汽车行驶到蘑菇气镇附近时，车头忽然着火！而此时车上的电动门失灵，车窗拉不动，包括宋凤河在内的 86 名乘客逃生无门，情况十分危急！

情急之下，宋凤河双手抓住货架，用双脚猛踹车窗玻璃。可是，踹了两脚后，玻璃仍毫发无损。这时，火越烧越大，正在从车头往后面蔓延，车上的人命悬一线！在这紧急时刻，宋凤河忽然想到了他的工具包。匆忙间，他拉开工具包的拉链，包里的工具哗啦啦掉了出来。恐慌的人们听到声音后，不知所措地围着他看。这时，宋凤河大吼一声："闪开！"随后，他身边的玻璃就被斧子砸碎，求生的人们忽地一下朝着这扇窗口涌来。

接着，宋凤河又用斧子一连砸碎了好几块窗玻璃，急于逃生的人们前推后拥地往外逃命！没多久，刚才还在生死边缘的乘客们来到了安全地带，宋凤河也随着逃生的人流跳窗而下。忽然，惊魂未定的人群中冲出了一个 30 多岁的妇女，只见她发疯似地往车上跑，撕心裂肺地号哭着："孩子！我的孩子还在车里！"

紧急时刻，宋凤河一把拉住妇女，急切地说："你等着，我去找你的孩子！"说完，他就朝汽车跑过去。这时，司机在远处大喊："不要过去！汽车的油箱马上就要爆炸了！"宋凤河听到了司机的喊声，但是这时他已管不了那么多了，救人要紧啊！他扒着车窗就要上车，可大火中的车窗烫伤了他的双手，他已无法攀爬。于是，宋凤河急忙脱下结婚时新买的呢子大衣垫在车窗上，钻进了汽车。刚一上去，大火一下子就烧光了他的头发和眉毛，他用手捂着烧光的头循着声音找去：一位老人被压在了车座下面无法出来！身强力壮的宋凤河来不及多想，一个箭步冲过去，抓住老人的衣服就把他从车窗丢了出去。

接着，他又循着哭声找到了裹在被子里的孩子。可是，孩子那么小，如果也从车窗丢出去，一定会受伤！如果怀抱着孩子跳下车，他又担心跳下去后把孩子压伤。情急之下，他把孩子放在自己肩上，一手护着襁褓中的孩子，一手扒着车窗跳了下去！

宋凤河背着孩子跳下去后，正好摔在了车辙上，孩子没有受到伤害，可宋凤河却摔伤了腰，躺在地上无法动弹。同车的人连搀带拉地把他拖到了 10 米以外，就在这时，"轰"的一声闷响，汽车的油箱爆炸了。过了几分钟后，汽车就变成了骷髅一样的车架子。

这名 30 多岁的妇女抱着劫后余生的孩子跪在宋凤河面前，一个劲儿地说："恩人哪！恩人哪！"几个老人也走了过来，齐齐地跪在宋凤河面前谢恩。被他救下的整整 85 人把宋凤河层层围了起来，有的说一些感恩的话，有的不停地哭。宋凤河忍着腰痛把那些下跪的人扶起来说："你们不要感谢我，要谢就谢这把斧子吧。如果没有这把斧子，我们这时还在车里呢！"说着，他把手中的斧子举了起来。看着这把斧子，宋凤河忘记了疼痛，忘记了自己烧焦的头发和眉毛，他憨厚地笑了，笑得很开心。

当天下午，客运站的调查人员就来到事故现场，并把所有的乘客运回了客运站。乘客们围着客运站的领导七嘴八舌地说："今天多亏了这个小伙子，如果不是他，我们早就没命了！"客运站的领导握着宋凤河的手，感动地说："我们的损失不算什么，这 85 条人命要紧啊！你立了大功！你是我们大家的大恩人！"当时的宋凤河腰部受伤，脸被烧得全是水泡，客运站领导就把他送到了医院。第二天一早，所有的乘客都被送走了，宋凤河也提出要回家。

临走时，客运站的领导赠送给宋凤河一件羊皮棉袄，并问他还有什么要求。

这时，宋凤河红着脸、极不好意思地说："人命关天，救人时什么也没想。现在如果让我提要求，那我就真的提一个。"宋凤河吞吞吐吐了半天，终于提出了他的要求，"你们给我所在的乡里写一封感谢信好吗?"客运站领导惊奇地问："为什么只要一封感谢信呢?"宋凤河不好意思地说："因为我很早就不上学了，没有当上团员，在我们兄弟姐妹6个中，就我不是团员。我羡慕他们啊。你们的感谢信证明我做了好事，团里就会考虑我入团了。"客运站领导一听，立即答应了他的这一特殊要求，并十分肯定地说："我们不仅要写感谢信，三天之后，我们还要登门感谢呢!"

宋凤河留下通信地址后，心满意足地踏上了回家的路——救人，感谢信，入团，他迫不及待地想跟家人分享自己的快乐……

真实的谎言，"宋斧子"蒙羞含冤27年

宋凤河走进家门时，先把老母亲吓愣了，她对着宋凤河看了又看："这是怎么了?"此时的他眉毛、头发全没了，衣服也不是自己的。宋凤河笑着对母亲说："别看了，我是您儿子!"接着，宋凤河就把他救人的经过告诉了全家人，他特自豪地对爸爸说："您说您曾经几次救过松花江中落水的人，我这次可是超过您了，我一共救了85个人!"

爸爸听了儿子的讲述后特别开心，当天晚上，他就专门为儿子摆了庆功宴：几碟小菜，一壶老酒。爸爸亲自给儿子倒了满满一杯酒——这是爸爸给儿子的最高奖赏。宋凤河觉得，喝下爸爸亲自倒的酒，是最荣耀、最幸运的事情……

第二天，宋凤河的英雄事迹就传遍了全村，村里的男女老少都来看望他，他一遍遍地讲述着那惊心动魄的情景，并一再强调，三天以后，感谢信就会寄到村里来! 在那个崇尚英雄的时代，村里出了英雄，这份荣耀不仅仅是个人的，还是全村的。所以，宋凤河一时间就成了全村人心中的英雄人物。当天，

邻居家的一个团员就激动地对宋凤河说："有了这样的英雄事迹，入团就没有问题了，就让我做你的入团介绍人吧！"

三天以后，宋凤河和村里人一起开始等待那封光荣的感谢信。可是，三天过去了，大家却没有看到感谢信。在宋凤河焦急的等待中，一个月过去了，感谢信还是无影无踪！这时，村里的人都失望地问宋凤河："你真的救人了吗？你是不是在撒谎？"宋凤河一听赶紧解释："这么大的事情，我怎么会撒谎呢？没准是他们给忘了。""可是，你救了这么多人国家能忘记你吗？你八成是不小心把头发烧了，你又想入团才趁着机会撒谎的吧？"

见村里人这么不信任自己，宋凤河就说："我不入团可以，但是你们不能不相信我啊！那事情是真真切切发生过的！"但他越解释，别人就越不信他。不知不觉中，时间过去了一年。在这一年里，宋凤河不止一次地做着同样的梦：客运站派人送来了感谢信，他们敲着鼓，高举着大奖状，来到宋凤河家，他们给宋凤河戴上大红花，把大大的奖状递到宋凤河手中，宋凤河高兴地笑啊笑。正笑着，梦就醒了，联想到左邻右舍怀疑的目光和讥讽的话语，宋凤河忍不住流下了委屈的眼泪。

在那个民风淳朴的村庄里，宋凤河的"谎言"触犯了众怒，村里的人不再理睬他。从此以后，宋凤河在众人面前无法抬头，他每天早上醒来，就和家人说，你们要相信我，我说的都是实话！可是，他说得多了，连家里的人都不再理会他。因为他的"弥天大谎"，家里的人也备受连累，在村里，爸爸、妈妈和兄弟姐妹们都觉得灰溜溜的，心里非常别扭。

一天，宋凤河突然接到参加团组织先进青年会议的通知，他喜出望外地第一个到会，他还以为是团支部收到了感谢信要发展他入团呢。可是，大家在会上的发言，如晴天霹雳般把他惊醒了。年轻的团员们义愤填膺地说："为入团，你编造谎言，你这样的人还想入团？团里需要的是诚实青年，不需要你这样的骗子！"宋凤河没想到团会成了对他的个人批斗会！会后，浑身冰凉的宋凤河，在人们鄙夷的目光下尴尬地离开了会场——入团的梦想彻底破灭了，真实的"谎言"让他这个真正的英雄身败名裂。

回到家后，宋凤河心酸到了极点。他拿着那把斧子擦了又擦、看了又看：

"斧子啊！我受点委屈没什么，可不能埋没了你的功劳啊！那85条人命是你救的，你才是真正的英雄啊！"宋凤河流着眼泪，笨拙地在斧子的把柄上系了一个红色蝴蝶结。

从此以后，斧子就成了他最亲密的知心朋友，只有这把不会说话的斧子能够见证当时的一切。晚上，他把斧子放在床边，枕着它入眠；白天，他总是斧不离手，逢人便说："这把斧子可以作证，我没有骗人！"人们不愿意听他的唠叨，看见他就绕着走，村子里的小孩子哭闹时，大人们会吓唬说："别哭了，再哭就把拿斧子的招来了！"渐渐地，在众人眼中，宋凤河不再是正常人，而是个神经病患者！所以，村里人就送给他两个外号：一个叫"宋斧子"——他手中时刻拎着那把斧子，斧子好像成了他身体的一个器官；另一个外号叫"宋魔怔"——他想当英雄想疯了，着魔了。就这样，长年累月中，他的人格、自尊被周围的误解、耻笑和辱骂踩得粉碎！

宋凤河曾不止一次想给客运公司写信，也不止一次想去找一下那里的领导，让他们证明自己的诚信，可是，他一直不好意思那样做，因为在他当时的思想观念里，如果这样做，自己当时救人就好像是为了得到什么似的，这有违他的初衷。就这样，在周围人的不齿与羞辱中，时间一天天过去，宋凤河也从"小斧子""小魔怔"变成了"老斧子""老魔怔"。

到1992年，事情已经过去了整整14年，村里的人尽管仍然管宋凤河叫"宋斧子""宋魔怔"，但大家很少再提当年的事。这一年，向他旧事重提的是把脸面看得比生命都重要的老父亲。长期以来，父亲对儿子的事情一直耿耿于怀，以至于郁闷成疾，一病不起。宋凤河在父亲的床前床后忙碌了几个月，最终也没有止住这位70多岁老人离去的脚步。在父亲弥留之际，他对一群儿女都无话可说，唯独把宋凤河叫到了跟前，老人家用尽最后的气力恳切地问他："儿啊，现在屋里没别人，你跟我说句实话，那个事，到底是不是真的？"

听了父亲的话，宋凤河的心被深深地刺痛了："那个事"折磨了他大半辈子，同时也无时无刻不在折磨可怜的老父亲啊！他多想告诉父亲他过去说过的一切都是真的，可是，他却无法证明自己说的话。他悲痛地看了父亲一眼，就假装去厕所。在厕所里，35 岁的他忍不住低声哭了起来。就在他离开父亲的病床后，父亲一直盯着屋外，一直到死，都没有闭上眼睛……

宋凤河在父亲的坟前坐了很久。"那个事"使他最尊敬的父亲死不瞑目、含恨而终，使他多年忍受着常人无法忍受的歧视和屈辱，使亲朋好友对他侧目而视……时间越来越长久，澄清"那个事"的希望也越来越渺茫。他绝望地坐在父亲坟边，哭了一天一夜后，他想到了自杀。他想用这种方式告诉父亲，他没有撒谎，"那个事"是真的！

泣血诚信，迟到的感谢见证大义无悔

在父亲去世后的几天里，宋凤河少言寡语，神情呆滞，多年来风雨相伴的妻子觉察出异样，就对他格外留心。一天，妻子在他口袋里翻出了一瓶安眠药，她流着眼泪对丈夫说："这么多年都扛过来了，你可不能想不开啊！爸走了，你还要撑起这个家啊！我们上有老下有小，他们需要你啊！"听了妻子的话，他终于放下了自杀的念头。就这样，过去了 20 多年，但是，"那个事"一直是他的一块心病。

为了给父亲一个说法，他多方打听后，终于还是给已经搬迁的齐齐哈尔客运站写了一封信："我什么都不要，只要证明此事的真实性，证明我的诚信，了却我的一个心愿。"没想到他很快就得到了答复。十天后，对方办公室主任陶洪哲给宋凤河打电话说：收到你的信挺感动，我们下去调查了，但四五十岁的工人都买断工龄不在了，年轻人都不知道此事，无法帮助你，实在抱歉。

接到这个电话后，宋凤河的心彻底凉了：此时的他已经年过不惑，多年的误解和屈辱都已经过来了，以后就好好过日子，就当"那个事"不曾发生过吧！他这样安慰着自己。不料几年后，厄运却降临到他身上。

宋凤河在运送蔬菜途中发生车祸，右臂骨折。他一共做了两次不成功的手术，不仅没接好，家里还欠下了几万元的外债。祸不单行，2006 年 1 月，宋凤河又患上股骨头坏死，被定为二级肢残，失去了劳动能力，生活的重担全落在了妻子一人身上，本应由儿女照顾的 80 多岁的老母亲，却要颤颤巍巍地照顾儿子，每天给宋凤河搽药递水。

年过 50 的宋凤河身体越来越差，日子也过得越来越困窘。一天，一个远房亲戚顺道来看望，又提起了那段早已尘封的往事："你救人的那个事到底是不是真的？"宋凤河叹了口气说："当然是真的！可是，20 多年都过去了，当年客运站司机、售票员都联系不上，没有人能证明啊！"亲戚说："你都 50 多岁的人了，明明是个救人的英雄，却背了半辈子的黑锅，老天不公啊！你可以想办法让那 85 名乘客为你作证啊！"宋凤河一听连连摇头："到哪去寻找那些素不相识的被救者呢？"亲戚说："你别管，我帮你做这件事。"

2006 年 2 月的一天，亲戚把写着宋凤河当年事迹的信寄给了《新文化报》。2006 年 2 月 25 日，吉林省《新文化报》与黑龙江的一家媒体联动，在报纸上登了一篇寻找证人的报道，还配上一张宋凤河拿着斧子、讲述他火中救人故事的大图片。

刊登报道几天后，仍无任何消息，宋凤河紧张地等待着：若此路不通，那"骗子"的骂名不知还要背负多少年？就在宋凤河心灰意冷几乎绝望时，那封迟到了整整 27 年的信终于寄来了！

2006 年 3 月 12 日，邮递员送来一封来自内蒙古扎兰屯的特快专递，里边有一封短信和二百元的汇款。信纸上还残留着泪水的痕迹，信中写道：

"恩人啊，我们终于有了你的消息。我们是当年被你救下的母女俩，当年 50 多岁的母亲如今身体健康，当年 15 岁的女儿也过着幸福的生活。恩人要多保重身体，我们过几天去看望您……"宋凤河接到信后，百感交集："老天啊！你终于开眼了！我等了 27 年啊！终于等到了这一天！"他激动得忘记了身上的疼痛，拄着拐杖，一瘸一拐地来到父亲坟前。他抚摸着坟土，大哭起来，整整 27 年的冤屈啊！他把这 27 年的冤屈都化作了眼泪，洒在了父亲的坟头："爸爸，您今天可以瞑目了啊！我收到了感谢信，爸爸您听啊，我把信给您念念。我没有撒谎，这封信就是证明啊！"他一个人和爸爸说着哭着，说了很久，也哭了很久。

几天后，宋凤河又收到了几个当年被救者的信件和汇款，他把信留下继续读给父亲听，却把汇款一一退回了。还有的被救者生活条件不错，在信中问宋凤河有什么要求，宋凤河说："我没有任何要求，你们的钱我都不要，我只想通过你们的信证明自己没有撒谎。"

2006 年 5 月底，在媒体的帮助下，宋凤河强忍着腰痛，又来到了阔别 27 年的碾子山客运站。经过调查发现，原来 27 年前，宋凤河留下的地址被工作人员不慎遗失了，所以感谢信一直没能寄出去。

在这里，他又见到了当年同乘一车的人。一个被救的人拉着他的手说："大兄弟，当年多亏了你啊！"说着，她把身边的女儿拉过来，"这就是你最后救出的那个孩子，如果不是你，我和我姑娘早就没命了。"此情此景，使年过半百的宋凤河激动得泪流不止："这些年，我就等这一句话。有了这句话，我知足了！"

27 年前的见义勇为终于被证实，宋凤河的事迹感动着越来越多的人。2006 年 6 月，宋凤河得到了中华见义勇为基金会、吉林省政府和吉林市政府的奖励以及社会各界的捐款，共计 9 万元。同时，他的这个被埋藏了整整 27 年的故事，也感动了北京。北京市东城区第一人民医院宣布为宋凤河免费治疗股骨头坏死，宋凤河在这里接受治疗以后，效果非常显著。8 月 28 日，在北京东城医院免费治疗一个多月后，宋凤河已经能够离开双拐自由上下楼，医院通知他可以出院了。

在接受采访时，记者问宋凤河对此事有何感想，他拿出那把随身携带的斧子说："从今以后，别人叫我'宋斧子'我就不会再生气了，那一定是在夸我呢！"记者看着那把一尘不染的斧子说："这把斧子改变了你的命运，见证了你从一个英雄到被人误解的整个过程，它以后还会陪伴你，见证你今后的健康和平安。"宋凤河也深有感触地说："我会好好保存这把斧子的，它将是我的传家宝。我相信好人还是能得到好报的。只要你去做了，你就别后悔，只要你做了，你的心就是坦然的。"说完，宋凤河却又黯然落泪，"如果父亲能等到这一天，他一定会很高兴，他一定还会再给我倒酒的……"

（本文照片由宋凤河提供）

一场车祸，右脑3/4的脑叶完全损坏，

6次开颅手术，他艰难地从死亡线上挣扎回来，

但失去了大部分记忆，左侧肢体也处于偏瘫状态。

可两年后，这位大脑带着两块钛合金"补丁"的人，

竟奇迹般地戴上了东南大学的校徽。

专家测试后惊讶地发现：他的智力居然超群！

而书写这份生命传奇的人，不仅仅是他自己，

更是他坚强的母亲……

王亦恺
脑袋打着"补丁"上大学

贡琴在帮王亦恺锻炼身体提高智力

遭遇命运的毒蛇

2007 年 8 月 25 日上午 9 时 30 分左右，江苏省南京市东南大学九龙湖校区内，一位身材娇小的母亲颤抖着双手，把白底红字的校徽庄重地别在儿子胸前，面色略显苍白的儿子眼里顿时盈满泪水，他哽咽着说："妈妈，谢谢您！"母子相拥的感人场景，让本来喧闹的报名处瞬间安静了下来。在工作人员的带动下，人们把热烈的掌声献给了这位坚强的母亲。

贡琴于 1963 年出生于江苏省镇江市丹阳县（编者注：现为丹阳市），是丹阳县人民医院的一名护士，她的丈夫王海是丹阳县职业高级中学的优秀数学教师。儿子王亦恺一直是他们的骄傲：幼儿园时获镇江市幼儿智力竞赛二等奖，小学时获江苏省小数竞赛一等奖、全国华罗庚金杯赛银牌，初中时获江苏省奥林匹克数学竞赛一等奖，2002 年王亦恺被保送到江苏省丹阳高级中学实验班，2005 年 7 月如愿以偿地被东南大学录取。可就在接到通知书的第二天，一场大祸却从天而降。

2005 年 7 月 12 日上午，王亦恺早早地去华阳路电脑市场买电脑，临近中午 12 点还没回来。煮好饭后，贡琴伏在桌上迷迷糊糊睡着了。蒙眬中，她感觉有条眼冒蓝光的毒蛇吐着信子突然扑了过来，紧接着，一阵剧痛就直钻她的心脏……被噩梦惊醒的贡琴浑身战栗：儿子出事了！"我们母子是有心灵感应的！儿子 6 岁掉到河里的那次，我也是做了个奇怪的梦。"贡琴慌乱拨通了儿子手机，却听到一个陌生男子急促的声音："这是你家孩子吗？他被车撞了！"仿佛被凉飕飕的尖刀穿透了心脏，话筒从贡琴的手中掉了下去……

贡琴跌跌撞撞地奔到小区门口，疯了般挤过围观人群，凄惨一幕映入眼帘：儿子蜷缩着，一动不动地侧趴在地，头部斜枕在一摊鲜血上，鼻子、嘴里，血还在不住往外流淌，眼镜则被摔得粉碎……职业的本能让贡琴立即扒开了儿子的瞳孔，发现瞳孔已放大了；她又测了一下儿子的脉搏，儿子已没了心跳。"苍天呀！"贡琴惨叫一声，几乎晕厥过去。

"让我陪儿子手术吧！求求你们了！"被同事拽出手术室的贡琴大声地哀求着。手术室大门关上了，贡琴的脑中一片空白。

不知过了多久，惊魂未定的贡琴终于看见了儿子。可是，仅仅过了不到10分钟，王亦恺的生命体征又开始减弱。"病人颅内又出血了，立即进行第二次手术！"虽然医生采取了一切能采取的措施，死神还是继续纠缠着王亦恺，颅腔中不间断地出血，让医生束手无策。第三天，奄奄一息的王亦恺被转到了镇江市第一人民医院。在短短3天内，医生又为他进行了两次开颅手术。可是，尽管医生想尽了办法，还是没能解决脑出血问题。

令人胆战的病危通知书让心如刀绞的贡琴哭干了眼泪。3天中，她没吃一口饭，没喝一口水，甚至连一秒钟也不敢合眼，她怕老天会趁着自己睡着的间隙，悄悄地将儿子掠走。为了防止贡琴出现意外，同事们忍着泪水，给她注射了安定剂。

上海的专家来了，南京的专家来了，会诊的结论是：只有止血成功，才能保住王亦恺的生命，而手术治疗是唯一可行的方法。可就在医生紧张地制订第五次手术方案的过程中，王亦恺突然发起了高烧，并且心脏一度停止跳动。主治医生摇着头说："这样的体质是不适合手术的，对不起，我们已经尽力了！"

"一定要想办法救活我的儿子！"7月19日那天深夜，大雨倾盆，贡琴木然地伫立在重症监护病房外，眼泪扑簌簌地滚下来。猛然间，她想起了白天看到的医院花坛中的一株野紫薇，这花不是有解毒、止血的功效吗？贡琴的眼睛为之一亮，她一下子冲了出去。贡琴小心翼翼地捡拾着地上的花朵，像是捡拾着儿子生命的希望。

凌晨时分，贡琴坐在医院的走廊上，借着朦胧的灯光一针一线地为儿子缝制着枕头。"儿子，你要坚持住啊！妈妈在给你做紫薇药枕。暴风雨中的花朵是最坚强的呀！"喃喃自语的贡琴一不小心，针深深地刺进了她的手指。一旁的丈夫王海按住了妻子流血的手指，滚烫的泪水汩汩而出……

"儿子，你是最优秀的，你会创造奇迹，你不会离开我的！"那一夜，贡琴把药枕轻轻垫在儿子的头下。

点燃生命之火

也许是贡琴的爱心感动了上苍，当天下午，王亦恺居然退了烧，并立即被推进了手术室。第五次手术后，王亦恺的脑部终于不再出血了，又经过 10 多天的治疗，他终于醒过来了。"儿子，儿子！"贡琴揉着肿得核桃般的眼睛，眼泪哗哗地流淌下来。她多么希望儿子能叫她一声妈，"儿子，我是妈妈啊！"可王亦恺眨了几下眼，喊出的却是："阿姨！"贡琴不敢相信自己的耳朵，她又指着丈夫王海对儿子说："恺儿，你看这是谁？"王亦恺又眨了几下眼，低低地喊出来的竟是："叔叔。"

"医生，我儿子怎么了？""他右脑四分之三的脑叶已完全损坏，能够醒过来已是万幸，他的智力将大幅度下降，左侧肢体也会偏瘫。""智力会下降到什么程度？""按目前的情况，他的智力只能比痴呆人稍高一点，你要有心理准备呀！"

2005 年 8 月 7 日上午 8 时，查房的医生刚走，王亦恺突然脸色煞白，接着便不停地抽搐起来，随即就休克了。贡琴急得大叫起来："不好，是癫痫发作！"闻讯赶来的医护人员急忙去拿氧气袋。贡琴清楚地知道，脑外伤引起的癫痫危害性很大，患者不仅会因缺氧加重脑细胞的损伤，甚至可能造成其他脏器功能的损坏。儿子的大脑再也经不起折腾了，贡琴赶忙跪在儿子病床边，捏住儿子的鼻子，给王亦恺进行人工呼吸。

通常情况下，癫痫发作时间很短，可王亦恺的情况很特殊，好几分钟过去了，他还没能恢复自主呼吸。贡琴急哭了。经诊断，大量脑积液才是引发王亦恺癫痫的罪魁祸首。现在唯一可行的办法就是再次打开病人头颅，装上高性能的引流器。这种手术本来不复杂，可对于王亦恺这样的病人来说，却存在着极大的风险。

在医生建议下，贡琴与丈夫把儿子转到了上海华山医院，专家在王亦恺脑中装上引流管后，又成功地用钛合金，修补了手术时他大脑两侧被去掉的颅骨。

主刀医生做完手术后感慨不已："这样严重脑伤的人居然能够活下来，真是奇迹！"医生的感叹给了贡琴莫大的鼓舞。既然儿子能够创造医学奇迹，也就一定能够创造智慧的奇迹！她决心尽一切努力帮助儿子恢复智力，她甚至想象着有朝一日，儿子能像其他同龄人一样跨进大学的校门。

转眼就到了东南大学开学的日期，这时的王亦恺仍像个痴呆人。不按时报名注册，学校就会取消儿子的入学资格。贡琴向东南大学提出了保留王亦恺学籍一年的申请，被破例批准。

2005 年 10 月底，贡琴让教毕业班的丈夫回镇江上班，而自己带着儿子到了江苏省人民医院，请国内著名康复专家江钟立教授对儿子进行系统的康复治疗。

那是怎样辛苦的日子呀！王亦恺生活无法自理，大小便失禁。每天早上一起床，贡琴就细心地检查儿子有没有尿床，然后就坐在儿子的身边，把饭菜一口一口送进他嘴里；接着，她还会把儿子背到屋外呼吸新鲜空气。从上午 8 点到 11 点，是王亦恺接受江教授康复治疗的时间，可贡琴却无法闲下来，擦地，洗衣服，买菜，做家务；中午给儿子喂好饭，休息一会儿后，她就开始给儿子讲故事，陪儿子聊天，希望借此唤起儿子失去的记忆。

脑袋打着"补丁"进大学

长期的操劳让贡琴的身体每况愈下，她的胃病复发了，脸色变得苍白而蜡黄。"我的儿子一定能够好起来，一定能像其他人一样正常生活！"这样的信念支撑着贡琴。

艰苦的付出最终有了收获。2006 年 1 月 5 日下午 3 点左右，正听着贡琴讲故事的王亦恺突然清晰地说："妈妈，我身上好疼！"贡琴几乎不相信自己的耳朵："儿子，你耸耸肩，动动脚呀！"王亦恺听话地动了动肩膀，又挪了挪脚。"我儿子真醒了！会叫我妈妈了！"贡琴抱着儿子，幸福得流下了泪水。

　　日子悄无声息地流逝着，王亦恺的意识渐渐恢复。因出事前儿子对数字特别敏感，贡琴就有意识地通过数字帮助他恢复记忆。她陪儿子每天用扑克牌玩"24点"游戏，以提高王亦恺的心算能力；看到医院里的电话号码、家人或朋友的身份证号码和手机号码，她都与儿子比赛，看谁背得既快又准。渐渐地，王亦恺记起的往事越来越多，甚至连一些简单数学题都能做出来了。

　　为了让儿子能够站起来，贡琴每天帮王亦恺按摩、推拿、牵伸，她还制作了许多简易的康复锻炼器械，陪儿子每天练习7个小时以上。为了缓解腿部肌肉痉挛，王亦恺每天都要站在斜板上锻炼，总是痛得冒冷汗。每当这时，贡琴就也站到一旁，一边鼓励儿子，一边陪着锻炼。王亦恺身上每天20多个部位得注射肉毒素，医生担心时间一长他承受不了，有一阵子，就给他停了几天药。"为了妈妈，我要快点恢复！"那天，王亦恺突然说。"妈妈，给我打针吧！我不怕的！"看着日益坚强的儿子，贡琴喜极而泣。

　　可是，从2006年5月初开始，王亦恺的情绪却突然低落了，生气时还会摔东西。贡琴很快了解到事情的原委——前几天，一个考上大学的同学来看望儿子，他兴奋地向王亦恺介绍着多彩的大学生活，目的是鼓励王亦恺尽快恢复健康，而王亦恺想到自己目前的状况，却觉得上大学成了遥不可及的梦，因而产生了沮丧情绪。

　　"得想办法重振儿子的信心。"王亦恺从小就喜欢书法，贡琴就买来笔墨，让他在病房里练，并把好作品贴在病房的墙上。听到病友们的夸奖声，王亦恺露出了笑容。不久，贡琴又请金陵中学的朋友，专门编了一张很简单的数学试卷，善意地欺骗儿子说，这是金陵中学高中二年级期中考试的试题，王亦恺得到满分后。贡琴说："我儿子永远是最棒的！"看着自己的满分试卷，听着妈妈的表扬，王亦恺激动而又开心。

　　王亦恺因病没有看2005年春节联欢晚会。有一次，病友跟他闲聊《千手观音》节目，本来躺着的王亦恺竟坐了起来。贡琴注意到儿子这一表现，迅速从网上下载了这个视频给儿子欣赏。被精湛的舞蹈艺术深深震撼的王亦恺感动地说："妈妈，这真是一群残疾人吗？她们真了不起！"贡琴红着眼圈告诉儿子："这是一群真正的聋哑人，她们之所以能表演得这样绝美，是因为她们对生活、对生命都无比热爱呀!"

一天,天空灰蒙蒙的,贡琴与儿子一起坐地铁。车祸后第一次出门的王亦恺,面对熙熙攘攘的人群,双脚不由得开始打战——那些同情的目光让他产生了强烈的自卑感。贡琴把儿子的手捏得紧紧的,向儿子传递着鼓励和支持。地铁到达珠江站时,精疲力竭的王亦恺实在支撑不住了,一个小女孩笑着站起来,说:"哥哥坐吧,当心点!"贡琴犹豫了一下,她觉得,借着这个机会,既应锻炼儿子的体能,更该磨炼他的意志,于是代儿子婉言谢绝了:"哥哥不用坐,他能坚持住的!"听到妈妈的话,懂事的王亦恺不由得站直了身子。

贡琴再次向东南大学提出了让王亦恺保留一年学籍的申请。2006 年 9 月 10 日,学校特别抽调了学生处、教务处、建筑学院的有关人员,与东南大学附属中大医院的医学专家,以及江钟立教授组成了测试小组,对王亦恺的智力和体能进行测试。按国际惯用的韦氏智力测试法,满分是 140 分,王亦恺得了 138 分,而普通人却只有 100 分到 120 分。"王亦恺的智商极高,只是身体机能还有待康复。"学校立即为王亦恺办理了入学和休学手续。考虑到毕业后的工作对体质的要求,学校把王亦恺转进了会计专业。

2007 年 5 月,王海让儿子进入自己学校的成人会计班,先学习一段时间。第一次考试,王亦恺的成绩只有 58 分。贡琴把儿子曾经获得的一等奖证书、东大建筑系的录取通知书放在儿子面前,鼓励他说:"这次失败是因为你一时不适应,只要你勇往直前、永不止步,妈妈相信你是最优秀的!"王亦恺看着妈妈,握起了拳头。

2007 年 8 月 25 日,王亦恺终于正式进入了东南大学。面对这枚迟到了两年、几乎耗尽了妈妈心血的校徽,他幸福地哭了:"感谢您!亲爱的妈妈!"

(本文照片由贡琴提供)

法　治

　　法治是人类社会进入现代文明的主要标志，是人类政治文明的主要成果，是现代社会的一个基本框架。大到国家政体，小到个人言行，都需要在法治框架内运行。对于现代中国，法治国家、法治政府、法治社会一体建设，才是真正的法治。那些遭受不法侵害的不幸同胞，我们给予同情和法律救济；那些甘于奉献，勇于牺牲，甚至不惜用生命捍卫法治，保万民平安的时代英雄，祖国和人民，向你们致敬！

人的一生中谁能保证不犯一次错？

但对他来说，

哪怕一次小小的失误都将付出生命的代价。

他是一名每天都与死神打交道的拆弹专家，

也是全国公安系统"唯一没有伤残"的排爆英模，

他用自己时时刻刻的生命危险，

为老百姓换来了实实在在的安宁。

他叫王百姓，他懂百姓、爱百姓，他也是百姓……

王百姓
拆弹专家 15000 次单刀会死神

生命换来的一枚枚奖章

"明知道前面要送死，要牺牲，也得上"

1994 年 3 月 24 日，一列火车在京广铁路安阳段的野外紧急停车。"现在是临时停车，请各车厢乘务员坚守岗位，确保旅客安全……"听到这样的广播，许多乘客的眼里充满了疑惑：怎么回事？

早春的中原大地，乍暖还寒。安阳大桥下，一个桥墩旁的泥沙中，一枚抗战时期遗留下来的航空炸弹隐隐露出"狰狞的面庞"。一群施工人员表情严峻，正在紧急撤离。警灯闪烁，警车飞驰，警戒线迅速拉起……

警戒线外，数百双眼睛都聚焦到从警车上走下来的那位中年男子身上，他就是被公安部多次表彰的著名排爆专家、河南省公安厅三级警监——王百姓。

"大家都撤远一点儿，我自己上去。"

空气在那一刻骤然升温，王百姓的鼻尖上也渗出了细细的汗珠。他独自一人走近航弹，轻轻蹲下身来，小心翼翼地掏土，那枚乌青的航弹渐渐显露出来——竟是枚 250 公斤级的大型航弹！王百姓谨慎地拿出随身携带的听诊器，一头戴在耳朵上，另一头小心翼翼地放到这个大家伙的肚皮上，静静地听。整个世界在那一刻都静得出奇，围观的人们几乎能听到自己的心跳……

王百姓沉着地将绳索套上航弹，小心翼翼地一点点拖动，每操作一步，他都冷静地贴在弹体上听听……27 分钟后，在战友们的配合下，王百姓终于将航弹拖离了桥墩！

而起运是更加危险的！为防止震动引起爆炸，王百姓跳上汽车，紧抱炸弹，并用听诊器观察着炸弹的内部变化，然后回头果断地朝司机喊道："兄弟，开车吧！"

汽车像蜗牛一样缓缓驶向公路，沿途所到之处，数百名警卫人员纷纷向怀抱炸弹的王百姓敬礼！而望着列车缓缓通过安阳大桥，王百姓的眼角露出一抹笑意。

其实最危险的还在后面——拆弹。

当王百姓匍匐在地、屏住呼吸剪向炸弹引线的时候，战友们的心也都提到了嗓子眼儿——稍有半点差池，王百姓的性命可想而知。而这样的危急时刻，在王百姓每天的工作中随时都有！像以往的无数次一样，在王百姓舍命工作的同时，总会有一个同事怀着复杂的心情，默默地举起相机为他留张"工作照"，这一次也不例外。这是王百姓本人的意愿："万一出事了，给后人留个资料，也给家人有个交代。"

连他自己都不知道，哪一张，会是生命里的"最后"一张。

王百姓是郑州市二七区侯寨人，父亲王栓来之所以给儿子起名王百姓，是希望儿子做个"正直无私、心存百姓"的人。王百姓也的确没有让父亲失望，25 岁时，大学爆破专业毕业的王百姓因为发明了掩体爆破器，成为军队中最"牛气"的爆破专家，他所著的《爆炸物品使用与管理》《爆炸现场处置》等图书，至今仍被当作教材使用。

1977 年，回郑州探亲的王百姓到省人民医院看望在这里工作的一位战友的母亲。老阿姨很喜欢憨厚老实的王百姓，顺嘴问了句："小伙子，有对象了没？""还没。"

就在腼腆的王百姓脸红脖子粗的当口，年轻美丽的女护士陈金娥恰巧走进来。"哎呀，正好，小陈也没对象，我看你俩倒是蛮合适的！"

就这样，在这位热心阿姨的撮合下，军官王百姓和护士陈金娥成了恋人。1978 年，两人登记结婚，1980 年，他们有了宝贝女儿王奇。

这看似极普通、极平常的一个小家庭，却因王百姓的特殊职业而显得"特殊"起来：1984 年，王百姓转业，被河南省公安厅直接"截留"，专业就是排爆。

"不行！这活儿咱不能干！"身为护士、看了太多鲜血与死亡的妻子自然不愿意丈夫每天都出生入死。而王百姓却态度坚决："什么职业都得有人干啊，都怕危险都不干，那谁来干？"

一天深夜，王百姓接到了省厅的紧急电话，河南省郏县村里一辆桑塔纳车底被人安装了一枚炸弹。这是一枚无线遥控的智能型炸弹，国内罕见。炸弹离最近的村民家还不到 30 米，村里的办公楼也在不远处，炸弹一旦爆炸，足以炸毁周围全部设施，损失难以估计。更为危险的是，当时犯罪嫌疑人还没有归案，如果混迹在人群中启动遥控，炸弹随时都可能爆炸。

王百姓第一次进入车底，很快就退出来了。王百姓深知排爆需要极其良好的心理素质，心里不能有一丝急躁，而这枚遥控炸弹的危险又非比寻常。王百姓喝了几口矿泉水，稳了稳情绪，第二次钻进车底。王百姓理出头绪之后，开始一根一根地剪引线，一共剪掉了 10 根，最后只剩下 2 根线，却吃不准了。这是最关键的一步，剪错了要爆炸，同时剪 2 根也容易爆炸。怎么办？王百姓钻出车底，深吸一口气。

当第三次钻入车底的时候，王百姓甚至能够听见自己的心跳。咔嚓，在那决定生死的一剪中，那么冷的天，王百姓却感觉自己浑身都被汗湿透了。王百姓并没有就此罢手，他用棉被把炸弹包裹着拉至一棵大树旁，以树作盾，怀抱大树将炸弹一点点"肢解"，直到这个高度危险的家伙变成一堆废料。

当丈夫出生入死排爆时，作为排爆警察的妻子，那份揪心的苦楚是常人难以体会的。那时候女儿还小，丈夫又整天忙，全国各地四处飞，排爆，讲学，常常一走就是大半个月，而自己的护士工作也是没日没夜，陈金娥没少受委屈。然而气过恨过之后，她还是对丈夫彻骨地思念与担心。"你什么时候回来？"这句问话几乎成了夫妻俩每次通话的开场白。

王百姓理解爱妻的担心，他何尝不牵挂着老婆孩子呢？然而，他更明白自己的使命："排爆是我的职责，就像冲锋陷阵是军人的职责一样，明知道前面要送死，要牺牲，也得上！"

每次离家出门，王百姓都不敢去深想自己到底能不能平安回来；而每次回来，妻子总揪心地发现：丈夫的口袋里又多了一张或几张"工作照"。

"女儿哭着求他拍的全家福，他总揣着"

女儿王奇从小就为自己有个警察爸爸而骄傲，但在相当长的一段时间里，她并不知道爸爸具体是做什么的——在她幼小的心中，爸爸应该是专门抓坏人的。而一次意外发现，小王奇才真正知道爸爸的职业。

那天小王奇想找硬一些的纸包书用，见爸爸的抽屉没锁，就去翻找了起来。她没找到纸，却发现了一叠又一叠照片，每张照片上都有爸爸，或者说只有爸爸。而爸爸面前总有一个黑乎乎、硬邦邦的家伙，有的像西瓜，有的像煤气罐，有的说不清像什么，但看着爸爸小心翼翼面对着它们的样子，小王奇蓦然联想起电影里的某些画面，不禁"哇"地大叫起来："炸弹！"

原来爸爸是专门跟炸弹打交道的呀！难怪爸爸每次出门的时候，妈妈总是不忘小声地叮嘱一句："你小心点啊。"想起这些，小王奇感到头皮发麻。

"爸爸——"小王奇疯一样冲出去，边哭边喊，"爸爸！你在哪儿啊，你快回来呀！"

陈金娥看到女儿的失常举动，吓坏了，她急忙追出去，看到小小的女儿满脸是泪，正痴痴地望着车水马龙的路口，小小的胸口正捂着一叠爸爸的照片。

那一天，陈金娥搂着女儿哭成了泪人。

"有些坏人专门安炸弹搞破坏，不把这些炸弹排除掉，炸死人怎么办？你爸爸就是专门拆这些炸弹的。"冷静下来的陈金娥不忘劝慰和教育女儿，"有许许多多的警察叔叔跟爸爸一样，专门做这个工作，等他们把炸弹全拆光了，咱们就平安了呀。奇奇你说，爸爸是不是很伟大？"

小王奇泪眼婆娑地看着妈妈："那……那爸爸拆弹时，炸弹爆炸了怎么办？"

陈金娥心里一凛，捂住了女儿的嘴："不会的，不会的，爸爸很疼你，很爱我们，爸爸不会有事的。他一个人在外工作很不容易，奇奇乖，别让爸爸为我们操心，好不好？"小王奇点了点头，晶莹的泪珠一颗一颗落在妈妈怀里。

三天后的晚上，王百姓从外地出差刚回到家，小王奇就扑到他怀里："爸爸，你可回来了！"一句话没说完，眼泪又流下来了。

"怎么了？"王百姓慈爱地搂着女儿，为她擦眼泪。小王奇也不回答，她一手拉着爸爸，一手拉着妈妈，抽泣着说："爸爸，妈妈，我们去照张……全家福吧，都好几年……没照了……"

王百姓望一眼妻子，妻子的眼里也满是泪水，他立刻明白了。

常年征战在公安一线，这样的温馨时刻竟成了奢侈

王百姓默默地抱起女儿，女儿依恋地搂住了他，小小的泪脸紧贴着他的脖子，在那份湿漉漉的温热里，王百姓潸然泪下。

王百姓陪着妻子和女儿，连夜去拍了张全家福。从此以后，整个河南省公安厅的同事们都知道：女儿哭着求他拍的这张珍贵的全家福，王百姓总揣在身上。

王百姓出生入死，以过人的胆识和辉煌的战绩渐渐成了中国爆炸事故处理的"定海神针"，别人干不了的、没人敢干的，最后出马的准是王百姓。陈金娥知道，轮到丈夫接手的任务，肯定难度最大，也最危险。

一天中午，丈夫打来电话，说下午要出差去河北邢台，现在就在她们医院旁边的饭店，让她过去一起吃个饭。

丈夫出差的事情对于这个家来说已经司空见惯了，尽管他的"出差"与其他人有着那么大的不同。陈金娥去了才发现，与丈夫在一起的还有警界的两个同行，一说才知道，是邢台那边过来请王百姓的。

"这次是什么任务？"陈金娥很是警觉。

"没什么，有个邮包出了点儿问题。"王百姓轻描淡写地说。

"邮包炸弹！"正在夹菜的陈金娥紧张得一哆嗦，下意识地追问，"那炸了没有啊？"

"炸了。"王百姓依然语气轻松。

河北的一个同行以为王百姓没听清楚他们上午的汇报，随口纠正说："王老师，那炸弹还没炸呢。"

"啊？"听了这话，陈金娥的脸色刷地就变了。她嘴唇颤抖着，不安地放下了筷子。

"你……你别担心，我会小心的。"王百姓温存地搂了下爱妻的肩，声音再没了刚才的轻松。眼睛湿润的陈金娥定了定神，给丈夫，也给这群穿警服的男人们一个微笑，继而举起茶杯："来，咱们就以茶代酒吧，祝你们一切顺利！"

放下茶杯，陈金娥再也忍不住眼泪，她冲进洗手间，无声地啜泣。

王百姓极力抑制住泪水，他不停地眨着眼睛，望向天花板。那顿饭，没怎么吃就散了。

王百姓把妻子送到医院门口，看着她走进去。妻子走几步就回一次头，王百姓感到一阵揪心的疼。

正准备离开的时候，王百姓突然看见一个穿着白大褂的人远远地奔来，是金娥？他快步迎上去，果不其然！

"怎么了？"

"我……我来送送你……"陈金娥一边说着，一边从兜里掏出几个苹果，给丈夫和他的同行们每人发了一个。"没来得及买，这是在办公室拿的，带上苹果就会平平安安！"陈金娥又哽咽了，望着丈夫，她小声而深情地嘱咐，"小心点啊，我等着你平安回来。"

望着陈金娥单薄的背影，几个铁打似的男人都眼中含泪，而他们的手里，都紧握着一个代表着平安、也浸透着一个女人无限牵挂的苹果。

"这 2482 颗红豆，是俺全村老百姓的心"

从事排爆工作 35 年来，王百姓"摆平"过各类炸弹 10000 多枚，排除爆破装置和哑炮 1100 多个，处置大小爆炸现场无数。人们常说不怕一万，只怕万一。其中的任何一枚如果炸了，王百姓都无法全身而退。由于拥有这些拿生命换来的战绩，王百姓多次被授予全国劳模、全国公安英模等荣誉称号。

排除险情千万，挽救生命无数，然而一年 365 天，王百姓甚至没有一个"全天"能好好陪陪乖巧的女儿和日夜操劳的妻子。"有时候真希望我爸病两天，只有这样，我才感觉他是家中的一员。"这是女儿王奇的真心话。

一个上有老、下有小的男人，怎能不顾家、不爱惜亲人？但是一走上工作岗位，王百姓就什么都顾不上了。

河南省是我国人口最多的一个省，经济相对落后，许多农民靠生产烟花爆竹赚点儿家用，一度造成严重安全隐患。有一年，信阳架子沟村接连发生烟花爆竹作坊爆炸事故，其中一起就死亡 18 人。为了安全起见，当地有关部门决定取缔这些作坊，没收烟花爆竹成品，但没想到实施起来竟遭受了很大的阻力。

当执法人员的卡车满载没收来的烟花爆竹准备驶离架子沟村的时候，全村老少哭声一片。他们中有的死了丈夫，有的死了兄弟，有的全家只剩了一个活人。眼看着用自己的血汗和亲人性命换来的劳动成果即将毁于一旦，村民们不顾一切地阻拦，有的炮农甚至在政府车辆必经的 107 国道上点燃了成堆的玉米秸——只要载有爆竹的车辆一通过，后果可想而知！

万分危急关头，王百姓来了。

出人意料的是，王百姓没有劝说村民，而是直接找到负责领导，替全体村民请愿！"老百姓穷怕了，他们挣点钱不易，他们以性命作代价，冒险生产为的是什么呀？我们除了没收，就没有其他办法了吗？"王百姓语重心长地说，做老百姓的思想工作，就跟治水是一个道理——只能疏导，不能强堵，否则矛盾激化，后果就不堪设想了。

王百姓入情入理的话终于打动了县政府领导，相关部门随即改变了工作方向，变强制取缔为合理引导，并委派王百姓挂帅，派出爆破专家组，蹲点指导农民科学制作、安全生产。

炮农悬着的心落下去，王百姓的心却悬了起来——正在他蹲点授课的当口，身患食道癌晚期的父亲病危了！

几天前，王百姓终于抽出几个小时的时间来到父亲的病床前。望着生命垂危的父亲，他眼含热泪，不忍离去。深明大义的父亲虚弱地说："你去吧，我会等你回来。"

可是几天后，当王百姓完成授课急忙赶到医院的时候，老父亲已昏迷不醒了。

"爸——"王百姓握住老人干枯的手，颤声呼唤。听到儿子的呼唤，昏迷的老人无力地睁开了眼，混沌的目光在儿子的脸上留恋地扫了几下，只说了一句话："你可回来了……"便与世长辞。

"爸——"连日来的过度劳累，加上内疚与极度伤悲，王百姓扑在父亲的遗体上哭昏了过去。

含泪办完父亲的丧事，王百姓又回到了架子沟村。在他的亲自指导下，架子沟村再没发生一起烟花爆竹爆炸事故。科学的制作加上合理的经营，炮农们安宁了，也致富了。

那年春节，王百姓终生难忘：架子沟全村 2482 位村民，自发地要集体给恩人拜年！他们就这么敲锣打鼓，一路放着鞭炮走向省城郑州！

村民们哪里知道，那时候正是郑州市区禁止燃放烟花爆竹的第一年。

听到消息的王百姓怕发生意外，连忙出城迎接。当他看到 2000 多位父老乡亲站在寒风里等他的时候，一股酸涩的暖流直击他的心房："太冷了，乡亲们请回吧！"

一位 76 岁的老人走上前来——在那次爆炸事故中，这位老人失去了儿子和兄弟——老人颤抖着双手捧过来一个小布口袋，王百姓正要推辞，老人含泪开口了："恩人哪！这不是别的，这是 2482 颗红豆，是俺全村老百姓的心啊！"王百姓郑重地接过口袋，这个铁血汉子忍不住落泪了。

河南省公安厅的同事们都知道，王百姓平时最爱管老百姓的"闲事儿"：手提编织袋的、腰系草绳的、趿拉个拖鞋的，都爱来找他，王百姓从不嫌麻烦，总是以礼相待。

一名在爆炸事故中失去丈夫的农村妇女因赔偿问题多次上访，开始还有人接待，后来都纷纷躲避。王百姓看她带着孩子、背着蒸馍来上访，每次只要见到都会给她倒茶、让座、买饭，走时还给她买票。后经多方协调，这名妇女的问题终于解决。辉县女孩林若雨，说自己是奶奶捡

庄严宣誓，把誓言永记心间

的，奶奶一死，便无钱上学了，她来到省厅非要见王百姓不可。王百姓听说后，将小若雨接到办公室，讲道理，请吃饭，安排住宿，临走又给她200元路费。孩子高兴地走了，有人却提醒他说："要是假的咋办?"王百姓宽厚一笑："假事就当真事办吧。"2001年1月，王百姓被授予公安二级英模，那5000元奖金，王百姓和爱人一商量，全部送给了郑州煤炭管理学院的5名特困学生，而王百姓自己的家境并不富裕，女儿一直渴望一架钢琴，却一直没舍得给她买……

王百姓的事迹感动了河南也感动了中国，许多素不相识的人打电话、写信表示敬意。上海的一名观众在寄给王百姓的明信片上这样写道："老百姓找王百姓，王百姓为老百姓；老百姓爱王百姓，王百姓是老百姓!"

（本文照片由王百姓提供）

探亲路上便衣警察勇斗毒贩重伤昏迷。

面对植物人状态的丈夫，

亲临战斗的妻子在他耳边念起一封封情书，

誓将濒死的英雄丈夫唤醒……

平凡的职业因牺牲而崇高，

朴素的爱情因执着而神圣，

一束缉毒警察与大义警嫂的血色爱情花，

耀亮了国人崇敬的眼睛……

罗映珍
600封情书唤醒濒死英雄

含泪泣血爱情花

便衣警察勇斗毒贩生命垂危

2005 年 10 月 1 日，正值国庆佳节，一辆客货两用车奔驰在云南省临沧市永德县小勐统镇的公路上。难得休假的永德县公安局民警罗金勇，此刻正身着便装，和妻子罗映珍相依着坐在后排座上，他们要到湾甸村大龙塘罗映珍的娘家探亲。

山区风光旖旎，车内乘客有说有笑，罗映珍依偎着丈夫的肩膀轻声地说着家常。而他们旁边坐着的三个男青年，却一路沉默。他们冷漠而紧张的神情，引起了罗金勇的警觉。出于职业本能，他一边跟妻子随意地说着话，一边悄悄地观察这三个形迹可疑的年轻人。目光定格在他们沾满烂泥的脚上，罗金勇的心里顿时咯噔一下——今天可是大晴天啊……

车子在山间公路上疾驰，突然，为了躲避迎面而来的另一辆车，司机紧急地打了一下方向盘。这时，前面座位上一个小朋友手里的苹果掉了下来，徐徐地滚向车座后排，坐在后座中间的青年男子本能地收了收脚。罗金勇一侧身，伸手捡起了苹果。坐在中间的男青年与其右侧的同伴同时下意识地将手伸向了他们的座位之间——一个白色塑料包，被他们紧紧地摁住了。罗金勇的心再次咯噔一下。

"小家伙，掉地上的东西得擦干净再吃哟。"看着接过苹果就往嘴里送的小朋友，罗映珍一边笑着提醒孩子，一边递过一张纸巾给孩子的母亲。"谢谢你们！""不客气！"罗金勇礼貌地回应一句，继而问，"大嫂，你到哪儿下啊？""哦，我坐到底。"罗金勇很自然地转过脸，微笑着"顺便"问身边那三个男青年："你们呢？"

"我……我们去大田坝，到橄榄坡下。"邻座的男子吞吞吐吐地回答。

"不对呀，橄榄坡离大田坝还很远呢，咋在橄榄坡下车呢？"对当地路线十分熟悉的罗映珍一听这话马上接口道。"哦，我们先……先到那儿办点事儿再……"听了妻子的问话和男青年语无伦次的回应，罗金勇的心第三次咯噔一下。

长期的缉毒工作，让罗金勇时刻都保持着高度警惕，三个男青年一而再再而三的异常表现，怎能逃过他那双犀利的眼睛？而受警察丈夫"熏陶"多年的罗映珍，自然也比一般女性"多几个心眼"，她也察觉到了异常。当丈夫搂着她肩膀的手连捏三下的时候，她领会了罗金勇传递给她的三个字：有问题！

这是他们夫妻间多年形成的私密的交流习惯，只要罗金勇连续做三个别人不易察觉的"小动作"，罗映珍就能准确地领会丈夫的心意。罗映珍的心蓦然慌乱起来，但作为一名警察的妻子，长期的"非正常"生活让她学会了沉着与冷静。她搂着丈夫腰部的手也轻轻地一连三次用力，用同样的方式回答丈夫：我知道！

罗金勇思忖着，如果这三个青年真是毒犯，面对自己的抓捕一定会反击，而目前自己孤军无援，不仅要保护好身边的爱妻，还要保证全车乘客的生命安全！此时是中午11时30分，客车突然出现了故障，在大垭口村旧街坝一个修车摊点前停了下来。车门一开，司机招呼了一声："要上厕所的抓紧了啊！"听到这话，全车的人几乎鱼贯而下，罗金勇和妻子也警惕地尾随着三名男子下了车。

三个青年下了车，却没有去厕所，而是站在马路边窃窃私语。罗金勇夫妇不便走得太近，只能不远不近地站着，悄悄地监视，罗映珍感觉空气都变得紧张起来。

"老婆，你去上个厕所吧。"听了丈夫小声而体贴的话，罗映珍望了一眼丈夫，眼神里满是不安。罗金勇温存而意味深长地冲她笑了一下："去吧，顺便给家里打个电话！"罗映珍立刻明白了丈夫的用意：他是让她利用上厕所的机会伺机报警啊！可就在她走进厕所的那一瞬间，她哪里知道，一场惊心动魄的战斗就在她的身后打响了！

三个形迹可疑的男青年突然起身，向与厕所相反的方向走去——他们想溜。来不及多想，罗金勇决定立即出击！他一个箭步挡在前头，同时亮出证件："站住！我是警察，请打开你们的包接受检查！"威严的声音喝住了三个青年的脚步，也引来了乘客们惊诧的目光。

三个青年一下子慌了，却都故作镇定，一个青年还很"配合"似的把手里的小皮包递了过来。罗金勇左手挡开对方的同时，右手迅疾地抓向另一个青年手里的白色塑料包！"查呗……又没啥怕你查的……"该青年嘴里这样说，手却明显地颤抖起来，另外两个同伴迅速围了上来，满脸的杀气。

此时，下车的司机见对方人多势众，便走上前来，轻轻拉了拉罗金勇。罗金勇没有理会司机的暗示，打开了包。当他的手探向包里夹层的一瞬间，时间仿佛凝固了……

"这是什么?"指着一小包粉状物，罗金勇厉声喝问。凭着多年的缉毒经验，他知道这是海洛因！三名毒贩见罪行暴露，立刻向人单势孤的罗金勇发起了猛烈攻击！罗金勇毫不畏惧，顽强反击，与三人展开了殊死搏斗！

还没来得及报警的罗映珍听到动静，从厕所里急忙赶来时，三个歹徒手中的石头、木棒正雨点般地落在丈夫罗金勇的头部和身上，被打倒在地的罗金勇已经成了血人……

并蒂红菊悄然开放在边陲

罗映珍与罗金勇相识于 1999 年。那一年，毕业于云南民族大学数学系、却一直钟情于警察事业的罗金勇，被分配到了永德县小勐统镇派出所当了一名警察。一天中午，出勤归队较晚、早已饿坏了的罗金勇跑到单位食堂，打了一盆饭菜，还没找地儿坐下就已经忍不住狼吞虎咽起来。

"坐下再吃，别噎着。"循着声音，罗金勇这才发现食堂里多了个陌生的女同志。他不好意思地冲对方一笑，姑娘也一笑。而姑娘那友好而甜蜜的一笑，让罗金勇从此难以忘怀……

这个漂亮姑娘叫罗映珍，当时才 20 岁，是本镇计划生育服务所的干部，因为人口普查工作的需要，被抽调到派出所。从那儿以后，每到开饭时间，罗金勇都像出警一样积极，而且平时吃饭总是三下五除二就解决的他开始细嚼慢咽起来，就是为多看那位漂亮姑娘几眼。但每一次，哪怕坐在同一张桌吃饭，罗金勇也不敢主动跟罗映珍搭讪，而每每看见罗金勇那副窘迫又憨厚的样子，罗映珍就觉得有趣而美好。

爱看书的罗映珍常常随身带着一本书，有一天吃饭的时候，罗金勇突然大胆地问："喂，你那书能借给我看看吗？""当然可以啊。不过，更正一下啊——我不叫'喂'。"说完，罗映珍甜甜地笑了，一桌子人全笑了，而罗金勇的脸却红到了脖根。

就这样，尽管没说上几句话，但两个年轻人还是渐渐熟悉起来；在借书、还书的过程中，两颗年轻的心渐渐靠近。可几个月过去了，他们谁都没有捅破那层窗户纸。

后来普查工作结束，罗映珍要回镇上工作了，罗金勇很失落。那段时间，有好几个男同事正在追求罗映珍，然而，被幸福追逐着的罗映珍却并不高兴——她期待着罗金勇有所表示，可这个"榆木疙瘩"就是不开窍。

罗金勇经常抽空去罗映珍的单位找她借书或者还书，每次进门之前都会轻咳三声，意思是说："我来了。"罗映珍也轻咳三声，意思是"我知道"。这些温馨而略带滑稽意味的"小动作"，成了他们俩共同的小秘密。

一天上午罗金勇又来还书，罗映珍正忙着，就随口说你放到我桌子上就行了，可罗金勇踌躇了半天，却始终紧攥着书不放。等罗映珍终于忙完，亲手把书接过去的时候，发现罗金勇鼻尖上汗都出来了。

望着罗金勇慌乱的、逃离似的背影，罗映珍觉得好气又好笑，她无奈而失望地摇了摇头。可当罗映珍打开书页的时候，她的心蓦然狂跳了起来——两朵并蒂小红菊夹在书页里，羞怯而芬芳，她一看就知道那是派出所院子里的花；花下面压着一张小小的纸条，上面只写了一行字："我妈已经来了，想去你家拜访，行吗？"婚前，男方家人必须向女方父母提亲，这是当地特有的风俗——这个可亲又可气的"闷葫芦"竟然先斩后奏！

2002 年 12 月 25 日，这对幸福的新人牵手走进了婚姻的殿堂。直到结了婚，罗映珍都感觉自己跟罗金勇"好像还没谈过恋爱"，因各自工作都特别忙，两人甚至几乎没一起散过步。婚后不久，罗金勇被调到县公安局缉毒大队工作，两人从此开始两地分居，罗映珍起初很不适应，但慢慢也就习惯了这种"没人可以依赖"的生活。罗金勇常满怀歉意地说："老婆，真对不起，嫁给我实在是苦了你!"而罗映珍总是自我解嘲:"唉,谁叫我上了你的贼船呢?"

因工作都忙,又不能长住一起,所以两个人结婚两年多还没要孩子,罗金勇经常打电话跟罗映珍说:"老婆,我们要一个孩子吧,我想当爸爸了!"2005年7月,罗映珍终于决定要生个孩子,罗金勇高兴极了,开始为宝宝准备各类物品,罗映珍也做起了当妈妈的准备。可正当他们幸福地憧憬着未来时,一切美梦都在这个血色假日破碎了。

一切都发生在刹那间。"金勇!金勇……"罗映珍哭喊着扑过去,抱着浑身是血的丈夫,而三个行凶后的毒贩已拔腿逃窜。"快……"奄奄一息的罗金勇艰难地说出这个字,就昏了过去。悲愤交加的罗映珍放下丈夫,一边报警一边和群众一起勇敢地朝着匪徒追去。在众人的努力下,一名毒贩被当场抓获。缉毒大队也随即赶到,现场缴获海洛因两包,重1150克。

"金勇!你要坚持住啊!"罗金勇很快被送往60千米外的永德县医院抢救,一路上,泪流满面的罗映珍都在焦急地呼唤着丈夫的名字,可是他没有一点儿回应。颅脑外伤,颅内大面积出血,脑组织挫伤导致脑肿胀、脑疝形成……从县医院到临沧市医院再到省第一人民医院,各方都在努力拯救英雄的生命!然而,罗金勇一直处于"植物人"状态。一切都仿佛是场噩梦,罗映珍感觉自己的天塌了下来,她寸步不离地守护着丈夫。此后的600多个日日夜夜里,罗映珍像一只不知疲倦的陀螺围着丈夫旋转,旋转……

600 封情书唤醒濒死英雄

"老公,你快醒醒啊!"焦灼与操劳让罗映珍迅速地憔悴下来。她多么渴望丈夫能快点醒来啊!因为多昏迷一天,就意味着离死亡更近了一步,这种揪心的等待是怎样的煎熬啊!

在医护人员全力抢救罗金勇的同时,罗映珍也不断地呼唤丈夫,不时地对他说说知心话,她相信昏睡中的丈夫能够听得到。夜深人静的时候,罗映珍就开始给丈夫写信,几乎每天一封,第二天附在丈夫耳边,温柔地读给他听。她用这种近乎痴傻的方式，追忆着与丈夫相恋时的点点滴滴，表达着对丈夫的爱与期待。罗金勇在死亡边缘一天天徘徊着，罗映珍的情书日记也一天天地延续着。她在这种无尽的守望中憔悴，也常常在那些或惊心、或美好的追忆中含着眼泪陶醉……

"亲爱的，还记得我们一起抓毒贩吗？我总忘不了你用你的肢体语言来夸我好勇敢！"

罗金勇曾工作的小勐统镇紧邻缅甸，常有毒贩携藏毒品从此入境。罗金勇的工作一直以缉毒为主，但是怕妻子担心，便很少把自己工作上的事跟她讲。

一次夫妇俩同时去镇里一个村子办公事，正走着，罗金勇发现路边一辆面包车陷在泥潭里，车上的四个人都下来推车，罗金勇当即判断这车子肯定有问题，因为在这样的雨天，本地车子根本就不会出来。因为离车子已经太近了，来不及明说，罗金勇只好警惕地连咳三声，示意妻子"要小心！"

来到这几个人跟前，刚盘问几句，有个人撒腿就想跑，罗金勇将他死死抓住。这时辅警也恰好赶到。看辅警手里端着一支微型冲锋枪，另三个毒贩见势不妙，竟突然一起冲向辅警抢夺冲锋枪！情况万分危急，罗映珍顾不上多想，也扑上去与匪徒搏斗起来，最终跟辅警一起把冲锋枪抢了回来。制服毒贩后，他们在车上找到了一个装有 17500 克毒品的牛仔包。

此时罗金勇已经抓住了一个毒贩，一脸汗水的他既担心又钦佩地望着妻子，轻轻地冲她点了三下头，罗映珍仿佛听见了爱人的夸奖："好勇敢！"而当她跑过去想帮助丈夫的时候，罗金勇忽然厉声道："别乱动！"原来，那个毒贩身上有两枚手榴弹，盖子都已经打开了……

那天夜里，罗映珍从噩梦中惊醒，流着泪，战栗着哀求丈夫："咱能不能不干了？这工作太危险了！"

"亲爱的，我永远忘不了你当时那句话：'都怕危险，都不干，那这个社会还有安全可言吗？'你的执拗曾经让我抱怨过，甚至愤怒过，但是现在我终于知道，你是对的，尽管这代价太沉重。"附在丈夫的耳边喃喃地倾诉，罗映珍早已泪流满面。

"……今天是第 247 天了，你的病情依旧没有好转。你知道我有多么担心吗？你是我的全部，你怎么能舍得抛下我呢？"

长期的操劳让刚刚 27 岁的罗映珍脸上长满了黄褐斑，看上去非常憔悴、苍老，眼里堆积的早已不是年轻人的快乐。面对丈夫未知的将来，有人曾劝她放弃，但罗映珍却从没动摇过，丈夫病情的每次细微好转对她都是一次燃烧的希望！

"亲爱的老公，这段时间老是有蝴蝶飞进屋来。有时候，我在想，会不会是你的心灵化成蝴蝶想接近我？蝴蝶是爱的化身，我真的好想和你一同在开满鲜花的地方平静地生活，像蝴蝶一样在花间飞舞。为了这种日子早点到来，老公，你要快点醒来啊！"

植物人最常见的症状是痉挛，有时一天多达数十次，长期的看护让罗映珍仿佛与丈夫有了心灵感应，在病房里，罗映珍即便背对着丈夫，也会随时感知到他的每次细微痉挛。她会一边帮丈夫按摩抽搐、紧缩的手，一边轻轻地安慰："宝贝，放松，放松……别怕，老婆陪着你。"

这样的发作每次都让罗映珍提心吊胆，又充满期待：她怕丈夫在某一次抽搐中突然撒手，又渴盼着他在某一次痉挛中蓦然醒来。日子久了，罗映珍分明感觉到丈夫知道自己的心意，他似乎也在一次次地努力啊！

"亲爱的老公，你已经睡了整整 400 天。我感觉整个身心都空了。常年看着你一动不动的样子，我的心好痛！你哪怕跟我吵上一架也是我的莫大幸福啊！"

罗金勇调到县公安局以后，小两口聚少离多，却很是恩爱。罗金勇喜欢看足球，世界杯开始的时候，因为出勤多没法看，罗映珍就打电话讲给他听。她其实不怎么懂足球，就只好胡乱给他讲，但罗金勇总是听得津津有味。小两口有时候也闹别扭，但是罗金勇从来不和她吵，只是默默地笑。尽管"五音不全"，但只要老婆一发脾气，他就会唱那首《约定》，而只要罗金勇那破锣嗓子一唱，罗映珍准会扑哧一乐，顿时就没了脾气。

"金勇，我的好老公，我多么希望再听到你那破锣嗓子唱的歌啊！"那天上午，当罗映珍拿出日记，边读边唱给丈夫听的时候，一旁的医护人员都流下了热泪。"你我约定一争吵很快要喊停，也说过没秘密彼此很透明。我会好好地爱你，傻傻爱你，不去计较公平不公平……"

2006年8月20日，罗映珍像往常一样给丈夫扎着银针，突然发现丈夫的手有意识地动了一下，罗映珍激动异常，颤抖着说："阿勇，你握下我的手！"病床上丈夫真的碰了她一下。"阿勇，求你眨下眼好吗?"老半天，罗金勇的眼睛直直的。就在罗映珍再次失望的时候，奇迹出现了——罗金勇的眼皮微微颤动了几下，罗映珍看见了丈夫久违的泪水！就在爱妻和医护人员都屏住呼吸的时候，罗金勇竟含着泪完整地连续眨了三下眼睛——那是他和妻子最私密也是最默契的约定语"我爱你"！罗映珍扑到丈夫怀里，喜泪纵横。

就在罗映珍全心全意救护丈夫的同时，人们没有忘记这位英勇的缉毒战士！2006年6月，公安部授予罗金勇二级英模称号。2007年6月9日，罗金勇被公安部接到首都北京接受进一步治疗。

在罗映珍的精心护理下，罗金勇的意识有了明显的恢复，而罗映珍的爱情日记也从没间断过。从2005年12月2日第一篇日记开始，到2008年春天，她积攒了15本日记，密密麻麻写了10万多字共600多篇，每一篇都记载着她对英雄丈夫罗金勇无尽的爱和期盼！

（本文照片由罗映珍提供）

儿坐牢，离娘只有一步遥，

一步遥，儿囚里面，娘在外熬。

春花才谢秋又老，声声呼唤儿记牢，儿记牢：

洗心革面，把路走好！

这是一首穿越高墙的歌，

这是一座母女连心的桥。

在泣血母爱中，失足女儿迎来了重生的春天，

迎来了冰融雪消⋯⋯

臧云锁
娘在高墙外陪儿坐牢

来之不易合家欢

失去理智，女儿一把火烧碎慈母心

　　臧云锁原是湖北省恩施土家族苗族自治州红庙中学的化学老师。在学校她是个好老师，然而生活中，她却是个不幸的女人：丈夫36岁就因工伤失去劳动能力，整个家全靠臧云锁一个人支撑着，日子过得很艰难，所以她给一双女儿取名，姐姐叫杨艰，妹妹叫杨难。

　　在困境中长大的杨艰漂亮而懂事，看到母亲肩头的担子很重，她一直渴望自己有一天能为母亲分担。1996年，杨艰幼师毕业后没有回相对贫困的老家，而是留在了河南省濮阳市一家幼儿园上班。3年后，带着梦想，杨艰瞒着母亲辞去工作，参加了濮阳有线电视台广告业务员培训班，并被留下来当了业务主管。这期间，她认识了一个姓赵的男子。单纯的杨艰经不住有钱的赵某的诱惑，很快坠入了爱河。一年以后，杨艰才突然发现，赵某是个有家室的男人，她悲痛欲绝。2001年3月1日，丧失理智的杨艰跑到赵家，砸开赵家门，把汽油灌进去。火点着了的时候，她给赵某打了个电话："你家着火了！"然后向警方自首……

　　2001年3月16日，远在湖北恩施的臧云锁突然接到了公安部门的通知：杨艰因纵火已被公安机关刑事拘留。臧云锁差点晕过去。她辞去工作，揣上家里仅有的300元钱，直奔火车站。懵懵懂懂地赶到公安局，臧云锁才知道当天是星期天，她无法找到办案人员。那个晚上，身上仅剩1元钱的臧云锁就在刑警大院内的一个废弃厨房里住下来，等待明天刑警队的人上班。这一天，正好是臧云锁47岁的生日。

　　北方初春的夜晚，天是那样的寒冷，臧云锁把带来的衣服全穿在身上，也感觉不到一丝暖意。半夜时分冻得受不了，她钻出来轻轻围着花池走动，以加速身体的血液循环，殊不知惊动了门房值班的人。起初他们以为臧云锁是小偷，得知原委以后，值班员给了她一杯热水。就是这一点儿同情，把臧云锁感动得哭了……

第二天，臧云锁从民警口中了解了事情的原委，她觉得女儿虽然犯了法，但却事出有因，那个赵姓男子也应负相应责任。她决定给女儿请个律师，但请律师的费用大概要 1500 元。为了拯救女儿，臧云锁决心打工挣钱请律师，并留在当地"陪"着女儿，直到她平安出来。

臧云锁毫无目的地走在城市的大街小巷，想找一个落脚的地方，可是问了一下午，谁也不愿意收留一个好似生了大病的臧云锁。天又快黑了，往刑警大院走的路上，她意外地发现了一个公园，不需要门票。此时的臧云锁不知道有多高兴，因为公园里有许多石凳子，今夜她就可以在这里度过了，而且不需要花一分钱。她抚摸着女儿之前给她买的生日礼物——一块黄灿灿的手表，像是在梦中看到了女儿。

受审期间是不能见面更不能通信的。但臧云锁希望女儿能感觉到妈妈的存在，以免她在无奈中又多一份孤独。夜晚，就着公园里的灯光，坐在小石凳上，臧云锁给女儿写下第一封信："女儿：妈妈来了，从老家辗转一千多里路来看你来了。千言万语真不知从何说起，我的心在滴血，妈妈为你痛惜啊！但事已至此，让我们都勇敢地去面对。孩子，妈妈就在你身边，犹如当年你安睡时妈妈守候在你身边一样……"

夜深了，一整天没吃东西的臧云锁开始感觉饿了，她翻遍了所有的口袋，只剩下 8 角钱了。她试着去买一点能填饱肚子的东西。前面不远处是一个夜市，她的 8 角钱是填不饱肚子的，但巧的是，摊主正需要一个洗菜刷碗的杂工，每天下午 6 点钟上班，到第二天早上 6 点钟下班，一夜能挣 10 元钱。臧云锁当时什么都没想，就答应马上上班。

忍着饥饿一直干到晚上 12 点钟，趁着客人稀少时，老板才喊臧云锁吃饭。手捧着热气腾腾的面条，臧云锁的泪珠大颗大颗地滚下来。虽然她早已饥饿难忍，可此时她却怎么也咽不下，因为她心里念叨着女儿。天快亮的时候，吃夜宵的人少了，借着休息的这一会儿工夫，臧云锁又给女儿写信："……女儿呀，你到底怎么样了呢？妈妈知道你心里一定很难过，同在异乡，呆呆地望着夜空，妈妈也感到孤独……"

女儿由刑警大队转到看守所了，但臧云锁还是见不了女儿。天渐渐热起来了。露宿街头没地方梳洗，更谈不上洗澡，臧云锁就跑到一个公厕用自来水擦洗。开始人家要收费，她舍不得那几角钱，就对管厕所的人说，我没钱，可以帮忙打扫卫生。那人问她是干什么的，她赶紧解释说是来看女儿的，想找一份活儿干。知道她的情况后管理员很同情，同意她过来帮忙。

臧云锁探望女儿杨艰（左）

"我很感激她，此时此地能在公厕洗一洗我也满足了。我在这里总算有了一个朋友。她那儿还有一张桌子，有空的时候我可以借她的桌子给你写信。我好满足，至少在刮风下雨的时候，这能成为我避风挡雨的地方。女儿啊，妈妈好想你……"

拯救女儿，大墙外妈妈吃尽人间苦

日子就这样苦苦地撑着，每天也就4个小时的睡眠时间，因为过度焦急劳累，臧云锁终于熬不住了——那天晚上她睡意难忍，失手打碎了一个盘子。老板娘马上开骂，骂得很难听。臧云锁呆呆地站在那里，那叫骂声比刀绞还让她难受。她是一个知识分子，在学校处处受人尊敬，而如今却被人肆无忌惮地漫骂，她愤怒、无助而又无地自容。她擦掉夺眶而出的泪水，头也不回地离开了这骂意正浓的两口子。当然，这一夜臧云锁是白干了。

出来快一个月了，面对磨难，臧云锁只能一个人默默地承受着。她坚持给女儿写信，虽然这些信暂时还没有办法让女儿看到。"女儿，我想如果有一天你看到这些信的时候，你已经很坚强了。我将把一切都告诉你，目的是希望你能记住这惨痛的教训，珍惜自由中的每一天……妈妈终于又找到活儿干了：有一个旅馆需要一个洗床单、被套的，每天的工资是15元，供食宿。当老板同意让我干的时候，我激动的心情不亚于 26 年前接到你的大学入学通知书。女儿，为妈妈高兴吧！再见了，公园里的石凳、石桌……"

尽管很苦很累，但总算解决了吃住问题，带着那份感激之情，臧云锁拼命干活儿。每天等洗完晒好后，已是中午了，她总是向老板请一会儿假，然后直奔看守所，但总是失望而归。"孩子，妈妈尽心了，你能理解吗……陈律师今天对我说，他已去看守所核实了材料，他说你不愿请律师，你要他转告我，让我回老家去。女儿呀，你这话让妈妈很揪心——无论如何，你对生活都要有信心、有勇气！妈妈会一直在墙外陪你，直到你平安出来……"

"五一"劳动节前一天，老板给每个人发了两个茶叶蛋、两根火腿肠，臧云锁舍不得吃，把它包好留给女儿，因为她记得女儿小时候特别爱吃火腿肠。但是，这鸡蛋和火腿肠依然是送不进去……

背着这永远也无法送进去的东西，臧云锁的心好酸，但她还是每天往返地背着。眼看着这食物快变质，她急得直哭。后来看守所的所长听了她的叙述，感慨地说："可怜天下父母心啊。"他看了看臧云锁带来的东西对她说，"这些东西已经不能吃了。我看这样吧，这些东西算我买了，这是 100 元钱，给你女儿压上，她在里面可以买些东西吃，你看行吗？"那位所长抱歉地接着说，"不能送东西进去是规定，希望你能理解。"臧云锁双手颤抖着接过这 100 元钱，向所长鞠了一躬，泪水夺眶而出……

2001 年 5 月 16 日，法院对杨艰纵火案开庭审理。臧云锁想赶在开庭前给女儿买一碗水饺，她告诉老板："我是从一千多里地的湖北赶来的，我想给女儿买一碗水饺，希望馅里你给多加一点肉，我可以多给一点钱。"老板问明原委，答应了，接过了臧云锁时常带在身边泡快餐的搪瓷缸子。在煮熟、装好以后，他坚决不收臧云锁的钱，轻轻地说了一句："就算是我送给孩子的。"臧云锁觉得有些异样，抬头看了看他，那人眼里盈着的分明是泪水。臧云锁哽咽着说了声谢谢，把饺子焐在怀里，给那人鞠了一躬，就急忙赶往法院。

虽然不允许讲话，但母女俩终于见面了。看着女儿憔悴的模样和空洞的眼神，臧云锁的心刀绞般地疼。空旷的法庭上，除了法官、公诉人和律师，旁听席上就臧云锁一个人。她已记不清威严的法官怎样坐在审判台上宣布开庭，也记不清律师又是怎样为女儿辩护，只刻骨铭心地记得一句："按照《刑法》，纵火罪要处 7 年以下、3 年以上有期徒刑……"天啊，即便是最轻的处罚也是 3 年哪！臧云锁晕了过去，被人抬出法庭，醒后又扶着墙壁走进来。尽管如此，她一直没有忘记手上端着特意为女儿买的水饺。她就这么紧紧地把搪瓷缸焐在怀里，生怕饺子凉了。

在臧云锁的请求下，法官同意她亲手喂饺子给女儿吃。虽然她们不能说话，但终于能面对面坐在一起了。臧云锁用颤抖的手刚喂了一个，女儿突然跪在她面前，哭喊了一声"妈——"，臧云锁的心顿时碎了……

还没来得及抚摸女儿那张蜡黄的脸，女儿就被带走了。临上车时杨艰大声喊着："妈妈，好妈妈！女儿不孝，你要好好照顾自己啊！"臧云锁哭着冲向警车："女儿呀，你一定要好好活下去！"凄楚的母女之情，连严厉的法官也止不住泪水。

为了省钱，臧云锁是舍不得坐车的，每天都是徒步赶往看守所，尽管见不到女儿的面，但她觉得女儿能够感应到她的到来，会安心些。那天，臧云锁思女心切，就在那儿多待了一会儿，总期待能有机会见着女儿，或者是能探听到关于女儿的消息，哪怕是一星半点也好。殊不料，天变了脸，刮起了大风。臧云锁急忙往回赶，但是晚了：早上洗得干干净净的床单、被套被大风吹得在地上翻滚，水塘里、污水沟里到处都是，几个服务员正忙着清理。臧云锁呆住了，心里一阵恐惧。这时，不绝于耳的叫骂声从楼上窗户里传出来。臧云锁胆战心惊地朝楼上窗户里望了一眼，老板娘那张变了形的脸，让她至今都心有余悸。不用说，她被解雇了。老板娘很有理由地扣去了臧云锁半个月的血汗钱。臧云锁只好又回到公园，继续与石凳、石桌相伴……

家书万金，苦口婆心教儿洗心革面

判决结果出来，杨艰被判了 3 年。自己感情被骗如今却身陷囹圄，而那个感情骗子却没有得到相应的惩治，杨艰悲愤交加，数次想到自杀，臧云锁心痛至极。按照规定，母女这时已经可以见面了。臧云锁就利用每月宝贵的半小时探视时间，苦口婆心地劝慰女儿。更多的时光，臧云锁就只能用书信的形式表达自己的思念，并对失足的女儿进行谆谆教育与耐心疏导。

女儿！当我们相互把手贴在玻璃上印在一起的时候，我的心在颤抖。妈真的好想你，也十分为你痛惜。所谓"痛定思痛"，你一定要"思"啊！这样才能走好你今后的路。做女人一定要自尊、自爱、自立、自强，希望你好好地用这 8 个字来规范自己的思想与行为。妄想在生活的长河里一帆风顺的人，他的终点在下游。爽直地说，思考人生的最佳地点应该是监狱，也许这样说是有些残酷。但你还年轻，3 年时间不是很长，一切还来得及，从头开始，重要的是这 3 年你应该怎么样度过？假如坐牢仅仅是坐牢，那么这牢是白坐了。你应该明白，这 3 年也是你生命的一部分，不可能割去，那么就利用这 3 年时间努力充实自己，为 3 年以后做准备吧！

苦难是人生的一笔财富，这是对珍惜生命和热爱生活的人来说的。女儿，你能明白妈妈这片苦心吗？妈从几百公里外来看你，并留下陪你，是为了让你不孤独，让你明白妈妈永远与你同在。好女儿，别让妈妈失望啊……

在母爱的感召下，杨艰对自己的罪责由衷地追悔起来：

亲爱的妈妈，终于可以给您写信了，您知道我有多么高兴吗？尽管是在牢房，但我感觉到生命有了新的希望。妈妈，我有许多话要对您说，那不能见面又不能通信的日子，我都快绝望了。判决之前，您利用送洗镜片药水的塑料袋写的那唯一的一封信，给了我莫大的支持与鼓励。连管教干部都说，你妈妈真了不起。我把塑料袋上的信念给大家听，许多人都哭了。我不知您在外面做了些什么，可有一点我相信，您为了我一定吃了不少苦，受了不少罪。我会把这封特殊的信珍藏一辈子，在我孤独、失意的时候就拿出来看看……

　　妈妈，坐牢苦，但您比坐牢还苦，您说您每天晚上住在旅馆，可您知道吗？您今天面对的是已经成年的女儿，假如时光倒流十几年，您的谎言是行得通的。妈妈，我错了，我好后悔啊，我误了自己的青春，也连累了您，我真的不敢想象，为了我这个不肖女儿，您是怎样一天天熬过来的呀……

　　女儿的悔悟让臧云锁倍感欣慰。为了生计，臧云锁终于又找到了一份工作，就是给公路两旁的护栏刷油漆。天太热，当时是一年之中最酷热的时候，公路上的温度高达40摄氏度，她实在是热得受不了了，连喘气都困难。但她心里想的却是杨艰："女儿，你热吗？有水喝吗？天气热能洗澡吗？那里面蚊子多吗？……"

　　在毫无遮挡的烈日下一干就是一整天，整个身子就像是在烈火中灼烤。仅仅一天多的工夫，臧云锁的两只胳膊就被晒落了一层皮，又红又肿，见水就疼。中午时分有半个小时的休息时间，臧云锁去喝自来水，喝够了，就站在水龙头下让冰凉的自来水从头上淋下来，淋遍全身，然后像落汤鸡似的回去继续干活儿，但没一会儿，身上的衣服就被火辣辣的太阳晒干了。臧云锁只盼着早点收工，但干着干着，鼻子突然出血了，她急忙跑到水管下冲洗，但不知怎么的，血总流个不止，血滴在胸前染红了一大片，看起来真让人害怕。师傅要她先回去休息，臧云锁说什么也要支撑到收工——那样才能拿到一天的工资啊。师傅见她实在不能再坚持了，也无法再收留她，就对臧云锁说："回去吧，今天我开你一整天的工资。"说着他给了臧云锁80元钱和两瓶矿泉水。臧云锁一手捏着流血的鼻子，一手接过钱，眼泪却止不住——她又没活儿干了。

　　这时候杨艰被转到新乡第五监狱，臧云锁紧跟着也来到了新乡。皇天不负苦心人，臧云锁终于在这里找到了一份做保姆的活儿，工资200元，管吃管住。臧云锁给他们提出的唯一的要求就是每月的第一天请半天假去看女儿。

　　在一次意外中，臧云锁为了救雇主家煤气中毒的老人，自己差点中毒死掉。这次她没有瞒着女儿，她在信中谈自己对生命的感悟："生命是无价的，所有的磨难与生命比起来都是那么微不足道。女儿啊，你要好好活着，为了自己，也为了妈妈……"女儿的回信臧云锁是哭着看完的：

　　好妈妈，我流着泪看完了您的信，又流着泪给您写信。妈妈，为我吃尽苦头又险些搭进生命的妈妈，就让我多叫您几声妈妈吧，我害怕假如再有什么意外，我将永远失去叫您的机会啊！不管女儿怎样地后悔，时光绝不会倒流，妈妈，请您宽恕有罪的女儿吧，我对您也有罪啊！……妈妈，您回老家去吧。您承受所有的苦难都只是为了换取每个月与女儿短短半个小时的会面啊！今天我才发觉我太自私了！妈妈，求您回去吧，好好保重自己，我一定好好改造，不让您失望……

臧云锁写书教育年轻人

　　臧云锁含着热泪给杨艰回信："……知道吗？女儿，妈妈特意选了365颗绿豆，放在随身带着的小瓶子里，从3月1日起，每天往外拿出一颗。当把瓶子里的绿豆拿完的时候，咱们就熬过了一年。女儿，妈妈有一个要求，你一定要做到：等你出来的那一天，妈妈送给你的那本唐诗，希望你能全部背完，并能很好地解释每一句，你能做到吗？一天一首，一年也是365首啊……"

　　"孩子，再过几天就是你的生日了，按规定，妈妈是不能给你送任何礼物的。你就把妈妈的这封信当作你22岁的生日蛋糕吧！妈妈愿与你共同品尝，还有你的爸爸和妹妹。好好活着，用一生的努力来回报亲人的一片苦心！苦苦地说上一句：生日快乐！深深地说上一句：生日快乐……"读完这封信的时候，杨艰和几位狱友抱在一起，她们用悔恨的声音哭喊着："妈妈——"

减刑出狱，女儿哭唤一声妈

　　母亲在高墙外含辛茹苦的陪伴与啼血呼唤，使杨艰枯萎的心慢慢地复苏。

与此同时，河南省女子监狱的"真情"教育，也使杨艰看到了新生的曙光，她积极改造，发挥自己特长，在帮教宣传上多次受到肯定与表彰。

2002 年中秋节，监狱里要进行一次文艺演出，一个灵感在杨艰的脑海里闪现：为什么不写写我的母亲呢？母亲的故事不用渲染，只需要随意挑选她生活中的几个片段展现在舞台上就行了呀。一动笔，杨艰的思绪走进了母亲的苦难：她千里跋涉，步履蹒跚，在茫茫人海中寻找女儿被关押的地方，她背着一个讨米口袋到处找活儿干，那夜市上的侮辱，那公路栏杆上殷红的鼻血，那公园石凳上露宿时思儿的泪痕……杨艰连夜创作了一个小品，题目就叫《母亲》。

那天中午臧云锁接到监狱的通知，说是一定要她到监狱去一趟，她不知道发生了什么事，放下电话浑身发抖，她害怕听到关于女儿的不好的消息。她当时还不知道，监狱方特邀她来参加中秋联欢。

演出开始了，台上的节目好精彩，脱下囚服穿上彩装的姑娘们一个个如花似玉、光彩照人，那悠扬的歌声、翩翩的舞姿，能让人暂时忘却周围的环境。最后一个节目是杨艰的小品《母亲》。脱下囚服的杨艰天真而纯朴，她用小品述说着她与母亲的故事。随着剧情的一步步深入，监狱长哭了，臧云锁哭了，台上的杨艰也哭了。节目演完了，台下很静，突然响起了一阵热烈的掌声。当幕布再次拉开的时候，节目主持人缓缓走到台前，对大家说："这是一个真实的故事，现在我们把节目中的原型——杨艰妈妈请到了现场，请她和大家见面！"在热烈的掌声中，臧云锁走到了台上，母女紧紧拥抱在一起，台下的掌声经久不息。

对着全场几百人，臧云锁讲了话，但她自己却激动得记不清讲了些什么内容。只记得说过一句感谢监狱对女儿的教育，并对着监狱的干警们深深地鞠了一躬。这时台下所有的干警整整齐齐地站起来，向臧云锁敬礼，而台下的女犯们早已哭成了一片："妈妈！妈妈！"

那天晚上，监狱领导破例安排她们母女同宿，这个待遇是监狱里的最高奖赏了。一年多来，这还是母女第一次紧紧地相拥而眠，那一刻，臧云锁和女儿幸福得只是流泪……

日子过得很快，臧云锁瓶子里的绿豆在一天天减少，杨艰在母爱的呵护下也一天天努力改造。2003 年 1 月 3 日，杨艰入狱后第一次露出了笑容：鉴于杨艰思想改造、劳动改造表现突出，经新乡市中级人民法院裁定，对其减刑一年。喜从天降，臧云锁感慨万千，回想起整个历程，她为女儿写了一首词，寄给女儿："儿坐牢，离娘只有一步遥，一步遥，儿囚里面，娘在外熬。春花才谢秋又老，声声呼唤儿记牢，儿记牢：洗心革面，把路走好！" 2003 年 3 月 1 日，杨艰出狱的那一天，臧云锁去接女儿。当那扇大铁门在身后关上的时候，杨艰跪在地上，抱紧母亲的腿："妈妈——"一声哭唤让天地动容。

（本文照片为臧云锁提供和作者拍摄）

爱 国

　　"谁不爱自己的祖国，谁就不属于人类！"热爱祖国，这是一种最纯洁、最高尚、最温柔、最有情、最温存、最严酷的感情。爱国不是一句挂在嘴边的空话，爱国是实实在在的身体力行，需要出力、出汗、出血，有时，甚至需要献出宝贵的生命……爱国就是爱社会，爱家，爱人。在成长、前进和报国的道路上，你，是否真的热爱并感恩他们？

百年不遇的大旱袭击祖国西南，

在受灾最严重的重庆，庄稼枯死，河塘干涸，

百姓饮水几近枯竭，罕见灾情震惊全国。

为了给边远山村 7000 多名村民送去救命水，

年仅 25 岁的他牺牲在送水的路上，

而有谁知道，这一天，

原本是他和女友订婚的日子……

哪有什么岁月静好？只是有人为你奉献牺牲！

车涛
"人民卫士"牺牲在订婚日

英雄车涛生前的飒爽英姿

旱！水源枯竭父老乡亲等水救命

爸：

　　来信收到，这些天忙于抗旱，没能及时给您回信，家里还好吧？

　　正如您从电视上看到的，重庆遭受了百年不遇的大旱，连日来，气温都在 40 摄氏度以上，室外的水管被晒得高达 80 多摄氏度，洗澡根本不用开热水器；山林成片成片地焦枯，刚抽穗的水稻全干死了，老乡们只能割来做柴火；大量的牲畜渴死了。潼南县（编者注：现为潼南区），一个县城 39 万人有 36 万人饮水困难，部分山村，我们的送水车上不去，只能靠马驮，马都累死好几匹了。

　　爸，我现在才知道什么叫"水贵如油"！送水的消防车每到一处，老乡们都像见了救星。不过部队饮水还是有保障的，您就放心吧！

　　娇艳在医院每天也很忙，等忙过这一阵，我们就准备订婚，婚期初步定在明年三月，您看好吗？今年春节我准备带她回去给您看看，她现在就急着问我您喜欢什么礼物。爸，您说带点啥好呢？

　　爸，您身体怎么样？老家的天气虽没这么热，但您一定也要多加小心！我长期不在家，您得好好照顾自己啊。

涛儿

　　这封短短的家书，重庆市万州区公安消防支队特勤中队排长车涛，却断断续续地写了好几天。当远在山东淄博的老父亲车金玉收到儿子这封信的时候，已经是 2006 年 8 月底了，而此时，重庆的高温已经持续了 40 多天，旱情十分严峻，举国都在关注！车金玉每天都盯着中央电视台的天气预报和新闻联播，每一则有关重庆的高温信息都让他心惊肉跳。

　　车涛出生在淄博农家，从小家境贫困，18 岁高中毕业那年，两所大学给他寄来了录取通知书，但为了减轻父母的压力，孝顺的车涛毅然报名参了军，被分配到重庆市南坪消防15中队。当时他身体瘦弱，为了尽快进入一线，他顽强训练，很快脱颖而出，成了队里闻名的业务标兵。2001年8月，他以重庆市消防状元的成绩考入武警指挥学院深造。2004年，毕业后的车涛被分配到万州消防支队特勤中队任排长。长年忙于工作，入伍7年来，车涛只回过两次家，直到24岁还没谈过恋爱……

2005年10月，经热心的中队指导员夫人介绍，车涛与重庆三峡中心医院护士谭娇艳相识。深秋的小餐馆弥漫着暖意，望着娇小可人的姑娘，车涛很喜欢，却很拘谨，平时话就不多的他显得更木讷了；从小就有军旅情结的谭娇艳对军人向来仰慕，但眼前这个严肃、呆板的军官给她的第一印象却并不好。

一天深夜，正在急诊科值班的谭娇艳接到120调令，一个工人的手被卡在机器里，情况危急！当她和同事赶到事故现场的时候，发现好几个消防员正在紧急施救，其中一个消防员一直跪在地上用力地掰着机器，极力减轻伤员的痛苦，他的衣服都被汗水湿透了。看到这一幕，谭娇艳的心莫名一震，她蓦然想起了几天前刚与自己相过亲的车涛。过了一会儿，那个跪在地上的消防员抬起头，将满是汗水的额头擦向自己的臂膀，谭娇艳这才看清了他的脸——真的是车涛！谭娇艳惊呆了，那一刻，她突然觉得这个呆板的军官是那样可亲！

几天后的傍晚，天正下着大雨，刚下班的谭娇艳远远地看到车涛打着伞，傻傻地站在医院大门口。她跑过去，车涛用伞护住她："我执行任务路过，顺便来看看你，不知你带没带伞。"谭娇艳心里一震，一股暖流瞬间涌遍全身，他们就这样相依着走在雨中。车涛把谭娇艳送上公交车，把伞也塞给她，只说了句"路上注意安全，到家给我短信"，就挥挥手冲进了风雨里。

知道排长有了女友，战士们常常拿车涛开心，闹着要看"嫂子"。冬日的一个星期天，谭娇艳被车涛"秘密"接到部队。两个人关上门在寝室说了一上午的悄悄话。午饭时间，门刚开，谭娇艳就被眼前的阵势吓了一跳：全排的战士整齐地站在门口，一个胖墩墩的战士大喊一声"敬礼！"十几名战士齐刷刷地向谭娇艳行军礼的同时，齐声喊道："嫂——子——好！"车涛嗔怒地指着领头的战士吼道："小胖！你整啥事儿？"随着一阵哄笑，十分严肃的场面瞬间变得轻松、温馨起来。大家围着谭娇艳问长问短，一声声嫂子叫得忒甜，车涛一个劲地笑着赶他们，嘴里不停地喊着去去去。第一次听到嫂子这样的称呼，谭娇艳既羞涩又开心，可爱的小胖也给她留下了深刻而美好的印象。

已经确定了恋爱关系，谭娇艳终于羞涩地把车涛介绍给了自己的父母亲，隔三岔五地，她便会带着男友回家蹭饭，父母亲对车涛也十分满意。从小吃惯了苦、受惯了穷的车涛养成了节约的习惯，每次去谭家，吃不完的剩菜他都不让倒掉，总是扒到自己碗里吃个精光。每每看到这样的情景，谭娇艳总是感到既好笑又心疼。

2006 年 6 月中旬的一天，万州宏远市场突起大火！听到消息，谭娇艳立刻想到了自己恋人的安危！然而她知道，这个时候她是见不到车涛的。晚上，电视播放火灾现场新闻，谭娇艳看见那个熟悉的身影一次又一次冲进火海，她看到他的衣服被烧坏、头发被烧焦、脸部被灼伤，依然顽强地从火海中搬出已经被烧得变了形的液化气罐……她不知道自己多少次拨打车涛的电话，最后终于打通了："车涛，你没事吧？""没事，我还活着。"听到那个熟悉、沙哑的声音，谭娇艳突然哭出声来，"我要见你，马上！"

仿佛是经历了一场生离死别，刚一见面，车涛就紧紧抱住谭娇艳，哭得像个孩子："艳子，我今天差点回不来了……咱们结婚吧！"在车涛的哭诉中，谭娇艳才知道，这天恰恰是车涛母亲的一周年忌日——母亲病危时，车涛正在执行任务，等他完成任务赶回老家时，母亲已经走了。那一刻，谭娇艳突然觉得车涛像个孤单的婴儿，她决定用整个生命去呵护他。

正在车涛准备向部队打结婚报告的时候，一场百年不遇的特大旱灾向中国西南悄悄袭来！政府发布抗灾命令，各单位、各部门，尤其是消防官兵立刻进入紧急战备状态。因为气温过高，火灾频发，消防官兵一边要给乡亲送水，一边又要防火，每天都忙得脚不沾地。医院工作也异常紧张起来，所以，车涛和谭娇艳这对热恋中的情侣一两周都难得见上一面。

9 月 2 日晚上，已经连续作战近两个月的车涛终于和谭娇艳有了个短聚的机会。从谭家吃过晚饭，两人到马路上散步，车涛总是让谭娇艳走在靠边的一侧，依偎着他，谭娇艳觉得幸福而安全。"我已经跟老爸写信汇报过了，告诉他咱俩明年春天就结婚。"车涛开心地对谭娇艳说,"明天部队还要往山里送水,本来轮到我休息,可是队长和指导员都有家有口,他们好几天都没能回家了,我就替一下吧。我争取早点回来,带你去选结婚戒指!""好!我等你!"谭娇艳幸福地答应着。

又到归队时间了,望着恋人宽厚的背影,谭娇艳怎么也不会想到,他们这一次挥手,竟成了永别。

憾!订婚日好排长牺牲在送水路上

9月3日,太阳依旧毒辣辣地炙烤着重庆大地,连空气都变得滚烫无比。临近中午,在家休息的谭娇艳突然一阵阵心慌,她不禁牵挂起男友来。想着头一天的约定,她忍不住给车涛打了个电话,想问他具体什么时间能回来,好一起去选结婚戒指,可是发现车涛的手机打不通,也没有任何提示。也许是山里没信号吧,谭娇艳只能这样安慰自己,可是心里却愈发慌乱起来。

中午,心乱如麻的谭娇艳突然听到了电话响,还没有接,第六感就告诉她:可能是车涛出事了!

9月3日上午9点,万州区人武部与万州区公安消防支队一起,前往分水镇黄泥凼村,为受旱最严重的7000多名村民送去救命水。消防支队特勤中队出动了一辆消防车,满载着5吨饮用水,由排长车涛带领中队3名战士前往分水镇。9点30分左右,消防车从万州出发,刚驶出万渝高速公路第一个收费站时,因天气过热,汽车水箱突然"开锅",车辆无法继续行驶了。车停下后,车涛立即下车协助驾驶员排查故障,并将情况向支队值班领导做了汇报。就在他全神贯注指挥检修的时候,一辆黑色轿车疾驰而来,将车涛撞到了5米开外……

谭娇艳不知道自己是怎样来到医院的。自己牵肠挂肚的亲人此刻正在5楼,而谭娇艳刚到3楼就挪不动脚步了,她感觉呼吸是那么困难,脑海里一片空白。

　　谭娇艳永远也忘不掉那揪心一刻：世界静得可怕，她脚重如铅；当战士们和医务人员给她让出一条通道时，她蓦然感觉世界就是一片旷野，空空荡荡的。她张着嘴，却发不出声音，那感觉多像一场噩梦啊，然而此刻，她知道现实远比噩梦更残酷、更可怕。

　　"涛儿……"谭娇艳在心底轻轻唤一声恋人，她艰难地握住车涛的手，这双曾经那么宽厚而温暖的大手此刻却如此冰凉。她把他的手贴上自己滚烫的脸，她多么希望焐暖它啊！可是他的手依然那么凉，那么凉，仿佛寒彻骨髓；她多想好好看恋人最后一眼啊！但是她气自己没有做好准备——泪水蒙住了双眼，整个世界模糊一片。

　　"你骗我，你说过要早点回来带我去选结婚戒指的呀，你怎能说话不算数呢……"谭娇艳摩挲着那只冰凉的手，在心底喃喃地叙说着；她就那么颤抖着、紧紧地抓着那只冰凉的手，连滚烫的泪水也焐不暖的手；那一瞬间她甚至恍然感觉那大手是在给自己擦泪，那个熟悉的、亲切的声音依稀在耳畔悠悠回响："别哭，艳子，坚强点。"那颗心已经掏空了呀，但疼痛还是一寸一寸地蔓延开来，谭娇艳感觉到了生命的窒息。

　　"涛儿——"在自己那声变形的呼唤里，谭娇艳蓦然昏死过去。

　　谭娇艳多么希望自己不再醒来啊，因为无论在怎样的噩梦里，起码她的车涛还在。醒来的谭娇艳孤单地、茫然地面对着残酷的现实，本就瘦弱的她一下子垮了。为了不让家人担心，她克制着不在人前流泪。她可以逼着自己吃下母亲喂给她的饭，但是她该用什么样的意志，才能真正做到不去想他啊！

　　在车涛走后的第二天，久旱的重庆竟迎来了第一场雨，不大，泪滴般淅淅沥沥，谭娇艳在心底喃喃地呼唤："涛，是你在流泪吗？"夜无边无际，雨缠缠绵绵，谭娇艳独自来到殡仪馆，车涛的灵堂就设在这里。然而，因为车涛生前还没来得及打结婚报告，部队对谭娇艳的女友身份无法确认，因此不方便让她进入有卫兵把守的灵堂。为了不让工作人员为难，她没有进去，就那么孤单地站在漆黑的雨夜里，远远地望着她亲爱的恋人的遗像。望着那熟悉、亲切而永远不再的笑容，她的心撕裂般地疼。

　　夜深了，谭娇艳早已浑身湿透。突然，殡仪馆里奔出一个穿军装的身影，径直向她跑过来，在离她几步远的地方，那人站定，哽咽着、轻轻地唤了声："嫂子——"原来，是小胖。小胖用伞护住她，那一瞬间，谭娇艳想起了车涛雨中送她时的情景，而耳边又回响起他温存而关切的声音："路上注意安全，到家给我短信！""嫂子，回家吧，别着凉。"就是这一声久违的、亲切的呼唤，让谭娇艳压抑多日的悲伤瞬间决堤。

车涛遗体火化时间定为9月6日上午，剩下的时间不多了，谭娇艳多么想时时刻刻陪着亲爱的恋人啊！那几天，可怜的谭娇艳每天就这么远远地站着，看着。

战友们在整理排长遗物的时候，发现车涛的工作笔记扉页上写着："我生来就是为党和人民服务的。对人民尤其是库区的人民，我视他们为父母。为他们，我愿意抛头颅、洒热血，鞠躬尽瘁，死而后已。"看着这段话，战友们都哭了。战士饶艺军回忆说，最危险的火场侦察，车排长总是带队冲在最前面。今年3月，万州区甘家院居民楼失火，车涛带领班长李远清和崔浩清理火场。突然，一面2米多高的土墙向3人倾倒！说时迟那时快！车涛一把将两位战友推开，而土墙却将他压在下面！众人赶紧将他刨出，幸运的是，车涛并没受伤。看到战友们紧张的表情，他幽默地说："放心，我在老家练过硬气功！"

"每次救火，他都冲在最前面，把危险留给自己，把安全留给战友。"万州区消防支队特勤中队中队长王克介绍，近两年，车涛先后参加了灭火战斗和抢险救援200多次，营救出遇险群众48人，挽救国家和群众财产上百万元。入伍以来，车涛一次荣立三等功，五次受到嘉奖，先后被市公安消防总队、支队评为"优秀共产党员""优秀团干部""年度工作先进个人"。在抢险救灾中，车涛多次受伤，他的右脚为此还留下了轻微的残疾，走路有点跛。

撼！万千灾民挥泪痛别"人民卫士"

车涛生前十分节俭，他的遗物少得可怜，但有一件遗物却让谭娇艳痛彻心扉：那是一件崭新的鄂尔多斯羊绒衫，直到牺牲，车涛都没舍得穿一次，连商标都完好如初。那是 2006 年元旦前夕，天气阴冷，谭娇艳见车涛除了几套军装和工作服外，没有一件像样的毛衣，便决定送他一件。她知道车涛向来节俭，毛衣买来以后，她把 600 元的价签悄悄地撕掉，骗他说是在批发市场买的，很便宜，还不到 100 元。

但车涛是多么聪明的人！他一眼就看出毛衣质地极好，价格肯定不菲！他执意要求女友拿去退："这么贵的毛衣我哪敢穿？每天都赴汤蹈火的，穿在工作服里简直是浪费！"谭娇艳谎称没法退，为此，两人还闹得很不愉快。谭娇艳至今都忘不了，她生气离开时车涛那心疼而内疚的目光。车涛追出门来，把一箱早餐奶硬塞给她："你胃不好，早上不能总饿着肚子去上班。"谭娇艳赌气没拿，第二天，车涛竟专门请假亲自送到她家里来。

车涛走了，节俭得有点"抠门"的他竟没留下一分钱的存款。作为一个排级干部，虽然工资不高，但他常年口积牙存，攒下了 6 万多元。除了母亲病危及料理后事用去了 1 万多元外，其余 4 万多元竟都用来资助战友和捐款了，其中的 1 万元还用于资助该中队对口帮扶的一名贫困小学生。

车涛牺牲了，牺牲在给灾区老乡送水的路上，一摊鲜血，一车清水，滋润了这块干旱的土地，也震撼了灾区千万父老感恩的心！

9 月 6 日，车涛的追悼大会在万州区闽天会展中心举行。哀乐在整个万州城上空回荡，"车涛一路走好""保安村人民怀念你""分水镇人民沉痛悼念人民卫士车涛""你是新时代最可爱的人"……乡亲们将一条条自制的横幅举过头顶，目送着英雄的遗像，多少人在无声哭泣。遗像后面是数千个花圈，百余米长。送花圈的人中，有时任重庆市委书记汪洋、市长王鸿举，更有无数与车涛素不相识的普通市民。

在天城大道的街边，有位老人在车队经过时，带领一家老少五口高喊："救命恩人一路走好！"老人是万州区太白街道的张国富。他说，今年 3 月，他开车时遭遇车祸，卡在变形的驾驶室里，因流血过多而休克，正是车涛救了他的命。

举着"为民送水献生命，人民永远记得你！"横幅的万州区分水镇黄泥凼村村民吴天贵告诉记者，听到车涛牺牲的消息时，全村人都哭了。"车涛是为我们送水而牺牲的，我们全村人都来了，来送恩人最后一程。"吴天贵流着泪拿起一个矿泉水瓶——里面装的是井水。他告诉记者，车涛牺牲后，区里十分重视他们的缺水难题，特意打了一口水井，乡亲们都管它叫"车涛井"。"我想告诉车涛，我们有水了，请你安息吧!"

盲人张小飞手拄盲杖在妻子的搀扶下来了。当妻子提醒他护送车涛遗像的专车正缓缓经过时，他赶紧弯下腰，深深地鞠了一躬。他说："车涛是为了群众的疾苦而牺牲的，他是和平年代的真正英雄! 虽然我不能目送车涛兄弟离去，但我能用心为他送行!"灵车驶上万州天城大道。路上，所有的车辆都自觉停下，摁响喇叭，向英雄致敬。大道两旁，密密麻麻地站立着胸戴白花的市民，"英雄走好!"人们顾不上擦拭眼泪，不停地朝着灵车挥手。

如潮的人海里，默默踯躅着一个哀婉凄绝的姑娘，她就是谭娇艳。她含泪望着恋人的遗像，望着哭声一片的送行人群，她为恋人心痛，更为恋人骄傲! 她怀抱着恋人生前一直没舍得穿的那件羊绒衫，她似乎感觉到了恋人的体温在一点点回升、回升。她在心底喃喃地祝福："涛儿，希望天堂里没有干旱，没有车祸。有这么多的人爱着你，亲爱的，你在天堂里应该不会孤单……"

2006年9月5日，重庆市普遍降雨，旱情得到缓解，这场持续两个多月的全民抗旱战斗取得胜利! 6日，重庆市公安局为车涛同志追记一等功；重庆市人民政府授予他"人民卫士"荣誉称号；8日，公安部批准车涛同志为革命烈士。当日下午，香港消防处代表团来到重庆市消防人员殉职纪念碑，悼念在重庆抗旱救灾行动中牺牲的消防警官车涛。香港消防处副处长卢振雄称"天下消防是一家"，他代表香港全体消防员向英雄车涛致以最高敬意。

（本文照片由谭娇艳提供）

她咬紧牙，抓紧杠铃，

满心满怀都是亲人的身影。

多少年来，她流了多少血、多少汗，

可从没流过泪；但此刻，奥运赛场上，

当她举起全世界的惊叹与欢呼，

当她仰望国旗举起这枚沉甸甸的金牌，

她在心底默唱着国歌，热泪盈盈。

有一种爱是揪心的痛，有一种感恩寂静无声……

唐功红
把苦难和金牌一同举起

唐功红在奥运会比赛中

泪洒金牌，农家女惊世一举撼世界

2004 年 8 月 21 日深夜，山东省烟台市福山区东陌堂村村委会的一间会议室里，气氛十分紧张，市、区领导和电视台的许多记者都聚集在这里，所有人的目光都聚焦在电视上。此刻，电视正实况直播第 28 届奥运会的女子举重 75 公斤以上级决赛，来自中国山东烟台的姑娘唐功红正在冲击金牌。而电视机前的人群里，那个双手捂在胸口上、目不转睛的女人，就是唐功红的母亲王全荣。他们家实在太小，条件实在太差，只好借村委会的会议室来接待这些热心的客人了。

赛场上的竞争十分激烈，每个选手都拼尽气力向着那枚宝贵的金牌发起冲击。当韩国选手成功举起 165 公斤，而唐功红在第一次试举 172.5 公斤因紧张而失败时，整个房间里静得几乎可以听见心跳的声音。那一瞬间，长期患有高血压、心脏病的王全荣感觉自己的心被谁猛揪了一把，冷汗顿时渗出了她沧桑的额头。丈夫唐与山默默地搂住了她的肩，关切地问："咱们出去透透风吧?""不用，我挺得住，我相信小英(唐功红小名)!"

轮到韩国选手第三次试举 172.5 公斤了，黑暗中，老两口的手情不自禁地紧紧攥在一起。与赛场上的女儿一样，在这样的时刻，他们也承受着来自对手的巨大压力。三盏白灯亮起，韩国选手的成功无疑把唐功红逼上了绝境——她必须胜出对手 10 公斤才能取得这枚金牌! 而这个成绩目前还是这个项目的极限。看到女儿暗自吸气，王全荣紧张得闭上了眼睛。

汗水静静地流，唐功红的脸色异常地冷峻。她要挑战这个极限重量——182.5 公斤。那是生死攸关的 30 秒，漫长得像是三天三夜，所有人在那一刻都屏住了呼吸。

下蹲，上提。电视里唐功红蓦然咬紧牙关。"顶住啊，小英!"电视机前的母亲忍不住大喊一声。

想起自己多年来走过的坎坷之路，想起遥远的村庄上那个贫寒的家，想起年迈而勤苦、坚韧的母亲，唐功红心潮澎湃。只见她憋足一口气，奋起发力，"啊——"随着一声怒吼，唐功红成功举起了182.5公斤！赛场内外，一片欢呼。唐功红这奋力一举，不仅以总成绩305公斤获得了这枚沉甸甸的金牌，也创造了挺举、总成绩两项世界纪录！

那一瞬间，全世界都是震惊的表情；那一瞬间，热泪滑下唐功红的脸颊；也是在那一瞬间，贫病交加的王全荣因为激动而昏了过去。

片刻之后，在无数呼喊与祝福声中苏醒过来的王全荣，含泪坚持观看电视上女儿接受前线记者的采访。"我想此时此刻，祖国的亲人们都在看着你。想不想跟电视机前的妈妈说几句话？"当中央电视台的记者此话一出，唐功红的泪水再次涌出来："妈妈，我好想你！"是啊，为了备战奥运，唐功红和母亲已经整整两年没有见面了，此时此刻，这句最普通的话，却打动了亿万人的心。远隔重洋，面对着镜头和荧屏，母女俩同时泣不成声。"小英啊！好样的！你没给妈丢脸！"王全荣一把鼻涕一把泪的哭唤，引得在场的人都潸然泪下。

当五星红旗冉冉升起，中华人民共和国国歌在雅典奥林匹克体育场再度响起，全世界的目光都聚焦在唐功红这个中国姑娘身上。她胸前的金牌金光闪耀，她坚毅的面庞显得那么圣洁而美丽。她咬紧嘴唇，努力地抑制着感情，但是那颤抖的唇角还是没有噙住那两行滚烫的泪水。那一刻，无数观众为她骄傲，陪着她一起流泪。这个朴素的、坚忍不拔的中国金牌姑娘的泪水，在那一瞬间感动了全世界人们的心。

但是，在这激动人心的时刻，有谁会去计算那闪亮的金牌背后，凝聚着冠军及其家人多少辛酸的泪水呢？

东拼西凑，500元学费浸满辛酸泪

唐功红1979年出生在烟台福山一户农家，当时母亲王全荣在生产队挣工分，一天才挣0.49元，父亲唐与山在食品公司上班，一个月只挣23.5元。因为要挣工分养家，女儿刚满月王全荣就下地干活去了，唐功红从7个月大的时候就被姥姥抚养，一直到 8 岁上学，才回到妈妈身边。贫穷伴随着唐功红的整个童年。姥姥很疼她，常常用从牙缝里挤出的钱给唐功红买一分钱一块的硬糖和两分钱一支的冰棍儿；每次生病，姥姥都会给她煮两个鸡蛋。因此，唐功红对相依为命的姥姥有着很深的感情。

在贫困中长大的唐功红很懂得体谅父母。常言道，穷人家的孩子早当家。艰苦的生活赋予了唐功红吃苦耐劳的品格，她很小的时候就下地帮大人干活了。常常是凌晨 3 点钟，妈妈就带着她和姐姐上山种地，干到日上三竿才匆忙回家吃口饭再去上学。长期的劳动也锻炼了唐功红的体格，她从小学时起就显出了比同龄人强健的体魄。11 岁时，唐功红的体重已达 62 公斤，是村里有名的"大力士"。

1992 年，14 岁的唐功红拜师练习铅球和铁饼，没想到竟被福山体校的举重教练张建梅看中了。但是上体校的运动服、被褥、生活费和学费，一次性要交 500 元，这对唐功红一家来说无疑是天文数字。这个时候，唐与山已经下岗，身体也不好，而且还要赡养唐功红的姥姥，家庭十分拮据。因此，考虑到家里的实际困难，父母没同意让女儿去体校，张建梅教练就三番五次地来做他们的思想工作。

那天夜晚，张教练又来了。唐功红眼巴巴地看看父亲，又看看母亲。张教练激励父母的话让她热血沸腾，她多么希望自己能走出福山，走出烟台，甚至走出山东啊！在她幼小的意识里，那就是走出贫穷、走进希望啊！唐与山叹口气说："俺知道这是个好机会，俺也不是不想让娃儿去，可是……可是俺实在拿不出那么多钱啊！"听了父亲无奈的话，懂事的唐功红悄悄退回了自己的小屋，用被子蒙住脸，忍不住流下了眼泪。是啊，家里太穷了，她不想给父母再增加负担。

看到这样的场景，张教练也哀叹不已。忽然，没上过一天学的王全荣猛拍了一下桌子："我同意！我支持！"唐与山惊愕地看着妻子，没说话。王全荣说："我去借！只要娃儿能出息，咱砸锅卖铁也值得啊！"

那是让唐功红终生难忘的一次借钱。勤劳善良却刚强要面子的母亲，第一次开口向别人借钱。向同样贫穷的小姨借了 50 元，向大姨和大舅各借了 100

元，而另一半学费，王全荣只好在村里挨家挨户地借，你 5 元，他 10 元——凑足这 500 元，王全荣跑了大半个村子。那时候普通人家很少有 50 元以上的大钞，王全荣借来的这 500 元，足足装了一书包。她把这些 5 角、1 元的零钱全换成 10 元的，又在唐功红的内衣里缝了个布兜，把钱缝了进去。

去体校报到的前一天晚上，唐功红穿着妈妈缝了钱的衣服睡觉，她翻来覆去睡不踏实，每隔一段时间，她就开灯起来数一数那 50 张大团结，数好了再睡。半夜里，王全荣被女儿的说话声吵醒了，只听女儿悲哀地絮叨："妈呀，这么多钱，俺哪天才能还完啊？"王全荣悄悄披着衣服走过去，却发现女儿屋里还亮着灯，唐功红手里拿着那一沓钞票，已经睡着了，原来她刚才是在说梦话呢。王全荣走近来，想给女儿把钱收好，一伸手，才发现那些钱是湿的——女儿的眼角还挂着泪珠。王全荣悄悄抱住女儿，无声的泪水打在那些钞票上，她感到了钻心地疼。

第二天早上，唐功红起床后，却跟王全荣说："妈，我不去了。"王全荣懂得女儿的苦心，她搂着女儿，对她说，这个机会很难得，你要好好珍惜，好好学，听教练的话，练出名堂来。至于钱，我们可以慢慢还，你不要担心。听了妈妈的话，唐功红含着泪，狠狠地点了点头，她当时的意识里还没有"奥运会""金牌"之类的概念，她只求能够尽早挣钱，替妈妈还债，为家里做些事。

带着母亲缝在内衣兜里的 500 元，唐功红去报到了，以后每两个星期回家一次。体校离家 12 千米，为了省下车费，懂事的唐功红坚持步行往返。在体校，训练无疑是很艰苦的，一个月以后，教练突然来找王全荣，说唐功红在体校老是哭，叫她去看看。王全荣去了，见女儿手上起了泡，腿也肿了，很心疼，但她知道，这时候心疼女儿可能就是害了她一生啊！唐功红见到妈妈，突然放声哭起来，说："妈妈，我受不了了。"王全荣就不动声色地跟女儿说："那好，走，跟我回家。"

回到家里，王全荣只让女儿休息了一上午，下午就让她去清理茅房。粪便弄到了唐功红的身上，她洗了又洗。王全荣就不失时机地教导女儿说："粪便脏，但庄稼不嫌弃；人要是没骨气，就会比屎还没用。"第二天，去田里给玉米施肥，王全荣刨坑，唐功红施化肥，王全荣故意加快节奏，让女儿跟得筋疲力尽。半天下来，玉米的叶子把唐功红的脸上、胳膊上划出了无数血口，她手上的泡也磨破了，被化肥烧得生疼。

晚上回来，王全荣问女儿累不累，女儿不说话。王全荣说，累，肯定是累。但无数人这么累了一辈子都没有真正的收获。同样是累，有的人却抓住机会累出了名堂，不珍惜机会的人比猪还蠢啊！第三天一早，唐功红跟母亲说，妈，我去体校了。从那以后，再苦再累，唐功红从没退缩过。

唐功红归队后，练得比任何人都刻苦，她知道父母挣钱供她上体校不易，不敢有半点儿松懈。那时候她两周可以回家一次，每次回家都抢着干这干那，但是王全荣发现她晚上睡觉不脱裤子，心里犯疑，等她睡着了，撸起裤子一看，唐功红的双腿让铁杠磨出了一道道血口，王全荣忍不住落下泪来，但还是狠心地装作不知道。

大爱如山，血泪铺就农家女儿冠军路

1993年底，唐功红进入烟台市体校，她突出的体能和勤奋刻苦的特点引起了教练的关注。1994年初，唐功红被调到山东省队。省队的举重基地在威海，去威海的时候，一起去的队友都有专车送，而唐功红却是一个人坐长途客车去报到的，为此，才16岁的她感到孤单而凄凉。她甚至觉得自卑，觉得爸爸妈妈不疼她了，跟队友们相比，自己简直像个弃儿。在孤单的他乡，唐功红给家里写了第一封信，信上满是泪痕。

王全荣看到这些泪痕，体味到了女儿的心酸，就托人代笔给唐功红回信，告诉她，因为姥姥生病住院花了不少钱，此时家里是最困难的时候。为了省路费，妈妈和爸爸都无法送她去威海，更租不起专车。好久没有买新鞋的姐姐，在不久前花12元买了双皮鞋，但为了凑足妹妹去威海的路费和学费，她把还没有舍得穿的鞋子以10元的低价卖给了村里的一个女伴……王全荣教导女儿说，咱人穷却不能志短，咱别跟人家比面子，要比就比成绩，只要你刻苦训练成了才，任何人都会羡慕你。

家徒四壁，谈起冠军女儿，唐功红母亲骄傲又辛酸

收到这封信，唐功红流泪了，她为自己的虚荣深深自责，为有这样的好爸妈、好姐姐而感到由衷的温暖。她开始全力投身训练，成绩不断提高。

家里实在太穷，王全荣和丈夫唐与山决定做点买卖挣些钱，一方面贴补家用，另一方面也好供唐功红上体校。经过商量，他们决定做杀猪卖肉的生意。当然，本钱依然是要借的。他们借钱从集市上买回生猪，由唐与山宰杀，王全荣和大女儿协助。

杀猪这生意又脏又累不说，单说这危险程度，就让他们心惊肉跳。有一回，王全荣和大女儿帮忙按住一头待杀的生猪，唐与山一刀下去，没想到那猪竟挣脱开来，满院狂奔，血流得满院都是，王全荣和大女儿吓得跑到了屋里，母女俩从此见了血就打怵，但是每天却不得不硬着头皮面对这些血腥。

有一次，唐与山在杀猪的时候，由于生猪拼命挣扎，他一不小心，竟把刀子插在了自己脚上，由于伤口太深，不得不住进了医院。唐功红几个月没有回家了，父亲出事的第二天正巧唐功红回来探家，妈妈和姐姐都隐瞒了真相，只说爸爸去外村收猪去了。

唐功红在家只有一天时间，见不到父亲，心里生疑，却也没多想。当天中午，母亲炒了一大盘瘦肉，妈妈和姐姐都劝她多吃，而她们俩却不碰那些肉。狼吞虎咽的唐功红就问："妈，姐，你们怎么不吃啊？"母女俩就撒谎说，她们天天吃，都吃腻了。其实，他们天天杀猪，但却几乎没有吃过一块像样的肉。

第二天早上，唐功红临走前，妈妈又给她炒了肉，并且悄悄分出了一小份放在饭盒里，唐功红也没在意。去厨房添饭的时候，唐功红无意间听到妈妈小声对姐姐说："等你小妹走了你再送去，别让你小妹知道了。"唐功红心里一惊。她听见姐姐小声地说："别带那么多肉吧。昨天送肉去我爸都骂我了，说我们不知死活。""不吃肉哪行？哪能这么省啊？再不补补，他的脚伤哪天才能好啊?"唐功红这才知道真相，嘴里正嚼着一口肉，突然觉得嚼得是那么艰难；而眼泪悄悄流到唇边，是那么酸涩。她哭喊一声"爸爸"，就向医院跑去。

亲人为自己的体育事业做出了那么多的牺牲，这让唐功红感到了自己肩头的重量。她发奋拼搏，刻苦训练。为了增加重量，增强体质，唐功红不但不像一般的女孩子那样节食，而且还要增食。哪个女孩不爱美呢？窈窕的身段是每个女孩的追求，但是，为了自己的体育事业，为了提高训练成绩，唐功红把这一切都放弃了。从市体校到省体校这几年时间，唐功红硬是增重了150多斤！

1998年，唐功红被选进了国家举重队。在那一段时间，她进行了更加刻苦的训练，用她自己的话说，就是从来没有节假日，从来没有星期天，从来没有娱乐，也没有时间考虑其他问题，只有举起、放下，放下、举起，每天的运动量要达十几吨，比搬运工苦多了。

在体育竞技上，收获与付出总是成正比的。2001年，第九届全运会上，唐功红获得75公斤以上级总成绩冠军；2002年釜山亚运会上，她获得75公斤以上级总成绩冠军，并以167.5公斤创造了挺举的世界纪录；在2003年9月举行的世界锦标赛上，唐功红在比赛的前一天晚上因为肠炎住进了医院，打吊针到半夜，但是第二天比赛时，她照样连创几项世界纪录。从这件事可以看出，唐功红不仅实力强大，而且具有极顽强的意志。很快，唐功红在75公斤以上级比赛中已无对手，她以自己的绝对实力向着2004年的雅典奥运会金牌冲击！

就在唐功红积极备战奥运会的时候，2003年3月28日，疼爱她的姥姥去世了。为了不影响她训练，家人一直隐瞒着这个消息，每次唐功红电话里要跟姥姥讲几句，爸爸妈妈就用各种借口搪塞过去，直到2004年4月份。那天一大早，唐功红就往家里打电话，带着哭腔跟妈妈说："妈，你快叫我姥姥接电话，我夜里做了个噩梦，梦见姥姥死了，多不吉利。你快叫醒姥姥，我好想她！"妈妈听了这番话，悲从中来，无声地落泪。

听到母亲的抽泣，唐功红急忙问，姥姥到底怎么了？见瞒不住了，王全荣就告诉了女儿实情。"姥姥——"听到这个噩耗，唐功红"哇"地大哭起来。在女儿悲切的哭声里，王全荣劝慰女儿说："你姥姥很想你，她希望你好好训练拿金牌，她临死的时候都不让我告诉你，怕你分心，影响训练。""姥姥，好姥姥，我对不起你啊！"姥姥的去世，给了唐功红很大打击，也给了她很大动力。她不能有半点儿松懈，她怕自己对不起九泉下的姥姥。

2004 年 8 月 21 日，唐功红终于盼到了这一天！她咬紧牙关，抓紧杠铃，满心满怀都是亲人的身影。这些年来，她流了那么多汗，可从没流过泪。但此刻，奥运赛场上，当她举起全世界的惊叹与欢呼，当她仰望国旗举起这枚沉甸甸的金牌，她哭了：从农家女到奥运冠军，她走过了一条亲人们用血和泪铺就的成长之路！

8 月 27 日，唐功红凯旋。整整两年没有回家了，此时的唐功红归心似箭。但是，她依然没有回家——庆功活动一结束，她又要立即投身到备战 2008 年北京奥运会的紧张训练之中。

（本文照片由唐功红提供和作者拍摄）

她是奥运会 108 年历史上
第 13 位获得田径金牌的亚洲选手，
她的夺冠被世界媒体赞誉为"东方神话"。
而冠军背后的泣血母爱，
却闪耀着比金牌更灿烂的光华！
拳拳报国志，殷殷母女情，
你要问这位母亲的育儿经，就一句：
"俺姑娘不比别人差！"

邢慧娜
母爱打造"东方神话"

国旗下的笑颜灿烂如花

血染跑道，"俺姑娘不比别人差！"

天还没有亮，整个城市静悄悄的，寒风打在脸上，冷入骨髓。转过一处路口，突然迎面开来一辆汽车，那车灯亮得刺眼，张玉娟扶着车把的手不禁颤抖起来。她刚想下来推着自行车走，但是已经来不及了，那汽车呼啸一声已经到了眼前。在那刺眼的灯光里，张玉娟只觉得一阵眩晕，她眼前一黑，就连人带车倒在地上了。但那车却没有停下，只是打了下方向，在张玉娟的一声惨叫里，车胎竟贴着她的脑袋开过，扬长而去。

邢化昌先是听到妻子摔倒的声音，紧接着是一声惨叫，然后是车轮轧碎竹篓的声音，他吓坏了。汽车刚过去，他顾不得那满地零碎的小食品，也顾不得已经变形的自行车，一下子扑到妻子面前，不禁惊呆了——借着微露的晨光，邢化昌看到妻子倒在那里，右手套已经碾破，那根食指已经血肉模糊。

这是 10 年前一场车祸的场景，受害者就是雅典奥运会万米田径赛冠军邢慧娜的母亲。昏死过去的她苏醒后的第一句话就是：别让孩子知道。

邢慧娜 1984 年 2 月 25 日出生于山东省潍坊市寒亭区前仉庄村的一户贫苦农家。爷爷是位参加淮海战役负伤回乡的三级甲等革命伤残军人，他把多年来晨跑的习惯从部队带回了家乡，邢慧娜从学龄前起就喜欢跟着爷爷练跑步，体格比同龄的孩子好得多。邢慧娜的母亲是个仅有小学文化的农村妇女，她知道锻炼对孩子身体有好处，所以对女儿的跑步练习尤为支持。跑啊跑啊，渐渐地，年迈的爷爷都跑不过小慧娜了。很自然地，上了小学以后，邢慧娜就加入了学校的运动队，成绩也是无人能比。

1994 年初冬，区里举办了一次中小学越野比赛，才上四年级的邢慧娜轻松地获得了 3000 米的冠军。那时候邢慧娜还不懂得什么是战术，她只凭着自己的体能和冲劲跟同学拼，但仅凭这一点，她已经是鹤立鸡群了。赛场外的母亲张玉娟高兴得不得了。

接下来是 8000 米，邢慧娜又上场了。可刚跑几步，意外就发生了——在超越一个同学的时候，邢慧娜右脚的鞋子被同学踩掉了。那时候家里穷，买不起运动鞋，甚至连袜子都买不起，邢慧娜就光着脚丫穿一双很廉价的胶鞋。赛场外的同学和老师都急得大叫起来，他们想，这下完了，邢慧娜肯定跑不下去了。但让他们没想到的是，争强好胜、从不服输的邢慧娜并没有退出比赛，而是光着一只脚继续跑！赛场外的张玉娟一下子把心提到了嗓子眼儿。

初冬的地面坚硬而冰凉，邢慧娜跑着跑着，就感觉脚底一阵火辣辣的疼。由于少了只鞋，她的速度受到了影响，始终没能和其他同学拉开距离，她心急如焚。但为了胜利，就顾不得脚下的疼痛了，邢慧娜开始发力！一圈，两圈，三圈……8000 米，是整整 16 里路啊！光着一只脚的邢慧娜，就这样顽强地奔跑在赛场上！渐渐地，她的脚磨破了，每跑一步都钻心地疼。而此时的张玉娟，早已热泪涟涟："小娜，坚持住啊！"邢慧娜咬着牙回答妈妈："放心吧妈妈——你姑娘不比别人差！"

赛场内女儿顽强不屈的拼搏，赛场外妈妈揪心的呼喊与支持，让场外的每一个人都感到了来自心灵深处的震撼！"邢慧娜——加油！"他们一起呐喊，为这个小姑娘助威。在最后 100 米的时候，邢慧娜前面还有一名同学。最后 50 米！邢慧娜突然发力，终于超过了那名同学，奋力冲向终点……

满脸是汗的邢慧娜倒在妈妈怀里，脚上的鲜血不住地渗出，但她却没有哭。她冲妈妈笑一下，喘息着说了句："妈妈，我赢了……"张玉娟一把抱住她，大哭起来："好孩子！妈妈相信你，俺姑娘不比别人差！"

邢慧娜的勇气和毅力引起了寒亭区体育学校校长胥军利的注意，于是选拔她参加来年的潍坊市中小学春季越野赛。但由于当时条件所限，不能集中训练，胥军利只能关照邢慧娜所在的学校和她的父母让孩子多加练习。张玉娟记住了胥军利当时的话："只要好好练，这孩子将来了不得！"

张玉娟把这事可当成了大事，干脆亲自当起了女儿的"教练"。

但是，张玉娟跑不过女儿啊，怎么办？她想出了一个好办法：每天早上，她就骑着家里那辆破旧的自行车在前面"跑"，让女儿在后面追，每天 10 千米。有时候碰到雨雪天，邢慧娜就不想跑了，张玉娟就拿大树打比方，给女儿讲道理：大树不会因为寒冷和雨雪而停止生长，持之以恒是一个想成大事的人的基本素质。小慧娜很听妈妈的话，风里雨里她都坚持长跑，不再有畏难情绪。每天由妈妈骑车陪着，渐渐地，长跑成了邢慧娜的一种习惯，就连过春节的那几天，娘儿俩也没有停止过训练。

苦难妈妈，你是女儿冠军路上的一盏灯

功夫不负有心人。1995 年 3 月，在青州市举行的潍坊市中小学春季越野赛上，邢慧娜获得了 3000 米的第 15 名和 8000 米公路赛的第 7 名。这样的成绩对于一个没有经过系统训练的孩子来说已经相当不容易了。潍坊市体校的迟玉斋教练看到了邢慧娜的潜力，他找到家里来，动员邢慧娜去市体校跟他练习田径中长跑。仿佛看到了女儿光明的未来，母亲张玉娟高兴极了。但是，对于这个贫穷的家来说，供女儿上体校，她将面临很大的考验。

邢慧娜还有个小她 6 岁的妹妹，一个穷家供养两个孩子读书，负担确实很重。邢慧娜上体校的时候，家里困难重重，甚至连学费都是借的。为了把她培养成才，父母亲吃了很多苦，尤其是母亲张玉娟，简直为女儿操碎了心。

单纯靠那几亩土地肯定是不行的，张玉娟和丈夫开始做些小买卖。起初，他们就在寒亭农户的大棚里收购些蔬菜，到潍坊市区去卖，赚些差价。为了保证蔬菜新鲜，张玉娟总是一大早就背着竹篓进棚里亲自摘，然后骑车到市区去卖。来回要好几个小时，张玉娟早饭都舍不得吃一口，有时候忙活一趟才挣两三块钱。知道大人辛苦，邢慧娜很懂事，住校总是吃最便宜的饭菜，从来不乱花一分钱。星期天，她会主动和父母亲一起去市区卖菜。知道生活艰辛的邢慧娜从来不觉得这是什么丢人的事情。妹妹也很体谅父母，中午放学后，家里常常没有人，她就自己做饭或热点儿剩饭吃。

后来张玉娟夫妇觉得做小食品的生意比卖菜赚钱，就改做小食品生意，他们每天凌晨 3 点钟就出发，去周边邻县赶集。那年严冬的一天凌晨，张玉娟跟丈夫分别骑着车去昌邑县城卖小食品。刚下过大雪，路面很滑，西北风刮在脸上，像刀刃一样锋利。那天出奇的冷，在赶了几十公里的路，快到城区的时

候，张玉娟感觉自己的棉袄都快湿透了，而一场车祸就在他们筋疲力尽的时候突然降临。

"小娜她妈！你怎么啦？！"张玉娟听不见丈夫的哭喊，她已经昏死过去了。悲痛欲绝的丈夫抱着她赶到医院，得到的竟是一个异常残酷的消息：右手食指粉碎性骨折，必须马上手术截除。

等张玉娟苏醒过来的时候，她的一根食指已经不在了。她感到一阵阵钻心的疼，但她忍着，第一句话就是，别让孩子知道，别耽误她们上学。但这么大的事情怎么瞒得住孩子们呢？出院回家以后，当邢慧娜抓住妈妈缠着绷带的手逼问爸爸时，爸爸哭了，他跟女儿说："小娜，你在体校可得好好练啊！你一定得练出个名堂，要不然你可对不起你妈这根手指头啊！"知道了母亲的遭遇，邢慧娜抱住妈妈放声大哭："妈妈你放心，我一定好好练，你快点好起来啊！"

母亲的苦难付出给了邢慧娜极大震撼，她发誓刻苦训练，练出名堂来报答母亲的养育之恩。在体校里，在有的同学偷懒开小差的时候，她却常常主动延长课时，给自己增加运动量。星期天别人休息了，人们却常常能够看到操场上邢慧娜依然奔跑的身影。

长跑运动员也要参加其他项目的训练，以增强体能和协调能力。有一次，在打篮球的时候，邢慧娜的右手不慎受伤骨裂，医生在她的食指和拇指之间打了根钢钉，多少年都没有取出。在最疼痛的时候，邢慧娜想着妈妈截去的食指，就强忍着，依然坚持训练。一分汗水一分收获。1998年，在山东省第19届运动会上，邢慧娜一举夺得1500米和3000米两块金牌！

仿佛一夜之间，邢慧娜的命运就发生了转变：好几个省队请她加盟，清华大学的老师也亲自登门，要破格录取邢慧娜进校队。对于一个农家孩子来说，进清华可是个难得的好机会，以后的人生可能会轻松很多，而继续在专业队训练，就意味着要吃更多的苦，不仅前景不明朗，而且要是万一出现受伤等意外，那一切就都毁了。面对学业和专业两方面的吸引，在母亲和启蒙老师的建议下，邢慧娜做出了一个两者兼顾的选择：进入山东体育运动技术学院，读书训练两不误。

从1999年去济南省队以后，邢慧娜的训练更加刻苦了。这时候由于家里开支增大，张玉娟和丈夫干起了卖水泥和砖瓦的生意。这个生意虽然很苦很累，但总算不用跑长途了。生性善良的张玉娟夫妇虽然急需用钱，但在生意上却老实本分，不但不赚昧心钱，而且周围的孤寡老人需要接济的时候，他们还会把石棉瓦等建材免费送去，并且亲自装上，因此方圆几十里内口碑很好。父母亲的良好品德也熏陶着邢慧娜，使她在学习和训练上扎扎实实，从不投机取巧。

为了训练，邢慧娜甚至一连几年都没回家。她很想妈妈，妈妈也很想她，但母女俩只能在信中相互激励，互诉思念之情。2000 年的一天，邢慧娜因为感冒引发感染，一连几天高烧 40 度。为了不让家人担心，她让教练尹延勤保密，不要告诉家里人。尹教练的爱人知道后，很是感动，就安排她的一个在济南工作的学生去医院照顾邢慧娜。一天夜里，高烧着的邢慧娜突然抓住这个学生的手，说起胡话来："妈妈！你可来了，妈妈！我好想你！"那个学生忍不住潸然泪下。

血泪金牌，献给含辛茹苦好妈妈

宝剑锋从磨砺出。2001 年全国第九届运动会上，坚韧刻苦的邢慧娜荣获女子 5000 米亚军；2002 年釜山亚运会上，她获得女子 10000 米铜牌的好成绩！胜利后的邢慧娜给家里打电话："妈！你给我来句贺词吧！"张玉娟高兴地说："没什么贺词，俺姑娘不比别人差！"这话一出口，电话两端竟都是一阵唏嘘。

2003 年 1 月，邢慧娜入选国家集训队，在王德显教练的指导下，进行了更加艰苦的训练。为了增强运动员的心肺功能，并且锻炼他们的意志，夏天，别人去避暑胜地，而王教练却带他们去高温缺氧的高原；严冬，人家去海南修养，而他们却去最冷的满洲里。那里气温在零下三四十摄氏度，邢慧娜和队友们每天就在铺满冰雪的草原上奔跑，手脚都冻裂了；就连吃饭也成了一种残酷的训练——为了保证热量和营养，不论你爱不爱吃，定量的每顿饭你必须一口不剩地吃完，邢慧娜就吃吐过好几回，但吐完以后，还得逼着自己再吃。

2003 年 3 月 9 日，因子宫肌瘤切除手术，张玉娟差点死在手术台上。手术前，因担心自己可能发生意外，她抓住丈夫的手，恳切地说："小娜训练太紧了，千万别让她知道。万一我要有个三长两短，孩子你一定要照顾好！"那一刻，夫妇俩抱头痛哭；而那一刻，邢慧娜正在海拉尔的冰天雪地里顽强奔跑。

梅花香自苦寒来。2003 年第 5 届城运会上，邢慧娜一举夺得女子 5000 米和 10000 米两块金牌和 1500 米的银牌；同年的巴黎世界田径锦标赛上，邢慧娜带伤参赛，获女子 10000 米比赛第七名，虽没有夺得奖牌，但她却以 30 分 31 秒 55 的成绩创造了世界青年纪录！至此，邢慧娜的夺金目标已经直逼雅典奥运会。

2004 年奥运会的前一个月，邢慧娜的脚却扭伤了，肿得很厉害。几年没有回家的邢慧娜给妈妈打电话哭诉，她担心自己去不了雅典。张玉娟就安慰女儿说，要有个良好的心态，好好配合治疗，一切都来得及；要是心态浮躁，就是身体好好的，去了雅典也没用。邢慧娜听了妈妈的话，最终恢复了健康，来到了雅典。

北京时间 2004 年 8 月 24 日凌晨 3 点 50 分，邢慧娜在自己的强项女子 5000 米比赛中意外失利了，只跑了第 9 名。邢慧娜很沮丧，给家里打电话，开口就说："爸爸妈妈，对不起，我失败了。"张玉娟虽然心痛，但却语气平和地跟女儿说："没关系，能去雅典就是好样的！你就当是去学习，你还有 10000 米呢！把它当作训练一样放开跑，不要考虑结果，俺姑娘不比别人差！"

2004 年 8 月 28 日北京时间凌晨 4 点，雅典奥运会田径女子 10000 米赛场风云迭起！共有包括中国选手邢慧娜和孙迎杰在内的 31 名选手参加这场角逐，竞争异常激烈。而此时此刻，邢慧娜的老家山东潍坊正大雨倾盆，在寒亭区前仉庄村，市、区电视台记者和区体育局黄局长等人，正陪着邢慧娜的父母在电视机前紧张地收看比赛实况。当一道闪电映亮母亲沧桑而焦灼的脸，发令枪响了……

半程过后，邢慧娜仍被国外几名选手牢牢地挡在后面，电视机前，母亲张玉娟使劲地攥起了拳头，渐渐地，她感觉手心里都是湿的了。

时间过得很快，仿佛一转眼就到最后 1200 米了！邢慧娜突然加速，超过了上届冠军图鲁，随后占据了内道，排在了第四的位置！"加油啊，小娜！"母亲张玉娟大喊一声，忍不住站了起来。一屋子人全都站了起来，为电视里的邢慧娜呐喊助威！

最后 200 米！邢慧娜开始冲刺！她就像一阵风似的率先冲过了终点，领先了第二名约 5 米的距离——她赢了！中国赢了！亚洲赢了！30 分 24 秒 36！邢慧娜，成了奥运会 108 年的历史上，第 13 位获得田径金牌的亚洲选手！这是中国的奇迹！这是亚洲的神话！当她身披五星红旗跑动在雅典赛场上，此时此刻，整个亚洲都在为她骄傲、为她欢呼！而山东老家的母亲也早已喜泪涟涟。

"快！放鞭炮！"大雨这时候正好停了，黄局长话音刚落，邢家门前已经是鞭炮齐鸣，连整个城市都焰火满天！"爸爸妈妈！我赢了！"看到电视机里女儿胜利后的美丽笑脸，听到她那声骄傲的呼唤，张玉娟与丈夫邢化昌激动地拥抱在一起，喜悦的泪水打湿了彼此的脸。

2004 年 9 月 2 日，在庄严的人民大会堂，邢慧娜和其他奥运健儿接受了胡锦涛主席的亲切接见。之后，她和妈妈一起在中央电视台做了一期节目。当主持人让张玉娟对女儿说句话的时候，张玉娟怜爱地看着女儿说："别骄傲，咱还有 2008 呢！"她接着引用了一句中国体育界的名言，"从冠军的领奖台下来，一切都从零开始！"邢慧娜一把搂住张玉娟，一句"妈妈"还没喊出口，已经是泪如雨下……

2004 年 12 月 24 日，邢慧娜被提名为 2005 年劳伦斯世界体育大奖最佳新人奖的候选人。有"体育奥斯卡"之称的劳伦斯世界体育大奖每年举办一次，奖励世界上最优秀的运动员。

作者（左）在邢慧娜家里采访与其父母合影

为了备战 2008 年北京奥运会，2005 年新年刚过，邢慧娜就与队友们一道，跟着教练远赴寒冷的东北高原进行强化训练了。记者连线远在哈尔滨的邢慧娜，问其近况。邢慧娜说，这里很冷，感觉呼吸都被冻住了；训练很艰苦，但是没有人退缩！为了 3 年后的北京奥运会，她正在顽强训练。

记者问她："快过年了，你想家吗？"邢慧娜突然哽咽了："说不想家那是假的。我妈为我受了那么多苦，而且身体也不好，要是不出成绩，我觉得对不起她……"而日夜操劳的邢妈妈，面对记者的提问，依然是那句朴素而自信的话："俺相信她！俺姑娘不比别人差！"

（本文照片由邢慧娜提供和作者拍摄）

敬　业

　　敬业是一个人对自己所从事的工作及学习认真负责的态度。很多可歌可泣的中国同胞，他们的敬业，不仅是利他、利人，而且是不惜付出生命！山河同悲，万民永记，他们的生命，饱含着人性的光辉，与日月同存……

天塌地陷那一刻，她有太多机会可以逃生，

却为抢救那些被吓呆的小学生，

一次次冒死往教室里冲。

就在地震前两天，她刚和爱人交上新房首付款，

正准备当新娘、做母亲……

她的生命永远定格在了 26 岁。

她有着花样的梦、她有着花样的名。

青春是一次燃烧和烛照，生命是一场爱的旅行！

袁文婷
鲜血染红爱的旗

朴素美丽的山村女教师袁文婷

生死六十秒，女教师救学生舍身废墟

2008 年 5 月 12 日下午，钟声刚敲过两点，群山环抱的四川省德阳市什邡市师古镇民主中心小学正被朗朗的读书声萦绕。在一楼一间教室里，年轻漂亮的班主任、语文老师袁文婷正在辅导孩子们复习功课并检查他们的作业。突然，她调为振动模式的手机在兜里振动了几下，她打开一看，一阵幸福的甜蜜就漾上了她的脸："我中午出去谈事手机忘了带，你的电话没能接到，不过阿海已经把你的话转告我了，谢谢亲爱的，等你下课给我信息，我再打给你。想你……"

短信是远在昆明的爱人阿义发来的，袁文婷没有马上回信，她想等上完这节课再跟他联系，这已经是他们的习惯了。可是袁文婷怎么也不会想到，她再也没有机会听到爱人的声音了。

14 点 28 分，一阵尖厉的风猛然刮过，教室虚掩的门像被谁狠命一脚踹开了似的，同时，大地深处传来一阵低沉的像呜咽又似怒吼的轰鸣；迅即，整座教学楼剧烈地抖动、摇晃起来。袁文婷立刻意识到是地震了，她大喊一声："地震了！大家快跑！"但是，孩子们却都呆愣着，一个个站在那儿不知道该往哪儿跑，有的甚至吓得站都站不起来了——由于山区教育的特殊性，有的孩子入学时还不满六周岁，没有自我保护能力，在山崩地裂的当口，他们都被吓傻了，有的凄厉叫喊，有的甚至连哭都忘了。袁文婷跑过来，把前面靠门坐的几个孩子推了出去，后面的孩子才跟着向外跑。

灾难来得迅急，快得你几乎来不及反应，而最有逃生机会的就是成年的袁文婷。但是，就在那一刻，这个平时看上去瘦弱温柔的女老师，却表现出了惊人的镇静与坚定。她站在黑板和出口之间，疾速而果断地指挥、帮助着孩子们逃生。一个女生摔倒在门边，满脸是血，袁文婷不顾一切地冲过去，拖起她就往门外冲。这时候，楼上被震碎的玻璃连同花盆、碎砖一起砸下来，袁文婷用身体护住这个女生冲了出去，放下女生后，她立刻转身又冲回教室。

这时候，二楼、三楼的高年级师生们都在紧急逃生。此时不向外逃而往里冲，无异于送死啊！"快跑！快跑啊！"袁文婷不顾一切地冲回教室，一边大声呼喊着，一边把就近的吓傻了的孩子往外抱，一个，两个，三个……此时，三楼的承重墙已经断裂，并沉重地砸向二楼，灰土冲天而起，原本明朗的午后瞬间变得像晦暗的夜晚。此时此刻，只要袁文婷转身跑开，她依然有机会逃离危楼。但是，她把孩子们一个又一个地往外抱、向外推，一次又一次地反身向教室里冲！

隔着烟尘和乱坠的瓦砾，刚刚逃到楼外的师生们眼睁睁地看着这悲壮的一幕，几个老师和学生同时发出凄绝的呼喊："袁老师——"但是，一切都来不及了。"跑啊！跑！"楼内楼外的孩子们永远都不会忘记，那个像疯了一样的袁老师在生死关头那凄厉的呼喊。袁文婷一手一个抓住就近两个孩子的胳膊，拼死往外冲，烟雾中，依稀可以看见一高两矮三个影子冲到了门边，那个高影子将两个矮影子拼命向门外一推，又转身消失了；瞬息之后，门口再次出现一高一矮两个影子——这个小影子就是袁文婷亲手救出的第 13 个孩子，他叫吴佳辉，"正当袁老师把我放在教室门口又转身回去救其他同学时，我只听见'嘭'的一声，楼板就掉了下来，我也被楼上的饮水机砸倒在地，我回头去看袁老师，她就在离我几米远的地方，我只看见了她的双脚和她怀里抱着的同学！"

这惨绝人寰的一幕，就发生在短短的 60 秒内。转瞬之间，原本高大壮观的三层新教学楼变成了一堆不到一米高的废墟，10 名师生被废墟掩埋，而袁文婷是其中唯一的一位老师。烟尘中她那凄绝悲壮的影子，永远留在了幸存者的记忆里。

也就在天塌地陷的这一瞬间，远在昆明的阿义突然感觉到一阵眩晕："怎么了？是不是因为中午没休息累着了？"正纳闷中，合作伙伴阿海和他的妻子大声叫嚷起来："地震了！地震了！快跑！"当他们惊慌失措地跑到门外的时候，才发现整条街已经挤满了惊慌而茫然的人。

阿义的第一反应就是赶快给爱人打电话，然而，当他用颤抖的手指拨出那串生命里最熟悉的号码时，听见的却是"您所拨打的电话暂时无法接通"；再拨，竟什么声音都没了。巨大的恐惧蓦然笼罩下来，阿义浑身颤抖，他怎么也不会想到，拼死救学生的爱人此刻正压在废墟下，温热的鲜血已染红了冷硬的瓦砾……

新房刚买下，她正准备当新娘、做妈妈

出生于什邡市师古镇的袁文婷从小就是个苦命的孩子。4岁那年，父亲病逝，母亲含辛茹苦把她拉扯大。为了一心一意养活女儿，年轻的母亲守了十几年的寡，唯一的女儿自然成了母亲的心头肉。令人欣慰的是，袁文婷从小十分孝顺。母亲原在一家镇办小厂上班，工资微薄，但母亲就算自己每顿只吃窝头咸菜，也要尽全力供女儿读书。渐渐长大的袁文婷深知母亲这些年来对自己所做的牺牲，就在她读高中的时候，孝顺的她开始向四邻甚至同学们求援："您看您认识的亲戚朋友里有没有合适的，我想给我妈找个老伴，她一个人真是太孤苦了……"女儿的孝心感动了许多人，最终在好心人的撮合下，人到中年的母亲有了归宿。

2001年，成绩一直十分优秀的袁文婷考入了自贡师范高等专科学校（编者注：现为四川轻化工大学）。大学的最后一年，袁文婷邂逅了她的爱情。那是2004年的春天，在一次同学聚会上，美丽大方的袁文婷认识了敦厚温良的阿义。整个晚餐，阿义都在不动声色而体贴入微地照顾着身边的文婷，细心的女伴们都看在眼里，时不时地偷笑，笑得袁文婷脸红心跳。当阿义又一次悄悄地将一块瘦肉夹到袁文婷碗里时，一个女同学突然大叫："我说阿义，看来你是不知道啊，咱们文婷姑娘可是最爱吃肥肉的哦！"

原来，就在当天上午，学校组织学生去自贡消防支队做团体心理咨询，活动结束吃午饭时，消防支队的官兵为了迎接他们特意加了几个菜，其中有道回锅肉，挺肥的。乖巧的袁文婷特别受兵哥哥们的喜爱，一个兵哥哥好心地将很大一块肥肉夹到文婷碗里。本来，袁文婷在学校食堂都不怎么吃肥肉，但是那一刻，她居然红着脸把那块肥肉给吃了！饭后回校的路上，女伴们不依不饶地以这事拿她开心，没想到袁文婷竟一脸得意地反驳说："这是一种荣耀啊，为什么兵哥哥没夹给你们呢？"

听了这个"典故"，阿义也随着大家扑哧一下乐了。袁文婷满脸羞红，拿筷子嗑打着女伴，认真地解释说："他们都是好人，每天都干着那么危险的工作，那块肥肉是他们的心意，我怎么可以拒绝呢？大家相聚一次多不容易，以后我们可能再也没机会跟他们一起吃顿饭了……"袁文婷低沉而真诚的话语，让原本热闹的气氛蓦然安静起来。"大家在一起就是缘分。我们马上就要毕业了，大家就要各奔东西了，以后还不知道什么时候才能再见上一面呢……"一番肺腑之言触动了大家的隐痛，许多同学忍不住落下泪来。袁文婷自己也眼含泪花。自知失态的她站起身来，举起杯中的可乐，不好意思地说："来，我敬大家一杯！"袁文婷最后才去碰阿义的杯子，竟没心没肺地脱口而出说，"不过这些都跟你没关系，你又不是我们同学！"袁文婷说完马上又后悔了，因为她看见了阿义眼里的泪花。

阿义也出身贫寒，16 岁就出来打工，受了不少苦，相同的命运让两个年轻人的心渐渐靠近。当阿义得知文婷的生日是 1982 年 9 月 7 日时，不禁大吃一惊："怎么这么巧?!"原来，阿义只比袁文婷晚出生一天，具体地说，只晚了几个小时——文婷是 7 日晚上，而阿义是 8 号早晨。"哈！从今儿起我就是你姐姐了！"阿义望着文婷孩子般的笑脸，笑而不答。

袁文婷毕业后被分配到了原籍所在地的民主中心小学，当上了一名老师。这期间，阿义跟朋友合伙，去昆明做起了生意，两人虽然不在一块儿，但相爱的心却一刻也没有分开。

山区的教学条件相当艰苦，薪水又少，许多人都难耐那份寂寞，但袁文婷却心静如水。能歌善舞，人也长得漂亮的她有很多次改行机会，甚至有机会进入当地的电视台，但她最终都放弃了。阿义多次劝文婷下海一起经商，也被她拒绝了。"跟山里的孩子们相处久了，你会发现你根本无法离开他们。真的，你看他们那一双双眼睛，多单纯，多清澈啊！"每每听着女朋友天真地说起她麾下那帮孩子们的好话，阿义都好像不以为然似的，袁文婷常常跟他急："不信你来看看嘛！是真的！"

随着时间的推移，袁文婷和阿义的感情与日俱增。2006 年 5 月 8 日，两个深深相爱的人办理了结婚登记手续。但是，由于没有新房，他们的婚礼一直拖着没有举办。

袁文婷和阿义平时都很忙，聚少离多，偶尔相聚几天，也是匆匆的。由于条件不成熟，连婚礼都一推再推，就更不可能要孩子了。但是，2008年4月，袁文婷意外地发现自己怀孕了。远在昆明的阿义得知这个消息，又惊又喜，连连表示一定要这个孩子。"亲爱的！我们就要做爸爸妈妈了！我月底就赶回来，我们把钱凑一凑，先按揭把房子买了，然后抓紧把婚礼办了！"

阿义从昆明赶回，带来了一大堆婴儿衣服，袁文婷一件一件地比呀看呀，将为人母的她陶醉在这份莫大的甜蜜里。她天天晚上翻字典，决定给孩子取个好听的名字，阿义想帮忙，可取的都是男孩子的名字，袁文婷就拿枕头砸他："好啊你，居然重男轻女?！我就喜欢女儿！我就要生个女儿出来怎么着?！"阿义抱着脑袋傻笑："好好好，乖老婆，我一切都听你的，咱就生女儿，生女儿！"袁文婷这才饶了他，又一页一页地翻字典，最后幸福地依偎到丈夫怀里，搂着婴儿衣服睡——妻子那份由衷的幸福，每每想来都会让阿义心颤。

早在5月份的5日和6日，阿义跑了很多楼盘，终于在什邡看中一套房子，袁文婷看了也很满意，7日他们就交了订金。5月8日，本是他们登记结婚两周年纪念日，阿义建议中午一起出去吃顿饭庆祝一下，但文婷当天学校有事，中午就得赶回去，阿义很失落，因为他下午就要赶回昆明了。中午，袁文婷在去学校之前给爱人做好了饭，阿义心里堵得慌就在床上装睡，她摇了几下，阿义装作没醒。袁文婷吻了"熟睡"中的爱人一下，就轻轻掩上门走了。阿义怎么也不会想到，这竟是爱人给他的最后一吻。

阿义心里空落落的。一小时以后，他收到了爱人的短信："老公，快起来啦！饭在微波炉里，你起来吃一点儿，别饿着肚子走。没时间送你，你自己注意安全啊。看在咱们宝宝的分上，别生我气哦。"那字里行间浓郁而朴素的爱，让阿义觉着一阵阵幸福和温暖。然而谁会想到，一场灭顶之灾正在向幸福的他们悄悄袭来！

5月10日，也就是大地震的前两天，阿义从昆明往文婷的卡里打了一笔钱，文婷也拿出多年积蓄，凑在一起交了新房的首付款。那天她多么开心啊！她给爱人发短信："老公，我们终于有自己的家了！"5月12日中午，挂念老公的文婷忍不住打电话，但阿义恰巧出去办事，忘了带手机，合作伙伴阿海帮他接了。电话里，文婷像个婆婆似的嘱咐："海哥，阿义不会照顾自己，到现在连个饭都做不好，你和嫂子多费心，替我多照顾他哦……"阿义怎么也没有想到，这竟是爱人留给自己最后的话了……

泪洒千万里，生命最后的泣血一吻

什邡的电话一直到午夜都打不通，阿义心急如焚，一种不祥的预感笼罩着他。次日凌晨 3 点，一个电话打了进来，是文婷的同事，一听到对方哽咽的声音，阿义就感觉五雷轰顶……

5 月 12 日晚上 10 点，搜救人员终于在一块厚重的水泥板下，发现了被压着的袁老师，当救援人员艰难地抬走这块水泥板时，眼前的一幕让大家潸然泪下：袁老师柔弱的身躯下还护着她的学生。而此刻，伤势过重的她已经永远地闭上了眼睛。

袁妈妈在当夜 11 点赶到了学校，刚看了女儿一眼就昏了过去。她无论如何也不敢相信，眼前这具冰冷的尸体就是和自己相依为命二十余年的女儿。

飞机转汽车，阿义一秒都没有耽搁，他在心里一遍遍呼喊"老婆，等等我！"到处都是断壁残垣，有相当长的一段路不能通车，阿义就失魂落魄地一路跑着回到了师古镇。在殡仪馆，阿义见到了正待火化的爱人，他哭喊着爱人的名字，颤抖的手一遍遍抚摸着爱人冰凉的脸："你说过我们永远不分开的……"想到几天前还在一起的爱人就这么走了，尤其是她还怀着他们的孩子，他的内心就如刀割般难受。她那么爱孩子，那么渴望做妈妈，可蓦然之间，她和她腹中的胎儿，就这么全没了。

阿义拿出刚到昆明就买好了的婴儿衣服，全是女孩穿的，他一件一件地放到妻子怀里，另外还有一个小本子。"老婆，其实我也喜欢女儿，你知道吗？"袁文婷当然不会知道，这次回昆明以后，阿义见着谁家的女孩都会细心地去问人家的名字，然后悄悄记下来，并且逼着阿海夫妇愣是取了十几个女孩的名字，全部抄在一个小本子上，这是帮妻子给女儿取名字时作参考用的。"老婆，咱们攒了那么久的钱，总算买得起房子了，你却走了，你还说新房装修由你来设计，你怎么说话不算数呢?"这个汉子的悲情呜咽，让人们潸然泪下。

班里幸存的孩子们都来了，一双双泪眼望着他，那眼神多么清澈，那是爱人最喜欢的眼神。山里的孩子都很质朴，不怎么会说话，只是一个个默默地陪着阿义流泪。袁文婷要上路了，阿义伏下身来，给了爱人最后一吻。

袁老师被推进火化炉的那一瞬间，所有孩子都号啕大哭起来，被袁文婷救活的小佳辉哭得最伤心。"袁老师，袁老师——"几个被救孩子的家长拉着孩子跪下来，"来，给袁老师磕头!"蓦地，所有的孩子们都跪了下来，憨厚的山民们，就以这最朴素也最尊贵的礼节，给袁文婷老师做最后的送别。袁文婷老师走了，但她的爱留在了她的学生和所有活着的人们心里，永远不会消失!

本就体弱多病的袁妈妈尽管在地震中死里逃生，但痛失爱女的打击一下子将她击垮了，连日来都处在崩溃的边缘，记者实在不忍心惊扰她。"我和老妈妈都是文婷生命里最亲近的人，她为了救别人走了，我不能让她的在天之灵得不到安息。她的母亲，永远都是我的母亲。"在接受记者采访的时候，阿义含泪表示，文婷不在了，他会以儿子的身份给袁妈妈养老送终。

（本文照片由阿义提供）

2005 年岁末，挖煤资助贫困生的刘念友，

温暖并感动了中国——

他是一名极度贫寒的山村教师，

但他没有在苦难中沉沦，

在生存的重负之下，

依然坚守道德的高标，

并以一种隐忍的方式手握美德，

用生命谱写了一曲爱的壮歌！

刘念友
山村教师挖煤资助贫困生

刘念友下井挖煤

"只要有我在，就不会让一个娃儿没得学上！"

团鱼河从大山深处蜿蜒流向清江，层峦叠嶂间七块形如北斗的台地散布于沟壑山岭中，重庆开县(编者注：开县为旧称，2016年撤销开县，设立重庆市开州区)郭家镇北斗村就在这台地之中。

"真是急死人了！这个刘念友搞什么鬼，怎么老半天了还不来?！"2005年9月初的一天傍晚，北斗村中心校校长陈银山正在校门口来回踱步，心急如焚，原来，县里正在评"十大师德标兵"，北斗村小学的刘念友老师被推荐为候选人，需要马上来中心校办理相关事宜。

正当陈校长望眼欲穿的时候，刘念友一路小跑、满脸是汗地赶来了。"对不起！来晚了！"气喘吁吁的刘念友还没站稳，就急忙解释，"唉，走了个亲戚，你看，咋这么巧……""走亲戚?！"刘老师的解释让陈校长更加生气，正要严厉地批评他几句，突然发现刘念友用袖子抹汗时，原本干干净净的脸上现出了一道道黑，"你这脸咋弄得哟！"陈校长侧头一看，发现刘念友左耳根有一大块显然是没来得及洗净的煤灰。

见遮不过去了，刘念友像做了错事的学生一样，只好低头承认："我挖煤去了。""挖煤?"陈银山愣在那里，半天没说出一句话。

1976年，刘念友高中毕业，次年成了麒龙村校白羊坪教学点的一名民办老师，从前任民办教师那里接手了8个学生。山民的穷困是一般人难以想象的，陆陆续续地，8个孩子都面临着辍学的困境。不上学哪有文化？没文化怎么走得出这大山?！年轻的刘念友满怀抱负，他自己没能走出大山，可他多么希望通过努力，让自己的学生走出这深深的大山啊！于是他挨家挨户去做家长们的思想工作，但看着每家每户连吃饭都成问题，他的心好沉、好痛。

"让娃儿读书吧，学校给免费！"血气方刚的刘念友掷地有声。在那样的年代，"免费"是个什么概念？重新回到破旧不堪的学校，又有了书读，孩子们甭提有多开心了！过了很久，孩子们才在一次偶然中知道了"免费"的真相，那是同样贫穷的刘念友老师用自己微薄的工资替他们垫付的！那个时候，刘念友的月工资只有6元5角钱，刚好够一个学生一学期的学费和书本费。家长们知道了原委，纷纷来到学校，有的带来半斤米，有的拿来两棵葱，有的什么也没得带，只带来了两腮泪水："刘老师，你可是我们的大恩人啊！家里太穷了，没法报答你，等娃儿有了出息再报答你吧！"手捧着乡亲们贫寒却珍贵的礼物，刘念友哭了：那是乡亲们的一颗颗心啊！他流着泪发誓："只要有我刘念友在，就不会让一个娃儿没得学上！"那一年，刘念友只有20岁。也就是在那一年，他的善良与执着打动了村上一个美丽的姑娘，她就是刘念友现在的妻子李云菊。

贫困一如大山，几十年来都没有多大改观。由于长期操劳加上营养不良，15年前，李云菊不幸患上了严重的心脏病，这让夫妻俩原本就贫寒的日子雪上加霜。他们现在的家就在北斗中心校，其实只是个8平方米的楼梯间，除了两张床外没有任何家具，一个纸箱子就当是衣柜了。他们有七八年没买过新衣服了，上学期一次会议上有人开玩笑说刘念友的衣着有损老师形象，他才狠心花25元钱买了双皮鞋。

1997年，刘念友调至中心校负责小学六年级的数学教学任务，很快就成了教学骨干，并担任了数学教研组组长，他所带的班级成绩一直保持着学区、全镇第一名。而盆丰村校由于位置偏远，条件艰苦，教学质量跟不上，家长、村支两委对校方很不满意，教学陷入了困境。这个时候，刘念友竟主动找到学区领导，恳切地说："学校困难大，我去尽个力吧。"刘念友在许多人包括亲戚朋友的不解与疑惑中调到盆丰村校，做了一名普通教师。

为了尽快改变盆丰村校教学的落后面貌，刘念友倡议教师与学生和家长做"心与心的沟通"，在大力开展家访工作的同时，努力加强教师自身素质的提高，取得了明显的效果。一学期后，学校四个班的学生平均分提高了15分以上，学生成绩上来了，家长反响好起来了，转学的学生又回到了盆丰村校，刘念友感到多么欣慰啊！

可在寒假之前，在缴下学期学费的时候，刘念友发现许多学生缴不起，他就像往年一样，悄悄地拿出自己的积蓄甚至去跟别人借，替孩子们垫上。但出乎刘念友意料的是，这个村校竟有那么多缴不起学费的穷孩子！1000多元钱全垫上了，班上还是有好几个学生缴不上学费。怎么办？绝不能眼看着他们因为学费而辍学啊！刘念友焦急地思索了一夜。

寒假的第一天，早早起床的刘念友跟病弱的妻子和两个孩子说："我打牌去了，要是回来得晚就住学校了，你们别等我。"家人都知道刘念友常年工作辛苦，偶尔打打牌，他们觉得很正常，并没有在意。可是，刘念友总是一连好几天都不回家，整个假期几乎都用在"打牌"上了，妻子和儿女都觉得他有些"不务正业"。可每次见他匆匆回家，疲惫的脸上满是笑意，又都原谅了他。

其实刘念友哪里是去打牌啊！贫穷却无奈的他一心想着帮那些穷娃子把学费尽快缴上，什么点子都想了，最后竟突然想到了镇上的麒龙煤矿！但是，这件事绝对不能让妻子和儿女知道！就在此前不久，山西的一家煤矿发生瓦斯爆炸，死了很多人，附近的村民听到了这个消息，有的死活都不让家人再下井了。

刘念友离家出门的时候，悄悄地拿了几件衣裳——他常年穿的都是同事或者朋友送给他的旧衣裳。他悄悄地来到煤矿，顺利地签下了劳动协议，领了矿灯和采掘工具，刘念友第二天就开始了井下打工生涯。

"他是在拿命挖煤呀！但不这样咋为娃儿们挣学费？"

那是怎样的一份工作啊！早晨天刚亮，刘念友就背着电瓶、顶着矿灯下井了。行进在狭长的主井甬道中，头顶不断落下来的水滴很快将衣服淋湿，空气也越来越差，鼓风机巨大的轰鸣声在井下回响，刘念友感到了阵阵耳鸣与眩晕。20多分钟后，刘念友下到了距洞口1500米的深处掘井口。掘井口空间极小，要猫着身子才能活动。

在昏暗的矿灯照射下，刘念友躺到地上，开始用凿子凿头顶的煤层。煤块松动，煤渣掉在满是汗水的脸上，又痒又疼，他都来不及用手抹一把。20分钟左右，他就地休息两分钟，继续凿……筋骨慢慢就累得酸痛无比，每举一下锤，刘念友都觉得异常艰难。最让他受不了的还是那窒息的感觉，他甚至担心自己即使没有意外是否还能活着出去。

下午4点，终于可以收工了，刘念友和工友一道出井。爬出井口，他从头至脚已变成一块名副其实的"煤炭"了，连鼻孔里都塞满煤灰；他贪婪地呼吸着井外新鲜的空气，可没过几分钟他就受不了了，因为山里风大，他湿漉漉的身子不停地打寒战……为了不引起妻子和儿女的警觉与担心，刘念友尽量少回家，晚上就住到学校的简陋宿舍去。而每次回家，他都会在学校里先把自己"精心打扮"一番。

井下的危险无处不在。在挖煤的日子里，有好几次，刘念友差点就死在井下！有一次，刘念友正专心凿煤，突然听到旁边的工友大叫一声"小心！"他还没来得及转身，就见装煤的桶倾斜着倒向了他，他下意识地往后一仰，那桶就从他的胸膛上滑了过去，刘念友惊出了一身冷汗；还有一次，刘念友从一个坡走向另一个坡的时候，对面的运煤车突然刹车失灵，眼看着就要撞上他了！情况十分危急！井下空间狭窄，刘念友拼命地向旁边一闪，躲开了运煤车，而他的头盔却被石头刮掉了，他晕倒在井下，工友们半天才把他唤醒。

"他是在拿命挖煤呀！但不这样咋为娃儿们挣到学费啊?！"一提起这件事，校长陈银山就眼含热泪。那个寒假，刘念友用拿命换来的1200元钱替班上所有的贫困生交上了学费。麒龙村50多岁的单身汉蒲志华收养的女儿蒲小琼因贫困失学，正是在刘念友的资助下重返课堂的，她在作文《最难忘的人》中写道："刘老师，谢谢您！我觉得您就像我的父亲！"

刘念友对学生关爱有加，体贴入微，在师生和家长们中间有口皆碑，然而他对自己的一对儿女却严厉有余，温存不足。女儿刘久芳和儿子刘久原都是在父亲的严厉管教下成长起来的。常言道："穷人的孩子早当家"，姐弟俩从小就很能吃苦，而且特别懂事，不仅学习成绩好，而且还能分担父母的压力。妈妈常年生病，刘久芳很小就学会了做饭洗衣、照顾妈妈和弟弟。

2003 年，勤学自立的刘久芳考上了重庆正大软件职业技术学院。然而有谁知道，刘念友常年悄悄地资助别人家的孩子，而自己的孩子考上了大学，每学期的学费却多半是借的。记者在刘念友的电话本上无意中发现了这样一页："吴成艮 2600 元；周贤坤 4600 元……"一共 9 个人，总计 15000 元。"这是我的欠账本，最久的已 5 年多了，我会还的。"而刘念友的月工资不足 800 元钱，既要供养自己的孩子，又要继续资助那些贫困生，钱哪儿来啊？刘念友只有继续瞒着家人，利用一切节假日，下井拼命挖煤。

作为一名人民教师，刘念友把自己的职业看得神圣而光荣，他默默奉献，甘愿牺牲，渐渐在教师队伍里留下了"爱吃苦"的名声。他一次次主动要求调动工作，一次比一次更边远，一次比一次艰苦，很多人说他"傻"，但就是这样的"傻老师"，不论来到哪所村校，与群众的关系都犹如鱼水：离开三桥村校的时候，学校周围的群众自发赶来为刘老师送行；在离开盆丰村校的时候，200 多名山民哭成一片。

山里娃的第一课：苦难，感恩和坚强

当地老师中流传着这样一句话："背了时都莫到北斗去。" 2004 年初，北斗村校的老师退休了，这个全学区条件最差、环境最为恶劣的村校成了无教师学校，而近几年分配至北斗学区的又都是十七八岁的女孩子，派谁去再次成为学区最为头痛的问题。"爱吃苦"的刘念友再次找到学区领导，说："都是当父母的，就当这些小老师是我的娃儿，还是我去吧。"刘念友就这样来到了这个"鸟都不屙屎的地方"，整个学校就他一名教职工和 17 名山里娃。

开学第一天，刘念友的心就被这群孩子深深震撼了。他本以为开学这天，娃儿再穷也要穿得光光鲜鲜的，可没想到，他们一个个都像叫花子一样，所有孩子都穿着极不合身的衣服，有的衣服是用其他布料剪成几截拼起来的，有的能明显看出是大人穿剩的；他们大多没有文具，有的只带了 20 元钱来缴学费。刘念友当即从口袋里摸出仅有的 200 多元钱，帮几个学生缴清了学费。当天放学后，他又匆匆赶回家，从家里仅存的 300 多元钱中拿出 150 元钱为几个贫困生买文具、买衣服。而这些钱，都是他在当年暑假下井挖煤挣下的血汗钱。

"我不后悔；我最对不起的就是自己那两个娃儿"

北斗村小有个女生叫黄海艳，生母去世，继母残疾，父亲靠打零工维持家用，实在拿不出每学期 140 元钱的学费，家长多次提出让黄海艳辍学。刘念友多次走访、劝说，并主动承担下黄海艳的全部学费，家长这才同意让她继续读书。而黄海艳性格内向，从来不和同学、老师说一句话。刘念友做了很多工作。班上同学都有计算器，她买不起，刘念友花 15 元为她买了一个，她也不说话；上课时刘念友有意多叫她回答问题，她就是不开口。

2005 年"六一"儿童节，中心校搞艺术节，刘念友让黄海艳也参加了。一共 10 个孩子，表演舞蹈《开门红》，需要统一服装，刘念友就给包括黄海艳在内的 3 个贫困家庭的学生置办了服装，每人 35 元钱。穿上漂亮的演出服，黄海艳还是没有说话。

村校条件极差，什么音响设备都没有，为了把节目排好，刘念友自己花钱从镇上买来了 VCD，并利用周末时间到中心校会议室看——他自己先学，学会了去教他的学生。一个年近五旬的大男人，在空旷的会议室里笨拙地学着舞蹈，那是怎样令人心酸又感动的场景啊！当黄海艳和另外 9 名贫困学生表演的《开门红》节目上演时，最开心的人应该就是"师傅"刘念友了。而当节目表演完毕，场内掌声雷动的时候，刘念友万万没有想到，这群孩子竟然天使般地跑下舞台，围着他、抱着他、大哭起来。刘念友也哭了，那是多么幸福的泪水啊！最让他没想到的是，哭成泪人的黄海艳居然大声喊了一句："谢谢刘老师！"那可是这个可怜的孩子一年来说的第一句话啊！

2005 年夏天，争气的儿子刘久原也考取了姐姐所在的大学，刘念友多么高兴啊！可是，加上女儿下学期的学费，亏空竟达 6000 元，刘念友挠头了。这时，被他资助 6 年、现在已是广东一家建筑公司老板的学生刘池军，在得知这一情况后立刻汇来了 5000 元钱，附言栏里写道："刘老师，您是我们一辈子的恩人！这点钱就给小弟小妹上大学用吧！"刘念友紧握着汇款单，一如握住了山里人珍贵的良心。他流着泪回信："谢谢你，小军！这钱算是老师借你的，我一定得还！"

知道家里穷，刘久芳每年寒暑假都要去打工。2005 年暑假，她同时打了两份工，上午在石桥铺电脑城卖电话卡，下午在超市当收银员。为了多挣点钱，弱小的她甚至到批发市场当过搬运工，扛着几十斤重的货箱，为此，刘久芳也哭过，埋怨过父亲，她甚至怀疑过父亲是"重男轻女"。然而弟弟刘久原的遭遇一点儿也不比她强。

每月 300 元的生活费对于刘久原来说，实在得"一分钱掰成两半花"。他常常吃不饱，为了节约，还天天不吃早饭，长期下来，瘦弱得有时走路都打晃。2005 年国庆假期，他很想家，但是打了几次电话，父亲就是不同意他回来，理由是浪费车费。看到其他同学的父母天天打电话询问孩子的归期，刘久原数次躲在寝室里，偷偷地流泪。

入冬了，山城重庆的早晚都冷得很。姐姐刘久芳咬了咬牙，从打工挣的那点可怜的积蓄里挤出 50 元钱，到夜市上买了一件劣质的羽绒服聊以过冬。那个星期天上午，心疼弟弟的刘久芳想给刘久原送点饭票过来。因为大学有规定，女生不可以随便出入男生宿舍，于是她就在宿舍楼下喊弟弟的名字。弟弟同宿舍的同学告诉她，刘久原打乒乓球去了。下午再来，还是同样的回答。"奇怪，小弟怎么一整天都在打球啊?"刘久芳有些疑惑，决定到体育室去找他。

路过操场，刘久芳远远地就看见弟弟穿着破旧的秋衣在空旷的操场上跑步。"这么冷的天，你也不怕冻着！"在姐姐的嗔怪里，刘久原停了下来，却不停地跺脚。弟弟伸手接过饭票的时候，刘久芳才看清了他的瑟缩与颤抖。"你有神经病啊！有你这么锻炼的吗？你毛衣呢？"刘久芳知道弟弟有件毛衣，那是前年秋天自己省吃俭用给他买的，那也是弟弟唯一的一件毛衣。弟弟一边跺脚，一边怯怯地回答姐姐："毛衣洗了，还没干呢。"听了弟弟的回答，想到多年来自己和弟弟的遭遇，刘久芳鼻子一酸："走！小弟！姐姐给你买新的！""不了，姐，它再过一会儿就干了。再说你那点钱也攒得不易，你不早就说攒钱要买个二手电脑吗？可都快毕业了也没见你攒够啊！"刘久芳再也忍不住了，她一把抱住高大却单薄的弟弟，委屈而辛酸的泪水奔流而下。

2005 年 12 月 15 日，当这对苦难的儿女从报纸上看到父亲的照片和事迹时，都惊呆了。

女儿给爸爸打来电话，含着眼泪"质问"他："爸，您为什么要瞒着我们？"父亲沉默了许久，却低声岔开了话题："爸爸照片很丑，给你丢人了吧？"

刘念友内疚于自己不是一个好父亲。但是，在常年接受他资助的田雨雪同学家里，记者却听到了这样的评价："他是世界上最伟大的老师！我常看到刘老师就吃一碗白开水泡干饭，最多下点咸菜；我还看到他常常放学后一个人坐在乒乓球台上，望着大山发呆，一直坐到天黑……"

2005 年 12 月 22 日，记者随中央电视台等媒体一起来到北斗村小，来到刘念友的办公室兼卧室兼厨房，眼前的一幕让人忍不住落泪：空荡荡的"厨房"里，只有一袋米，一把面，一包盐，一桶 1.2 元钱一斤的散装白酒；地上那两包花生和几把小青菜，都是班上感念他的学生送来的，因为连油都没有，刘念友也没法弄来吃，有的都发霉了。

女儿刘久芳也随着大学领导的慰问车来到了爸爸的学校，当时刘念友正在回答中央电视台记者的提问："从教 28 年，您自己生活那么艰难，却资助了那么多穷娃子，而且从不声张，为什么？""能伸

慈父爱女互道"对不起"

把手就伸把手，有啥子值得声张的嘛。""有人说您傻，您后悔吗？您有没有觉得愧对过谁呢？"

"我不后悔；我最对不起的就是自己那两个娃儿……"

"不！爸爸！您是世界上最好的爸爸！"

刘久芳拨开人群冲进来，当这对阔别近一年的苦难父女相拥而泣的时候，寒冷的山风从破窗钻进来，我们仿佛听见了莽莽大山沉重的呜咽。

（本文照片由刘念友提供）

她是一位小学老师，为救学生壮烈牺牲；

她又是一位母亲，深爱儿子，

但儿子却感觉"妈妈爱学生远胜过爱我"。

牺牲前一年，儿子生日，

贫穷的她第一次舍得给儿子买生日礼物，

那是一份减价的拼图。

山河同悲泣，大爱不言恩，

英雄牺牲后，儿子终于拼懂了母亲的疼爱与苦心……

殷雪梅
疼痛的拼图

仅存的全家福，成了潘斐疼痛的珍藏

妈妈， 求您醒过来

当父亲单位的车开到南京医科大学学生宿舍楼下的时候，我正准备去上晚自习。从那个下午开始，我就莫名地心慌，总感觉有什么事儿要发生，晚饭也吃得很难受。当父亲的同事蓦然出现在我眼前的时候，他们凝重的表情印证了我那种不祥的预感："出什么事了吗？"问这句话的时候，我感觉自己呼吸都有些困难了。"也没什么大事，只是……只是你家里有点小事情，让你回去一趟。""不！你们肯定在瞒着我什么！"直觉告诉我，家里一定出大事了——父母亲对我的管教一向极其严格，这个时间来接我回家，怎么会是"小事情"？！

然而不管我怎么追问，两个来接我的叔叔都用宽慰的话语把问题避开了。我心乱如麻，我猜想可能是爸爸出事了，爸爸有着严重的糖尿病，血压、血糖、血脂长期"三高"，他常年坚持药物治疗，二老微薄的工资基本都花在给爸爸治病上了。而且就在两年前，爸爸的腰椎间盘严重突出，一度差点成为废人……我胡思乱想着，忍不住拨打了表哥的手机，表哥低沉的声音传来的一瞬间，我的脑海里一片空白："不是姑父，是姑妈，她……她被车撞了……"

从南京回金坛的路并不遥远，然而那个夜晚，我仿佛走了一生。

金坛市（编者注：现为金坛区）人民医院急救室的门紧闭着，从中午开始，医院就在全力抢救我的母亲。走廊里挤满了人，爸爸被人搀扶着坐在椅子上，见我来了，他摇晃着站起来，嘴唇翕动，悲哀的眼里满是泪水。爸爸张开手臂，抱住我，突然孩子似的哭出声来："小斐！你可回来了……"姐姐远在温州还没有赶到，母亲躺在急救室里生死未卜，这整个下午和晚上，可怜的父亲该是怎样的痛苦与孤单！我忍住泪，像一路上叔叔们宽慰我一样去宽慰父亲："爸，别难过，妈妈不会有事的。"但看到身边那急切不安的人群，我感觉自己这句话显得那么苍白。

在这段焦急等待抢救结果的过程中，妈妈的同事们向我讲述了事故发生的经过。原来，3月31日，母亲任教的金坛市城南小学决定组织学生观看革命传统教育影片。中午 12 点左右，该校一二年级的数百名学生在老师的带领下，集中排队向影院进发。出发前，细心的母亲主动提出，让她任班主任的二(1)班排在队伍最前面，一年级的小朋友紧随其后，"好有个照应"。十分钟后，学生们依次排队走出校门。当队伍刚走上南环二路时，母亲发现公路上没有车辆通过，于是就带着学生队伍沿斑马线过马路。

突然，一辆黑色的小轿车由西向东飞驰而来，同是"领队"的另一位老师杨旧生急忙示意停车，并大声叫喊："有车，快闪开!"说着用力将身旁的学生拉了回去。而小轿车丝毫没有减速，眼看着就要撞上孩子们了，危急中母亲张开双臂，奋力将走在马路中央的 6 名学生推到了路边! 小轿车飞驰而过，只听见"嘭"的一声闷响，我的母亲被撞飞到 25 米外落下，鲜血顿时从鼻孔、耳朵汩汩流出。6 个孩子得救了，而母亲被随即赶来的"120"急救车送往医院紧急抢救，直到现在还没有醒来。

我无法想象出母亲救人那一瞬间的具体情形，但是从她"张开双臂"这个动作里，我很容易联想到体育课上她带着孩子们做"老鹰抓小鸡"游戏时的样子："老母鸡"张开"翅膀"，左挡右拦，护佑着身后那群惊叫不已的"小鸡"，她的眼神是那么焦灼，她的双臂伸展到了极限……慈爱的母亲啊! 那一刻，当凶恶的"老鹰"蓦然变成一辆罪恶的轿车向孩子们扑来时，你依然习惯性地张开双臂，那一个本能的、母性的动作，定格在多少稚嫩的生命和永恒的记忆里。

母亲大脑弥漫性挫伤，盆腔积血，左肩锁骨粉碎性骨折，后背肋骨断了两根，腿部也严重受伤，生命垂危。因为是医科大学的学生，我对医学方面的知识还是懂得一些的，所以当我从医生那里询问得知，母亲的大脑并没出血的时候，我竟暗自庆幸并坚信：妈妈一定能够醒过来!

事故发生后，市委市政府的领导十分关注，与院方就抢救事宜进行紧急磋商，要求院方"不惜一切代价全力抢救!"医院立即从南京、上海、北京等地急邀全国脑科方面的一流专家来为母亲会诊，就连曾创造让昏迷 146 天的植物人苏醒奇迹的深圳武警医院脑外科专家王宝山教授也被请来了。但是，由于肝、肾、心、脑功能均严重受损，抢救了一天一夜之后，母亲仍处于深度昏迷状态，并且没有自主呼吸，病情危重之极。

那种煎熬是难以想象的。我无法入睡，甚至不能正常思考，时刻处于恍惚状态。在这一阵阵的恍惚里，我总能想起高考前的那个冬天。当时父亲的腰病又犯了，而长期严重贫血的母亲，为了不让父亲操心，也怕影响我复习，教务极忙的她还是包揽了所有的家务。有一天，母亲扛着新买的 50 斤大米独自上楼。当我听见门口一声闷响的时候，我急忙跑出来，看见母亲昏倒在地上，脸色惨白，手上全是血。我急切地喊着："妈妈！妈妈！""嘘——"片刻之后，苏醒过来的母亲示意我不要喊——她不想让病床上的父亲知道此事后焦心，她用流血的食指堵着自己惨白的嘴唇，那一幕我终生难忘。

整整四天四夜，母亲依然陷在深度昏迷之中。母亲的事迹在社会上传开后，祝福从四面八方涌来。各级领导来了，老师们来了，家长们来了，市民们来了，被救的孩子们都来了……鲜花摆满了医院的走廊，那些芬芳的生命的气息，妈妈，你闻到了吗？你的学生们都看你来了，他们拿着各种卡片，写满了祈祷与祝愿——那个你最关心的、父母打工家境贫困、常常得到你接济的"小湖北"郭超越同学也来了——他买不起精致的卡片，就在一张洁白的纸上写下了他的心愿："殷妈妈，求你快点活过来，给我们上课"……妈妈，你知道吗？在你昏迷的这几天里，你班上的学生在用作"学习园地"的那块黑板上，密密麻麻写着的都是一个字：活！活！！活！！！妈妈，有着严重眩晕症的妈妈，你不能再睡了呀，求你，求你醒过来。

当孩子们跪向灵车大声哭唤您时，妈妈，我为你骄傲

虽然众多专家一直在尽全力抢救，但还是没能留住母亲的生命。2005 年 4 月 5 日凌晨 1 点，母亲那颗慈爱的心脏停止了跳动，那一天，正是清明节。我没哭，妈妈，我真的没哭，我记得高二那年因为成绩下滑被爸爸罚跪时我是哭了的，你在一旁严厉地教训我说："不许哭！你是个男子汉，你可以流血，但不准流泪！你要还是我的儿子，就自己把眼泪擦干！"妈妈，我可以擦干自己的脸，但是请你告诉我，我该用什么样的手，去擦干这个清明那满是泪水的天空？

　　母亲已经执教 30 多年了，虽然工资不高又辛苦，但她依然热爱教师这个职业。她爱她的学生甚至一度让我觉得远胜过爱我。母亲总觉得老师爱学生天经地义，偶尔从新闻里看到一些负面报道，譬如某老师体罚学生之类，她就气得不行，就大骂这个老师是"败类、流氓"。母亲教过的学生数不胜数，她也不图学生们记得她，但是每逢春节，总有许许多多曾被她教过的学生打来拜年电话，我感觉她那高兴劲儿，远胜过跟我这个亲生儿子通话。我常常"吃醋"地跟母亲说："妈妈，我真怀疑我是不是你亲生的。"每当这时候，母亲就故意气我说："没错，你真的就是妈妈从外面捡回来的！"

　　母亲爱学生是出了名的。有一年冬天，母亲班上一个叫严威的学生被她接到我们家里，吃住两个多月。那些日子，一向节俭的母亲突然时常买肉，吃饭的时候还不断地往严威的碗里夹，见母亲如此偏爱他，我每每气得直嘟嘴。晚上严威跟我睡在一起，我总觉得别扭，表现肯定不够友好。当母亲把一些我自己还没穿够的衣服拿给他穿，更是让我忍无可忍。一天深夜，严威发烧了，母亲和父亲急忙背着他去医院，很久才回来。那一夜，母亲好几次到床边来，摸严威的额头。而我把头蒙在被子里，心里说不出的嫉妒。

　　终于有一天放学后，我借故找严威的茬，把他打哭了，我一不做二不休，让他不要在我们家住了。傍晚，见严威没有回来，母亲急忙问我，我装作不知道。母亲跑出去，又跑回来，说："怎么哪儿都没有啊？这孩子能到哪儿去呢？"爸爸也急得够呛，立刻出去找。见此情景，我开始隐隐地不安起来。母亲似乎意识到了什么，她静静地看了我一阵子，拉过我的手，跟我讲起严威的故事。

　　原来，严威的父母因为感情不和，在闹离婚。"严威很可怜，我们应该帮助他。人活在世上不能光顾自己，谁都会有难处啊。"听了母亲的话，我内疚极了："妈妈，我去找他！"天就要黑下来的时候，在校外一个废弃厂房边上，我和母亲终于找到了瑟缩在墙角里的严威。母亲一把抱紧他，泪流满面："别怕，以后就把殷老师当妈妈吧，我们家就是你的家！"严威哭了，他扑在母亲怀里，失声喊着："妈妈。"我也哭了。懂事的严威一直没有揭穿我，而我却在心里对他说："严威弟弟，对不起……"后来母亲多次去做严威爸爸妈妈的思想工作，两口子终于和好了，严威重新拥有了一个温暖的家。2005 年，严威已经上高一了，但一到节假日，他依然会时不时地"回家"看看我们共同的"妈妈"。

母亲爱学生的故事很多很多，有的是我亲眼见到的，有的是偶尔听来的。班上一个学生很调皮，母亲每天都要为他洗几次脸。家长过意不去，多次想请她吃顿饭，可母亲总是说："看到孩子有了进步，我比什么都高兴，还吃什么饭呢？"2003 年"五一"前夕，学生周盼持续发热，到医院检查，确诊为白血病。母亲四处奔波，为周盼筹了几万元治疗费，后来孩子转至苏州就诊，母亲还多次搭车前去探望；就在 2004 年冬天，班上的刘臻贤因缺钙走路不稳，不小心跌进水桶里，衣服都湿透了。母亲把他抱进传达室，放进被窝里，把取暖器放在旁边烘烤。母亲解开自己的衣服，把孩子的小脚放到自己胸前取暖；而前面提到的那个郭超越同学，父母都是从湖北来金坛打工的，家里很困难，他这个学期的学费还是母亲替他缴的。

"慈师真爱感动天地，圣母情怀流芳千古。"4 月 7 日上午 8 点，母亲该上路了。

十万民众挥泪送英雄

一大早，前来参加追悼会的人便络绎不绝。虹桥小学操场挤满了人，数百名警察在维持秩序，连校门口都被挤得水泄不通，临街的马路上排起了长队。他们大多与母亲素不相识，却从大老远的地方赶来，为母亲送行。

望着母亲的遗容，我恍然如梦：妈妈似乎是睡着了，跟她平时熟睡的样子一模一样。然而这一次，无论我怎么呼唤，她都不再醒来……妈妈，你真的走了吗？坐在灵车的最前边，我怀抱着母亲的遗像，手掌一次次抚摩着母亲那慈祥的脸，然而隔着玻璃，母亲的脸冰凉，没有一丝温度。"妈妈！上路啦——"我哭喊了一声，灵车缓缓启动。

当母亲的灵车经过城南小学的时候，我在无限悲痛中感受到了另一份震惊：全校师生涌到校门口，他们手中的鲜花在泪水里显得那么凄美；那些被母亲救下的学生齐刷刷地跪在地上，他们大声哭唤着的不是"老师"，而是"妈妈"……母亲啊！你听到了吗？孩子们都在叫你"妈妈"啊！这是

孩子们泪别殷老师

人世间最温暖、最伟大的称谓啊！妈妈——正直而善良的妈妈！贫穷而富有的妈妈！儿子为你骄傲。

我一片一片小心地拼，妈妈，我好想你

母亲走了，留下了鲜花与荣誉，带走了祝福和遗憾、笑容与泪水。

家里只是少了一个人，竟一下子空洞得不可思议。明明知道母亲走了，却又感觉她无处不在，连她的声音都似乎还在，恍惚里我觉得母亲只是像无数次出门一样：手捧一摞连夜批改了的作业外加一本书、一个备课本，她匆忙出门的时候总不忘叮嘱一下父亲"哎，记得吃药啊！"而脚步声从一楼传上来，我都能准确地听出来，哪一个是我的母亲。然而如今，这些声音都只能是幻觉了——母亲真的走了，不管你多么爱她、恋她，她真的走了。

失去母亲的那种疼痛，久久地占据着我的心海。睹物思人，妈妈！在你走后的无数个日日夜夜里，看着家中每一个物件都仿佛能看见你熟悉的身影！在我尘封的抽屉里，我发现了 2004 年 2 月 11 日我 20 岁生日那天你送我的礼物——那是我平生第一次收到你给我买的生日礼物啊！那是一件商店里减价出售的拼图，一件我一直没有完成的拼图。当我打开它，泪水忍不住涌出来，你生前的一幕幕影像一如这一片片拼图，又浮现在我的脑海里，"拼"成了一个

完整的"母亲"。

母亲对我要求很严格。小学一年级到三年级，我都在母亲所任教的班上读书。母亲不准我叫她"妈妈"，从上学的第一天起，我就被她"逼"着叫"老师"。起初觉得新鲜，但叫了几天，新鲜劲儿一过，我就觉得这声"老师"里多少有了些"生分"。有一次刚上课不久我就故意大声喊："报告妈妈，我要上厕所！"母亲愣了一下，厉声喝道："潘斐同学！请你遵守课堂纪律！说话不要这么大声！并且改正你的称谓！"母亲罚我站了一节课，在同学们面前，我的"优越感"一扫而光。母亲那一刻的眼神，严厉得让我好长时间不敢跟她亲近。

在学习上，母亲对其他学生都充满了耐心与温柔，可对我却是另一副面孔，好多年我都不得其解。记得上三年级的时候，有一次考珠算，母亲对那几个考得不好的同学十分宽容而有耐心，不仅不批评，反而不时地夸上几句，说他们有很大进步，就是不够细心，等等。而轮到我到讲台前取试卷的时候，母亲指着试卷上的一处小错误，厉声问我："这样的题你都做错了呀！你是干什么吃的！"母亲一边训斥着，一边用教杆点着我的脑门，见我流出泪来，她更是生气，一竿子敲在我头上："还有脸哭！下次还这么粗心不?!"当我默默擦干泪，认真地点头保证之后，"殷老师"才放过我。而事后我在母亲的备课本上，偶然发现了那次考试的成绩记录：我的珠算分数居然是全班最高的。

母亲注重培养我独立的能力，即便是在高考这样重要的时刻，她都坚持和父亲不到考场外面去给我助威，而是说："我们相信你！你自己要给自己加油！"

因为父亲常年有病，打针、吃药每个月都要花费很多钱，所以长期以来，母亲都节俭得厉害，尽管她自己本身也虚弱贫血，时常眩晕。母亲的节俭习惯在全校是出了名的。我清楚地记得 13 年前，母亲以每支 4 毛钱的价格一下子买了 5 支圆珠笔，那种有着红、蓝、黑三种颜色的极拙朴的圆珠笔。母亲给了我 2 支，自己留下 3 支。我那 2 支大概没有用到半学期就都坏了，而母亲的那 3 支却用得很久——其中一支她一直用到现在，成了她留给我的遗物中我最熟悉的一件。而我在南京读大学时，母亲总不忘让我在南京给她买那种圆珠笔的笔芯，而我常常买得辛苦，因为这种笔实在太过时了，厂家早已不再生产。我无数次劝母亲换个新的，她总是说："这笔杆还好好的，换它干吗。"

　　尽管贫穷，母亲却一点儿也不"贪"。一次有个老师带着亲戚来我们家，想请母亲帮着给他的孩子补习一下，母亲答应了。走的时候那人拿出一个红包，母亲却差点翻脸，说："你小看我这个人了，要这样你就别来！"

　　母亲感冒了极少舍得买药，她习惯于盖两三床被子，让自己发汗；母亲夜间备课，给自己最好的加餐常常是一张饼外加一个生茄子——那就是母亲毕生的美味啊！全家人不论是谁过生日，母亲从不买蛋糕，而是买一大堆雪白的馒头："你们看，一块蛋糕的钱可以买这样10堆馒头！过日子要讲个实在，浪漫不能当饭吃啊！"但就是这样"抠门"的母亲，每逢过完年，她都要带糖果到学校，分给同事的子女，而且事先都打听好了，哪家有孩子，多大了，不能漏掉一个……

　　母亲平生唯一一次真正意义上的"打"我，是在我上高二那年。那段时间我突然特别迷恋小说，尤其是荒诞不经的，一本接一本，欲罢不能。有一天晚上，我躲在被窝里看，被母亲发现了，她给了我两个耳光，并当场撕掉了那本在她看来很不正经的书。我当时恨得咬牙切齿，觉得母亲实在太过分了。可是上了大学以后，我收到了母亲的一封信，终于理解了母亲的苦心："玩心太重会毁了一个人的……那年我打了你两耳光，希望你能记住。但是别恨妈妈，这个世界上，哪有妈妈不心疼儿子的道理……大学期间我对你有三个要求：一、不抽烟不喝酒；二、不打牌不打麻将；三、不谈恋爱。"

　　那个夜晚，在对母亲点点滴滴的追忆里，我开始去完成那张拼图。我一片一片小心地拼，让琐碎渐渐变成完整：一幢红黄相间的别墅掩映在绿树丛中，楼前是幽静的湖泊，湖中有小船，船上有个小男孩正在调皮地划船，而母亲正在亲吻他幸福的脸。拼到右下角的空白处，几个手写的汉字蓦然显现出来，那么小，却那么醒目："斐儿，妈妈爱你！""妈妈——"在那一声疼痛的哭喊里，我蓦然读懂了母亲。

　　母亲走了，可她用另外一种方式活着。我相信，母亲的生命，会在所有追求良知与美好的人们身上延续，也必将在我的身上延续！

（本文由潘斐口述，并提供照片）

湘渝交界的贫困山乡，
一位苗族女教师常年以背作桥接送山里娃过河读书，
一背就是十八年；
她坎坷的人生如山路一样曲折，
而背上承载的希望却如朝霞般灿烂——
她背出的大学生一个个走出了大山。
她孱弱、佝偻的背，
是这个时代的丰碑和精神的摇篮……

石元英
以背作桥十八年

老师的背，学生的桥

以背作桥，苗家弱女执教两省背起如山大义

桥堡山脉巍峨雄壮，却也荒远苍凉，从重庆市秀山土家族苗族自治县一直延伸到湖南省保靖县。秀山县保安乡龙家村四川河组就在桥堡山脚下。

1998 年 8 月的一天中午，雨后的山寨宁静而安详。突然，山路上跑来一个小伙子，他满身湿漉漉的，都分不清是汗水还是雨水，双脚上的泥已经把他的鞋子彻底淹没了。他上气不接下气地跑进山寨，推开一户人家残缺的大门，大喊了一声："妈！我考上大学了！"

破旧的屋子里，一个妇人正埋头于满桌子的课本中。那一瞬间，她恍惚着抬起头，逆光里，她看见了小伙子满脸的汗与泪，而她自己的泪水也夺眶而出："松儿！"她忙不迭地站起来，一把搂过小伙子，一边给他擦泪一边颤声说："你真的出息了呀！我早就说过，松儿一定会有出息的！"有谁知道，这个叫王先松的小伙子并不是她的儿子；她只是这个孩子的小学老师，叫石元英。

这是个只有 50 多户 300 多口人的少数民族村寨，与湖南省保靖县坝木村只隔着一条四川河。四川河组原有一所小学，但只有一名教师，只能接收一二年级的小学生。1986 年，村小唯一的代课老师远嫁山外，四川河组的孩子们面临失学。此时的石元英还是桥堡小学的代课老师，她是从桥堡村嫁到四川河组的苗家女子。明知道四川河村小一直是一个人的学校，条件差底子薄，但她却主动请缨来到了四川河村小，一个人包揽了一二年级的所有课程。

1987 年，正当石元英把一个人的村小教学工作开展得有声有色时，全县学校布局调整，四川河村小因太过偏远而被撤销。为了解决四川河组 40 多名学生的读书难题，当时的四川省和湖南省有关部门协商，按照就近入学原则，将四川河村小并入湖南省保靖县坝木小学。根据约定，秀山县须抽派一名支边教师到坝木小学任教，其工资由秀山方面发放，教学管理却隶属保靖。石元英再次主动请缨，开始了一条教鞭执教两省的跨省教学生涯。

四川河组与坝木小学距离不过千米，孩子们过河就能上学，这让山民们欣

311

慰不已。然而因为沿河 5000 多米都没有桥，每天上学、放学，孩子们只能踩着山民们在河里垫的石块心惊胆战地勉强通过。每到雨季，山洪频发，自 20世纪 80 年代以来，已经夺去了 8 个人的生命！而山区雨季又很长，从早春一直到深秋，10 月以后雨量才渐渐减少，这条危机四伏的小河无疑成了孩子们求学的拦路虎。

1987 年 9 月底的一个星期六，早上 9 点许就下起了大雨，直到下午仍未停止。下午 3 点，老校长找到石元英："雨没停，河水还在不停地涨，你干脆带着四川河 40 多个孩子提前回家！"一个惊雷打过，晦暗的教室里，石元英看见了老校长那张严肃而担忧的脸，她的心不禁一沉：就在上个月，村里一个20 多岁的小伙子刚刚被山洪卷走。

石元英带着 40 多个孩子冒雨赶到河边时，汹涌的河水早已漫过石块，形成了一个个瀑布和一圈圈旋涡。石元英心里不禁一阵阵发紧。但第二天是周末，孩子们今天不得不回家，而且雨在不停地下，河水在不断地涨，越等就越危险！石元英一咬牙："走！"

石元英让会游泳的高年级学生手牵手先游到对岸后，31 岁的她顾不上羞涩脱下了长裤。虽然自己不会游泳，但此时已没了退路！石元英折下一根树枝作拐杖，她弯腰背起一个低年级的学生，毅然跨进了没过大腿的苍黄河水！雨越下越大，河水越流越急，石元英每走一步，都能清晰地感觉到脚底的沙在河水的猛冲下迅速散开！她一次次屏住呼吸，强迫自己不要去看河面，而是紧紧地盯住对岸！盯住几十米外那些已经过河的孩子们一张张焦急而满是信任的小脸。她背啊背啊，走啊挪啊！她感觉到背上孩子的体温了，甚至还能感觉到他们小小心脏跳动着的不安、战栗与莫大的信赖与鼓励！

石元英往返了 10 余趟，她最后背起的是二年级学生王先松。河水太急了，小先松在她背上吓得身子直抖。石元英安慰并且鼓励他说："小不点儿（石元英对他的昵称），你别怕，你搂紧我脖子，往前看，不要往下看！"小心翼翼地把王先松背到对岸后，劳累而又紧张过度的她一下子瘫坐在地。几十个山娃子瞬间围上来，那么大的雨，石元英却感觉自己的脸上、身上一片干爽。原来，孩子们都在用自己破旧的雨伞为她挡雨呢！而最后被她背过河的王先松因为家里太穷没有雨伞，就吃力地举着自己的破书包……那一幕，石元英终生难忘！从那个时候开始，王先松就成了石元英最疼爱的学生了。

为了孩子们的安全，石元英决定每天背他们过河读书！于是，从那个夏天开始，石元英的背就成了孩子们的桥：每天清晨，四川河组的 40 多名学生就会到石元英家院子里集合，等着与她一起过河；每天下午，这些孩子又在操场集合，由她背着、领着涉水回家。

母爱滔滔，18 年风雨多少辛酸血泪都无言

山路弯弯，河流湍急，石元英常年的工作和生活条件艰苦而凶险，但为了山里孩子们的明天，她义无反顾！山区的雨说来就来，山洪说发就发，有多少次，石元英这座坚强而又脆弱的"桥"差点葬身在汹涌的四川河里！

1989 年夏季的一天早上，孩子们照例到石元英老师家集合，由她带领着排队来到河边渡河。因为下了 4 个多小时的倾盆大雨，河水已经涨得很深。蹚着湍急的河水，石元英背着一名学生往前走去。刚到河中间，背上的孩子突然大叫一声："妈呀！"岸边的学生们也大声喊叫："石老师！小心！"石元英站稳脚跟，侧脸一瞅，不禁倒吸一口凉气：上游的洪水汹涌而来，在滔滔恶浪中，一根足有两米多长的木头正顺水横冲直撞，直愣愣地向她袭来！情急之中，石元英将身子努力一侧……那木头从石元英的腿边一擦而过，她一个趔趄跪倒在河里！石元英顿时感觉右小腿一阵钻心地疼，但她不能松手，她的背上还背着一个已被吓呆了的小学生！

石元英腾出一只手，努力地支撑着站起身来！当她将最后一名学生背上岸后，才发现右小腿上一大块皮肉正耷拉在一边——至今，石元英右小腿上还残留着鸡蛋大小的一块疤痕，每逢阴天下雨，就疼痛难忍。整整 18 年啊！石元英不知在河里摔倒过多少次，受过多少伤，但令她无比欣慰的是，她背了数十万人次，从没有一个学生因此受伤！

石元英把每个学生都当成了自己的娃儿，而她自己的儿子和家人却常常被

她"忽略"。为了支持妻子的事业，18 年来，丈夫王焕林也做出了巨大的牺牲：每当变天的时候，为了妻子和孩子们的安全，王焕林总会默默地等在河边接送妻子和学生娃；河水比较大的时候，他不仅要背孩子们过河，还要背不会游泳的石元英；而河水再大些，都没过腰身了，怎么办？王焕林突发奇想，将自家打谷子用的木制谷斗搬到河边当成临时小舟，将妻子和学生渡到对岸。就这样，10 多年来，王焕林用坏了六七个谷斗。

　　1992 年春季的一个星期六，因为连续下了几天暴雨，四川河河水泛滥，水急浪大，显然无法徒步穿越了，王焕林经常使用的谷斗也无能为力！那天放学后，石元英带着 30 多个孩子只好绕 20 多里山路经礼外城村的小桥过河回家，而这 30 多个孩子里，就有她自己的宝贝儿子王先盈。

山路崎岖泥泞，师恩浩荡无边

这条泥泞不堪、崎岖蜿蜒的山间小路，有一处必经之地叫"人落河"，因此处水急路窄，不时有人落水殒命而得名。当天下午 4 点，石元英带着 30 多个孩子走到人落河附近的山崖处，恰巧遇上了泥石流，原本就狭窄逼仄的山路只剩下巴掌宽，路边近 10 米高的堡坎下便是汹涌湍急的四川河了。石元英停下来，让学生们全部手牵手站好，当时仅 7 岁的儿子王先盈由已经读六年级的王先松牵着走，石元英背着 5 岁的学前班学生肖金元走在最前面。

　　没想到，刚走几步，小先盈脚下一滑向河边倒去，咫尺之外就是万丈深渊啊！幸亏王先松眼疾手快，一把抓住了他的衣领，而后面一个稍大一点的学生也在那一瞬间紧紧地抱住了王先松！好险啊！要不是他们反应快，小先盈和王先松很可能都要葬身人落河了！小先盈当时就吓哭了，他抽泣着，小声地哀求妈妈："妈，你背我好吗？"石元英心疼万分，眼睛发湿，但她知道肖金元更小，还生了病，而她只能背一个啊！石元英狠心地回答儿子："好儿子，你得学会坚强啊！你看跟金元比，你都是大人了，哪有男子汉大丈夫要妈妈背的呀？你拉好大哥哥的手，咱们自己小心走，好吗?"吓得脸色苍白的儿子使劲咬着自己的嘴唇，含着眼泪，懂事地点了点头，而那个时候，小小的儿子才只有 7 岁啊!

四川河水浩浩荡荡，而近 20 年来，对于山里那些读书娃子来说，来自石元英老师的恩情，比这四川河水不知要深多少倍! 一天天一年年，经石元英背过的学生已经近千人，许多学生已经长大成才，而现在石元英又在背他们的孩子过河求学了! 为了报答石老师的恩情，四川河组的山民们总是默默地为石老师一家做些力所能及的事情，譬如秋收春种，石元英家那几亩山田里，总会有一些学生家长的身影。

由于常年背学生涉水过河，石元英的腿和背渐渐变形了，而她自己却浑然不觉。1998 年 5 月的一天，正在上课的石元英突然感到自己双脚一阵剧痛，站立不稳的她摔倒在讲台上! "石老师! 您怎么了!""我没事，就是腿有点疼。"石元英独自赶到黄莲乡卫生院，经诊断，她患上了严重的风湿症，一躺下就起不来了。

消息传开，学生们急了，家长们更急了! 他们一股脑儿请了 4 个医生，上门为石老师治疗。山民们按医生的处方抢着去抓药，贫穷的他们买来的各种药堆满了石元英的病榻；而学生们你一角我五分地凑了几块钱，为石老师买来两盒饼干和一包红糖，一帮小小的人儿就那么痴痴地、虔诚地守在床边。一个一年级的小学生傻傻地说："石老师，您得乖啊，得吃药，每顿多吃点，这样病就好得快，我们都等着您给我们上课呢!"当他心疼地将一块饼干塞进石元英嘴里时，同学们都笑了，而石元英却哭了：那不仅仅是娃儿们的一片心啊! 山寨太穷了，这几块钱在城里学生看来也许只是一杯冰激凌的钱，但对于这些山里娃子来说却是几个月甚至是一整年的零花钱……

师恩浩荡，"好妈妈! 您背大的孩子成才了"

卧床的这 3 个月，是石元英一生中最难熬也最为感动的日子。也许是石元英一心挂念学生，也许是学生们的牵挂让她坚定了战胜病魔的信心，在病床上躺了3个多月后，石元英的病情有了好转。刚能下床，还站不太稳，石元英就央求丈夫把自己"送"到学校去。常年给予妻子最大理解与支持的丈夫这一次终于发火了："你还要不要命啊？为了这份工作咱把命都要搭进去了，值得吗?! 我不送！要去你自己去！"对于丈夫的心疼与体恤，石元英很感激，但她依然坚持说："快放暑假了，学校人手紧，孩子们的课不能落下呀。"那天上午，石元英挣扎着下床，自己向学校走去。每走一步，她的腿都钻心地疼。到了河边，望着浑浊的河水，她犯愁了。她默默地挽起裤腿，小心地向河边挪去。就在这个时候，一直悄悄跟在后面的丈夫突然出现在她面前，默默地俯下身来将她背起……那些日子，石元英都是由丈夫背着去上课的。回想起那段时光，石元英温柔地笑了，眼角却涌出了泪。

皇天不负有心人！就在石元英边养病边备课的那个暑假，发生了本文开头的那一幕：她背了整整5年、一直视作亲儿子、并在人落河救过自己儿子一命的王先松考上了重庆医科大学！已经高出石元英一头的王先松抱住她，泪流满面："妈！没有您，哪有我的今天！"原来，家境贫寒的王先松成绩一直很好，初中毕业时，父母坚持让他考中专早点就业养家，而石元英极力劝说其父母让这个极具潜力的孩子读高中考大学，并用自家卖猪的钱为王先松交了高中第一学期的学费。师恩如山啊！从高中写来的第一封信里，王先松改口称石元英为"妈妈"；他不负师恩，勤学苦读，终于考取了大学！

王先松大学毕业后，被分配到重庆合川市(编者注：现为合川区)人民医院做医生。虽然相隔千里，但王先松每年都会回四川河看望自己的恩师，并且每次都要去河边亲自接送她，不仅帮她背孩子们过河，而且总是坚持要背一背石元英。

"妈，让我也背您一回吧！"第一次听到王先松这样的"傻话"，石元英羞怯不已，百般不从。王先松认真地说："妈，我是您背大的，您背了我那么多年，可我一年才能见您几面？我这辈子就是天天背也还不完啊！"石元英拗不过他。这个十几年前自己背过的"小不点"如今长成了男子汉，当他反过来背起自己的时候，石元英震撼了：那是怎样的一种感觉啊！"小不点儿，你别怕，你搂紧我脖子，往前看，不要往下看！"王先松学着石元英当年的口气，对着背上的石元英大声喊了一句——就这么一句话，这孩子记了十几年啊！那一刻，石元英流泪了，王先松也流泪了。

不幸的是，2005年，王先松身患恶疾，在浙江治疗期间离开了人世。弥留之际，王先松最记挂的人居然是与自己毫无血缘关系的小学老师石元英，他在病床上给石元英打来电话，艰难地说："妈，不知道以后还能不能再见到您……我好想……好想再背您一次啊……""我的儿啊！"面对着生离死别，一句话没有说完，电话这一端的石元英已经肝肠寸断。

以背作桥18年，石元英为国家培养出的优秀学子又岂止王先松一个！"有石老师后，我们四川河变了大样！"龙家村支部书记龙兴洲感叹，石老师是山民的福气，自从她来后，四川河小学入学率和毕业率都达到了100%。不少孩子中学毕业后学了技术外出打工，他们靠勤劳智慧挣钱修建了新房，山寨的面貌一年好过一年。18年来，石老师背过的孩子中，有10余人考上了大学，其中王先超在北京某大学读研究生，王先洪已从四川大学毕业，王先海湘潭大学毕业后已留学德国……就在2006年，她的又一个学生张荣以优异成绩考取了北京大学！为此，有关部门奖励了石元英500元，她用这沉甸甸的500元，还了自己两个儿子读中学时欠下的债务。

教了29年的书，石元英为山区的教育事业默默无闻地奉献了自己的青春，已经年近半百的她家境依然十分贫寒，破旧不堪的老屋里除了一台亲戚送的旧电视机外，没有其他电器。采访那天中午，我们就在石元英家里吃午饭。整个中午，丈夫王焕林都在反复搓洗一块腊肉，让你难以想象的是，就是这块腊肉，他们已

湘渝两省的孩子在石老师同一个课堂

经吃了将近一年；那碗切成薄片的腊肉，成了我们那天中午最珍贵的菜肴。

2006年，在湖南和重庆两方的努力下，四川河上终于架起了一座友谊桥，

从此，四川河组的孩子再也不用涉水过河了！但石元英老师的背上至今却依然有个学生：肖仑斌因为腿有残疾加上先天智障，在石元英的帮助下，读了五年也只上到小学二年级，"也不是指望他能学得多有出息，只要能多学一点，将来的日子就会好过一点儿。"坎坷的山路上，石元英背着残疾学生的佝偻背影，成了山村最常见也最温暖的剪影。

石元英老师的事迹传开后，不知道多少人被深深地感动了！她遍布全国各地的学生们纷纷来信，信中大多有着这样一句相同的话："谢谢您！好妈妈！您背大的孩子成才了！"2007年高考结束，石元英又有两个曾经教过的学生考上了大学。得到这个消息的石元英笑了，满脸的皱纹笑得如花般灿烂。

夜深了，笔者想给在昏暗灯光下备课的石元英老师拍一张特写，发现在她一侧的墙壁上，毛笔写的《五种精神》尽管已经蒙尘，却依旧鲜红："终生从教的献身精神；认真执教的敬业精神；爱生如子的园丁精神；不甘人后的拼搏精神；不计得失的牺牲精神……"镜头里，我的目光模糊了，我看见石元英的鬓角已经泛白；而数百米之外，暗夜里的四川河正滔滔不息……

（本文照片由作者拍摄）

诚　信

　　当别人委托你买的彩票中了 500 万元大奖而
且彩票就在你手里，当一团又一团百元大钞像
雪花一样在你头顶飞舞，你动不动心？朴实善
良的中国同胞啊，用干净的心灵擦亮了两个神
圣而庄严的字：诚信！

一对下岗夫妇借债从事福彩销售，
一天晚上，天大的喜事降临这个贫寒之家——
别人托买的彩票竟中了 500 万元巨奖。
彩民系电话委托，且未付款，由于彩票不记名，
他们可以名正言顺地领取巨奖。
然而，他们的决定让人惊讶；
面对天降横财，他们用实际行动告诉世人：
诚信无价！

下岗夫妇
天降巨奖，诚信无价

心底无私天地宽，瞧这诚信一家人

天降横财！代买彩票中奖 500 万

2005 年 12 月 8 日晚上 8 点多，江苏省兴化市，万家灯火。

汪东奇像往常一样坐在床边看电视，妻子邓德琴一边洗脚，一边看着喜欢的电视剧。突然间，汪东奇一拍脑袋，蓦然想起了晚上 8 点 15 分的福彩开奖。当他们急急地把电视频道换过来的时候，发现第 05144 期福彩双色球开奖节目的现场直播已经开始好几分钟了！主持人正在公布摇中的第二位号码：8。汪东奇拿起一张彩票一比对，其中有 8。这时候的他还没有太在意，等第三、第四位都对上的时候，汪东奇坐不住了，他拿着彩票站到电视机前，感觉手都有些颤抖。当第五位号码又对上的时候，汪东奇的手心出汗了！妻子邓德琴也顾不得洗脚了，夫妻俩几乎都屏住呼吸，眼睛一眨不眨地盯着电视。他们不仅是彩民，而且经营着一个彩票销售站，彩票几乎成了他们生活的全部，此刻，他们的心随那跳动的红球不断地上起下落，紧张得简直要窒息了！

晚上 8 点 30 分，最后一个红球号码摇出了 27，蓝球号码是 9，当工作人员把这些号码连续响亮地公布出来的时候，汪东奇激动得有些眩晕了，他高喊着："老婆，全出来了——8、14、15、19、27、9！"汪东奇一把将妻子抱起来，兴奋地叫着："老婆，我们中奖了！是'5 加 1'啊，一万多块钱呢！"夫妇俩已经卖了 5 年多的彩票，自己偶尔也买，但从未中过百元以上的奖，就算是在自己经营的彩票销售站，偶尔开出万元大奖已是非常大的了！

电视屏幕上反复显示全部号码，邓德琴认真一对，脸色顿时大变："妈呀！老公啊！你看错了，不是'5 加 1'……""什么?!"汪东奇一把抢过彩票，还没来得及核对，就听见了妻子颤抖的声音："是'6 加 1'啊!"汪东奇抓过彩票，这才发现刚刚没有赶上对的第一位数 1 竟然也对上了！7 个数字与开出的号码完全一致，他简直不敢相信自己的眼睛——"6 加 1"？那就意味着中奖金额高达 500 万元啊！那一瞬间，夫妇俩都惊得无法呼吸！

汪东奇感觉到一阵阵眩晕，他大声喊着："中奖了！500 万元啊!"妻子一把捂住他狂喊的嘴，他顺势抱紧妻子，像在梦中。这张小小的彩票，不仅中了500万元的一等奖，而且还有12个三等奖、15个四等奖，奖金总额高达503.9万元！妻子紧紧地搂住丈夫，喜悦的泪水奔涌而出。喜泪还没来得及擦干，她和丈夫都同时从惊喜中清醒过来：这张中奖彩票是他们替李先生垫资代买的。

自从销售彩票以来，虽然家里一直很需要钱，但汪东奇和妻子都不被金钱所诱惑。2005年2月的一天，一位张先生要汪东奇代买4注体彩22选5的彩票，但他要到南京出差，说回来后再给钱。当晚8点体彩电视开奖节目公布了彩票中奖号码后，张先生委托汪东奇所打的彩票中有一注竟然中了一等奖，奖金28906元！得知这个喜讯后汪东奇和妻子非常高兴，代买彩票中一等奖的事他们还是头一次遇到。此时，他买福利彩票销售机的2万元押金还没有还上，而张先生不知道自己买的彩票号码，更不知道自己中奖了，当时又是电话委托买彩票，并没有给付现金。但汪东奇和妻子商量后，还是决定把彩票还给张先生。第二天，当张先生从南京出差回来后，汪东奇就把中奖的消息告诉了他，同时把中奖彩票也一并归还。

张先生接到彩票时，努力地抑制着自己激动的心情，用颤抖的声音说："假如你不给我打电话，或者你搪塞说我当时没有付钱而没有给我买，或者说中奖的不是我，我根本不会得到这个奖，但你没有那样做，你的诚信让我很感动！你真是个难得的好人啊！"

2005年7月的一天，一个东北的小女孩买了一张彩票，中了1万元。可那个小女孩还没有办理身份证，亲戚又不在身边，汪东奇毫不犹豫地用自己的身份证为她领了奖，然后把奖金如数给了她。汪东奇怕这女孩身上带这么多钱出现什么意外，又自己掏钱打车亲自把她送到亲戚家。亲戚在惊喜过后，说什么也要拿出1000元钱感谢他，被汪东奇拒绝了。那人感动地说："你这样的好人真是太少见了！以后我们都到你那里买彩票。"

有时候，彩民因为粗心多给了他们百八十块钱，他们总是立即一分不差地给人家找回去。汪东奇一次又一次以自己高尚的人格赢得了彩民的信任，他们彩票销售站的声誉越来越高，已陆续有20多户彩民把钱放到他们这里，要他们代买彩票。然而这一次，汪东奇手中的彩票中的却是 500 万元巨奖啊！面对这么大的诱惑，谁能不动心呢？

境遇窘迫，占有意外之财本也合理合法

汪东奇 1972 年 7 月出生在江苏省兴化市一个教师家庭，中学毕业后到市化肥厂上班。1996 年夏天，汪东奇和小他两岁的兴化市生产资料公司邓德琴相识，1997 年 12 月结为夫妻。结婚时，汪东奇的父母卖掉旧居，加上平时口积牙存的 5 万元钱，为他们买了一个 6 层的顶楼作为新房，并与他们一起生活。1998 年，汪东奇夫妇有了儿子，2005 年，汪东奇一家三代五口一直挤住在那个顶楼里，而父母亲今年已经 70 多岁了。

1999 年 5 月，汪东奇下岗了。这样一来，给儿子买奶粉的钱都有些紧张了，一大家人的日常开销只有靠妻子每月不到 300 元的工资维持着。2000 年 5 月，汪东奇找到了一个成立福利彩票销售站的机会，汪东奇向哥哥借了 3 万块钱，总算开张了。由于没有销售经验，前几个月几乎不见利润，到了 10 月份，每月才有几百元的收入。

2000 年 10 月底的一天，不幸又一次降临这个家庭：儿子不慎被一壶开水烫成重伤。儿子撕心裂肺的哭喊揪着一家人的心，更让人发愁的是儿子两万多元的治疗费毫无着落。汪东奇含着眼泪去求亲戚、朋友，好不容易才筹借了 2 万元。旧债未还又添新债，他连坐公交车的钱也舍不得花，一路步行走到医院。沉重的生活压得汪东奇几乎喘不上气来，男儿有泪不轻弹，但是那一天，汪东奇流泪了。

儿子在兴化市医院住了 40 多天后出院了。那天晚上，给儿子脱衣服时，汪东奇看到儿子原来那粉嫩光滑的皮肤变成了大面积的疤痕，而妻子又搂着儿子不住地哭，汪东奇的心就像被刀剜一样。听说上海瑞金医院有德国进口的疤痕膏对清除疤痕有特别好的效果，但一贴药需要 500 元钱，一次就要购买 20 贴。为给儿子清除疤痕，汪东奇不得不又借了 3 万块钱带儿子去上海治疗。到 2003 年底，

汪东奇为儿子治疗烫伤已前后欠下 5 万多元的外债。而父亲患糖尿病已经 10 多年，每月药费加治疗费用近千元，汪东奇肩头的担子越来越沉重。

屋漏偏逢连夜雨，2001 年 10 月，妻子邓德琴也下岗了。为了维持一家三代的生活，夫妇俩想尽了办法，小小的儿子和年迈的老人没少受委屈。

儿子 4 岁生日那天，邓德琴给儿子买了个小蛋糕，可儿子那天非要吃肯德基不可，劝了半天都无济于事。见儿子如此不懂事，正在为生计发愁的汪东奇突然把火撒到了儿子身上，一个巴掌拍过来，儿子的小屁股上立刻一片通红。一望见爸爸铁青的脸，儿子撇着颤抖的嘴却不敢哭出声，大滴的泪珠落在妈妈怀里，砸在汪东奇的心上。

汪东奇家楼下就是一个大市场，可这里的菜价相对偏高，为了买到便宜菜，每天，70 多岁的老父老母要步行数千米，到蔬菜批发地去买；年迈的老人每天回家都要吃力地爬上 6 楼，每一次都累得气喘吁吁，而父亲的糖尿病最怕疲劳过度，汪东奇总是内疚而又担心。就在彩票中奖前不久，汪东奇下了狠心似的对老人说："爸、妈，等儿子有钱了，一定给你们买个低楼层的房子住！"妈妈慈祥地笑着说："好啊，我们都盼着那一天哩！"

没想到几天以后，这样的话竟成了现实，夫妇俩为人代买的彩票中了一等奖。现在，只要他愿意，那笔巨款就可以立刻属于他！有了这 500 万元，父亲就可以早日摆脱缠身的病魔；有了这 500 万元，全家就能够拥有宽敞明亮的大房子，年年考第一名的儿子也可以有自己的书房；有了这 500 万元，还能为岳父岳母买一套房子，因为他们至今一直居住在一个旧楼简陋的小单间里。

手握那张中奖彩票，汪东奇陷入了深思与回忆。

2003 年 6 月的一天上午，汪东奇和妻子正忙着卖彩票，一名中年男子走进来，自我介绍说他姓李，是个老彩民，兴化市还没有投注站时就开始玩彩。现在福彩推出双色球后，他每期花 56 元购买复式投注，号码自选。但他工作非常忙，经常无法亲自购买彩票，"你们这个站销售口碑非常好，我决定长期在你们这里购买。给你们留下 1000 元钱，请你们给我代买，钱不够了等我来取彩票的时候补给你们。"

热心的汪东奇夫妇满口答应了李先生的要求。几年来，李先生一直在汪东奇夫妇处购买彩票，他陆陆续续中了一些奖。好多时候是汪东奇事先给他垫上钱，有时候汪东奇手头紧张，没有钱，他就同父母暂借，但从来不跟李先生提及这些。李先生来取票时总是感激地说："太谢谢你们了，等我中了大奖一定给你们买一间门面房！"

汪东奇夫妇听了只是一笑了之，他们不奢望发什么大财，只想靠自己的劳动挣钱过上安稳的生活。2005 年 12 月 8 日，汪东奇想起今天正是福彩双色球开奖的日子，早上他接到李先生打来的电话，说："你帮我买一注彩票。号码不改了，照过去的打一张。"没想到就是这张为李先生代买的彩票中了 503.9 万元巨奖！这让汪东奇一家人感受到了从未有过的惊诧和喜悦——彩票这样的特殊物品不记名不挂失，谁持有彩票谁就可以兑奖，搞彩票销售几年来，汪东奇对关于彩票的规定了如指掌。他知道，自己完全可以带着这张彩票到省福彩中心兑到500 万元的巨奖，即使让他代买彩票的人要求索回奖金，也是毫无凭证！

回过神来的妻子同样也感受到，500 万元对她和汪东奇这对还徘徊在贫困边缘的夫妻意味着什么。她激动得浑身颤抖心跳加速，她情不自禁地攥紧了汪东奇的双手。夫妇俩手捧这张可以在瞬间让在贫困线挣扎的自己变成富翁的小纸片，恍若梦中。

诚信无价，500 万元巨款撼不动朗朗君子心

按照老习惯，彩民会在取彩票时补上他垫付的钱，然而开奖的那一天，一直等到吃晚饭的时间，关了彩票机，也没见李先生来。这样的情况已经不是第一次了，汪东奇也没有很在意。然而，到了晚上，当他手中的这张小小彩票一下子中了 500 多万元的时候，汪东奇感到了它的沉重。尽管他从一开始就没有想把它据为己有，但是时间越长，他越觉得这张彩票的沉重，它仿佛一个带着磁场的金矿，一点点吸引着汪东奇。"不，我决不能这样做，这样会内疚一辈子！"汪东奇决定在当晚给李先生打电话，告诉他这一天大的喜讯。

吃晚饭的时候，汪东奇把自己的决定告诉了妻子，妻子犹豫了一会儿，眼神里满是失落，她试探着对汪东奇说："反正离兑奖期限还有段时间，要不，我们再考虑几天吧？你看，儿子身上的疤痕还要做好几次修复手术。"一旁的儿子听到爸妈的谈论，嚷嚷着问怎么回事，邓德琴就把实情告诉了他。儿子看了一眼妈妈，轻轻地说："妈妈，你不是一直告诉我，不是自己的东西不能要吗？我知道家里没钱，我身上的疤没关系，我是男子汉，长大了我挣钱养活你们！"听了儿子的话，妻子忍不住热泪盈眶。汪东奇欣慰地拍着儿子的肩："好儿子，有种！"汪东奇果断地拿起了电话。

当时李先生已经上床睡觉了，他在蒙眬中接到电话，以为是汪东奇夫妇开玩笑，根本不相信这个从天而降的喜讯："中了500万元？半夜三更的不要开玩笑了。"汪东奇急了，认真地说："这种事我不会开玩笑的，你马上到我这儿把彩票取走。"

李先生将信将疑地赶到了汪东奇的投注站，汪东奇夫妇已经等在那儿了："恭喜恭喜，你中大奖了！"李先生一进门，汪东奇就把中奖彩票递到他手上。李先生仔细地看了又看，手握这笔从天而降的巨额财富，望着这对在巨奖面前不动私心的淳朴夫妇，激动得一时语塞，眼睛不禁潮湿起来。他这才想起来，那买彩票的钱还没给他们呢……

事后，汪东奇成了兴化市的焦点人物，当然说什么的都有。有人讽刺他说："现在的人都这么讲究实际，你还装什么无私奉献啊？你真是个少有的'呆子'。"对此，汪东奇只是淡然一笑："君子爱财，取之有道，一个人诚信比什么都重要。"

以前借给汪东奇钱的朋友责怪他说："没有你，那人是中不了这么大的奖的。你不记得你缺钱时到处求借、愁眉苦脸的时候了吗？你家里的生活还没有摆脱贫困，你该和他讲讲条件，他不是说如果中奖了要给你买个门面房吗？你可以和他谈谈，怎么也该给你50万元，就当作你的操心费了。"

他妻子的小姐妹责怪汪东奇说："德琴姐姐一年买不上一件新衣服，跟你一直过着紧巴巴的苦日子，你不想让她改变一下生活面貌吗？"

朋友们真的都希望汪东奇尽快摆脱贫困的生活，何况这是个绝好的机会！

抓住这个机会，他的儿子可以做一次全面的整容，老父亲的糖尿病就能够得到有效的治疗……但汪东奇严肃地说："托我代买彩票是人家对我的信任，500万我都没有动心，我怎么会去和他开口讲几十万的条件?"是的，汪东奇的大义之举赢得了李先生的足够信任，开奖 11 天之后他请汪东奇陪他去南京领取那 500 万元奖金。

2005 年 12 月 9 日上午，江苏省兴化市张阳小区福彩 32120345 投注站前，爆竹声响起，泰州福彩中心表彰和颁奖仪式在这里举行。面对媒体镜头，汪东奇笑脸上带着些许的腼腆，从泰州市福彩中心主任尹家和手中接过中奖喜报。汪东奇夫妇诚实守信的行为在当地引起了极大反响，人们对他们这种面对 500 万大奖不动心的品德交口称赞。

平凡幸福小家庭

这时候，宝贝儿子跑了过来，汪东奇一把将儿子举过头顶，在儿子兴奋的大叫声里，汪东奇感受到了从没有过的充实与幸福，他觉得满身疤痕的儿子是世界上最美丽的孩子！"说吧！儿子！今天你想吃什么?"汪东奇放下儿子，豪爽地问。儿子闭着眼睛想了想，甜蜜地回答说："肯德基……"怕爸爸不高兴，他紧张地睁开眼，又小心谨慎地补充了一句，"行吗爸爸?"汪东奇点点头，他搂住儿子，什么话都没说，微笑的眼里闪着泪花。

汪东奇回答记者说："500 万元大奖的事情已经成了过去时。我和妻子会更加用心经营我们的彩票站。"现在，汪东奇和妻子比以前更忙碌了，因为他们夫妻对彩民的诚信和负责，换来了更多彩民慕名到此购买彩票。汪东奇依然用他那腼腆诚挚的笑脸，亲切地迎接每一位顾客。

（本文照片由汪东奇提供）

假如你走在大街上，

突然看见一张张百元大钞漫天飞舞，

一沓沓钞票就在脚下，你会不会动心？

在成都市五块石商业街，

当两个暴徒持刀抢劫一对身携巨款的夫妻，

导致数十万钞票漫天飞舞之时，

在场市民经受了一场惊心动魄的人性大考验。

而热情义气的成都人，交上了一份满分答卷……

成都人
钞票满天，良知无价

劫案突发，满街钞票惊路人

"救命啊！抢钱啦——"2004年11月1日上午10点15分，成都市五块石商业街一家农业银行门口不远处，一阵凄厉的呼救声让所有路人的心头猛然一紧！

光天化日之下，商业街原本的繁华与祥和，被这突如其来的变故笼罩上了一层浓重的阴影！转瞬之间，只见两个歹徒，一个骑着摩托车踩着油门，另一个一手拎着半袋子钞票，一手正挥舞着带血的美工刀！而遭遇抢劫的一对夫妇，男的已被刺伤，女的一边拼命呼救，一边绝望地捡拾那被歹徒抢得撒落一地的巨款。

一阵风起，那些钞票满天飞舞，又落得满地都是。这景象把所有的路人都惊呆了！有谁见过这么多钱在马路上飞舞？小说里和报纸上才看得到的血案，竟蓦然出现在自己眼前！面对穷凶极恶的歹徒和满天纷飞的钞票，那一瞬间，所有人的心都跳到嗓子眼上了……

这对遭遇抢劫的夫妇名叫赵光伟和邱光华，来自四川省南充市。赵光伟的哥哥赵光伦在商业街上经营着一家货运部。他们夫妻俩帮着哥哥打理生意。平时除了管理业务上的事情外，还负责取出买家的货款，然后将货款如数交给发货的厂家。当日上午，夫妇俩到银行提取了买家汇来的 45.7 万元货款。他们感觉心头沉甸甸的。一旦遭遇不测，他们可是倾家荡产都赔不起啊！

为不引人注意，赵光伟特意将这笔巨款分别装入一黑一白两个塑料袋内。当时赵光伟拿的是白塑料袋，里边装有 18.7 万元，妻子提的黑塑料袋里装有 27 万元。上午 10 点 15 分，夫妇俩各提一个装满巨款的塑料袋走出银行大门。妻子邱光华提的黑塑料袋，从外面看不清里面是何物，而赵光伟提的塑料袋是透明的，从外面可以让人猜到用报纸包裹的是一沓沓的钱，这让他们感觉很不踏实。好在货运部离银行不算远，于是两人加快了脚步。可万万没有想到的是，危险正悄悄地向他们逼近！

一路上妻子邱光华都把自己装有 27 万元的黑色塑料袋紧紧抱在怀里，生怕出现闪失。然而，就在走出银行约 250 米远，自己的店铺已遥遥在望时，意外还是发生了。当时邱光华看到后面没有什么可疑的人，就把原本抱在怀里的塑料袋放下来用手提着。突然！她听到身后有摩托车响，扭头一看，不由大惊失色：顷刻间，一辆载有两个人的摩托车风驰电掣般地已到眼前！突然而至的摩托车让赵光伟夫妇顿觉不妙！

但是，一切都来不及了——就在摩托车与邱光华擦身而过的瞬间，摩托车后座上的人突然伸手抓住邱光华手中的黑色塑料袋，用力一拽。像正在做噩梦似的邱光华不由大喊："抢钱了，抢钱了！快抓坏人啊——"在妻子的喊声里，赵光伟本能地侧身一看：那摩托车刚好停在妻子身边，后座上的人已把邱光华手中的黑色钱袋抓到了手里，邱光华则紧抓着钱袋的另一端死死不放。

光天化日之下竟有人抢劫?! 而且这是成都市最繁华的商业区! 在最初的几秒钟里，赵光伟脑袋嗡地一声响，没回过神来。驾车的歹徒左手捏着离合器，右手不停地加着油门，急迫地催促同伙: "快点快点! 不撒手就给她一刀!"

这场突如其来的罪行，让夫妇俩都措手不及。出于本能，邱光华下意识地死死拽住装钱的塑料袋不放，见坐在摩托车后座上的歹徒也不撒手，她便侧身跪下去，一手抱住钱袋，一手抱着那歹徒的脚往车下拖，而歹徒则使劲地把钱袋往自己这边拽。

装有 27 万元巨款的黑色塑料袋哪承受得住歹徒和邱光华的这般撕扯? 随着"吱"的一声，塑料袋被撕裂了。一沓沓、一张张百元钞票随即喷涌而出，撒落一地，散开了的人民币即刻四处飞舞! 看到撒了一地的钱，加上又受到惊吓，邱光华一下子蒙了。不仅是邱光华，当时在场的所有人都被眼前的一幕惊呆了: 那一沓一沓的钞票，可都是面值 100 元的人民币啊!

眼看抢劫案就发生在自己身上，眼看妻子正在和歹徒拼死相争，眼看货主的巨额货款就要没了，赵光伟热血上涌，呆愣了几秒后迅速反应过来。他刚要扑向歹徒去救妻子和那些钱，然而就在那极短暂的一瞬间里，他想到了自己手里还提着的塑料袋: 那里面也装着满满 18.7 万元现金啊! 面对两个穷凶极恶的歹徒，身形瘦小的赵光伟犹豫了: 我这样贸然扑上去，岂不是白白地将手中的巨款拱手送给那两个身强力壮的歹徒? 一刹那，赵光伟几乎急哭了。

"快来人，抓坏蛋啊!"出于本能，赵光伟还是奋不顾身地冲了上去，他边冲边呼救，凄厉的嘶喊几乎震惊了整条商业街。看到丈夫朝歹徒扑了上来，邱光华本能地放开了那名歹徒，她一边接过丈夫手上装有 18.7 万元钱的白色塑料袋，一边惊惶失措地捡着散落在地上的一沓沓钞票。她甚至来不及抬头，但她听到了丈夫拼死抵抗的声音; 她感觉到了那歹徒挥刀刺向丈夫时的杀气; 汽车开过，尘土飞扬，而那些钱也被风卷起，满眼乱飞，她抓住一张，却飞得更多，几乎满天满地都是钱。

"老天爷啊，你抢了我的命啊——"邱光华呼叫着，犹如寒冰刺入骨髓。她浑身颤抖，她甚至闻到了一股血腥味。而就在这血腥与战栗中，邱光华绝望地抬起头，她蓦然看到了很多条腿正奔涌过来，向着她、向着这漫天遍地的钞票。

爱心齐刷刷，陌路人手挽着手竖起信义墙

此时，繁华的五块石商贸大道上，同时呈现出两幕激烈的场景：一边是妻子邱光华在手足无措地捡着满地撒落的钞票，一边是丈夫赵光伟赤手空拳地与两个歹徒搏斗。邱光华吓得连哭都忘了：如果人们一起上来哄抢的话，后果将不堪设想！

丈夫还在与歹徒拼死搏斗生死未卜，那些过路的市民竟突然都向她这边冲过来，邱光华的脑海里涌起一阵更大的凄凉与绝望：完了，全完了，这些钱即便不被歹徒抢走，也会被路人哄抢而光啊！

已经被歹徒连划数刀，胸前衣服被划破、手腕已经流血的赵光伟顾不上自身的危险，他要拼死保护住那些钱！就在与歹徒殊死搏斗的时候，他也看见了许多路人向案发地点奔涌而来。他甚至看见几个大嫂、大妈正快速捡拾着满地的钞票，赵光伟一边流着血，一边欲哭无泪——歹徒固然可怕，但不古的人心比歹徒更可怕呀！

五块石商业街是成都有名的市场集群区域，平时人来人往，车辆更是川流不息。那一刻，整整27万元钱全部撒落在街面上，这种从未见过的景象突然间出现在过往行人的面前，面对脚下的金钱，人们会做出怎样的反应？常言道："瞎子见钱眼睁开。"这27万元巨款撒在大街上，谁见了会不动心呢?!

更多的行人在现场停下脚步，旁边商铺里的人也涌了上来……撒满钞票的现场空气几乎凝固了，紧张的气氛蔓延开来。赵光伟还在与歹徒搏斗，他又挨了歹徒一刀，鲜血已经染红了他臂膀上的衣服，他倒在地上，鲜血瞬间又染红了那些钞票。但是弱小的他死死地抱住歹徒的腿，坚决不肯撒手！

而邱光华早已被眼前的情景吓得不知如何是好了。看着向这铺撒满地的巨款逼近的二三十名路人，她浑身都瘫软了：凭自己一个人的力量是无论如何也挡不住这几十个人的呀！眼看这27万元钱就要化为乌有！人群冲上来的一瞬，邱光华绝望地闭上了眼睛……

然而，事情远远出乎邱光华的意料！

"快打110！都快来帮忙啊！"在那陌生的人群里，不知道是谁先喊了起来。随即，几名男子向持刀的歹徒扑过去，而另一些人则向那满地的钞票围过来。

冲在最前面的那名男子叫冯晓明，是浙江飞跃集团成都分公司的经理，他的店铺离事发地点只有十几米远。开始他正和几个客户谈业务，并不知道外面发生的事，直到听见"抢钱了、抢钱了"的叫喊声，他才打了个激灵，一下子冲出来朝喊声奔去。看到摩托车上有个歹徒还在与赵光伟抢夺装钱的塑料袋，刀子已经沾了血，冯晓明顾不得危险，奔上去就是一脚，把摩托车后座上的歹徒给踹了下来。

驾车的歹徒见同伙被踢下车，猛踩油门仓皇逃走。剩下的歹徒面对冯晓明和赵光伟的追打，便穷凶极恶地将美工刀挥舞着向他们划去。

而那些冲向钞票的陌生人，并没有哄抢这"天上掉下来的馅饼"。

"大家先围起来，不要让钱吹跑了！"后来证实，喊这句话的是一个姓赵的过路的客商。他跑到一堆堆钱旁边，叉开双腿，握紧拳头，伸出双臂，朝着周围的人大喊。一只热情有力的手钩住了赵先生的左臂，又一只手套进了他的右臂。

转眼间，二三十名男女的一只只陌生的手臂套了起来，形成了一个大圆圈，把邱光华和钞票围在了中央。其中有一个邱光华认识的叫杨佑明的人大声地朝她喊："不要急，你慢慢捡，我们给你看着！"他转身又对旁边捡钱的路人喊着："大家小心点！分散来找，把那些被风刮跑的钱赶紧先捡回来！"

旁边，还有几个人在追着钱跑，他们没有把钱装进自己的口袋，而是攒在手里，拿起一把后冲过来递给邱光华往袋子里装，随后又跑着去捡散落在其他角落的钱。

与此同时，还有几位大爷、大妈在吆喝着、维持着现场的秩序。

在众人的帮助下，一会儿工夫，邱光华终于将地上能看得到的钱捡完了。27万元钱全都撒落在了人来人往的大街上，且面积这么大，到底捡回了多少钱，邱光华心里一点儿底都没有。

散落钞票一分不少! 人性光辉耀九州

此时的邱光华已顾不上核实这些捡回巨款的数目,为安全起见,她带着这笔并不知道具体数目的巨款暂时躲避到一家商铺内。可自己的丈夫还在和歹徒进行着搏斗,刚刚捡回钱的邱光华心又揪紧了。这时有人说:"你还不赶快通知你家里,你男人身上都快被剁烂了!"邱光华心里一紧:"完了,他肯定没有气了,肯定被歹徒弄死了,没救了。"此时,六神无主的邱光华崩溃了,眼泪立刻流了下来,全身发抖。

邱光华暂时安全了,而赵光伟仍在与歹徒继续搏斗!冲过去帮忙的冯晓明,衣袖全被歹徒的小刀划破了。情况危急,此时谁挺身而出无疑就面临生命危险!但年过40、身形瘦小的冯晓明,面对穷凶极恶的持刀歹徒,仍毫无畏惧地进行着英勇搏斗。当时,冯晓明的妻子抱着孩子也在人群中,她提心吊胆地不断提醒着丈夫:"小心刀子,小心刀子!"

冯晓明闻声心中暗想:"围观的群众都靠得如此之近,若不把该歹徒摔倒擒住,万一他狗急跳墙,就会伤及无辜。"想到这里,他抬腿向歹徒狠狠踢去!

歹徒眼见无路可逃,便恶狠狠地挥刀向冯晓明划去。刀从冯晓明的脚踝部位划过,一阵疼痛使他蹲了下来捂住伤口,脚踝已经被刀划中,且已绽开一条大口子,鲜血涌了出来。店伙计忙把受伤的冯晓明送往医院。

冯晓明倒下了,但是此时,更多的路人冲了上来。负隅顽抗的歹徒挣脱了赵光伟,挣脱了将他扑倒在地的小伙子,继续向前逃窜,他丑陋脸上的那份恐惧已经变成了绝望。此时,群众中又冲出几人齐刷刷地扑向持刀的歹徒!

已经被逼得走投无路的歹徒蓦然转过身来,作恶多端的他狰狞着脸,威胁着众人:"滚,别多管闲事!老子又没抢你们的钱,快放我走!不然谁上来我就杀了谁!"

歹徒的话并没有吓倒正义的人群!他们甚至没有片刻的停顿,几个过路的男子已经冲上来,其中一个闪过歹徒的行刺,奋力去夺他的刀,夺了几下没夺下来，就顺势推着歹徒往停在路边的一辆面包车上撞去。

歹徒挥舞着刀子再一次挣脱了众人，穿过花园跑到马路上。恐惧至极的歹徒还不忘嚣张叫喊："我看谁再过来！我杀死他！"但群众的力量在不断壮大，追赶歹徒的人越来越多！当歹徒逃到马路下水道旁的井盖附近时，终于被赶来的金牛公安分局五块石辖区巡警中队的民警制服！

整个事件发生的过程其实不到 10 分钟，但是在赵光伟夫妇的感觉里，无异于过去了半个世纪。而在这"漫长"的时间里，夫妇俩和广大市民一起，经受了一场生死考验！突如其来的劫难后，他们庆幸自己还都活着！但稍作镇定后，他们的欣慰就被更加强烈的担忧所取代：捡回来的钱到底丢失了多少？

五块石派出所里，在清点那些撒落满街后又被捡回来的钱的过程中，也出现了戏剧性的变化。

闻讯赶来的家属坐在地上，他们把钱全拿出来摊在地上数，连数了两次，第一次少了两万，第二次少了三万。赵光伟忍住身上的伤，他的手却在发抖：看来钱肯定是少了。邱光华也生怕再数下去会出现让她更接受不了的数字。

第三次数到中途，她紧张得数不下去时，有人提议道："干脆找点钞机来数。"

当点钞机点了第一遍显示出那个数字时，邱光华和赵光伟一下都愣了：45.7 万元一分没少！

这怎么可能?！

虽然夫妇二人皆没言声，但心里怎么都不相信钱一分没少：这怎么可能呢？现场这么多人，这么混乱，钱一分没少?！这事说给谁听谁也不能相信啊！本来邱光华心里想："只要能把大头拿到就不错了。"警方说："再数一次。"又用点钞机数了第二次，结果是相同的。赵光伟和邱光华高兴极了：散落了这么多钱，不仅没有一万一万地丢失，而且真的是连一张百元大钞都没少啊！

赵光伟夫妇俩几乎不敢相信这是真的：帮助他们捡钱、维护现场秩序、擒住歹徒的群众共有数十人。在事情发展的过程中，人越来越多，事发现场街面的交通都被堵塞了，连车辆都无法通过——就是在这么多人、这样混乱的局面里，几十万巨款撒在街面上，居然一分没丢！

那一刻，捧着这些沉甸甸的钞票，像捧着一颗颗滚烫的心！真切感受着人间这份美好与温暖，夫妇俩突然激动地拥抱在一起，感恩的泪水冲刷掉了他们内心原有的阴霾。他们连声对在场的人和陪同他们来派出所的好心人鞠躬致谢："我们的运气太好了，这都是靠大家的帮忙。谢谢，谢谢！"

事件发生后，人们都惦记着与歹徒搏斗受伤的冯晓明伤势如何，很多人纷纷赶往成都铁路中心医院看望他。经诊断，冯晓明是右踝关节皮肤切割伤，伴随着表静脉断裂。

当天下午，赵光伟夫妇和从外地出差回来的哥哥赵光伦带着5000元钱来到医院感谢冯晓明。冯晓明坚持不要，他恳切地说："情我收下了，钱我不要。"赵光伟过意不去，临走时偷偷把钱放在了那里。但过了一个小时，冯晓明又叫人把钱送了回去，让赵家人感动不已。

随后，成都市公安局副局长王雄一行也带着鲜花和慰问金，专程赶到医院看望了冯晓明，高度评价了他见义勇为的精神，并说："我们的社会要多一些像你这样的市民，社会就会更加稳定。"

2004年12月，成都市金牛区人民政府授予冯晓明"见义勇为公民"的荣誉称号，奖励他13000元奖金。而冯晓明则把这笔钱全部捐给了成都市见义勇为基金会。他觉得这事是自己应该做的，自己虽然受了点伤，但歹徒是在众人齐心协力下被制服的，他只是参与到事件中的一分子，本来就平平常常，还应该平平常常下去。

然而，在现场还有更多平凡的人。或许有的人下岗失业多年，或许有的人急需用钱买房、治病、做生意，难道他们在面对巨款时一点儿都不动心吗？

后来，记者采访了当时手挽手帮忙护钱的杨佑明。他说："当时看着满地的百元大钞，我心里直发抖。"杨佑明冲到现场时，不由自主地盯着满地的钞票看，心跳顿时加速。他曾想过蹲下来帮忙把钞票捡到口袋里，但心里又想："如果大家都蹲下来捡钱，现场不是乱套了吗？"他发现，其实很多人张大了嘴巴，但没有一个人乘机捡钱。"并不是所有人都是贪婪的！"当大家手挽着手帮助邱光华把钱捡起来时，一种自豪感从杨佑明心底油然而生。

年过而立的陈邦宪是最先赶到现场的好心人之一。他在这条商业街上打工，家境一般，上有老下有小，都靠他和妻子打工挣钱养活。起初，听到有人喊救命时，他只是抱着看热闹的心态在现场围观。后来见地上撒满了钱，一名女子一面捡钱一面大喊："抢钱了!"他心里顿时明白了大半。"该不会有人乘机抢钱吧?"陈邦宪发现，很多人在相互看，但没有一人蹲下来抢钱，而那名妇女把钱收好后，交给了邱光华，受此感动，他也加入了好心人的队伍。"我并没有想过自己乘机捡钱。再说，现场那么多目击群众，如果只是个别的人想乘机图谋不轨，肯定会被好心人制止!"陈邦宪如是说。

正如陈邦宪的真实表白一样，事后记者回访时，一些不愿意留下姓名的年轻人也说："谁看了钱不会动心? 当时我也想捡钱。但大家都不动，我也不敢了……"

一位住在五块石附近、目睹了劫案整个过程的王爹爹回忆此事时，仍有些心有余悸："一年前在成都蓉北商贸大道，绿化人员在清理 2000 盆鲜花时，就遭到了一些路人的哄抢，成为一桩丑闻。人心复杂，如果 11 月 1 日那天，有人先动手抢了钱，肯定又是另外一番模样。所以在这个奇迹中，最令人尊敬的就是那第一个站出来护卫钱的人!"

这一事件中诞生的奇迹，不仅成了成都人街谈巷议的热门话题，也同样成为社会学家研究的典型现象。对此，武汉大学社会学系教授周运清先生进行了深入剖析。他说："人有善心，亦有恶念。《大学》中写道：'大学之道，在明明德，在亲民，在止于至善。'然而，虽然许多人有善心，但在现实生活中就未必能做到这一点，因为与生俱来的气禀物欲无时无刻不在左右着人们。而这桩劫案中产生的奇迹，就是由许多平凡人蠢蠢欲动的贪财之念被第一个人的善行所征服而形成的。每个人都有从众的思想，人是可以被环境和氛围感染的，善恶转换就在一念间，所以每个人的善行在关键时刻张扬释放出来就尤为可贵，它就像黎明的曙光，越照越明亮，直至光明的到来，这也是构建社会主义和谐社会的根本所在。"

据了解，此案发生后，警方就全力追捕逃逸的另一名劫匪。成都市公安局还专门就此案召开新闻发布会，发布"治安警示"提醒市民：到银行提款，金额不宜过多；取钱过程中，要注意身边的陌生人；一般不要随身携带太多的现金，"目标"大易被人注意。同时，告诫不法分子立即住手，并敦促作案同伙尽快前往公安机关投案自首。

他癌症晚期随时会死，
痴情的她却挽着他毅然走进婚姻殿堂；
他陷入持续昏迷，
她耗尽所有不离不弃，殷殷呼唤：
"别忘了我们的诺言……"
情是一江水，流不尽，割不断；
爱是一个字，坚如铁，重如山。
一诺一生，她用生命诠释爱的箴言……

常超
一诺一生，拯救绝症恋人

曾经的幸福时光如此迷人

爱的路上有你有梨花

2006 年 8 月 28 日早上，北京同仁医院，一个相貌姣好的女子搀扶着一个面如土灰的男子，蹒跚着走出病房。女子柔声地说："老公，你不能老躺着，医生说了，得多活动活动。"男子虚弱地望着女子，眼神里满是感激与歉疚，他刚想说句什么，却突然身子一歪倒了下去。她极力地想要扶住他，不料自己也一同摔倒在地。"老公——"女子大声呼喊着，整个病区都惊动了。

男子半天说不出话来，眼神里满是留恋与悲哀；女子半躺在地上，心疼地搂住丈夫，满脸泪水。男子努力地抬起手，给她擦着眼泪，艰难地说："超儿，别……别哭。怪我自己……不小心……""不！老公，对不起，是我没扶好你！"女子抱紧丈夫，压抑着抽泣，闻声赶过来的病友们也都忍不住潸然泪下——他癌症已到晚期，癌瘤已压迫到他的中枢神经，他如今连路都不能走了。而美丽如花、不离不弃的她，就在送他住院前的几个小时，竟毅然地跟他领取了结婚证！而那个充满悲情的大喜日子，刚刚过去七天。

这对苦难的新人就是常超和唐雪龙。常超多年与母亲相依为命，是妈妈的宝贝女儿。和常超比起来，唐雪龙的经历平添了许多坎坷——26 岁确诊为低分化腺癌，前女友也离他而去，他一度痛苦而又彷徨：还会有幸福降临吗？但缘分往往就这么奇妙，就在他注册不久的"世纪佳缘"网站里，今生的至爱竟在那里等他。

"不论我在哪里，都只离你一个转身的距离；我一直都在，在你身前，在你影里；在楼台上，静静等你。"2006 年大年初三，当唐雪龙无意间邂逅了"清清的湖水"时，他的心海莫名地泛起了涟漪，他情不自禁地给这名陌生的女孩写去了一封邮件："你在我的转身里，我也在你的转身里，我们能不能都转过身来，互相打个招呼呢？"收到邮件的常超浏览了这位网名叫 Ironmouth 的陌生朋友的"真爱独白"，不禁一愣。"唐雪龙，30 岁，北京市人，注册会计师。2002 年的一场病症，使我的右眼失去了光明，感情生活也受到了巨大的打击。

但我知道，生活的路还是要走下去的，希望我们能成为真诚的朋友。"——别人都尽挑自己的优点说，可这个人一下子就把自己的缺陷全暴露出来了，常超不禁为唐雪龙的真诚所感动。她当即写了回信，告诉对方自己是北京平谷一家事业单位的职员，今年 26 岁……

他们就这样相识了，鸿雁频传，加深了彼此之间的了解。唐雪龙 10 岁的时候，他的父亲患上了良性泪腺复合瘤，2002 年肿瘤发生了恶变，不久父亲就去世了。"现在我又得了癌症，我不知道自己还能活多久，但我有一个信念，哪怕只能活一天，也要活出尊严。爸爸临走前拉着我的手要我好好活着，就算是为了父亲，我也要选择坚强！"唐雪龙的不幸让常超心情异常沉重。她告诉唐雪龙，她的父亲在十年前去世了，写着写着，泪水就打湿了键盘。仿佛有着感应，唐雪龙温存地劝慰起她来："不要哭，不幸不应该是我们脆弱的缘由，而应该成为我们坚强的动力！"就这样，两颗装满不幸的心慢慢贴近。此后每到周末，他们都相约在三元桥见面，感情也随之不断升温。

他们的交往遭到了常超母亲的坚决反对。态度坚决的常超就锲而不舍地做母亲的思想工作，她自信地跟母亲说："妈妈，您可别把他当成所谓的'残疾人'，不信我把他带到咱家来，您一看就知道您有一个多么优秀的女婿！"拗不过宝贝女儿的软磨硬泡，善良的母亲终于答应见一见这个让女儿如此钟情的"坏小子"："你先别跟我花言巧语！我可不能眼看着自己的闺女往火坑里跳！现在八字还没一撇呢，你别老是'女婿女婿'地瞎嚷嚷，一个大姑娘家，也不害臊……"常超搂住妈妈的脖子撒娇说："妈——我绝对相信，您会喜欢他的！"

农历三月十二日是常超母亲的生日，这一天，常超终于把唐雪龙领进了家门。不出常超所料，懂事的唐雪龙很快就博得了准岳母的好感，娘儿俩聊得相当愉快。在母亲和男朋友不时发出的笑声里，常超的心如蜜一般地甜。

那是一种怎样的喜悦啊！又是一个周末，郊区的无名山上开满梨花，千树万树，一阵风来，遍地花雨。常超和唐雪龙在花丛里蹦啊跳啊，追逐着嬉戏着，感觉全世界都在祝福着他们。然而回来的时候，他们竟迷路了。常超一度急得要命，而唐雪龙却满不在乎，趁常超不备竟背起她在山路上狂奔起来，吓得常超哇哇大叫："你不要命啊！我们已经迷路了呀！""这一路上有你有梨花，跟你一起迷路也是天堂！我还希望这路能一直迷下去呢！""傻样儿！都找不着家了还有心思作诗……"俯在恋人的背上，听着他的傻话，常超嘴里嗔怪着，心里却不禁涌起一股股暖流。

他们就这样嬉闹着，瞎跑着，山重水复之后，竟蓦然柳暗花明！满头大汗的唐雪龙把恋人放下来，开心而又幽默地说："看！上帝是不会让相爱的人迷路的！"紧接着，他竟指着来路给行人解说起来："大家请看啊，这条就是我们走错的路，这条路不能走，大家一定要记住哦！"那憨厚与调皮的模样，常超一辈子也忘不掉。

在常超的记忆里，有一次，两人起了争执，互不妥协，最终也没有照成。最后唐雪龙心软了，见常超一直耷拉个脸，唐雪龙突然抱住她，刮了下她的鼻子："瞧你那小坏样！不生气了哦，我们在这合照一张！"同行的朋友立刻摁下快门，这生动的一幕，永远留在了常超的记忆里。

我要嫁给你！哪怕只能做一天你的新娘

爱情仿佛真的有种魔力，相识相爱以来，唐雪龙的身体居然越发好起来！常超就借机鼓励男友："看！我是你的福星宝宝吧？你可一定要好好疼我哟！不然，哼——"调皮的常超乘机拧了下男朋友的耳朵，"我就要这样——这样收拾你！"唐雪龙就顺势搂过她，轻轻地刮着她俏皮的鼻子，温存地说："瞧你那个小坏样！"就这样，很自然地，这对幸福的恋人开始筹备婚事了，他们把婚期定在 2006 年 9 月 19 日，取"长长久久"的意思；而 6 月份，两人就早早地拍好了婚纱照。

然而，病魔并没有因为他们的真诚相爱而真正消失。8 月下旬，唐雪龙的病情突然加重，常超十分不安，她一方面抓紧联系医院，另一方面决定尽快办理结婚登记手续。然而这个时候，唐雪龙却犹豫了："超儿，你能不能让我再考虑考虑？""不！我们早就说好了的，登记的日子是我说了算！"常超故意做出

"撒泼"状。看着美丽而善良的女友，唐雪龙一阵揪心，他严肃地说："超儿，我真的担心……万一……万一……你可怎么办……""别胡说！"常超堵住唐雪龙的嘴，本想说句俏皮的话，而脑海中还是不禁闪过了一丝阴影，她蓦然哽咽了。"谁的生命都只有一次，我不想让你、也不想让我自己的人生留下遗憾。只要活着一天，我都会好好爱你，不离不弃！你也要有信心，永远不放弃！答应我，好吗？"唐雪龙含泪点了点头。

2006年8月21日下午，常超挽着唐雪龙走进北京市西城区民政局婚姻登记处。默默地把结婚证贴在胸前，凝视着爱人，唐雪龙一句话也说不出来。他紧咬着嘴唇，双手颤抖着，把一枚戒指戴在常超手上，常超也给唐雪龙戴上了戒指。望着面如土灰的爱人，她噙着泪庄重地说："老公，你一定要坚强，今生今世，来生来世，我都是你的妻子！"一对苦难新人拥抱在一起，幸福而又酸楚的泪水淹没了两颗心。

刚刚领完结婚证从民政局出来，常超和唐雪龙就乘车直奔同仁医院。那个夜晚，就在急诊病房，这对苦难又坚贞的恋人，悄悄地举行了一场独特而悲壮的婚礼。没有鲜花，没有宾朋，在北京这个难忘的夏夜，两个生命紧紧地连在了一起……

由于唐雪龙的身体状况暂时不允许手术，经过一番权衡，2006年9月7日，他转院到了西苑医院继续治疗。然而，死神的脚步却来得那样急！

9月8日，常超回家取衣服途中，突然接到唐雪龙的同学打来的电话："雪龙心脏突然停止了跳动，正在抢救！"那一刻，常超觉得天都塌了。她含着泪苦苦恳求公交车的司机师傅帮她打开车门。在车水马龙的街头，她就那么哭着、跑着，她竟然不知道该往哪个方向去，老半天也找不到路的出口。常超自己都不知道到底是怎么跑到立交桥另一头的，她几乎是趴在一辆出租车上把车拦下，上了车只会哭，话都说不清，只是一个劲重复着："求求您，快点开，求求您！"

常超飞一样地冲进病房时，浑身插满管子的唐雪龙已经没有任何意识。她抱着唐雪龙歇斯底里地呼喊："老公！你醒醒呀！对不起，我再也不离开你一步了！"也许是听到了爱人的痛哭，也许是上苍被常超的一片真情感动了，五

常超每天都为昏迷的丈夫梳头

分钟后，唐雪龙的心脏终于有了搏动……

唐雪龙的病情继续恶化着，只能靠呼吸机和各种药物维持生命，医生明确告诉常超，从医学角度来看，唐雪龙苏醒的可能性几乎为零。可是常超固执地说："哪怕只有亿分之一的希望，我也不会放弃！"在她的一再恳求下，医生用上了更好的药，费用也越来越高了。唐雪龙虽然参加了医保，但因为住的是急诊病房，报销的最高金额只有 2 万元。他们没有多少积蓄，好心人委婉地劝常超："放弃吧，这样下去是个无底洞啊！"满心凄苦的常超却异常坚定："我决不会放弃的！就是倾家荡产我也要救他！"

虽然医生想尽了各种办法，但死神还是再次"缠"上了唐雪龙。2006 年 9 月 26 日，唐雪龙的心脏第二次停止了跳动。在用手按压心脏没有效果的情况下，医生对唐雪龙进行心脏电击除颤。一连三次都没有效果，医生失望地告诉常超："我们已经尽力了，如果再做下去他的肋骨可能就断了。"看着爱人死灰般的脸，常超感觉脑海里只剩一片疼痛的空白！但是仿佛冥冥之中有着感应，她十分自信地对医生说："我老公一定不会离开我的，我相信他！"接着，她亲吻着丈夫的额头，喃喃地说："老公，你说过不会离开我的，你听到我说话了吗？我请医生再给你做一次，你千万要坚持住啊！"——奇迹真的再次出现了：在又一次电击下，唐雪龙的心脏恢复了跳动。

为了唤醒丈夫的意识，常超时时刻刻都陪着他，对他说话，她相信丈夫能听得见。唐雪龙保持着微弱的心跳和呼吸，这对于每天都在呼唤他的常超来说，既是充满生机的希望，又是永无指望的煎熬。

唐雪龙昏迷快一个月了，一天，常超接到一家房产中介公司的电话："唐先生今年 7 月到我们公司来过，说是要在北四环找套好点的房子。他说岳母住在平谷，离得太远，将来想让她搬到城里来住，这样有个照应。现在我们手头有套不错的，他是不是可以抽时间来看看？"

泪眼凝视着有情有义却昏迷不醒的丈夫，常超动情地倾诉起来："老公，我做梦都想着有一个咱们的小家啊！我们可以相拥着看电视，看报纸；我喜欢吃你煎的鸡蛋，喜欢嘟着小嘴等你一口一口喂给我；喜欢满屋子搜罗衣服扔进洗衣机，然后挂满一阳台；喜欢听你忽悠我，逗我开心；喜欢做怪怪的表情气你，听你说'瞧你那小坏样儿'；喜欢你拉着我的手，像牵孩子一样领我过马路——你永远会走在我的左边，将我和滚滚车流分开……老公啊，你对我的好，点点滴滴我都记在心里。老公，你醒醒啊！我求求你了！你为我和我妈做了那么周到的安排，你怎么一直都不跟我们说呢？你是想给我们一个惊喜对吗？老公，求你现在就给我一个惊喜吧，求你醒过来，我好想跟你一起去看看咱们的房子啊！"

那个夜晚下着雨，听着这泣血的诉说与呼唤，整个北京都在流泪……

醒来啊我的爱人！ 千百人为你点亮爱的烛光

鉴于唐雪龙的病况，ICU 的主任多次劝导常超把病人送到重症监护病房去。常超也明白 ICU 的环境和条件对老公的病情更有利，可是那样不仅费用更高，而且因为 ICU 是完全与外界隔离的，她舍不得与丈夫分开，她怕一转眼就再也看不见他了；而且冥冥之中，她知道老公也是离不开她的呀！一天她突然找到主任，哀求说："就让我进去当护工吧，哪怕进去了不再出来也行。我什么活都可以干，护理完老公我还可以帮别人干活，我不要任何报酬，只要能让我天天守着他就行！"医院被她的精神深深感动，但是却无法答应她的请求。

为了给唐雪龙治病，常超和家人已经用完了所有的积蓄并且借遍了亲友，但东挪西凑的十多万元很快就花光了。山穷水尽，常超绝望了："老公，我实在没办法了，我救不了你！但是请你相信我，就算让我放弃一切，我也不会放弃你！"

常超和唐雪龙的故事不胫而走，很多人被感动了。"在这样一个商品社会、物质时代，居然还有如此坚贞的爱情?"几日之内，他们的故事又在网络上引起轰动，人们用各种方式表达着对这对恋人的敬意。2006 年 11 月 3 日晚上，网友们聚集在白塔寺小广场，举行"烛光祝福"活动，希望能挽留住唐雪龙的生命，希望能给常超带来些许安慰。当千百根蜡烛全部点燃后，一个硕大的心形图案把夜空照得通明，近千人围在蜡烛旁边，默默地为这对苦难恋人祈祷。

夜色中，有人领头唱起了《让世界充满爱》："轻轻地捧起你的脸/为你把眼泪擦干/……/我们同欢乐/我们同忍受/我们怀着同样的期待……"歌声在夜空中回荡着，低沉而悠扬，很快地，歌声与抽泣声掺和在一起，彻骨的心痛包围了祝福的人们，广场成了一片悲伤的海洋。不仅

心形烛光祝福苦难恋人

是北京，全国各地的网友们也都自发地组织起祝福活动。一位远在四川绵阳的女孩在烛光里泪流满面地说："我在这里为常超他们祈祷：上天会垂怜你们，愿真爱带来奇迹!"

11 月 4 日一大早，上百名北京市民在西苑医院门外，挂上了几十条黄色的丝带，他们虔诚地向上天做着祈祷。一位市民说："唐雪龙，亲爱的孩子，我希望你坚强地渡过难关，等你醒过来的那一天，我们为你和常超举行最隆重的婚礼!"那是发自肺腑的祝愿! 所有的人都希望奇迹出现，多少善良的泪水打湿了写满祝福的黄丝带。

常超更是不断收到来自全国各地的祝福邮件。"听到你们的故事，我们全家都泪流满面。在这个物欲横流的社会能够有你们这样纯粹的爱情实属不易，真诚地祝福你们!""带着一份真爱与死神赛跑，这需要什么样的勇气! 希望上天保佑你们，愿你们幸福相爱一辈子!"……

"只要他能醒过来，哪怕不能下床，我也可以天天陪着他说话；只要他能醒过来，哪怕只看我一眼，我今生都会心满意足！"怀着这个目标，常超始终没有放弃努力。

正因为有了这个目标，从早到晚，常超总是拉着唐雪龙的手，不停地同他说着话，传达着自己的深爱，传达着万千好心人的牵挂与祝福。她坚信爱是可以创造奇迹的，她坚信自己的苦命爱人能够在她的某一次呼唤中轻轻醒来……

(本文照片由常超提供)

友　善

　　人与人友善则一团和气，国与国友善则无战争之虞。团结友爱、与人为善，本是我们在幼儿园学的第一课，也是我们漫长人生的处世哲学。但现实生活里，你是否真的做到了永葆善良、助人为乐、扶危济困？当你受到了别人的帮助或救护，你是不是真的懂得并不忘感恩？说到底，你是不是真的爱这世界，爱这国家，爱这社会，爱每一个人——包括陌生人？

他用生命托举着儿子的画家梦，

眼看着儿子即将毕业，

透支生命的他却因晚期癌症轰然倒下。

儿子就读的大学震惊了——

一群饱含爱心与孝道的大学生和老人的儿子一起，

连夜集体创作了一幅义卖、救命作品；

他们给这幅有情有义的画，

取名《我们的父亲》……

美院学生
一起画画救父亲

美院学生和他们画笔下的《我们的父亲》

贫父用生命托举爱子上大学

2007 年 10 月 31 日凌晨，重庆被雾气笼罩着，四川美术学院一间教室依然透着温暖的灯光，成教院油画专业的 21 名学生全在这里，他们在通宵赶绘一幅油画，每个人都以指代笔，分成几组依次在画板上勾勒、涂抹，一个老人的形象渐渐清晰起来并跃然纸上：都市楼宇的背景下，老人一脸沟壑，满眼沧桑，粗粝而皲裂的双手捧着一张癌症诊断书……

画中的老人是四川美院学生杨建斌的父亲，更是他 20 个同班同学从心坎里喊出的"我们的父亲"。因为极度痛苦无法站稳，此刻，杨建斌只能含泪坐在一旁，看着同学们用带着各自体温的手指刻画着"我们的父亲"，泪水一次次模糊起了他的眼睛：父亲啊！你最疼、最爱的一群孩子正在用心画你、救你。而此时此刻，病魔却正一点点啃噬父亲的生命……

1983 年 2 月 9 日，杨建斌出生在四川省绵阳市梓潼县金龙乡金龙村，从降生的那一刻起，他就与贫穷、磨难结下了不解之缘。父亲杨运平和母亲吴翠琼都没有文化，他们把这个贫寒家庭的希望寄托在了儿子杨建斌身上。杨建斌很争气，从小学习成绩就很好，而且酷爱绘画，一张张奖状和画儿贴满了贫寒之家的四壁。

杨建斌上初三那年，母亲的一场大病给这个贫寒之家几乎带来了灭顶之灾。为了救母亲，父亲卖掉了家里唯一的耕牛，甚至变卖了本就不值钱的土房，一家人挤住到一间更破旧的窝棚里。就在母亲总算捡回一条命的时候，2000 年，杨建斌考上了江油职业中专学校。面对喜讯，一家人却谁都笑不起来。"爸，妈，我不上了，我要去打工。""没出息！"父亲吼他一嗓子，出了门。

第二天，杨运平带着几个人来到家里，不顾儿子的拼命阻拦，强行把本就有限的粮食抬走了。"爸！你这是干什么?!""娃，学费的事情你甭担心，我会凑齐的。我和你妈这辈子都是睁眼瞎，都盼着你上大学、当画家哩！"

杨运平借遍了亲戚又卖光了家里所有的粮食终于凑足了学费，以这种破釜沉舟的方式把儿子"逼"进了学堂。开学那天，杨运平带着妻子和儿子徒步走了100多里山路，整整一天一夜，等到江油时，一家三口的鞋子都磨破了。母亲从此留了下来，在学校附近的一家餐馆找了份洗碗、择菜的杂活；而父亲又走了一天一夜赶回山寨，开始了帮工生涯——他利用自己的石匠手艺，专门给盖房的村民们帮忙，基本没什么报酬，只是能得到饭食和一些劣质的香烟。那些烟他舍不得抽，攒起来拿到小卖部卖掉；今天东家、明天西家地用苦力讨饭吃的杨运平也没荒废农田，没有牛，他就成了牛。

吴翠琼在餐馆打工每月只有150元，但供吃住，这已让她感到十分满足。对于这微薄的收入，她总是精打细算，小心攒着，以应付儿子的学杂费和各项开支。每到周末和假期，杨建斌就来餐馆帮母亲洗碗、择菜。为了不给母亲和店家添麻烦，他不管多饿，都不在店里吃一口饭。

因为金龙村离江油太远，去一趟很不容易，在杨建斌上中专的三年里，一家人每年都只能见上两三面。而2003年的春节，让杨建斌一辈子都难忘。

冬雨淅淅沥沥地下了整整一天一夜，连大年三十的鞭炮声都显得寒冷而潮湿。父亲突然出现在餐馆门口的时候，杨建斌和母亲都呆住了：父亲穿着的塑料雨衣破了，头发湿湿而冷冷地贴在脑袋上，衣服也基本湿透了，鞋子上满是黄泥，其中一只还裂着口，没穿袜子的脚趾露在外面；他脸色苍白毫无血色，却依然挂着僵硬的笑："我……我来和你们过团圆年！"

大年初四，杨运平要回乡下去了，杨建斌把在学校悄悄捡的几双旧鞋分两双给父亲，母亲也装了些馒头给父亲带上，反复叮嘱他路上要小心，这时候杨建斌看见了父亲眼角隐隐的泪光。

送父亲出城，杨建斌一路心情沉重。"别送了，快回吧，外头冷。"父亲走出几步，摸了下兜，又蓦然停下来，转身掏出一张5元钞票递给杨建斌，"娃啊，你拿着买颜料吧，放我这也用不着。"杨建斌不肯接："爸，天冷，你留着买两双袜子吧，别冻坏了脚！"杨建斌知道，这5元钱是父亲积攒了许多盒劣质香烟才向村头小卖部换来的。

"拿着，好生上学！"父亲不由分说地把钱往杨建斌上衣兜里一塞，就转身走了。

杨建斌久久地站在那里，望着父亲瘦弱而单薄的背影越来越远、越来越小，直到看不见了，他才蹲在那里，捂着脸，泪水顺着指缝默默地流……在见不到父亲的日子里，杨建斌就凭记忆悄悄地画父亲，一张张父亲的画像贴满了他的床头……

2004 年，杨建斌以优异的成绩考取了四川美术学院成教系。当他拿着通知书一路跑回山寨递到父亲手里的时候，目不识丁的父亲抚摸着那枚鲜红的大学印章，只说了句"我娃出息了"，便一把搂过儿子，老泪纵横。

学院旁破仓库住着苦难一家人

重庆九龙坡的四川美术学院附近的旮旯里有几间破旧的仓库，那是半倒闭的工厂近乎遗弃的屋子，杨运平以每月 120 元的低廉价格租住了其中的一间。为了省下寄宿费，杨建斌就与父母亲一起，住在这间冬天四处漏雨漏风、夏天热得像个蒸笼的破仓库里。父母亲来重庆后就在街头卖起了米线，白天，这间破仓库就是工作间；夜晚，一个帘子把它隔成两半，一半住着父母亲，一半住着杨建斌——墙上那些有窟窿的地方，都贴满了他的油画，每一张画的都是父亲，或沧桑坚毅，或柔弱慈祥，每幅画里都有他和父亲共同的故事和梦想。

为了生计，全家人都在尽着各自的努力。杨建斌一边刻苦攻读，一边利用一切机会找兼职的工作。他曾经谋了份散发广告类报纸的活儿，每天根据工作量能挣 10 到 15 元钱。

一天，杨建斌和几个"同事"正在"工作"的时候突然被一群城管队员抓住了，一直关到深夜。正在杨建斌感到凄凉与恐惧的时候，他们被"老板大哥"接了出来。"你娃不想活了？竟敢出卖老子！""大哥"突然对他拳打脚踢，杨建斌这时候才知道是另几个"同事"诬陷了自己，但一切解释都无济于事。"你把老子被罚的这 200 块钱赔给我，不然老子宰了你！"听到如此威胁的杨建斌撒腿就跑——他到哪里去凑这 200 元？

满身伤痕的杨建斌一路奔逃，跑到九龙坡夜市的时候，父亲发现了他。

"娃，你跑什么呢?"杨建斌一头扑进父亲怀里，浑身直打哆嗦，半天说不出来。母亲吓得半死，问他怎么回事，杨建斌颤抖着声音，一个劲儿地劝父母亲说："快收摊，回家。"

那一整夜，杨建斌都在做噩梦。夜里，父亲一遍遍地过来抚摸儿子出着冷汗的额头，一遍遍地小声哄着睡梦中的他："娃不怕，爸在这儿呢!"生性怯懦的杨运平在儿子遭遇危险的时候凸显了父亲的本能，而面对无边的苦难，他其实是那样的弱小无力。

做夜市生意十分辛苦。每天，杨运平一大早就要去菜市场，下午 5 点前就要全部准备妥当，不管生意好坏，每天总得守到凌晨三四点才收摊，睡三四个钟头后，新的劳作又开始了……眼看着父母亲一天天累得不成人样，杨建斌心疼得要命，却又无可奈何，他能做的，只是在课余和节假日的时候过来帮帮忙。

只要一有空，杨建斌就会专心地画父亲，屋子里贴满了父亲的每一种表情，也倾注了他对父亲所有的情感。"爸，把脸放松，要自然……"给自己的儿子做模特，被支过来支过去的杨运平总是打心眼里高兴，一贫如洗的他觉得自己已经是这个世界上最幸福的父亲了，以至满脸的皱纹里都溢满了阳光。杨建斌知道，每次自己画父亲、父子俩面对面地对望时，那是父亲一天中最快乐最惬意最满足的时候，而每次，画着父亲脸上的沟壑，杨建斌都觉得心里浸透了泪水：爸爸，儿子现在还没办法让你过上好日子，只能以这种方式让你能坐下歇一歇了。

大一寒假前夕，有一次班上组织校外写生，回来的时候已是黄昏，天空中飘起了冷雨。当杨建斌和同学们刚走到九龙坡的时候，他第一个发现了自己的父母亲，他们正推着米线车在努力地爬一个很陡的坡。因为路滑，杨运平一个趔趄差点摔倒，瘦弱的吴翠琼为了护住车子，连忙把腿和脚都抵在了车轮后，那一声惨叫，杨建斌和同学们都听得钻心。杨建斌奔了过去，同学们都不约而同地奔了过去。

从此，杨建斌全班的 20 名同学，都成了杨家米线摊的老主顾，杨运平感激不已，他不仅总要给孩子们的碗里多加些肉，而且只要能抽出空，他总是很乐意去班上给孩子们当模特，几年里，那个模特专用的小凳子，杨运平坐得最多。

"杨叔叔，脸再侧一点""杨叔叔，您先擦擦汗"……面对着这群孩子，杨运平既喜欢又尊敬，当孩子们凑点钱想向他表示一下心意的时候，他一蹦老高："干啥子干啥子嘛！哪有坐一会儿还收钱的？"同学们只好把钱交给杨建斌，杨建斌也不干了："大家都这么照顾我们家生意，我和我爸妈都不知道怎么谢大家哩。大家在画我父亲，我也在画呀，难道我也要给父亲钱吗？""也是啊，杨叔叔一直都对我们这么好，其实他不光是你一个人的父亲，也是我们大家的父亲啊！"

然而，由于招来嫉妒遭同行挤兑，杨家米线摊最终开不下去了。2006年初，一家报纸招聘发行员，积极报名的杨运平没用面试就通过了，因为月薪只有500元，而工作量大得一连几任都中途撂了挑子。

杨运平负责的投递区域是重庆最艰难的路段，而为了多挣200元钱，在另一个投递区的工人中途不干了以后，他主动找到领导，一个人干起了两个人的活。每天凌晨4点，杨运平就要起来送报，直到午后一两点才能送完，胡乱吃点东西，又得赶去订次日的报纸，回到家里常常是晚饭时间了。而每次叫父亲起来吃晚饭，都是件很让杨建斌难过的事情，因为父亲歪在哪里都会睡得很死，怎么叫都难叫醒。而杨建斌和母亲看他困成那样，常常不忍心叫醒他。

长期的过度劳累和饥饿让杨运平的身体每况愈下，2006年底，杨运平出现了大便困难和便血症状，他知道自己的身体不对劲了，常在心底这样对自己说："再熬一年娃就毕业了，可得挺住，不能倒下啊！"

杨运平没日没夜地苦撑着。任凭肛部疼痛日渐加剧，为了省钱，他从来不去看医生。

重庆城齐力拯救好父亲

2007年盛夏，杨运平终于支持不住了，几次晕倒在送报的山路上，都幸亏被好心人救起，直到初秋的一次，病情严重的他被送进了医院。"直肠癌伴肝转移。"看到父亲诊断书的那一刻，杨建斌感觉天塌地陷。

"怎么到现在才送来？要是早来两个月就不至于这么严重。"听着医生的话，杨建斌几乎咬断了悔恨的舌头，声泪俱下："医生，求你一定想法救救我父亲！他是为了我才累成这样的呀……""抓紧手术，越快越好！你们赶紧筹钱吧，手术费至少得5万。""5万？"这个一直穷得连小偷都不光顾的家，到哪里去筹这天文数字般的5万元？绝望的杨建斌站都站不稳了。

"就是卖血、卖肾我也要救我父亲！"杨建斌急火攻心，几乎一夜白头。第一个发现杨建斌情绪不对头的是同学肖波，在他的追问下，杨建斌情不自禁地大哭起来。"杨叔叔病倒了?!"这个噩耗迅即震惊了全班。由于精神压力过大，杨建斌几近崩溃，同学们逼着他留在宿舍休息。

"这几年，杨叔叔对我们多好啊，现在他有难，我们可不能袖手旁观！""就是啊，杨叔叔家里那么不容易，可是我们每次去找建斌，他都留我们吃饭，自己吃咸菜，却给我们买卤肉吃……"同学们自发地聚集起来，讨论怎么帮助这处于危难中的一家人。一说起杨叔叔的好，大家的眼睛都湿了。"大家能捐多少就捐多少吧，救命要紧！"康中润同学的提议得到了不少同学的响应，而班长刘劲松却冷静地劝慰大家："手术费用缺口很大，就凭我们这些并不富裕的学生捐款，根本不是办法。"

"不如大家把画拿出来义卖吧，卖多少算多少。""我们又没什么名气，谁会买我们的画啊？"同学们七嘴八舌的议论竟启发了副班长王静丽，她果断地说："对！就画画！"同学们的目光都聚焦在这个风风火火的女同学身上。"这些年大家谁没画过杨叔叔？我们就再画画他吧，就参照罗中立先生的《父亲》来画。我们不用笔画，就用手指来画，用心来画。我们的确没什么名气，但我相信，总会有好心人读懂我们的用心……"

那个不眠的夜晚，一群热血青年紧张而有序地忙碌起来，他们5人一组，默契配合，每人在各自位置和角度，尽快而尽善地画出自己对杨叔叔的记忆与理解——他们对杨运平太熟悉了，熟悉到脸上的每一缕皱纹、衣衫的每一个褶皱。一组画累了，下一组立即顶上。一群单纯而灵性十足的孩子就这样挥指泼墨，每个人的胸中都充盈着浓浓的爱。

"让我也画吧。"不知什么时候，杨建斌也来了。看着画板上父亲的轮廓，他心如刀割，泪水奔涌，几度站立不稳。"你放心，建斌，我们会全力来救杨叔叔！因为他不仅仅是你一个人的父亲，也是我们的父亲!""对，我们这幅画的名字干脆就叫'我们的父亲'!"听了同学们的话，杨建斌的心底涌起一阵阵暖流，看着画板上越来越清晰的父亲，杨建斌心中充满了感激和内疚：是自己拖累了父亲，让父亲生活得如此辛苦和不幸！可在父亲危难的时候，自己除了悲伤地哭泣，竟无力给父亲一点点的帮助。如果没有同学们，他都不知道该怎样去拯救父亲。他就那么静静地陪着全班同学，直到黎明悄悄来临。

大家把画作的眼睛部分留给了杨建斌。当他在同学们的搀扶下，用颤抖的手指点向父亲眼部的时候，他的泪水再次涌了出来——今生今世，他最忘不了的就是父亲的眼睛！他想起了父亲强行卖粮供他读书时的眼神；想起了父亲掏出 5 元钱对他说"拿着，好生上学"时的眼神；想起了父亲手捧大学录取通知书说"我娃出息了"时含泪的眼神；想起了暗夜里父亲兀自说着"娃不怕，爸在这"时那看不见却刻骨铭心的眼神。

泪光中，杨建斌的手指轻轻地点了下去，他感觉自己不是在作画，而是给苍老的父亲擦去皱纹里的一抹灰尘、眼角的一滴泪水。那一刻，画室里静得出奇，21 双眼睛与画板上的父亲默默对视，那是一双因穷困和窘迫而愧怍的眼睛，那是一双在默默挣扎里充满迷茫也充满慈爱的眼睛——望着这双最熟悉也最难忘、最顽强地睁着却随时都可能永远闭上的眼睛，21 个孩子突然抱成一团，失声痛哭。

11 月 1 日上午，当这个长 2.16 米，宽 1.52 米的巨幅油画作品《我们的父亲》出现在教学楼二楼教室的时候，所有人都被这深深的爱震撼了——21 个年轻人倾注了全部心血，仅仅用了 20 个小时，就画出了正常情况下需要半个月才能共同完成的画作！

看着同学们的呕心之作，美院副院长张杰的眼睛潮湿了，他用拇指蘸上颜料，第一个在《我们的父亲》画作上钤下指印并签名，随后，本院和同城的艺术家及艺术评论家张强、王小箭、周宗凯、羊烈等名流，也一一钤下指印并郑重签名。

绝症父亲透支生命托举儿子大学梦，美院学生泣血作画义卖救老人的消息不胫而走，整个山城被感动了！市民们纷纷以各种方式表达着对这位苦难父亲的敬意！三天后，这幅满载爱心与孝义的油画《我们的父亲》，被一位不愿透露姓名的女士以5万元的价格收藏。因为院长罗中立出差外地联系不上，所以画作上少了一个珍贵的签名。记者问这位好心女士是否感到遗憾，这位女士说道："不遗憾。我没有把这幅画看成商品。我看重的是倾注在这画作之上的那些爱心与孝道。我敬佩杨运平这位好父亲，也敬佩美院这些有着宝贵爱心的孩子们。只要有爱，一切都有希望！"

是的，只要有爱，一切都有希望！2007年11月7日，杨运平正式接受手术治疗。被推进手术室之前，他紧紧握住儿子的手，目光里满是担忧与不舍。"娃，万一我出不来，你可得记住：好生做人，好生画画，要替我报答那些好心人！"杨建斌流着泪："爸，你一定会好起来的！我说过要让你过上好日子，你不能让我说话不算话！"

尽管手术很成功，但由于癌细胞扩散，杨运平依然危在旦夕，而山城人正努力挽救老人的生命……

（本文照片由杨建斌提供）

保姆阿莲 20 年如一日照顾着一家四代人的生活，

她不仅精心照料罹患尿毒症八年的女主人，

还抚养大这个家庭中的新一代。

忽然有一天，她被查出处于淋巴癌晚期。

为拯救保姆，雇主拿出了养老积蓄，

社区邻居们也纷纷解囊相助。

"人"字是相互支撑，生命是彼此感恩，

阿莲：你是我们至爱至亲的人……

阿莲
一个至爱至亲的人

晴天霹雳：相依 20 年的保姆是癌症晚期

2004 年 11 月 15 日早晨，厦门市第一医院透析中心病房。

一位面色苍白的中年女人扶着年迈的老人来到病床边，中年女人细心地为老人脱掉鞋子，扶她到床上躺好。老人催促道："阿莲，快去门诊看你的病吧，这里有护士照顾我就行了。"中年女人一边手脚麻利地照顾老人一边小声说："没事，外婆，等你上机我再走。放心吧，你看我这么壮，哪像有病的样子！"

　　安顿好老人，中年女人匆匆下楼来到肿瘤科门诊室。问诊、化验、检查，当她疲惫地拿着一大摞检查结果坐到医生面前时，医生投来的异样目光让她突感不祥。"有家属一起来吗？"医生扫了一眼她身后严肃地问道。"有什么事你就直接说吧！"中年女人咬着嘴唇迟疑地说。"作为一名医生，我不得不告诉你实情，你的病很重，你得的是非霍奇金氏淋巴瘤，已经到了第三期，就是通常所说的淋巴癌晚期，即使马上治疗，可能也只有一年的时间了。"

　　中年女人愣住了，她呆呆地盯着医生的脸，仿佛听不懂她的话。不知道过了多久，她缓缓起身，拖着无力的双腿走出门诊室，瘫坐在老人病房外的椅子上，两行泪水从她脸上无声滑落。

　　病房里被称作"外婆"的蔡红玉今年 70 岁，是厦门大学生命科学院的退休教授；中年女人叫阿莲，是她家保姆。六年了，阿莲风雨无阻地陪外婆到这里做透析，跟医生护士都熟悉了。

　　简直是晴天霹雳！阿莲呆坐在走廊的椅子上，她怎么也无法接受这样的事实！她才 36 岁，女儿和儿子都在上小学，丈夫在建筑工地辛苦地打工，他们都需要她！患尿毒症的外婆更是一天也离不开她……正当她生命一天天蓬勃旺盛时，却要被无情地画上个重重的句号！

　　医生的话一遍遍回响在阿莲的脑海里——目前这种病最好的治疗办法就是化疗和干细胞骨髓移植，但费用昂贵，至少要花十几万，即使移植，能不能治愈也很难说。但如果不做，日子就更少了，也许是半年，也许仅仅是三个月。

　　不知道坐了多久，一个孩子的哭声惊醒了阿莲，她看了看表，糟糕，中午11 点了，错过了外婆吃点心的时间，该给外婆喂午饭了。她站起来抹了抹眼泪，理一理头发，忍着泪水转身推开了门。

　　外婆正在做透析，虚弱地躺在床上。阿莲把一勺勺香喷喷的蛋炒饭送进蔡教授的嘴边，强作欢颜地说："对不起，外婆，看病的人太多，把你的点心给耽误了，多吃一点……"

　　蔡教授从阿莲的脸上看出有点不对劲，就问道："阿莲，医生说你怎么不好？"阿莲装作不在乎地说："没事，外婆，一点炎症，吃点消炎药就好了。"

吃完饭，阿莲又给外婆做按摩。这是六年来阿莲慢慢研究出的一个"发明"：外婆在做透析的过程中会觉得身体酸疼，但抹上一点红花油，配合轻柔的按摩，既可以缓解疼痛，又能促进血液循环。连周围的病友们都学会了阿莲的这个办法，纷纷夸赞。

阿莲给蔡教授按摩着腿，又不自觉地想起医生对她的"死刑判决"，她低着头，眼泪吧嗒吧嗒地滴在了外婆的腿上。敏感的蔡教授一把抓住阿莲的手，关切地问："阿莲，告诉外婆，你到底怎么了?!"看着外婆虚弱的面庞，阿莲又不忍让她担心，她抬手抹了抹眼泪说："外婆，没什么，我只是有点想孩子……"看着外婆半信半疑地紧盯着她的眼睛，她赶紧转过身去。

回家的出租车上，阿莲看着窗外的街道，想到自己很快将告别这熟悉的一切，泪水再次涌上眼眶。身边的蔡教授意识到了什么似的，再次追问她的病情。阿莲再也忍不住，她拿出藏在身上的病历，呜咽着说："外婆，以后我不能陪你了，你和外公得另找保姆了……医生说我得了绝症，没有多少日子了……"蔡教授颤抖着手翻看阿莲的病历，喃喃自语："怎么可能呢，这绝对不可能!"

车到厦门大学白城社区，阿莲先下车，把外婆扶到车门口，不等外婆的脚落地，阿莲转过身去，背对着外婆，单膝跪地说道："外婆，就让我再背你最后一次吧!"外婆的泪水一下子涌了出来，她连连摇头："不，阿莲，外婆怎么忍心让你再背我! 今天我要自己走上四楼。"阿莲坚持着："外婆，阿莲以后不能照顾你们了，就让我背你最后一次吧!"不等外婆再说什么，阿莲直接背起外婆，迈上楼梯。

此情难忘：贫寒保姆德孝两淑感动四代人

一步，一级，阿莲仿佛用尽了毕生的力气。一楼，二楼，三楼，四楼……蔡教授在阿莲的背上，搂着阿莲的脖子，老泪纵横……

每一级楼梯都曾留下阿莲的汗水。阿莲姓张，来自泉州市永春县农村，家中兄弟姐妹 7 个，家庭困难，初中刚毕业就出来自谋生路。命运把阿莲带到了蔡红玉家，让她与这家四代人结下了血肉亲缘。20 年的时间，阿莲在这段楼梯上背过外婆家四代人。

最早背的是蔡红玉的妈妈，阿莲叫她姥姥，当年燕京大学的才女。为了伺候好姥姥，外婆和当时也在厦门大学当教授的外公颜思旭没少费心思，保姆换了一个又一个，没有一个让姥姥满意。一天，一位朋友带来当时只有 16 岁的阿莲，颜思旭摇摇头说："太小了，又没有工作经验，怕是不行！"话音刚落，一直垂着头的阿莲却勇敢地抬起头来，瞪着两只黑黑的大眼睛，大声说："阿爹，我什么都会干，不怕吃苦，收下我吧！"心地善良的颜教授听不得这种哀求的话，征求蔡红玉的意见，蔡红玉也是个心软的人，点头说："先干几天试试吧！"

姥姥生性高洁，对任何事情都要求很高，做不好她就要骂人。一次阿莲给她端咖啡，不小心溅到她身上，得来一通训斥，骂得小阿莲跑到大海边想跳海。可是等颜思旭和蔡红玉在大海边找到阿莲的时候，阿莲已平静下来，她捡了一袋海虫子，说是要给姥姥做土笋冻吃。土笋冻是闽南的特色小吃，阿莲在老家时曾见母亲做过。那晚，阿莲把看家的本事都使了出来，做了一顿土笋冻，姥姥吃得顺口，便高兴起来。机灵的阿莲也慢慢地摸准了姥姥的脾气，把姥姥照顾得顺心顺意，以至于后来姥姥谁都不认，只要阿莲。几次生病，都是阿莲背着姥姥上下楼。当时又瘦又小的阿莲背起姥姥从一楼爬上四楼，每次都累得气喘吁吁，满脸大汗，轻易不动感情的姥姥拉着阿莲的手说："阿莲，你就是姥姥的命啊！"后来姥姥回北京时坚持要带阿莲去，但当时已经二十多岁的阿莲却难违父命，悄悄回到老家永春，结婚生子，养育了一双儿女。

几年后，在雇主最危急的时候，放不下浓浓亲情的阿莲又回来了。她背过的第二个人是外婆的女儿颜青，小名阿青。阿青比阿莲大 8 岁，生孩子的时间却比阿莲晚了 10 多年，保胎期间，有好多次是阿莲背着体积庞大的阿青从四楼下去的。

第三个也是最喜欢让阿莲背的，是阿青的女儿莹莹。从莹莹降生开始，阿莲就随莹莹称颜教授、蔡教授为外公外婆。从出生到随父母去美国，有多少时间是在阿莲背上度过的，莹莹已数不清，但如今已经 11 岁的莹莹每次回国，都吊在阿莲的背上不下来，撒着娇说："莲姨，我全身每个地方都想你！"

阿莲也常常想念丢在老家的女儿和儿子。1998 年，阿莲的儿子出生不久，她想在家里带一带儿子，外婆与外公已经退休，身体尚可。可没想到外婆突然被确诊为尿毒症，需要做透析，阿青又刚刚办好去加拿大留学的手续，过几天就要飞往异国他乡，3 岁多的莹莹还需要照顾。整个家庭一时陷入困境，他们能想到的唯一办法就是请阿莲回来。阿莲丢下自己的一双儿女赶到厦门，阿青抹着眼泪说："阿莲，我后天就要出国了，爸妈都交给你了，等我留学回来，一定好好报答你！"上飞机前，阿青抱着阿莲痛哭不止，阿莲坚定地告诉阿青："青姐，你放心走吧，家里有我，外婆外公都不会受苦的。"

阿青飞往大洋彼岸后，外婆开始了漫长的透析治疗，每个月要去厦门第一人民医院做 11 次透析，每次透析对于阿莲来说都是一场战争。她早晨 6 点钟起床，做好早饭，照顾外婆穿衣服、吃早饭，还要给外公准备好午饭。阿莲在两位老人吃早饭的间隙，自己快速吃上几口，迅速收拾外婆在做透析的过程中所需要的东西——病历、按摩用的红花油、水、点心、午饭等。早上 7 点钟扶着外婆走下楼，常年包租的车已经等在楼下。一次透析要做四五个小时，上午 8 点左右上机，下午 1 点多才能回到家里。外婆做完透析回来，有时脚肿腿麻，走不动路，上不了楼，阿莲就背着外婆上楼。

外婆眼看着阿莲背过自家三代人，心里念着阿莲的好，想着要善待阿莲，减轻阿莲的负担，没想到自己有一天也要靠阿莲背着才能上得楼来。她常常对阿莲说："阿莲，没有你，这六年我是过不来的，阿青虽然是我的亲生女儿，她也孝顺，可是她没背过我一次。"亲生女儿做不到的事情，阿莲做到了，而且成为外婆生活上的依靠。不难想象，当外婆看到阿莲的诊断结果时，她的心情该有多沉重，她的泪止不住流下来。

外公像往常一样站在门口迎接她们，但这次，面带笑容的外公看到的是两个泪流满面的人。他的笑容僵住了。小心翼翼地把外婆放下，阿莲回到自己的屋子里，用被子蒙着头，泪水汹涌而出。

真爱互馈：生命危谷中我们都是你的亲人

几个小时过去了，阿莲还没有出来。外公和外婆一起审看了无数次阿莲的诊断结果，外公还打电话询问了给阿莲看病的医生，确认了对阿莲的诊断结果。是的，没错，淋巴癌晚期，再不治疗，生命就要进入倒计时了！

天就要黑了，外公和外婆轻轻推开了阿莲的门，屋里的景象吓了他们一跳：床边的地上，整齐地放着几个收拾好的包。"阿莲，你要干什么?"外公外婆齐声问道。

阿莲抹一抹眼泪，小声说："外公、外婆，今晚是我最后一夜住在你们家了，你们得赶紧再找个保姆，我这个病说不定会传染。明天我就回永春……"

外公拍着阿莲的肩膀说："傻丫头，我是搞生命科学的，医术也懂一点，这病不会传染，再说就是传染，我们也不怕，有哪家父母怕儿女把病传染给他们的？要是传染给我们你能好了，我宁愿让你传染给我。我和外婆都70多岁了，还能活多少年？你才30多岁，儿女都还小，不能就这样放弃啊！"

"外公，我得的是绝症，治不好的，我最放不下的就是你们，实在找不到合适的，我就回家让我的一个侄女来……"阿莲流着泪说。"阿莲，"不等阿莲说下去，外婆说道，"如果你走，那今天就是我最后一次做透析，你放弃，我也放弃……"外婆的话让阿莲很感动。她看看窗外渐浓的夜色，说道："外婆，外公，该吃晚饭了，我给你们做最后一顿晚饭……"

阿莲走出自己的房间，要到厨房做饭，外公叫住阿莲，三口人都坐到客厅的沙发上，外公说道："阿莲，20年了，你跟着我们，不能出去挣钱，我们亏欠你很多。外婆和我刚才商量好了，我们教了一辈子书，积蓄虽然不算很多，但就是用尽最后一分钱，也要给你治病！阿莲，我们从心底一直把你当作自己的女儿，哪有女儿病了父母不管的道理？"外公说着，从背后的书柜上取下一个存折，递给阿莲，"阿莲，这是2万块钱，作为你治病的第一笔基金。我知道这还不够，你别急，我们再慢慢想办法。"

看着老人递过来的存折，阿莲哽咽了："外公，这钱我不能要，你们一辈子挣钱也不容易，这是你们留着养老的！"

外公生气了："阿莲，你在我和外婆心里的位置与阿青是一样的，你要是拿我们当你的父母看待，你就拿着这个钱去治病！你要是不把我们当亲人，现在就走吧！"这么多年以来，外公从没发过这么大的火！阿莲颤抖着双手接过存折，哭着说："外公外婆，阿莲答应你们去治病，万一病治不好，我来世做牛做马，也要报答你们！"

那晚，阿莲一夜无眠。突如其来的病魔还没来得及从身体上摧残她，就开始狠狠地折磨她的意志！想到一双年幼的儿女很可能失去母亲，想到不能和心爱的人共度今生，想到年迈的外公外婆从此没有人照顾，她一阵阵揪心的疼。

第二天一早，阿莲迷迷糊糊中听到厨房里传来的动静，她一下子坐了起来！天啊，早上8点了，这可是外公外婆吃早饭的时间！急急推开厨房的门，她看到外公正笨拙地忙碌着。"外公，我来……"阿莲赶紧上前，外公笑着把她推出了厨房，说："我也该学学做饭了！阿莲，早餐外公做好了，快洗漱完吃饭，一会还得去医院呢！"看着餐桌上丰盛的早餐，阿莲的眼睛又湿润了。

吃过早饭，阿莲被外公"押送"到医院，阿莲的丈夫从老家赶来照顾她。得知治疗的钱是外公外婆拿出养老的钱，这位汉子流泪了，他一下跪倒在老人的面前："你们对我们恩重如山，让我们怎么报答啊?!"

做完化疗，阿莲一头乌黑的秀发全掉光了。看着镜子里光光的脑袋，她痛苦地闭上了眼睛。外公心疼地说："死丫头，没病归没病，一病就是这么大的病，害得我和外婆好担心！也许是这么多年你照顾我们太累了，老天爷安排你歇息几天。别想那么多，好好养病吧！"

社区里不见了阿莲，邻居们觉得像少了点什么，一问才知道阿莲得了癌症，消息很快在社区传开了，知道的人无不戚然。

三层的邻居陈超贞阿姨是十几年的癌症患者，对癌症治疗有一定的经验，还带头成立了一个癌症患者协会。陈阿姨非常喜欢阿莲，在邻居当中常常夸奖说，谁家要找到阿莲这样的保姆，那算上辈子积下的福了。阿莲喜欢织毛线拖鞋，织了一百多双，外公外婆穿不完，还送给了陈阿姨几双。陈阿姨每次出国探亲，就把全家所有的钥匙都交给阿莲，让阿莲给她浇花，对阿莲绝对信任。听到阿莲得癌症的消息，陈阿姨第一个跑到医院探望阿莲，她紧紧握着阿莲的手："阿莲啊，好人有好报，病肯定能治好！阿姨那么多年的癌症，不都好了吗?"

以前，社区里的邻居们都羡慕两位老人找了一个好保姆，常常有邻居跟外公开玩笑说，你们什么时候不用阿莲了，早说一声，我们提前预订了。外公却说："你们慢慢等着吧，我要让阿莲给我送终!"阿莲还常常帮助邻居们买菜、收信、收拾屋子、搬家、临时照看孩子……几乎每家都得到过阿莲的帮助。阿莲的口碑在白城小区人人皆知，可谁能想到这个善良、能干的女子会得这种病呢!

回到社区，陈阿姨便开始发动大家给阿莲捐款，邻居纷纷慷慨解囊，委托陈阿姨送到病房。阿莲抓住陈阿姨的手，哽咽着说："你们对我太好了，我都不知道怎么回报大家。"

在此后 11 个月的治疗过程中，颜教授夫妇给阿莲的工资照发，他们又继续用自己的积蓄给阿莲治病，阿青也不断地寄回来钱资助阿莲看病，两位老人还经常来病房照顾阿莲。社区的邻居们一有空就轮流到医院来看阿莲，给阿莲送来营养品，鼓励她积极治疗。

在这群不是亲人胜似亲人的雇主、邻里们的热情鼓励下，阿莲积极配合医生，做了干细胞骨髓移植，前后做了七次化疗，又经过几次放疗巩固。11 个月后，阿莲身上的癌细胞竟然消失了！她重新回到外公外婆家里，继续当起"小管家"，依然每月 11 次陪外婆去做透析。连医生都说，在阿莲身上发生了不可能发生的奇迹！考虑到淋巴癌有复发的可能，2005 年 11 月，外公外婆还给阿莲买了医疗保险。

2006 年 3 月，阿莲被评为厦门十佳保姆之一。颁奖那天，主持人让阿莲说说内心的感受，阿莲说："我希望再有一个评选最佳雇主的活动，我想为外公和外婆投一票！20 年来，他们让我在厦门有了一个家，我觉得每天做的每一件事，都是在为自己家做事，这个家的每一个人都是我至亲的家人!"

一对年轻夫妇在一场车祸中不幸罹难，

撇下了一双只有一个月大的双胞胎女儿。

危难之际，70多岁的老祖母和好心的下岗邻居，

联袂当起了"临时妈妈"。

这个故事发生在雷锋的"第二故乡"，

故事里的每个人都很善良。

他们走着雷锋走过的路，把雷锋朴素的誓言和高贵的精神，

擦得闪亮……

抚顺邻里
我们就是你们的妈妈

别样的全家福

宝宝不哭，奶奶就是你们的妈

2000 年 11 月 24 日，对家住抚顺市望花区的张瑞英来说，是一个永远不堪回首的黑色日子。如果儿子滕广生和儿媳那天下午不出车，那么她的晚年生活将会很幸福——下岗的儿子买了辆农用车给别人送货，虽然很辛苦但毕竟自食其力。儿子和儿媳特别恩爱，一个多月前儿媳生下了一对可爱的双胞胎女儿。可原本属于她的天伦之乐却被一场意外的灾难击碎了。

11 月 24 日中午，天空下起了鹅毛大雪。滕广生在家吃过午饭就要出车。"今儿天不好就别送了。"媳妇说。"人家等着要呢，我小心点开！"滕广生应了一声，就要往外走。"那我也去，我坐在车里至少能帮你看货。"虽然女儿刚满月不久，但看到丈夫每天辛苦地奔波，媳妇很心疼。滕广生开始不同意，可最后拗不过妻子，就同意了。"宝宝，等着爸爸妈妈回来。"亲了亲两个女儿可爱的小脸蛋，滕广生带着媳妇就出发了，谁也没有想到，这一走竟是永别！

装好了 100 多袋面粉后，滕广生开着货车往买主那里送。此时，雪下得更大了，能见度极低，只能看清几米远的地方。当行驶到一个无人把守也没有栏杆的铁路道口时，意想不到的事情发生了——一辆满载着货物的火车呼啸而来，就在眨眼之间，农用车被撞得扭曲变形，滕广生和妻子被撞出了几十米远。

当张瑞英老人匆匆赶到医院的时候，儿子和媳妇因伤势过重抢救无效，早已撒手人寰。人生最大的悲痛之一莫过于老来丧子，张瑞英不吃不喝在炕上躺了整整三天，她心里只有一个念头"死！"儿子儿媳死了，自己这把老骨头活着还有什么奔头？"老太太，你可要想开，你要不在了，你的两个小孙女可就更可怜了！"亲友和邻居们怕老人想不开，昼夜轮流来看着她。每次看着两个像小猫一样大的孙女，张瑞英老人就哭得伤心欲绝："我可怜的孙女啊，你们怎么这么命苦！"

张瑞英老人的一生充满了坎坷。3 岁时母亲病逝，后来父亲给她找了个后妈，后妈对她特别凶，总是打她，让年少的她尝尽了人生的苦难。"我不能让两个孩子像我一样从小就没有人疼！"渐渐从丧子的悲痛中平静下来的张瑞英已打定了主意，自己就是再苦再累也要把两个孙女抚养成人。

尚在襁褓中的双胞胎姐妹还不知道巨大的灾难已降临在她们身上，饿了渴了，尿了拉了，她们只管发出一声比一声响亮的哭声。年轻的母亲抚养一个婴儿已经很辛苦了，更何况一个古稀老人要喂养两个刚满月的婴儿，她所遭受的艰辛不是常人所能想象的。喂奶、洗澡、洗尿布……就像一只不停旋转的陀螺，张瑞英每天一刻也不闲着，更没有睡过一个安稳觉。

张瑞英老人已经70多岁了，每月只有200多元的养老金，为让两个孙女能喝上最便宜的奶粉，她每天只能吃咸菜和大葱蘸酱。她平时买不起菜，便常常趁菜市场收摊的时候去捡人家扔掉的烂菜，在里面挑些菜心，拿回来炒着吃。不到三个月，原本体重近百斤的老人就瘦到了70多斤。日子虽然过得清苦，但张瑞英看着两个孙女一天天地越来越可爱，就觉得日子有了盼头。

一天半夜，老大滕飞突然发起了高烧，又拉又吐，哭闹个不停。不一会儿，老二滕跃也开始哭闹起来，张瑞英一摸她的头，发现她竟然也发起了高烧。张瑞英抱起她们，不顾一切地冲进夜幕。

医院很远，而深夜里根本打不到车，再说张瑞英也掏不起那打车的钱。她抱着两个孩子趔趄着奔走在寒冬的深夜里，发着高烧的孙女们的体温是她唯一的、辛酸的温暖。她想跑，却跑不动，想急走，脚下却磕磕绊绊。在一个路口，张瑞英被什么东西绊了一下，祖孙三个摔在地上，高烧着的孩子们号啕大哭。张瑞英摸了摸腿，竟摸了一手血。她再也忍不住了，不禁放声大哭："老天啊！为什么不让我死啊?！让我们祖孙仨死了算了，一了百了！"一老两小撕心裂肺的哭声在静寂的夜晚显得是那么可怜和无助。

过了一会儿，张瑞英的情绪终于平静下来。她一手抱着一个孩子，深一脚浅一脚继续向医院方向赶去。等两个孩子终于挂着点滴安静地睡着的时候，天空已透出鱼肚白。忙了整整一夜的张瑞英根本没有合一下眼。姐妹俩在医院里住了整整半个月，这半个多月张瑞英老人一天只吃一顿饭，晚上就坐在孩子床边的椅子上打个盹儿。医院里没有热水，老人就用冰凉的冷水为孩子洗尿布，一天最少也要洗上几十块，她的双手裂开了一道道血口子，一使劲鲜血就涌出来。

苦点累点张瑞英都能忍受，可是每当看到病房里人家孩子的爷爷奶奶爸爸妈妈来了一大堆人，带来了很多好吃的好玩的，宝宝长宝宝短围着转个不停的情景，老人就不禁悲从中来，一次次忍不住伤心落泪……而且一天比一天多的医疗费也让她胆战心惊，儿子买农用车借的3万多元钱还没还，姐妹俩住了半个月就花了3000多元钱，这3000多元钱都是向别人借的，这往后的日子可怎么过？

每当绝望之时，张瑞英就在孩子睡着的时候跑到儿子失事的铁道口，一个人坐在地上号啕大哭，这日子真是过得太难了！有多少次，望着疾驰的火车，她真想一下子就钻进那滚滚的车轮下……可是每当想到两个可怜的孙女，她又有了活下去的勇气，就是再难也要把两个孩子拉扯大！

2001年10月20日，姐妹俩刚好满一周岁。张瑞英没钱为两个孙女买新衣服，就分别在她俩的小手上绑上了一条红丝线，希望能给孙女带来好运，保佑她们平平安安。姐妹俩好奇地摸着腕上的红丝线。看着她们天真可爱的模样，张瑞英冲她们说："宝宝，快点长哪，长大了奶奶就放心了！"她反复地教两个孩子学说话："奶——奶！"两个宝宝张着嘴，看着她，甜甜地笑着，竟都含糊地喊了她一声，不过不是"奶奶"，而是"妈妈！"张瑞英一把抱紧俩孙女，泪如雨下。

"临时妈妈"泣血哺孤儿

滕家的不幸也牵动着街坊邻居们的心。林祖荣是张瑞英一墙之隔的老邻居，48岁，下岗在家，她的身体不好，有心脏病、气管炎，平常家里活儿丈夫和儿子都不让她干。自从老人抚养起两个孩子以来，她常常过来帮忙，喂奶、换尿布，一忙就是大半天。

见老人抚养两个孩子实在是太难了，那天，林祖荣就对张瑞英说："不如这样，把滕飞抱到我家吧，我帮你照看一个。"张瑞英见林祖荣肯为自己照顾孩子，就直率地说："那你就帮我长期看孩子吧，我不让你白看，我给你钱，多少是个心意！"林祖荣一听就生气了，"我是看这两个没爹没娘的孩子实在太可怜了！你要是给我钱，我就不给你看了！以后再也不过来了！"见林祖荣真的生了气，张瑞英老人就不再提"钱"了。从此，林祖荣帮老人长期照顾起了老大滕飞，时间久了，随着小滕飞一天天长大，她渐渐地就把林祖荣当成自己的"妈妈"了。但林祖荣一直教孩子叫自己为"大娘"。

因为下岗了，林祖荣没有什么经济来源，平时生活很简朴，甚至可以说很寒酸。但是，她和家人对小滕飞却格外疼爱，总是想方设法让孩子吃好。平时没有钱买肉，林祖荣怕亏着孩子，就常常去菜市场买那些廉价的骨头回来，熬成汤，给小滕飞分几顿喝，自己却舍不得喝上一口。

2002年秋天，有一次林祖荣带着小滕飞去菜场买菜，那天林祖荣买了几把青菜，破例买了一斤肉，想给滕飞包一顿饺子。小滕飞知道要有饺子吃了，高兴地拉着林祖荣的手，快乐得像个小燕子。然而她们不知道，一条狗一直尾随着她们。当她们从菜市场回家路过一个胡同的时候，那条狗突然蹿上来，一口咬住林祖荣手里的肉，转身就逃掉了。等林祖荣回过神来，那狗已经跑远了。小滕飞吓得紧紧抱住她的腿，半天才哭出声来。

林祖荣痛惜不已，也觉得辛酸，她觉得对不起可怜的小滕飞，她边给孩子擦眼泪边说："小宝不哭，小宝不哭，大娘再给你买！"那一天，林祖荣从一个熟人的摊子上赊了5块5毛钱的肉，到底给孩子包了顿饺子。但是到了夜里，小滕飞却被噩梦吓醒了，大哭，林祖荣知道她一定是梦见恶狗了，就拍着她说："小宝别怕，小宝别怕，大娘在这儿呢。"刚刚两岁的小滕飞突然抱紧林祖荣的胳膊，哭喊着："妈妈——你不是大娘——妈妈——"这一声呼唤如山般砸向林祖荣的心坎，她浑身一震，含着泪把小滕飞紧紧搂在了怀里！

2003年11月3日清晨，滕飞突然发起了高烧，林祖荣急忙和张瑞英抱着她向医院跑去。到了医院后，她的心脏跳得很厉害，几乎喘不过气来了。"妈妈，我难受。"滕飞的小脑袋无力地靠在她身上。"别怕，妈妈在你身边呢。"看到林祖荣怀里的孩子叫她妈妈，不知情的人都奇怪地看着她。毕竟她是快50

岁的人了，而滕飞这样小，难免令她有点尴尬。可是，她管不了那么多了。整整一夜，林祖荣和张瑞英都没合眼，直到第二天早上，滕飞的高烧才退。折腾了一夜的林祖荣回到家后心脏病就犯了，一连挂了五天吊瓶。丈夫和孩子都心疼地说，"你身体本来就不好，再这样操劳会垮的，你垮了我们怎么办?"林祖荣虚弱地说："孩子太小、太可怜了，我们不帮谁帮?"

两个小姐妹还有另一个"临时妈妈"，她叫戴启先，今年 46 岁，也是下岗工人，女儿已经 19 岁，正上中专。滕广生夫妇出事后，她也常常过来帮着照应。2001 年 11 月的一天，戴启先像往常一样来看孩子，她进屋时小姐妹俩已经睡醒了觉，正安静地躺在炕上玩。看到姐妹俩的裤脚都破了，戴启先很是心酸。

"飞飞，跃跃!"戴启先一边叫着小姐妹的名字，一边摇着新买的小铃铛。小姐妹俩乌溜溜的黑眼睛盯着她手中的玩具，同时咧开小嘴笑了。戴启先忍不住把小滕跃抱在怀里。"妈妈……"小滕跃突然冒出这个词，虽然声音那么轻，但戴启先还是清楚地听到了，她内心深处最温柔的母性被这一声轻唤打动了，两行热泪唰地从她的脸上流了下来。

也许是天意，也许是缘分，从此小滕跃就把戴启先当成了她的妈妈。"妈妈，抱抱!"每次只要看到戴启先来，小滕跃就张开小手，开心地扑在她怀里撒娇。为了方便照顾滕跃，戴启先就把她抱回了自己的家，她的丈夫和女儿也十分疼爱滕跃，把她看成了家中的小成员。小滕跃也很喜欢这个家，总是奶声奶气地大声叫着："妈妈! 爸爸! 姐姐!"那稚嫩的呼唤一声声敲在了戴启荣柔软的心里，她对这个没有血缘的孩子倾注的感情甚至超过了对自己的亲生女儿。

有一天晚上九点多，小滕跃突然想吃八宝粥。"这么晚了，小卖部关门了吧?"虽然这样说着，戴启先还是让丈夫去买。过了好久，丈夫才汗水淋淋拎着两瓶八宝粥地回来了。"小卖部关门了，我去超市买的。"超市离他们的家 5里多地，往返要走上半个多小时。"跑那么远干什么，明天买不也一样。""跃跃想吃啊，别委屈了孩子!"憨厚的丈夫说。

看到丈夫也这样喜欢滕跃，戴启先与他商量说，不如我们收养她吧。当戴启先试着把自己的想法告诉张瑞英时，张瑞英不同意，她不舍得自己的孙女。尽管如此，戴启先还是一如既往地对待滕跃，一家人省吃俭用，而给滕跃花起钱来却从不吝啬，有时连自己的亲生女儿都开玩笑说，妈妈真是太偏心了。

2003 年年初，戴启先带着滕跃去公园玩。路上，经过一家肯德基店，透过明亮的窗子，清晰地看到里面有许多小朋友在父母的陪同下，快乐地玩着吃着。滕跃目不转睛地看着里面的小朋友，露出渴望的眼神。戴启先心里酸酸的，可兜里只有晚上买菜的两三块钱。她硬着心肠抱着滕跃离开了。那天晚上，躺在床上的戴启先怎么也睡不着，眼前晃动的都是小滕跃那渴望的眼神。自她下岗后，一家三口的生活都指望着丈夫的 300 多元工资，滕跃出现在他们的生活中后，家里更是捉襟见肘。也许很多人花上二三十元钱吃顿汉堡薯条根本不算什么，可对于戴启先却实在是个奢侈的愿望。怎么也得带孩子吃上一次肯德基！

接下来的周末，戴启先又到奶奶家接走了滕跃。"妈妈，我们这是去哪儿？"滕跃好奇地问。"妈妈带你去个地方。"为了给滕跃个惊喜，戴启先故意不告诉她。当她抱着滕跃来到肯德基店前，滕跃高兴地叫出了声。"跃跃，你坐在这儿等妈妈，妈妈给你买汉堡包去！"滕跃点点头，就安静地坐在椅子上。当戴启先把香喷喷的汉堡放在她面前时，懂事的小滕跃突然拿起来递到戴启先嘴边："妈妈，你先吃！"戴启先说："妈妈不馋，宝宝吃！""妈妈不吃宝宝也不吃。"看着她亮晶晶的眼睛，戴启先的眼前模糊了……

戴启先的一些亲友和邻居不理解她一家人："白白给人家养孩子，你们到底图什么？"每次遇到别人这样问她，戴启先就只是笑。戴启先也说不清自己为什么这样牵挂这个孩子，也许，这世界上真正的爱的付出，是不需要理由的。

抚顺在心颤

小姐妹俩在"临时妈妈"们的悉心照顾下，一天天地健康成长着。渐渐地，滕飞和滕跃明白了自己和别人不一样。也许是因为家庭的不幸，比起同龄的孩子，小姐妹俩显得格外乖巧和懂事。

到姐妹俩满三周岁，就到了上幼儿园的年龄，张瑞英不忍心"临时妈妈"每天接送孩子耽误了自己的事儿，又把两个孩子接回了自己的家。她不能同时抱两个孩子去，就抱一个领着另一个。一天早上，张瑞英照常想先抱滕跃去幼儿园。"我不要奶奶抱，都把奶奶累坏了！"滕跃要自己走。张瑞英逗她："把奶奶累死算啦！""奶奶不能累死，等我长大了还要养奶奶呢。"小滕跃大人一样的话一下就把张瑞英的眼泪引了出来。从此以后，姐妹俩都不让奶奶抱，一左一右牵着奶奶成为这条小巷里人们最熟悉的风景。

2004 年 1 月，当"临时妈妈"和双胞胎孤儿的故事被当地报纸披露以后，抚顺市民们给予了极大的热情和关注，他们纷纷给报社打电话，表示慰问。有的亲自登门，哪怕只是给孩子送来两袋饼干，也让张瑞英和孩子充满感激。一位没有留下姓名的女士开车过来，给小姐妹每人带了一件衣服，并陪她们玩了半天，小姐妹高兴极了。临走的时候，姐妹俩依依不舍，一边一个拉住她的手，舍不得她走，那位女士搂紧这一对孤儿，泪水洒了一脸。

聪明而敏感的姐妹俩乖巧得让人心疼，只要是给过她们帮助的人，她们都会顺着大人的口吻连连说谢谢，那甜甜的、稚气的呼唤，包含着多少感恩与期待！

如今，被收养的双胞胎姐妹不仅都有温暖的归宿，而且都已长大成人。

（本文照片由张瑞英提供）

后 记

我从事纪实和报告文学写作二十余年，跟这个轰轰烈烈的时代一起向前，每天接触各阶层人民群众，常年深入热气腾腾的社会生活一线，对写作、对生活、对生命，真的有太多感触和感悟。

最普通的生活场景，被最普通的人用最普通的相机随手一拍，几十年甚至上百年后，却都成了最珍贵的摄影作品和文物，为什么？因为它记录下了那个时代最真实的一面或一角，它的价值不仅在于"艺术"，更在于"真实"，"真实"是"历史"的乳名。再精湛的"艺术"，在"历史"面前，都相形见绌。由此反观世界文学，那些伟大的经典，无一不是反映那个时代，带着深刻的历史烙印。

作家应该有所坚持，什么能写什么不能写，什么该写什么不该写，内心是要有底线的。作为一名作家、诗人，尤其是纪实和报告文学作家，你的每个文字都长着眼睛。面对时代大潮的滚滚洪流，面对苍生的疾苦与坚韧，面对危难中孩子们的笑脸，你的文字不浅薄、不让人羞愧，你才不会脸红；你的生命和灵魂可以轻盈，但你的笔、你的文字，永远不要轻飘、轻浮；你的文字有多沉实，你的艺术生命便有多饱满；你对这草木人间越爱，心便越痛，灵魂便越丰盈。

一个人一直专注地做某一件事，三年、五年、十年、二十年，由爱好变成习惯，而且不断学习、不断总结经验教训，那么他在这个领域一定会走进前沿。即便是种地，他也会种得比别人好；如果他种的恰巧是文学的田地，撒的是爱的种子，那么他一定会收获诗意的人生。这世间，比文学、比艺术更滋润心灵的东西或许有，但我至今尚未发现。

一个诗人、作家、艺术家的生命不仅要有长度，而且要有宽度和厚度：长度是时间、是年岁；宽度是他所涉猎的领域；厚度就是他在这些领域里钻研的深度、精度和最终所达到的高度。一个诗人、作家、艺术家，如果他的诗、他的文学作品、他的艺术作品不能比他的肉体更长寿，不能比他的肉体带给这个世界更多益处，那么我想这个诗人、作家、艺术家，一定度过了他那长久却依然可悲的一生。

生而为人，并恰逢其时地在一个伟大的时代成长为一名默默耕耘的作家、诗人，多么幸运！编辑自己的书稿，重读自己的作品，我竟一次又一次流泪，为主人公，也为书写他们时的自己。时光是个老外婆，严厉又慈祥，她把你肉身变老、变丑，甚至变死、变无，但终会把一些东西留下来，那是你生命的舍利，闪耀着你思想和灵魂的华光。

一天天、一年年，我就是这么写着，成长着，也苍老着。生命是一次旅行，我的旅行日记可能比一般人要多一些，厚一些，丰富一些，我的成就感、幸福感，可能也比一般人更多一些吧。写作尤其是纪实文学写作丰盈了我的生活和生命，也渐渐成了我生活和生命的一部分。

一切文学艺术的终极指向，都应该是——自由；一切文学艺术的意义和核心，都应该是——爱。爱和自由不仅仅是文学艺术的终极追求，也是生命的意义所在。我愿意穷毕生之力，为人民写作，为祖国歌唱，怀揣一颗滚烫的、热爱的心，匍匐在这片热土上，倾听并记录苍生的呼吸。这样度过一生，我觉得有意义。

20余年来，我发表并积累了纪实文学作品数百篇、数百万字，涵盖了社会各阶层、各行业，许多人因为我的报道而成为"感动中国人物"。

一个人的诞生是无数机缘和美意的结合，一本书的诞生其实也是这样。这部新时代纪实文学专著《践行者》的出版，就有着近乎传奇的机缘和故事。

2021年夏，相识近20年的兄长兼师长、中央电视台"走遍中国"原总导演、总制片人莫骄先生给我微信留言，想请我写张字。我欣然写下"莫骄不馁"四字嵌名榜书横幅寄去，莫兄很喜欢，并一定要"专门"宴请答谢。约定那天，北京遭遇罕见特大雷暴雨，我一早问莫兄是不是改天另聚，莫兄回信说：

"风雨无阻!"不仅如此,他还让我多带一本诗集去,"有个高中老同学十几年没见,正好来北京了,一起聚聚。"问名讳,答曰,"郭志安教授。"

窗外电闪雷鸣、暴雨如注,厅内茶酒相叙、其乐融融。一头雨水的郭教授来得最迟,接过我奉上的诗集,看一眼封面,他眼睛一亮:"鲁克?我在《知音》杂志上常看到这个名字,是您吗?"我笑着说:"是,我是他们的签约作者。"接着,莫骄兄又把我向郭教授"隆重介绍"一番,郭教授听完一拍大腿,跟我紧紧握手,"太好了!我们来策划一本书!"

真是无心插柳柳成荫!为出版事业奋斗了一辈子的郭教授当即拿出手机,退掉了原定下午回武汉的高铁票。次日上午,郭教授带我来到武汉大学出版社北京图书分社,跟黄朝昉社长当面商讨,仨人一拍即合。

都知道出版人是在为他人作嫁衣,但很少有人知道做一本书,尤其是一本好书,出版人和作者要付出怎样的艰辛和努力。就拿这本书来说,光是书名,就一再斟酌,先后淘汰的书名不下 10 个。最后,还是郭志安教授一锤定音:"就叫《践行者》!全书分成 12 辑,就用社会主义核心价值观 12 个词给专辑命名!"这个创意简直太好了!连我身为党员、同为作家的女儿鲁姜楠都非常认可:"新时代的中国人民,哪个不是和谐社会的主人翁呢?"

正所谓纲举目张,纲有了,目就有了。经过 120 多天的反复遴选、打磨和精心创作,一部精选我二十余年心血和汗水,被中国作协原副主席张平先生视为"具有深刻、鲜明的思想性和艺术性,兼具文学和史料双重价值"和"新时期中国文学一大成果"的"纪实文学力作"《践行者》,就这样诞生了……

我一直视文字如儿女,眼看着拙作、拙著呱呱坠地,心里真是满满的感恩!

感谢郭志安先生、黄朝昉女士的约稿和精心策划!

感谢武汉大学出版社各位的鼎力支持!

感谢张平老师百忙中为本书作序!

感谢中央电视台莫骄先生和中华文学基金会王勇强先生以及《诗刊》蓝野兄的宝贵意见和无私帮助!

感谢《人民文学》韩作荣、李敬泽、施占军、徐则臣，《家庭》徐春莲、林双璧、王冠清、张佩玲、李慧云和《知音》雷一大，以及《婚姻与家庭》刘萍等各杂志领导和编辑同仁在我成长道路上的提掖、砥砺和陪伴！

感谢纪实和报告文学写作生涯里曾与我并肩作战的吴晓蕾、杨鸣、张慧、翟永存、王东照等合作伙伴和全国各地记者同行们的辛苦付出！

特别感谢我文中的每一位主人翁接受我的采访并同意发表和出版！感谢每一张照片的拍摄者！感谢我们生命中的相遇和愉快合作！因成书仓促，如有不周之处，请谅解、海涵！

也感谢我的家人，感谢已在天堂的老父亲和老母亲，愿饱含我热血和泪水的《践行者》，能够告慰他们的在天之灵！

更感谢我的读者，你们的阅读和期待，是我一直坚持写作的动力和文学存在的意义和理由。

2021 年 12 月于北京